D1881496

पत्थर के नीचे दबे हुए हाथ

[कहानियाँ]

पत्थर के नीचे दबे हुए हाथ

राजकमल चौधरी

संकलन एवं सम्पादन

देवशंकर नवीन

राजकमल प्रकाशन

ISBN : 978-81-267-0383-8

मूल्य : ₹795

© नीलमाधव चौधरी

पहला संस्करण : 2002
पहली आवृत्ति : 2023

प्रकाशक : राजकमल प्रकाशन प्रा.लि.
1-बी, नेताजी सुभाष मार्ग, दरियागंज
नई दिल्ली-110 002

शाखाएँ : अशोक राजपथ, साइंस कॉलेज के सामने, पटना-800 006
पहली मंजिल, दरबारी बिल्डिंग, महात्मा गांधी मार्ग, प्रयागराज-211 001

वेबसाइट : www.rajkamalprakashan.com
ई-मेल : info@rajkamalprakashan.com

मुद्रक : बी.के. ऑफसेट
नवीन शाहदरा, दिल्ली-110 032

PATTHAR KE NEECHE DABE HUE HATH
(Short Stories) by Rajkamal Choudhary
Compiled by Deoshankar Navin

इस पुस्तक के सर्वाधिकार सुरक्षित हैं। प्रकाशक की लिखित अनुमति के बिना इसके किसी भी अंश को, फोटोकॉपी एवं रिकॉर्डिंग सहित इलेक्ट्रॉनिक अथवा मशीनी, किसी भी माध्यम से, अथवा ज्ञान के संग्रहण एवं पुनःप्रयोग की प्रणाली द्वारा, किसी भी रूप में, पुनरुत्पादित अथवा संचारित-प्रसारित नहीं किया जा सकता।

परमाणु में पर्वतमाला

बहुविधावादी रचनाकारों की किसी खास विधा की रचना को अधिक प्रभावी देखकर अक्सर लोग उन्हें उसी खाते में डाल देते हैं। धीरे-धीरे वह रचनाकार भी अपने को उसी विधा में केन्द्रित कर लेता है और अन्तिम रूप से एक विधा का होकर रह जाता है। उदाहरण खोजने में ज्यादा श्रम की आवश्यकता नहीं पड़ेगी। एक खोजें तो दस मिलेंगे। पर ऐसा राजकमल चौधरी के साथ नहीं हुआ। हालाँकि लोगों ने प्रयास कम नहीं किया। इनके नाम लाख गाली-गलौज लिखने के बावजूद कुछ ने उनके कवि रूप को श्रेष्ठ माना, कुछ ने कथाकार रूप को। कुछ ने उन्हें मैथिली का बड़ा लेखक माना, कुछ ने हिन्दी का। पर तटस्थ दृष्टि से देखने पर ये सारी घोषणाएँ असत्य साबित हो गईं। कोई भी विधा इनके यहाँ कमतर नहीं हुई। अबाध गति से हर विधा में लिखते गए। इनके बारे में यह निर्णय लेना कठिन है कि इनका कथाकार बड़ा है, या कवि, या उपन्यासकार, या अनुवादक या निबन्धकार, या समीक्षक। ...यहाँ तक कि इनके पत्रों और डायरियों तक में समाजशास्त्रीय अध्ययन के गम्भीर चिह्न दिखाई देते हैं। बात तो यहाँ तक कही जा सकती है कि इन्हीं कृतियों में किसी एक विधा की भिन्न-भिन्न रचनाओं की तुलना करके किसी को कम या किसी को ज्यादा महत्त्वपूर्ण साबित किया जा सकना असम्भव है। एक सीमा तक इनकी कविताओं में से कुछेक को छाँटकर कहा जा सकता है कि अन्य की तुलना में ये कविताएँ कमजोर हैं। पर अन्य किसी भी विधा में ऐसा कहा जाना असम्भव है।

यहाँ कहानी पर बात होनी है। यूँ तो राजकमल ने ऐसा कुछ भी नहीं लिखा जिसे पाठकों के हाथ और मन में पहुँचने के लिए अनुशंसा की आवश्यकता हो। इस संकलन में कुल छब्बीस कहानियाँ हैं। पहली कहानी को छोड़कर, शेष सारी कहानियाँ विभिन्न पत्र-पत्रिकाओं में दशकों पूर्व प्रकाशित होकर सामने आ गई थीं। मात्र पहली कहानी अप्रकाशित थी, अपूर्ण भी। पर, राजकमल की कहानियों और उपन्यासों और निबन्धों और कविताओं के बारे में एक बात कह सकने की स्थिति में हूँ कि इनकी रचनाओं का समाप्ति-स्थल किसी पृथक् आयोजन की माँग नहीं करता। शब्द-प्रयोग, वाक्य-संरचना और विषय-उपस्थापन की इनकी कला इतनी श्रेष्ठ थी कि जहाँ भी पंक्ति पूरी हो जाए, वहीं पर लेखक चाहें तो रचना-समाप्ति की घोषणा कर सकते

हैं। कई ख्यातनामा रचनाकारों की रचनाएँ देखने-पढ़ने पर ऐसा प्रतीत होता रहता है कि इस खास रचना का प्रारम्भ उन्होंने कर तो दिया, पर अब इसका फैलाव उनके हाथ में नहीं रहा। अर्थात्, रचनाकार, विषय को अपने कंट्रोल में नहीं रख पाते, बल्कि वे खुद विषय के कंट्रोल में चले जाते हैं। विषय की माँग पूरी करने में रचना और रचनाकार दम तोड़ने लगते हैं। राजकमल के यहाँ ऐसा कभी नहीं दिखता। इनकी हर रचना अपने शब्द-शब्द में, यहाँ तक कि यति-विराम में भी रचनाकार, अर्थात् राजमकल चौधरी के कंट्रोल में रही है। यही कारण है कि इस संकलन की पहली और अन्तिम दो कहानियाँ अपूर्ण रहने के बावजूद पाठकों के लिए असंप्रेषणीय नहीं है। अन्तिम दो कहानियाँ 'आदमी अब नहीं' और 'स्थान काल पात्र' को तो इन्होंने उपन्यास की परिणति के रूप में प्रारम्भ किया था पर अन्ततः वह 'एक ही कथा के दो आरम्भ' होकर रह गईं, उपन्यास पूरा नहीं हो पाया, राजकमल दुनिया छोड़ गए। आलोचकों, प्राध्यापकों, सेठों और सरकारी गलियारों के सत्ताधारियों, ठेकेदारों के सामने पुरस्कार-मान्यता, रोटी-स्त्री और पहचान-महत्त्व की भीख माँगते साहित्यिक व्यापारियों के लिए तो यह अच्छा ही हुआ कि वे चले गए और ये सारे नंगे होने से रह गए, पर जाते-जाते भी इन्होंने अपने टिप्स दे दिए कि कोई नंगा होने से बच नहीं सकता।

राजकमल चौधरी के कहानी-लेखन का जो दौर है, वह हिन्दी में नई कहानी का दौर है। नई कहानी के पुरोधाओं की चर्चा यहाँ आवश्यक नहीं लगता। हाँ, इतना कहा जा सकता है कि दुकानदारी के विज्ञापन में उन लोगों ने अपनी प्रतिभा और समय-श्रम-संसाधन का भरपूर दुरुपयोग किया। नए-नए ब्रांड चलाए, राजकमल चौधरी को इसकी आवश्यकता नहीं पड़ी। कहानी लिखने और अच्छी कहानी लिखने से बेहतर व्यापार और कुछ नहीं होता है। यही कारण है कि देहावसान के चौंतीस वर्ष बाद भी जब ये कहानियाँ पाठकों के समक्ष संकलित होकर आ रही हैं, तो अचानक उन पुरोधाओं का विज्ञापन और उनके नए-नए ब्रांड और उनके रचना-कौशल फीके पड़ रहे हैं, और वे लगातार नंगे होते जा रहे हैं।

राजकमल चौधरी की कहानियाँ परमाणु में पर्वत के समावेश की कहानियाँ हैं, जो मानव-जीवन के अनछुए प्रसंगों से उठकर लाई गई हैं, जिनमें राजकमल की सारी की सारी कहानी-कला मौजूद है और ऐसा लगता है कि इनमें कोई कला नहीं दिखाई गई है। जनजीवन का सत्य ज्यों का त्यों रख दिया गया है। जस के तस रख दीन्ही चदरिया। सच्ची घटनाएँ तो अखबारी रिपोर्टों में बयाँ होती हैं, कहानी में घटनाएँ सच की तरह आती हैं। घटनाएँ सच हों, इससे ज्यादा जरूरी है कि वे सच लगें भी। राजकमल की कहानियों की यह खास विशेषता है कि वे सारी घटनाएँ सच हों या न हों, सच लगती अवश्य हैं। इनके समय के अन्य कहानीकारों में और इनमें यही एक फर्क है कि इनकी कहानियों के आधार पर फार्मूले बनाए जा सकते हैं पर इनके समकालीनों की कहानियाँ उनके फार्मूले बनाए जा सकते हैं पर इनके समकालीनों की कहानियाँ

उनके फार्मूले बनाए जा सकते हैं पर इनके समकालीनों की कहानियाँ उनके फार्मूले पर गढ़ी गईं। जाहिर है कि वे फार्मूले उनके आलोचकों और मान्यतादाताओं ने गढ़े थे।

धर्म, साहित्य, नौकरी, व्यापार, फिल्म, सामाजिक जीवन-यापन...तमाम क्षेत्रों की विकृतियों का इतनी सूक्ष्मता से यहाँ पर्दाफाश किया गया है कि वे अचानक तार-तार हो जाती हैं। छोटे-छोटे स्वार्थों की पूर्ति, क्षणिक मनोवेगों की पुष्टि के लिए मनुष्य किस सीमा तक गिर सकता है; संन्यासी और सिद्ध योगी और यहाँ तक कि देवता की छवि रखनेवाला भी पल-भर में कैसा जानवर हो जाता है; खूँखार जानवर, कैसा गऊ हो जाता है; शेर की दहाड़ और आतंक का मालिक पल-भर में कैसे गीदड़, चूहा, केंचुआ, चींटी हो जाता है और रेंगने लगता है—मानव-जीवन की इसी उठा-पटक का एलबम हैं राजकमल की कहानियाँ। बाकी बात तो कहानियाँ खुद ही कहेंगी, और साहित्यालोचकों को कहने को बाध्य करेंगी—ऐसा विश्वास किया जा सकता है।

संकलन में कहानियों के क्रम में किसी विधान का अनुसरण नहीं किया गया है। उसकी आवश्यकता भी नहीं। इसकी आवश्यकता तो तब पड़ती जब किसी को कम या किसी को ज्यादा महत्त्व की कहानी कहा जाता। यहाँ तो यह है कि इनकी हरेक रचना प्रतिनिधि रचना ही है। जिसे चाहें पहले पढ़ें, जिसे चाहें बाद में पढ़ें। परिणाम एक ही निकलेगा। 'पत्थर के नीचे दबे हुए हाथ' इस संग्रह का नाम इसलिए नहीं कि इस संकलन में इस शीर्षक की भी एक कहानी है, बल्कि इसलिए कि 'हाथ' जहाँ क्रियाशीलता का प्रतीक है 'पत्थर' वहीं अवरोध का। और, राजकमल चौधरी की सारी की सारी रचनाएँ इसी 'क्रियाशीलता' और 'अवरोध' के संघर्ष की व्याख्या हैं। रचना शीर्षक राजकमल के यहाँ बहुत महत्त्व रखता है। दो-तीन या कहीं-कहीं एक ही शब्द के शीर्षक इनकी रचनाओं का पूरा-पूरा रहस्य खोलते नजर आते हैं। एक अर्थ यह भी लगाना चाहता हूँ कि राजकमल के जिन क्रियाशील हाथों को हिन्दी के षड्यंत्रकारियों ने अब तक दबाना चाहा, वह अब पत्थर को उलटकर उसे तोड़ रहे हैं। और, पूरे जनपद में विकृतियों के पत्थर जिस तरह हाथ पर पड़े हैं, उसका खुलासा तो ये कहानियाँ करती ही हीं। बहरहाल...

राजकमल चौधरी की रचनाएँ जिस तरह बिखरी पड़ी हैं, उन्हें एकत्र करना बड़ा कठिन काम है। कई अग्रज, समवयस्क, अनुज मित्र साहित्यानुरागी हैं, जिनके असीम सहयोग से यह काम पूरा हो रहा है। आदरणीय श्री दिनेश शर्मा, डॉ. चन्द्रेश्वर कर्ण, डॉ. रामकिशोर द्विवेदी, श्री महेश नारायण भारती, श्री सौमित्र मोहन, डॉ. बदलेव वंशी, श्री सुधीर झा, प्रियवर डॉ. तारानन्द वियोगी, श्री नवीन चौधरी, श्री विनय भूषण, श्री पंकज पराशर, श्री सारंग कुमार, डॉ. रमेश कुमार, श्रीमती प्रतिमा, श्री विपिन कुमार प्रभृति लोगों की मदद और शुभकामनाओं ने ही इस काम को इस मुकाम तक पहुँचाया। मैं इन सबका कृतज्ञ और इनके सामने नत हूँ, इनके सहयोग भाव को नमन करता हूँ।

—देवशंकर नवीन

कथा-क्रम

पात्र, प्रकाशवती, अस्पताल और अन्य प्रसंग

हीरा के लिए लिखी गई

1

औरत—जो कोई भी हो—सिगरेट पीती है, तो मुझे अच्छी नहीं लगती। मैं उसे धुआँ फेंकनेवाली मशीन समझने लगता हूँ। सुन्दर स्त्रियाँ मौसमी फूलों की तरह होती हैं, उन्हें अलग-अलग फूलदानों में सजाना चाहिए। लेकिन, मैं अपने गाँव में था—मेरा गाँव कोसी नदी के पेट में है और अब धीरे-धीरे पेट के बाहर और जंगल के बाहर निकल आने की कोशिश में है। अखबार वहाँ अब भी नहीं आते और गाँव के लोग दिन-पंजिका से मुहूर्त देखकर ही शहर की यात्रा पर निकलते हैं—और, पटना-अस्पताल की मिस पी. राजम्मा मुझसे सैकड़ों मील पीछे छूट चुकी थी।

सिगरेट पीनेवाली औरत का कोई सवाल ही नहीं था, उस गाँव में। मेरे घर की बगल में, दो मकानों के बाद रमानाथ बाबू रहते हैं। उनकी दिलचस्पी राजनीति में है। जनसंघ का 'वर्क' करते हैं। आम-चुनाव नजदीक आ गया है। 'जीतेगा जी जीतेगा, दीपक वाला जीतेगा'—एक डिब्बा बिस्कुट के लिए गाँव के बच्चे चिल्लाते हैं। कौन जानता है, कल सुबह ये बच्चे किसका नाम चिल्लाएँगे। मैं रमानाथ से बहस करता हूँ और उनके कच्चे दालान में बैठकर लिप्टन की असली चाय पीता हूँ। चाय के बारे में अभी भी मेरे मन में थोड़ा आभिजात्य है। अच्छी चाय—जैस्मिन, नहीं तो कम-से-कम लेप्चू—मुझे अच्छी लगती है। बुरी चाय अच्छी नहीं लगती। लेकिन, रमानाथ के घर की चाय—लिप्टन की—मुझे अच्छी लगती है।

अपने घर में भी वही चाय बनती है। लेकिन, उसका फर्ज सिर्फ मुझे सुबह की नींद से जगाना है। उस चाय में सुख नहीं है, एक विवशता है—नींद तोड़ लेने की। जैसे पी. राजम्मा थरमस में अपने होस्टल से चाय लाती थी। वह चाय उतनी गर्म नहीं रह पाती थी, लेकिन मजबूत और आत्मविभोर करनेवाली होती थी। मैं चाय के साथ सिगरेट पीता हूँ और अपने इर्द-गिर्द, अपने परिवेश, अपने समाज के बारे में कोई-न-कोई फैसला लेता हूँ। अस्पताल में इससे ज्यादा गुस्सा नहीं किया जा सकता। गुस्से का यहाँ कोई कारण नहीं है।

डॉक्टर लोग आते हैं, तो मुस्कुराते हैं और पीठ पर हाथ रखकर, दोस्त की तरह बातें करते हैं। मैं सोचता हूँ, मेरे अन्दर जरूर कोई खास बीमारी है–कैंसर की तरह–जिस बीमारी की कद्र इन लोगों के दिल में है।

पी. राजम्मा अपने दूसरे टर्न में छह महीनों के बाद दोबारा हमारे वार्ड में आई है। पहली बार आई थी, तब मैं होश में नहीं था। लोगों के चेहरे देखता था, बातें सुनता था, लेकिन वे कौन हैं, मुझसे उनका क्या रिश्ता है–यह मेरी पत्नी है, तो दिन-रात तिपाई पर मेरे सिरहाने बैठी रहती है–यह सुधीर है, मेरा सगा भाई–ओह, ये मेरे दोस्त हैं–मैं उन्हें पहचान नहीं पाता था।

एक बार उपाध्याय की पत्नी ने मुझसे कहा, 'सुबह की ड्यूटीवाली नर्स मिस राजम्मा आपकी बड़ी सेवा करती है। आप अच्छे हो जाएँ, तो उसे जरूर कोई इनाम दूँगी–कोई अच्छा-सा प्रेजेंट, जैसे कच्चे रेशम की कोई साड़ी!'

मैं सुबह में जगे रहकर इस दयालु सेविका मिस पी. राजम्मा को देखने और पहचानने की कोशिश करता हूँ कि कच्चे सिल्क में वह कोल-कन्या कैसी लगेगी। नर्सें ज्यादातर अपनी सफेद और तंग वर्दी में अच्छी लगती हैं, अपनी पट्टीदार कोर की सफेद धुली हुई साड़ी में। सिल्क में वह कैसी दिखेगी? नर्सें भी और फौजी सिपाही भी अपनी वर्दी में ही जँचते हैं। खाकी वर्दी और बड़ी डील-डौल के जूते उतार देने पर सिपाही लोग छोटी-किस्म के बाजारू शोहदों की तरह दिखते हैं। उनके चेहरे पर न तो वीरता का उन्माद दिखता है और न पराक्रम का वीरोचित आग्रह। वर्दी उतार देने पर वे बीमार दिखते हैं–बीमार और बेरोजगार!

अपने दूसरे टर्न में, छह महीने बाद जब पी. राजम्मा आई, तब तक मुझे अपने ही बी-वार्ड में पूरा एक कमरा मिल चुका था। यह दरअसल रेजीडेंट सर्जन का कमरा था, जो अक्सर बन्द रहता था और जब कोई वी.आई.पी. मरीज बी-वार्ड में आता था, तो बड़े डॉक्टर के कहने से वार्ड की स्थायी स्टाफ-नर्स बड़ी नाजो-अदा से हिलती-डुलती हुई, पूरे वार्ड का दायरा घूमकर इस एकान्त कमरे के पास रुकती थी और दरवाजा खोलकर, चाबी मरीज या मरीज बेहोश रहा तो मरीज के रिश्तेदारों के हाथ में थमा- कर, सीधे लाइफबॉय से धुली हुई मुस्कुराहटों से अपने ओठों को लपेटकर कहती थी, 'आप बहुत 'लक्की' हैं, जो कमरा मिल गया। वार्ड में तो बहुत तकलीफ होता...!' और जब मरीज अपने नए बिस्तर में सो जाता था, तो अपनी उम्र के नीचे गिरते हुए ग्राफ को अपनी सफेद मुस्कुराहटों, सफेद वर्दी और सफेद आँखों, खाली और बुझी हुई आँखों की मदद से ऊपर उठाए रहने की चेष्टा में अस्त-व्यस्त मिस सुरमा बनर्जी उस मरीज की बीवी से या बहन से या जिस किसी स्त्री से पूछ लेती थी, 'आप किस मिनिस्टर का आदमी है? हेल्थ मिनिस्टर का?'

मैं मिनिस्टर का आदमी नहीं हूँ। मैं किसी का, किसी बनिए का भी नहीं, महन्त का भी नहीं, आदमी नहीं हूँ। मैं आदमी नहीं हूँ–यही बात साबित करने

के लिए मैं किताबें पढ़ता हूँ, मैं चायखानों में बैठकर दक्षिणपंथी साम्यवाद और वामपंथी साम्यवाद की तुलना करता हूँ। मैं रोज नशा लेता हूँ। मैं जब भी कोई नशा लेता हूँ तो ज्यादातर मैं अपने कमरे में टेबल के सहारे बिस्तरे पर पड़ा हुआ, अपने बारे में और इतनी बड़ी इस दुनिया के बारे में सोचता रहता हूँ—क्या होगा, और क्या होना चाहिए!

बड़े शहरों में और अपने देश के गाँवों में भी एक तरह के ऐसे लोगों की बिखरी हुई जमात जरूर होती है—ऐसी जमात, जो काम या पेशे के रूप में सिर्फ सोचने का काम करती है। दूसरा कोई काम ऐसे लोगों को मालूम ही नहीं है। सोचना और सिर्फ सोचते रहना, इस बारे में नहीं कि उनके दिन कब पलटेंगे, कब उनकी बच्ची बड़ी होकर किसी स्कूल में नौकरी करने लगेगी या किस तरह लम्बे कर्ज में गाँव के बनिए-महाजनों के हाथ चले गए उनके खेत वापस आएँगे—यह नहीं, यह सब कुछ भी नहीं, सिर्फ ऊँची और सिर्फ बड़ी बातें, कि आदमी जब ग्रहों और नक्षत्रों पर घर-दरवाजा बनाकर रहने लगेगा, वैसी हालत में अन्तर्क्षेत्रीय परिस्थितियाँ क्या होंगी, आदमी और आदमी के बीच का रिश्ता क्या होगा, कैसे होगा और यह कि प्रधानमन्त्री श्रीमती इन्दिरा गाँधी अगर राजनीति (सक्रिय और अक्रिय दोनों) से संन्यास आखिर ले ही लेंगी, तो वे क्या करेंगी, उनका खाली वक्त कैसे कटेगा और यह भी कि प्रकाशवती हर दिन दोपहर में भगवती-धाम क्यों जाती है, इतनी कोमल है वह, इतनी गोरी है कि धूप में साँवली हो जाएगी...

ऐसे लोग हर शहर में और हर गाँव में होते हैं—कहीं अकेले, और कहीं उनकी पूरी की पूरी एक जमात होती है।

रमानाथ ऐसे लोगों में नहीं हैं। वे अपने आप में अकेले रहते हैं, लेकिन वे सोचते नहीं, करते हैं। एक छोटी-सी रूटीन में अपनी पूरी जिन्दगी को समेटकर वे अपना काम अकेले किए जाते हैं—चाहे वह अपने दालान के सामने जनसंघ का भगवा झंडा गाड़ने की बात हो, या अपने बीमार बैल को जानवर-अस्पताल ले जाने की बात। प्रकाशवती उनकी सगी छोटी बहन का नाम है और वह नाम मेरे लिए किसी बड़े उपन्यास की बड़ी नायिका का नाम है—किसी बेनाम गाँव की किसी बेनाम स्त्री का नाम नहीं है।

स्त्रियों के नाम मेरे लिए महत्त्वपूर्ण नहीं हैं। मेरे लिए महत्त्वपूर्ण हैं स्त्रियाँ। चन्द स्त्रियों ने ही मेरी रचना-प्रतिभा, यानी अपने परिवेश की रचना के लिए आवश्यक प्रतिभा को अपना अभिमान दिया है। प्रकाशवती... पी. राजम्मा ...अलका दासगुप्ता—स्त्रियाँ जहाँ होती हैं, वातावरण को शान्ति और रहस्य और आलस्य के रंग और गंध प्राप्त हो जाते हैं, अनायास।

अनायास वह एक स्त्री, प्रकाशवती, सुबह के वक्त मेरे दालान की बड़ी खिड़की

के पास आकर खड़ी हो जाती है और पूछती है, 'गाँव से वापस जा रहे हैं? अब यहाँ से जी भर गया?...यहाँ के लोगों से?'

प्रकाशवती अर्थात् रमानाथ ठाकुर की बहन अपने भाई की ही तरह चिन्ताहीन है, वह सोचने का काम नहीं करती। वह सीधी अपने मकान से निकलती है और चुपचाप मेरे दालान की खिड़की पर चली जाती है। उसे अन्दर बुला लेने का साहस मुझमें नहीं है। एक चितकबरी गौरैया बार-बार दीवार में लगी कार्ल मार्क्स की बड़ी तस्वीर पर बैठना चाहती है और बार-बार कमरे में उड़ती हुई बाहर निकल जाने की कोशिश करती है।

खिड़की की जाफरी में प्रकाशवती का चेहरा फ्रेम में बँधे, किसी तस्वीर के चेहरे जैसा लगता है। उसकी बाँहें और उसके कन्धे हथकरघे की लाल-पीली धारीदार साड़ी में छिपे हुए हैं। लेकिन, वह मुस्कुरा नहीं रही है। वह उदास है।

'ऐसा नहीं हो सकता? ऐसा होता कि...'

'ऐसा क्या होता?'

'ऐसा नहीं हो सकता कि आप दस दिन बाद बाहर जाएँ? होली में अब गिनती के दिन रह गए हैं।'

'मैं किसी से होली नहीं खेलता।'

'भाभी से भी नहीं?'

'नहीं।'

'लेकिन, चला जाना...हमेशा के लिए चला जाना क्या इतना जरूरी है?'

'हमेशा के लिए क्यों जाऊँगा? अभी मार्च है। मैं गर्मी बीत जाने के बाद, अगस्त में आऊँगा।'

'अगस्त में? अर्थात्, आप अभी के गए, सावन-भादों में गाँव आएँगे?'

'इरादा तो यही है।'

'आप दस दिन रुक नहीं सकते?'

'क्या लाभ होगा?'

'किसी की बात रह जाएगी, यही लाभ होगा।'

'किसकी बात रह जाएगी?'

'किसी की!'

लेकिन किसकी बात रह जाएगी, यह बताए बगैर प्रकाशवती की तस्वीर खिड़की के फ्रेम से गायब हो गई।

'किसी की बात रह जाएगी'—यह कहकर प्रकाश शरमाने लगी थी। कोई भी मामूली-सा सच, कह लेने के बाद, खुश होकर, निवृत्त होकर, औरतें शरमाती हैं। यह शर्म गलत नहीं है, लेकिन कविता नहीं है। ऐसी शर्म में सुन्दरता नहीं होती, एक हलके किस्म का नंगापन होता है। लेकिन, अपना नंगापन कह लेने

के बाद वे या तो सिर झुकाकर फैसले की प्रतीक्षा करने लगती हैं या फिर अपनी जीत का ऐलान करके वहाँ से चली जाती हैं, फिर कभी वहीं वापस आने के लिए। वापस आ जाना स्त्रियों की विवशता है। प्रकाशवती को किसी-न-किसी वक्त लौट आना ही होगा।

2

हितेन्द्र शाम को गिन्सबर्ग की महफिल में घोषणा करता है, 'बड़ी मालकिन हम सभी लोगों पर गुस्सा हैं। कहती हैं, किसी-न-किसी दिन वे खुद इस डाकबँगले पर आएँगी और शतरंज के सारे मोहरे अपने साथ उठा ले जाएँगी। न रहेंगे मोहरे और न ही बजेगी शतरंज की बाजी!"

'बाजी नहीं, बाजा! न रहेंगे मोहरे और न ही बजेगा शतरंज का बाजा', दुर्गानन्द बड़ी मालकिन के गुस्से को आगे बढ़ाता है।

'बड़ी मालकिन'—यह सम्बोधन—शब्द के पूरे अर्थ में, लेकिन उसके परोक्ष में—मेरी पत्नी को दिया जाता है। जब वह सामने होती है, हमेशा 'बड़ी भाभी' बन जाती है।

किन्तु, वह हमेशा सामने नहीं होती। आँगन में खुलनेवाला बड़ा दरवाजा उसकी सीमा है। इसके बाहर वह पाँव नहीं डालती। सिर्फ सूचनाएँ जमा रखती है। बाहर की दुनिया की सूचनाएँ ही उसे जीने के लिए पर्याप्त उत्सुकता और जीवन-रस देती हैं। वह जो बात देख नहीं पाती, उसे सुन लेती है। सुनने का सुख भी देखने और छूने के सुख की तरह ही पहले दर्जे का सुख है। इस सुख से बँधी हुई है मेरी स्त्री और मेरे परिवार की सभी दूसरी स्त्रियाँ।

वह जानती है, शाम को इस डाक-बँगलानुमा दालान में गाँव के सोच-समझवाले मध्यवयसी युवकों की महफिल बैठती है—शतरंज की, चाय की, महेशखुटिया पान और दिलदार हुसैन जर्दे की, रमी-फ्लश-ट्वेण्टी नाइन और कोटपीस की, बंगटा-गवैये या चिरंजीव झा उस्ताद के कच्चे-पक्के गानों की और इन सबके अलग-अलग दौर में इन सबके साथ गिन्सबर्ग की भरी-पूरी महफिल।

इस महफिल में ज्यादातर पाँच व्यक्ति बैठते हैं—हितेन्द्र नारायण चौधरी, दिनकर झा, दुर्गानन्द ठाकुर, पन्ना और अन्त में स्वयं मैं! पोस्टऑफिस की डाक बनगाँव डाकघर भेजने के बाद, बैद्यनाथ आते हैं। कभी-कभी और भी कोई बेकार-बेवजह आदमी आ जाता है, जिसे इस बिना पर ज्यादा देर रुकने नहीं दिया जाता कि अब परिवार की स्त्रियाँ किसी काम से दालान में आएँगी या अब कोई प्राइवेट और ज्यादा जरूरी कार्यक्रम शुरू होगा, आप बिना बुलाए आए हैं, तो आपको बिना बताए अपने घर जाना चाहिए।

फालतू लोग चले जाते हैं, तब शतरंज के साथ ही साथ गिन्सबर्ग का दौर चलता रहता है।

पटना शहर में रहते थे, तब हम लोग अफीम के पानी में मलकर तैयार किए गए गाँजे को एलेन गिन्सबर्ग कहते थे–गिन्सबर्ग की पटना-यात्रा[1] की याद में। लेकिन, हमारे गाँव में लोग गिन्सबर्ग की भाषा नहीं, वामपंथी औघड़ साधुओं की भाषा इस्तेमाल करते हैं। वे गाँजे की चिलम को कहते हैं–पात्र! और गाँजे को कहते हैं–त्वरित! इसका नशा बड़ी तेजी से चढ़ता है, इसलिए–त्वरिता! इड़ा और पिंगला नाड़ियों के बीच में चलते हुए श्वास-प्रश्वास को पवित्र रखने के लिए और वश में रखने के लिए तांत्रिक लोग पात्र में डालकर त्वरिता का सेवन करते हैं। अफीम के नीले पानी में डूबी हुई त्वरिता! प्रकाशवती को जब मैं 'त्वरिता' के नाम से पुकारना चाहता हूँ, वह वापस चली जाती है।

क्योंकि, प्रकाशवती अफीम के नीले पानी में डूबी हुई नहीं है, जबकि वह डूब जाना चाहती है।

'किसी की बात रह जाएगी, यही लाभ होगा।'

'किसकी बात रह जाएगी?'

'किसी की!'

शक, चिन्ता और अपने अधूरेपन के नीले पानी में डूबी हुई है मेरी पत्नी। वह हमारे परिवार की बड़ी मालकिन (माँ ने अब सारा कारबार उसी के आँचल में चाबियों का गुच्छा बनाकर बाँध दिया है) है, इसलिए चिन्तित रहती है। नाराज रहती है, अव्यक्त क्रोध में जलती हुई–गाँजे की चिलम की तरह सुलगती हुई...!

नारियल की पक्की रस्सी का जलता हुआ मुकुट पहनाकर जब दाएँ हाथ की तीन और बाएँ हाथ की पाँचों उँगलियों की बँधी हुई मुट्ठी में पात्र उठाते हैं...पात्र को माथे से लगाकर काली या तारा या भुवनेश्वरी का मन्त्र पढ़ते हैं...और कलेजे की पूरी ताकत लगाकर पहला दम खींचते हैं–तो आग की एक पतली-सी, लम्बी-पीली लपट पात्र से ऊपर उठती है। बड़ी मालकिन का गुस्सा इस पीली लपट की तरह है। इसी लपट की तरह है प्रकाशवती का नुकीला चेहरा। मुझे हमेशा लगता है, प्रकाश का चेहरा जल रहा है, मछलियों के जोड़े की तरह दो आँखें जल रही हैं–पात्र की तरह, यानी गाँजे की चिलम की तरह!

---

1. अपनी पटना-यात्रा की स्मृति में गिन्सबर्ग ने एक बड़ी ही खूबसूरत कविता लिखी है :

धूल के बैंक में एक भी रुपया नहीं रह गया है,
एक भी देश नहीं। रह गए हैं–
सिर्फ सूरज उगने के पहले, अभिव्यक्तिहीन
भूरे बादल!
सूखे हुए शहर पटना में मैदान के किनारे-किनारे
चँदले रिक्शे पर घूमता हूँ...

यह कोई जरूरी नहीं है कि स्त्री के बारे में दी गई उपमाएँ हमेशा रोमांटिक, कोमल और शालीन ही हों! दरअसल, शालीनता है ही क्या चीज? असली बात है सच्चाई! इसीलिए, जब भी मैं श्यामसुन्दर को देखता हूँ, मुझे अपने ब्लॉक के उस आदमकद बकरे की याद आती है, जो गाँव में इसलिए खुला छोड़ दिया गया है कि वह गाँव की सारी बकरियों का नस्ल-सुधार कर सके! श्यामसुन्दर का चेहरा छोटी-सी दाढ़ी वाले उसी सरकारी बकरे (ग्राम्य भाषा में–'बोता!') का चेहरा मालूम होता है।

हितेन्द्र ने बड़ी मालकिन का गुस्सा कहने के बाद, शतरंज के मोहरों के सामने अपना नया मोहरा पेश किया।

वह श्यामसुन्दर को अब कभी इस डाकबँगले में घुसने देना नहीं चाहता, क्योंकि उसने तीन-चार दिन पहले ही ग्वालों के मोहल्ले की एक बहू के साथ अत्याचार किया है। अत्याचार...माने दूध के लिए गाली-गलौज और मार-पीट और उस वक्त ग्वालिन के आँगन में और कोई नहीं था, इसीलिए श्यामसुन्दर की उपमा सरकारी बकरे से दी गई है।

लेकिन, उस वक्त मैं श्यामसुन्दर के विषय में नहीं, गाँजे के पात्र से ऊपर उठती हुई पीली आग की पीली लपट के विषय में सोच रहा था।

बड़ी मालकिन मुझे इस पीली लपट से दूर रखना चाहती है। लेकिन, यह सम्भव नहीं है। वह डाकबँगले तक आ नहीं सकती। पीली लपट आ सकती है, खिड़की के फ्रेम तक आ जाती है।

* यह कहानी सन् 2001 तक अप्रकाशित थी। उन दिनों माखनलाल चतुर्वेदी पत्रकारिता विश्वविद्यालय, भोपाल, में अध्ययनरत युवक पुष्यमित्र ने उपलब्ध करवाई। राजकमल चौधरी के पाठकों की तरफ से और अपनी तरफ से पुष्यमित्र का आभारी हूँ। –*सं.*

अँधेरे कमरे में कब्रगाह

राधाबगान कॉलोनी में दो ही चीजें प्रसिद्ध थीं—हाईस्कूल के चौराहे के पास चाय की दुकान, बसन्त केबिन; और बसन्त केबिन के बगल में खड़े, तिमंजिले मकान के मालिक, शशिभूषण बाबू की विधवा पुत्रवधू भुवनमोहिनी। बसन्त केबिन पिछले अठारह-बीस साल से मुहल्ले के बेकार युवकों और बेकार वृद्धों का अड्डा है। पिता या माँ के पैसे की चाय-सिगरेट पीनेवाले लड़कों को दूसरी जगह बैठना अच्छा नहीं लगता है। बेटे या बेटी के पैसों से चाय-सिगरेट पीनेवाले बूढ़ों को दूसरी जगह बैठना बुरा लगता है। दोपहर में लड़के चाय पीते हैं और सिगरेट के धुएँ पर फ्लश या रमी खेलते हैं और टिफिन में स्कूल के अहाते से बाहर आनेवाली लड़कियों को लता मंगेशकर के गाने सुनाते हैं। सुबह और शाम बूढ़े लोग चाय पीते हैं और अखबार की ताजा-बासी खबरों पर बहस करते हैं और देर-देर तक दीवार पर टँगी किसी-न-किसी फिल्मी अभिनेत्री की ओर टकटकी लगाए रहते हैं और अपने बेटों या पोतों की शिकायतें या तारीफें करते रहते हैं।

भुवनमोहिनी, अकेले या अपने फादर-इन-लॉ शशिभूषण बाबू के साथ, घर से अक्सर निकलती है और हलकी निगाह से बसन्त केबिन की ओर देखती हुई सामने से गुजर जाती है।

बुड्ढा कब मरेगा! पाँव कब्र में लटकाए है, अन्दर जाते डर लगता है साले को—केबिन के संस्थापक स्वर्गीय बसन्तलाल का सुपुत्र, सन्तलाल, ओठों-ही-ओठों में मुस्कुराता हुआ कहता है। इससे आगे कोई कुछ नहीं कहता, क्योंकि मुहल्ले के सभी लोग शशिभूषण बाबू और भुवनमोहिनी को जानते हैं। तब से जानते हैं जब राधाबगान सिर्फ एक मुहल्ला था, कॉरपोरेशन के खर्च से नगर-विकास-योजना समिति की व्यवस्था में कॉलोनी नहीं बना था।

कॉलोनी बने कुल तीन साल हुए हैं। मुहल्ले का नाक-नक्शा बदल गया है। धूलभरी पथरीली सड़कें अब कंक्रीट की हो गई हैं। जगह-जगह डस्टबीन रखे हुए हैं। कॉलोनी की बहुएँ सड़क पर कूड़ा नहीं फेंकतीं। 'सेकंड शो' से लौटता हुआ रिक्शा बिजली के खम्भे से टकराता नहीं, क्योंकि खम्भे में नये बल्ब लगा दिये गए हैं। मगर बसन्त केबिन वही है। शशिभूषण बाबू उसी तरह हाथ-रिक्शे में बैठकर भुवनमोहिनी

के साथ गंगास्नान करने जाते हैं। भुवनमोहिनी एक नजर बसन्त केबिन की तरफ देख लेती है और तिमंजिले मकान की छत पर अकेली लेटी रहती है, आकाश की ओर या बगल के मकानों की चिमनियों से निकलते हुए धुएँ की ओर देखती हुई।

शाम बीतने लगती है और सूनी सड़क के किसी अँधेरे कोने से उछलकर पत्थर का छोटा-सा टुकड़ा भुवनमोहिनी के पाँवों के पास आ गिरता है। 'मैं तुम्हें प्यार करता हूँ...तुम मेरी जिन्दगी हो...क्यों देह सुखा रही हो...आज आठ बजे दीप्ति सिनेमा के पास मिलोगी?' पत्थर में बँधे कागज के टुकड़ों को वह कभी नहीं पढ़ती है। पत्थर के टुकड़े को उठा लेती है और रात में नौ, दस या ग्यारह बजे जब शशिभूषण बाबू लौटते हैं, उनके हाथों में थमा देती है।

'यह सब तो सहना ही पड़ता है भुवन!' शशिभूषण बाबू के दकियानूसी उत्तर में न निराशा होती है, न उत्साह! यह सब सहना ही होगा—भुवन सोचती है और खाना बनाने लगती है। शशिभूषण बाबू के लिए पानी गर्म करने लगती है। तोशक की तहों के नीचे मच्छरदानी जमाने लगती है। यह सब सहना ही होगा। यह सब, यानी बसन्त केबिन में चाय पीनेवाले लड़के और अगल-बगल की फ्लैट के किराएदार और गर्ल्स स्कूल की व्यवस्थापिका-समिति के पुरुष-सदस्य। यह सब यानी, शशिभूषण बाबू।

भुवनमोहिनी को साथ लेकर जब चन्द्रभूषण राधाबगान के अपने मकान में आया था, तो पाँच कमरों के फ्लैट में कुल दो आदमियों का परिवार देखकर वह घबरा-सी गई थी। सास नहीं, ननद नहीं, बगल के फ्लैटों में रहनेवाले लोग भी अपने देश या अपने इलाके के नहीं—कोई पंजाबी परिवार, तो कोई मद्रासी। शशिभूषण बाबू को पूरे मकान से लगभग सात सौ रुपये किराए के आते थे। छपरा जिले का एक दरबान था, एक महरिन थी और एक बूढ़े मुंशी जी थे। इसके अलावा न्यू मार्केट में एक छोटी-सी खूबसूरत दुकान भी थी।

चन्द्रभूषण कभी न्यू मार्केट की दुकान में बैठकर हाथी दाँत और सेरेमिक्स के खिलौने और फूलदान बेचता था और कभी किराएदार से रुपये वसूलता था। एक नई स्कूटर खरीदी थी, मेडिकल कॉलेज की किसी भी नर्स को पीछे की सीट पर बैठाकर किंग जॉर्ज एवेन्यू की चौड़ी सड़कों पर भागना अच्छा लगता था। गोरा-सा खूबसूरत नवयुवक, आँखों में उलझे-उलझे सपने और शरीर में सस्ती-सस्ती आदतें। कुल मिलाकर चन्द्रभूषण आधुनिक सभ्यता का सुन्दर संस्करण था।

चन्द्रभूषण दो-तीन साल का था, तभी उसकी माँ स्वर्ग सिधार गई। दूसरी पत्नी लाने की इच्छा शशिभूषण बाबू ने सपने में भी नहीं की। ऐसी इच्छा नहीं करने का मूल कारण या एकमात्र कारण यही था कि पत्नी से प्राप्त सुख से अधिक कष्ट उन्हें पत्नी के कारण होते हुए आर्थिक व्यय से होता था। वे आर्थिक व्यक्ति थे। इकोनॉमिक्स के सारे सूत्र उन्होंने अपने जीवन में अनुवाद किए थे, प्रयोग किए थे। नहीं तो सत्तर-पचहत्तर रुपये मासिक पानेवाले कॉरपोरेशन के क्लर्क के लिए कैसे सम्भव था

कि सात सौ रुपये किराए में उगलनेवाला मकान बनवा ले सके...

मगर रुपये बचाने की लालसा से विवाह नहीं करना क्या शारीरिक आवश्यकताओं को तुष्टि दे सकता है? शायद नहीं दे सकता है, यही सोचकर चन्द्रभूषण ने भुवन से कहा, ''देखो, मैं घर में नहीं रहूँ, तो बाबूजी से दूर-दूर ही रहना! क्या पता...''

'उनकी उम्र तो पचास के आसपास है...फिर वे आपके अपने पिता हैं, मेरे भी पिता-तुल्य हैं। क्यों उनके बारे में इतनी बुरी बात सोचते हैं?'—भुवन ने सोचा, लेकिन क्रोधी स्वभाव के पति को ये बातें कह नहीं सकी।

एक वृद्ध और एक समवयस्क युवक के बीच उसका जीवन बीतने लगा। मास, दो मास, छह मास बीत गए। एक साल भी गुजर गया। दूसरे साल के शुरू में भुवनमोहिनी ने कहारिन से सुना कि चन्द्रभूषण शराब पीने लगा है और बाहर के कमरे में बगल के फ्लैट की बंगाली लड़की को बुलाने लगा है।

भुवन नाराज नहीं हुई। सोचने लगी—एक लड़का हो जाए तो सब ठीक हो जाएगा। मगर ऐसा नहीं हुआ। चाहने से होता भी नहीं है। कोशिश करने से भी नहीं होता है। मेडिकल साइंस यहाँ हार जाता है। भगवान की लीला है...!

अपना कमरा अन्दर से बन्द करके भुवन आदमकद शीशे के सामने खड़ी हो गई। चन्द्रभूषण न्यू मार्केट गया था और शशिभूषण बाबू शहर के कमरे में चटर्जी साहब के साथ शतरंज खेल रहे थे। दोपहर का समय था। इतनी गर्मी शहर में पहले कभी नहीं हुई थी और कमरे में बिजली का स्विच था, मगर पंखा नहीं था। शशिभूषण बाबू बिजली के पंखे को आवश्यकता नहीं समझते, ऐयाशी मानते हैं।

पंखा नहीं था, गर्मी थी और भुवन पसीने से तर-ब-तर थी। ब्लाउज छाती और पीठ से चिपक गई थी, जैसे पसीना नहीं, गोंद हो! भुवनमोहिनी ने सीमेंट की फर्श पर पानी फैला दिया और कपड़े उतारकर धरती पर नंगी लेट गई। छत की ओर पीठ करके फर्श की शीतलता अपने अंग-अंग में महसूस करने लगी। शीशे में उसके शरीर की छाया पड़ रही थी और फ्रेम में रैमब्रेंट की विख्यात तस्वीर 'रिक्लाइनिंग फिगर' की तरह दिखती हुई भुवन अपने शरीर पर स्वयं ही मुग्ध हो रही थी।

अकेले और भीतर से बन्द कमरे में नंगा होने में कितना भला मालूम होता है, कितना पवित्र और कितना प्राकृत!

भुवन सुन्दर नहीं थी। उसके चेहरे पर चेचक के हलके दाग थे, बड़ी-बड़ी आँखों में उन्माद नहीं था, निरीहता थी। लेकिन उसका शरीर...शरीर नहीं था, जैसे साँवले पत्थर से बनाई गई कोई विशाल नारी-मूर्ति थी। भुवन का शरीर नहीं था, पत्थर था।

और जब चन्द्रभूषण लौटकर आया तो भुवन अपने कमरे में फर्श पर नंगी सोई पड़ी थी और शशिभूषण बाबू अपने कमरे में पसीने से भीगे हुए और परेशान होकर चहलकदमी कर रहे थे। बात साफ थी। शशिभूषण बाबू दरवाजे की फाँक से देर तक भुवन को देखते रहते थे। मगर चन्द्रभूषण ने बात को गलत ढंग से समझा। पिता-पुत्र

में लड़ाई हो गई, पत्नी को पति के हाथों देर तक पिटना पड़ा।

और इस घटना के दूसरे या तीसरे ही दिन चन्द्रभूषण की स्कूटर किसी कार से टकरा गई। अस्पताल में आखिरी दम तोड़ते हुए, चन्द्रभूषण ने सबके सामने ही उत्तेजित होकर भुवन से कहा, "इस पापी आदमी से बचकर रहना भुवन, यह मेरा बाप नहीं है, मेरा दुश्मन है..."

पति का दुश्मन पत्नी का भी दुश्मन होता है, मगर भुवनमोहिनी अपने श्वसुर को कभी दुश्मन नहीं समझ सकी। दुश्मन नहीं समझ सकी, क्योंकि शशिभूषण बाबू बहुत खिन्न थे, बेटे की आकस्मिक मृत्यु से बहुत दुखी थे, पश्चात्ताप-ग्रस्त थे और वह जानती थी कि इनका कोई दोष नहीं है और वह जानती थी कि चन्द्रभूषण के बाद इनके सिवा उसका कोई सहारा नहीं है। मैके में पिता नहीं थे, माँ थी, मगर वह भी अपनी बड़ी बेटी की ससुराल में रहती थी। एक भाई था, सो किसी छोटी जात की लड़की के साथ बम्बई या दिल्ली भाग चुका था।

भुवन और शशिभूषण बाबू साथ बाजार जाते थे। अकेली भुवन जाएगी तो मुहल्ले के लड़के बचने नहीं देंगे और शशिभूषण बाबू को तो साग-सब्जी भी खरीदना नहीं आता था। मगर भुवन कभी सिनेमा-थिएटर नहीं गई। कभी किसी पार्क या मैदान में नहीं घूमी-फिरी। कभी शहर से कहीं बाहर नहीं गई। सुबह उठकर दोनों व्यक्ति गंगा-स्नान करने और शाम को बाजार से सामान खरीदने जाते थे। बस।

इसके अलावा भोजन और जलपान के वक्त को छोड़कर भुवन और शशिभूषण बाबू में कभी कोई बातचीत नहीं होती थी। मुहल्ले के लड़के कितनी ही बातें फैलाते थे, यह भी कि भुवन गर्भवती है और यह भी कि फलाँ लेडी डॉक्टर से गर्भपात करवाया है और यह भी कि शशिभूषण बाबू मजबूती की दवा खाते हैं। मगर यह बातें ही थीं, सच्चाई नहीं थी।

सच्चाई सिर्फ यही थी कि भुवन का शरीर आम विधवाओं की तरह सूखता नहीं जा रहा था और चौड़ा और सलोना और मीठा और पागल करनेवाला होता जा रहा था और, शशिभूषण बाबू वाकई शराब पीने लगे थे। चटर्जी साहब और वे शतरंज खेलते थे और शराब पीते थे। चटर्जी साहब की बड़ी बेटी विधवा थी और हर सातवें-छठे महीने लेडी डॉक्टरों के पास जाती थी। चटर्जी साहब इसीलिए शराब पीते थे कि उनकी बेटी को लेडी डॉक्टरों के यहाँ जाना जरूरी था क्योंकि वह सेक्रेटेरिएट में स्टेनो थी और हर सातवें-छठे महीने उसका अफसर बदलता रहता था और वह हर महीने सवा दो सौ रुपये लेकर लौटती थी।

एक दिन भोजन के वक्त भुवन ने कहा, ''बाबूजी, गर्मी का मौसम आ गया है, बिजली का पंखा खरीद लीजिए न!''

शशिभूषण बाबू पंखे को आवश्यकता नहीं, ऐयाशी समझते थे। आँखें झुकाते हुए बोले, "बेकार में डेढ़-दो सौ रुपये लग जाएँगे।"

मगर गर्मी बढ़ती गई। फर्श पर नंगी होकर लेटने में भी शान्ति नहीं मिलती थी। रात तो छत पर बैठकर काटी जाती थी, मगर दिन काटना कठिन हो गया।

भुवन ने फिर कहा। शशिभूषण बाबू ने फिर सुन लिया। भुवन ने फिर कहा। भुवन ने बार-बार कहा तो शशि बाबू साठ-सत्तर रुपयों में एक सेकेंड हैंड सीलिंग फैन खरीद लाए। शशिभूषण बाबू के कमरे की छत में सीलिंग फैन फिट कर दिया गया।

दिन-भर शशिभूषण बाबू बाहर रहते थे और भुवन मजे में सारा दिन सोई रहती थी। रात में भुवन अपने कमरे में सोती थी और शशिभूषण बाबू पंखे का मजा उठाते थे। पंखा पुराना था, तेजी से घर्र-घर्र-घर्र की आवाज करता हुआ चलता था। कभी-कभी खराब भी हो जाता था–फिर भी पंखा था। फिर भी, पंखा था और हवा देता था और कमरे को और कमरे में रहनेवाले आदमी को शान्ति और सुख-शीतलता पहुँचाता था।

उस रात बहुत गर्मी थी। चटर्जी साहब के रिश्तेदार आए हुए थे, छत पर सोए थे, इसलिए भुवन छत पर जाकर भी बैठ नहीं सकी। भुवन का अपना कमरा तो जैसे जल रहा था। बिस्तरे में गर्मी थी, हवा में आग थी और उमस और पसीने से वह पिघली जा रही थी। उसकी इच्छा हुई कि वह अपने कपड़े ही नहीं, पूरे शरीर की चमड़ी भी उतार दे, हड्डियाँ उतार दे और एकदम नंगी होकर सड़क पर चली जाए, कहीं भी चली जाए।

शशिभूषण बाबू के कमरे से पंखे की तेज घर्र-घर्र-घर्र आवाज आ रही थी और भुवनमोहिनी को परेशान कर रही थी।

भुवन बरामदे में जाकर घड़े से पानी निकालने लगी। घड़ा खाली था। घड़ा खाली था और किसी भी कमरे में एक बूँद पानी नहीं। पानी का नल ग्यारह बजे रात को ही बन्द हो गया था, अब बारह बज रहे थे।

गर्मी और उमस और पसीना और प्यास! प्यास है–सिर्फ प्यास!

भुवन छटपटाने लगी, कमरे से बरामदे पर और बरामदे से कमरे में। ब्लाउज उतार लिया। पेटीकोट उतार लिया। साड़ी भी उतार ली। कहीं से कोई आवाज नहीं आ रही थी, शशि बाबू के सीलिंग फैन की लगातार घरघराहट के सिवा!

भुवन आईने के सामने खड़ी हो गई। समूची देह से चू रहे पसीने को हाथों से पोंछने लगी। दोनों स्तन जैसे जल-जल कर सुर्ख हो रहे थे। जैसे स्तन नहीं, आग के पिंड हों। भुवन ने दायाँ स्तन दोनों हाथों की तलहथियों के बीच दबाया। फिर बायाँ स्तन दबाया। मगर आग की एक भी चिंगारी नहीं निकली, आग के शोले बुझे नहीं।

भुवन फर्श पर बैठ गई। फिर उठी। फिर कमरे में चक्कर मारने लगी। सीलिंग फैन के डैनों की तरह कमरे में चक्कर मारने लगी। केश पसीने से लथपथ हो रहे थे और पीठ पर और छाती पर और चेहरे पर चिपक रहे थे। भुवन को लगा कि उसका शरीर उसका अपना शरीर नहीं है। लगा कि वह शरीर नहीं है, जिसे उसने सारे जहाँ से बचाकर और छिपाकर रखा है। जाँघों के सिरे की नीली धारियाँ...आखिर इन्हें अछूता और कुँवारा किसलिए रखा गया है...

भुवन बेहोश हो गई। अपनी बेहोशी में भुवनमोहिनी अपने कमरे से निकली और

सीधी शशिभूषण बाबू के कमरे में चली गई।

शशि बाबू खर्राटा मार रहे थे और पंखा अपने वेग में चक्करें काट रहा था। भुवन बिस्तरे के एक किनारे बैठ गई। फिर शशिभूषण बाबू की बगल में लेट गई। पंखा रुका नहीं, चलता ही रहा।

[ज्योत्स्ना]

एक ही वृत्त की रेखाएँ

ट्रेन जैसे ही देहरादून-जंक्शन पर रुकती है, अचानक ही सब कुछ बदल जाता है। सिर्फ मौसम ही नहीं, सब कुछ बदल जाता है। सिर्फ हवा ही नहीं, सब कुछ, सारा-कुछ। आँखों के चारों ओर का वातावरण, मन की स्थिति, मानसिक विचारधाराओं का क्रम, वस्तुओं को देखने की दृष्टि, सपाट, समतल मैदान से उठकर दिमाग पुरानी पहाड़ियों और पहाड़ी रास्तों पर आवारागर्दी करने लगता है।

कुली के सिर पर होलडाल और अटैची रखवाकर मणि बस-स्टैंड आया, तो दिन के तीन बज चुके थे। दिसम्बर-जनवरी की शाम। मसूरी के पहाड़ों से आती हुई बर्फ की नमी-भरी हवा। एक अनजान कँपकँपी से मणिभूषण का हृदय भर उठा।

टिकट खरीदने के कुछ ही मिनट बाद स्टेट-ट्रांसपोर्ट की त्रिमूर्ति छाप बस देहरादून-राजपुर रोड पर भागने लगी। आदतन मणि ने सिगरेट जलाई, तो सामने बोर्ड पर 'नो स्मोकिंग' के रहने के बावजूद कंडक्टर ने मना नहीं किया, क्योंकि बस के पहले दर्जे में मणि अकेला मुसाफिर था। पिछले दर्जे में दो-तीन पहाड़ी कुली थे और एक क्रिश्चियन बूढ़ी औरत थी, जो चुपचाप खिड़की से बाहर देख रही थी। अब चढ़ाई आ गई थी और मणि की सिगरेट खत्म हो चुकी थी और घुमावदार रास्तों पर बस रेंगती जा रही थी।

कंडक्टर एक सीट पर स्वयं भी बैठ गया और पहाड़ी बीड़ी जलाकर पीने लगा। फिर कोल्हू खेत-टॉल स्टेशन आ गया और कंडक्टर बोला, "साब, टोल आ गया है। आप मसूरी किसी को फोन करेंगे?"

मणि ने सोचा कि उसे फोन करना ही चाहिए। मगर वह किसे फोन करे? रिपब्लिक होटल के मिस्टर चड्ढा को या सेवाय होटल के मैनेजर को? या स्प्रिंग-बैंक की फ्रेंच महिला-हाउसकीपर को? नहीं, वह इन सबको फोन नहीं करेगा। वह होटल में रहने को मसूरी नहीं आया है। मगर वह सावित्री के यहाँ कौन सा मुँह लेकर जाए? और जाए भी तो क्यों, किसलिए, किस आधार पर, किस उद्देश्य से? क्या सावित्री के बड़े भाई साहब की पंजाबी लहजे की बात वह स्वीकार कर सकेगा? क्या सावित्री का मौन उससे सहा जाएगा?

अचानक मणि बस से उतरा और टोल ऑफिस की खिड़की पर रखा फोन उठाकर

उसने कहा, "मसूरी थ्री-सिक्स-नाइन, प्लीज!"

"सॉरी, इंगेज्ड, प्लीज!" उत्तर सुनकर जैसे मणि को राहत मिल गई। वह मुस्कुराया और एक ताजा सिगरेट जलाकर बस में आ बैठा।

अब सूरज पश्चिम की पहाड़ियों के पीछे छुपता हुआ भाग रहा था और हवा में बर्फ के लच्छे तैरने लगे थे। बस जब किंगक्रेग (मसूरी का बस-स्टॉप) पहुँची, तो वाकई बर्फ गिरने लगी थी–सफेद रुई के हलके-हलके लच्छे जैसी बर्फ।

कन्धे पर पड़ा कश्मीरी शॉल सलीके से ओढ़कर मणि डबल रिक्शे पर बैठ गया और रिक्शा सनीव्यू की तरफ धीमी चाल से बढ़ने लगा, तो अपने-आप पर मणि मुस्कुराया। सावित्री से, सावित्री के परिवार से उसका चार-पाँच वर्षों का घना परिचय है और पत्र द्वारा वह सावित्री के बड़े भाई को सूचित कर चुका है कि वह सावित्री से विवाह करना चाहता है। अपने लिखे उस पत्र के वाक्यों को स्मरण कर मणि को हँसी आई। ...हुश, क्या पागलपन है!

लाइब्रेरी-बाजार आकर मणि धीमे स्वर में रिक्शेवालों से बोला, "शार्लविल गेट चलो।"

शार्लविल गेट के निकट ही मिसेज मेकेंजी की कोठी है। कई बार पहले भी मणि उनके यहाँ मेहमान रह चुका है। मिसेज मेकेंजी एक आस्ट्रियन महिला हैं, जो मिस्टर मेकेंजी (जो एक जाने-माने चित्रकार थे) के मरने के बाद यहीं स्थायी रूप से रह गई हैं। दरअसल मिस्टर मेकेंजी एक घुमक्कड़ चित्रकार थे और वहाँ आस्ट्रिया में भी उनकी अपनी कोई सम्पत्ति नहीं थी। पहले यूरोपीय महायुद्ध के समय शरणार्थी बनकर भारत आए, मसूरी में कोठी खरीदी और यहीं रह गए। मिसेज मेकेंजी सीजन के दिनों फेमिली गेस्ट रखती हैं, इच्छुक लड़के-लड़कियों को गिटार और वायलिन सिखाती हैं, राज-परिवार की औरतों के लिए सिजनल कम्पेनियन का काम करती हैं। दो लड़के हैं, जो नौ सेना विभाग में पायलट-अफसर हैं। साल-दो साल पर माँ को मिलने आते हैं।

मणि को मिसेज मेकेंजी के यहाँ रहना अच्छा लगता है।

कॉल-बेल बजने पर उन्होंने स्वयं ही आकर मणि के लिए दरवाजा खोला और एकबारगी चीख-सी पड़ीं, "हियर! अरे, यह तो अपना प्रिंस मोनी है! हलो! अब ऊपर आए! आओ, अन्दर आओ! बाहर बर्फ गिर रही है। वंडरफुल! मैं नहीं एक्सपेक्ट करती थी कि तुम बर्फ देखने आओगे। इस बार सीजन में आए नहीं?"

मिसेज मेकेंजी को बहुत बोलने की बीमारी है। दूसरे को भी कुछ बोलने की जरूरत पड़ सकती है, ऐसा वह नहीं समझतीं।

रिक्शेवाले मणि का असबाब लाकर अन्दर रख गए और वे बोलती रहीं। मणि ने लम्बा-सा टिप दिया और अन्दर ड्राइंग रूम में आकर सोफे पर लेट-सा गया और वह बोलती रहीं। कोठी में दो नौकर थे, एक पहाड़िन आई थी और ये सब मणि को

पहचानते थे और इसीलिए मणि का बिस्तरा कोठी के सबसे बेहतर कमरे में ले गए और वे बोलती रहीं, ''इस बार तो बहुत बर्फ गिरी है। मोर दैन फाइव फीट! कितने लैंड-स्लाइड्स हुए हैं। कैमेल बैक रोड तो पूरी बरबाद हो गई। उस दिन हम लोग मिस्टर ब्लेक के बरिंअल सेरिमनी में गए थे। सड़कों पर दस-दस फीट बर्फ फैली थी। बट इट इज वंडरफुली पोयेटिक! तुम तो खुद शायर हो, प्रिंस मोनी, यू आर ए पोयेट!...''

मिसेज मेकेंजी चालीस के करीब हो गई हैं और वयस के इस आधिक्य ने जैसे उनके स्वरूप को और भी सुन्दर बना दिया है। स्कूलों में पढ़ानेवाली बूढ़ी मेमों की तरह उनका चेहरा विकृति और कुरूपता की तस्वीर नहीं पेश करता। मिसेज मेकेंजी की मुस्कुराहट अभी भी ताजा फूलों की तरह जीवित लगती है। साधारण कद, स्वभाव और शरीर के रंग में पवित्रता, बात-बात पर मुस्कुराना, घने, रेशम के लच्छों-से केश और सुन्दर कपड़ों में लिपटे हुए सुन्दर हाथ-पाँव!

''आई एम वेरी-वेरी हैप्पी, प्रिंस! दैट यू हैव कम! यहाँ ऑफ-सीजन के दिनों में अकेलापन बहुत खलता है। इट इज मोस्ट बोरिंग टु बी एलोन इन द इवनिंग्स!...'' अन्त में वह बोलीं और मणि की आँखों में देखकर अपनी आँखों में नकली लज्जा का आवरण डालकर हँसने लगीं।

जब मणि कपड़े बदलकर, बालों में कंघी डालता हुआ ड्राइंग में आया, तो पहाड़िन नौकरानी बीच की गोल टेबल पर शाम की कॉफी लगा रही थी और मिसेज मेकेंजी बाहर बालकनी में किसी से बातें कर रही थीं। मणि को आया जानकर वह वहीं से बोलीं, "प्रिंस! मिस लिटिलउड आई हैं! शी इज योर ओल्ड फ्रेंड, इजिंट?"

मिस लिटिलउड से मणि का बहुत पुराना परिचय है। वह सेंट जार्जेज कॉलेज में पढ़ता था, तो मिस उड लड़कियों के हॉस्टल की वार्डेन थीं। अब भी मिस उड उसी पद पर हैं। लगभग चालीस वर्षों से मिस उड उसी पद पर हैं। गर्ल्स-होस्टल की ऊँची चारदीवारी, लड़कियों का शासन-अनुशासन, जासूसी उपन्यास-लेखकों की किताबें, एलेरी क्वीन और अगाथा क्रिस्टी और कानन डायल और अर्ल स्टैनली गार्डनर की किताबें, अंग्रेजी फिल्में और फिल्मी अखबार–यही मिस उड का जीवन है।

भीतर आकर मिस उड ने मणि से हाथ मिलाया और सिर्फ एक वाक्य बोलीं, "इट इज नाइस टु मीट ए फ्रेंड इन विंटर!" और खाली आरामकुर्सी में धँसकर दैनिक समाचार-पत्र देखने लगीं।

फिर मेकेंजी प्यालों में कॉफी बनाने लगीं।

''जानते हो, प्रिंस, सर्दियों में हर साल मेरे घुटनों में दर्द उठने लगा है,'' –मेकेंजी बोलती रहीं, ''मैं अक्सर बीमार रहती हूँ। सीजन के दिनों में तो मेहमानों में सारा-कुछ भूल जाती हूँ, मगर सर्दियाँ बर्दाश्त नहीं होतीं। हर साल सोचती हूँ, नीचे दिल्ली या बम्बई चली जाऊँगी। मगर कोठी दरबानों के भरोसे छोड़ी नहीं जाती। पीछे तो वे

खिड़कियों के शीशे तक बेच डालेंगे। यू कांट हैव फेथ अपान सर्वेंट्स!''

मिस उड चुप रहीं। मणि भी चुपचाप कॉफी पीता रहा। उसका ध्यान मिस उड की तरफ नहीं था, मेकेंजी की बातों की तरफ नहीं था, कॉफी के गरम प्याले की तरफ नहीं था, वह सावित्री की सोच रहा था...

मेकेंज़ी की बातों को रोकने के उद्देश्य से मिस उड बोलीं, “मणि साब, मुझसे डॉक्टर सिन्हा कह रहे थे कि आप मिस्टर ठाकुर की बहन से शादी करनेवाले हैं...”

“हाँ, यह सच है। मैं मिस सावित्री से शादी करना चाहता हूँ! इधर आप उन लोगों से मिली हैं?” मणि ने पूछा।

“यस, आई आफन सी देम!”

“सावित्री कैसी है?”

“शी इज वंडरफुल! अभी कल मेरे होस्टल आई थी। आई एम हेल्पिंग हर इन लर्निंग फ्रेंच!”

अचानक मणि को याद आया, मिसेज मेकेंजी की कोठी में फोन भी है। उसने सोचा कि अब सावित्री को फोन करना ही चाहिए।

“मैं जरा फोन करके आता हूँ,” मणि उठकर बगल के कमरे में चला गया।

“मसूरी, थ्री-सिक्स-नाइन, प्लीज!”

“हलो, हू इज स्पीकिंग?”

“मणि स्पीकिंग।”

“ह्वाट सेड? कौन बोल रहा है?”

“मैं, मणि बोल रहा हूँ।”

“मैं सावित्री हूँ!”

“मैं समझ रहा हूँ। तुम्हारी आवाज भूल नहीं सकता!”

“कहाँ से बोल रहे हो? देहरादून से?”

“नहीं, मिसेज मेकेंजी की कोठी से।”

“कब आए? पहले खबर क्यों न की?”

“कुल दो घंटे पहले ही आया हूँ।”

“दो घंटे बहुत होते हैं!”

“होते होंगे। मेरे लिए तो पाँच साल भी कुछ नहीं हैं।”

“फिर?”

“फिर कुछ नहीं! कोठी पर कौन-कौन हैं?”

“कोई नहीं! भाई साहब देहरादून गए हैं। कल सुबह लौटेंगे। कोठी पर सिर्फ नौकर-चाकर हैं।”

“मैं आ जाऊँ?”

“नहीं, मैं ही आती हूँ। फिर साथ ही कोठी पर वापस आएँगे। कहाँ आ जाऊँ?”

"गांधी चौक पर आ जाओ। मैं वहीं रेस्ट-हाउस में इन्तजार करूँगा।"

फोन रखने के बाद मणि अपने कमरे में गया। कपड़े बदले। ओवरकोट और वाटरप्रूफ लिया। देहरादून में खरीदी गई वालनट की नई छड़ी उठाई और ड्राइंग में आकर बोला, "मिस उड, मिसेज मेकेंजी, आप लोग बातें कीजिए। मैं जरा दोस्तों से मिल आऊँ!"

"दोस्तों से या सावित्री से?" मेकेंजी ने मजाक किया। इस मजाक में बहुत अपनापन था, स्नेह था, इसलिए मणि हँसने लगा। वैसे, मणि हलका-सा भी मजाक बर्दाश्त नहीं करता। नाराज हो जाता है और बहुत ही कड़े शब्दों में उत्तर देता है। मणि के स्वभाव में जरा भी रस-बोध नहीं है। रक्त में सामन्ती कण होते हुए भी मणि रसिक नहीं है, उजड्ड है, जंगली है...।

छड़ी घुमाता हुआ, धीमे स्वर में एक गीत गुनगुनाता हुआ मणि शार्लविल गेट के पास चला आया :

आई लव्ड ए गर्ल इन द हिल्स
आई लव्ड ए गर्ल
आई पेड हर इच हेवी बिल्स
आई लव्ड ए गर्ल
आई लव्ड ए गर्ल इन द हिल्स...

मणि रिक्शे पर बैठने को ही था कि बड़े ही आत्मीय स्वर में किसी ने पीछे से पुकारा, "हलो, प्रिंस!"

मणि ने पीछे घूमकर देखा, सामने शार्लविल होटल की उतराई की तरफ से नाइट-नेस्ट होटल का मैनेजर, मिस्टर भाखड़ी चला आ रहा है।

"कब आए, प्रिंस?"

"आया तो आज ही, मगर अब प्रिंस नहीं हूँ, सिर्फ मणिभूषण हूँ।"

"ए प्रिंस इज ए प्रिंस आलवेज! प्रिंस कभी अपने दर्जे से नीचे नहीं उतरता है! खैर, यह सब छोड़ो! चलो, हिकमेंस चलें!"

"मैं हिकमेंस नहीं जा सकूँगा। एक इंगेजमेंट है। तुम अभी जाओ, भाखड़ी। तुमसे कल मिलेंगे।" रिक्शे पर बैठता हुआ मणि बोला।

मगर होटल का अनुभवी मैनेजर यों ही छोड़नेवाला न था, "ऐसा कैसे होगा? इस बार तुम सीजन में भी नहीं आए। अब आए हो। चलो, कहीं बैठकर बातें करेंगे। इच्छा होगी, तो मिस कपूर को बुला लेंगे। अरे, तुम मिस कपूर को भूल गए? पिछले ही साल तो 'क्वीन ऑफ हिल्स' टाइटिल जीता है उसने! अभी तो पूरे फार्म में है! चलो, तुम्हें मिलाएँ उनसे!"

"मैं नहीं जाता, भाखड़ी! तुम अभी जाओ।" मणि को गुस्सा आने लगा था। सोसायटी के ये दोस्त, सोसायटी की ये लड़कियाँ उसे अच्छी नहीं लगतीं, क्योंकि इनमें सिर्फ

खोखलापन होता है। इनके खोखलेपन में शराब की बोतलें भर दो, जिस्मी हवस का वहशीपन भर दो, और कुछ इनमें समा ही नहीं सकता!

"अच्छा, तो अभी तुम जाओ। लगता है, किसी नए पंछी को टाइम दे बैठे हो। मगर प्यारे! आज रात किसी वक्त 'नाइट नेस्ट' में आओ। विंटर बॉल है आज वहाँ। सभी रहेंगे। मिस कपूर, कैप्टेन भारद्वाज, मिसेज लूथर, मिसेज सिन्हा, बैरिस्टर भारती, मिस भारती..."

मणि का रिक्शा आगे बढ़ गया।

सावित्री गांधी चौक के रेस्ट हाउस में पहले से ही खड़ी थी। खूब जोरों की बर्फ गिर रही थी। सारा चौक उजला-उजला हो रहा था। जीत रेस्तराँ और सब्जीवालों को छोड़कर सारी दुकानें बन्द थीं। सनीव्यू के पास कुछ रिक्शे और कुली खड़े थे। एक एंग्लो-परिवार के बच्चे बर्फ में कुत्तों के पीछे भाग रहे थे। सावित्री चुपचाप रेलिंग के सहारे खड़ी कुहरे में डूबी हुई पहाड़ियों को देख रही थी।

मणि रिक्शे से उतरा, तो सावित्री सीधी उसके पास चली आई। मणि को अचानक ही जैसे दिल में एक धक्का-सा लगा, हालाँकि उसने मुस्कुराने की ही चेष्टा की। तकलीफ सावित्री को भी हुई, मगर सौजन्यपूर्ण मुस्कुराहट के आचरण में वह अपनी तकलीफ को कलापूर्ण ढंग से चुरा गई। एक सेकेंड तक झिझकने के बाद वह एकदम निकट आ गई और बिना एक भी शब्द बोले उसने मणि का दाहिना हाथ अपने दोनों हाथों में ले लिया और लम्बी पलकें झुकाकर सहमी-सहमी निगाहों से अपने होनेवाले स्वामी को देखती रही।

जन्मतः सावित्री एक कश्मीरी लड़की थी। पहाड़ों का सारा सौन्दर्य उसके स्वरूप में भरा था, सँवरा था। उसकी दृष्टियों में लज्जा के अतिरिक्त पर्वतीय निर्भीकता थी, निर्दोषिता थी। उसके शरीर का सारा कुँवारापन उसकी आँखों की निर्दोष रेखाओं में सिमट आया था। वह बीस-बाईस साल की थी और उजले सिल्क की साड़ी और काले ओवरकोट में बहुत भली लग रही थी।

मणि ने बहुत ही सीधी निगाहों से उसके समूचे शरीर को देखा और मुस्कुराया।

वह चुप रही। मुस्कुराने की भी आवश्यकता उसे प्रतीत नहीं हुई।

"मुझे आपके आने की उम्मीद नहीं थी," उसने कुछ रुककर बहुत ही धीमे स्वर में कहा।

"मुझे भी उम्मीद नहीं थी कि मैं आ सकूँगा, मगर अचानक चला आया। एक दफा इच्छा हुई और कलकत्ते से देहरादून का टिकट खरीद लिया। पहले तुम्हें टेलीग्राम भी नहीं कर सका।" उसने शरमाने की कोशिश करते हुए उत्तर दिया।

"आप दिल्ली होकर आए हैं? मिरिंडा हाउस गए थे?" उसने पूछा।

मिरिंडा हाउस कॉलेज में सोनाली पढ़ती है। सोनाली एक बंगालिन युवती है और इस युवती से इन दिनों मणि का अच्छा-खासा रोमांस चल रहा है, यह बात

सावित्री को पहले कई बार कई लोग बता चुके हैं।

"मैं कलकत्ते से सीधा आया हूँ। दिल्ली में कई आवश्यक कार्य हैं, मगर वहाँ गया नहीं। सीधा मसूरी चला आया।" सावित्री की इस बात का मणि कोई कड़ा उत्तर देना चाहता था, मगर उसने अपने को संयत रखने की चेष्टा की। यों ही क्रोध प्रकट करके वह अपने को सस्ता नहीं साबित करना चाहता था। वह बर्फ-भरी यह शाम शिकवा-शिकायतों में बरबाद होने देना नहीं चाहता था। वह चाहता था, सौन्दर्य, मात्र सौन्दर्य! वह स्थिर दृष्टियों से सावित्री के यौवनमय शरीर की उजागर सौन्दर्य-रेखाओं को देखता रहा और जैसे रूप का खुमार उसकी आँखों में चढ़ने लगा। सावित्री के गले में उजले पत्थर का एक हार था, जिसके बीच में दो बड़े-बड़े मोती के गोल टुकड़े पड़े थे। वह और कोई अलंकार नहीं पहने थी।

"हम लोग क्यों नहीं टहलते हुए कैमेल बैक की तरफ चलें? वहीं से अपनी कोठी पर चले जाएँगे!" सावित्री ने प्रस्ताव किया।

मणि ने कोई उत्तर नहीं दिया, चुपचाप सिगरेट जलाता हुआ आगे बढ़ने लगा। सावित्री भी चलने लगी। उसने मणि का हाथ छोड़ दिया और ओवरकोट पर गिरे बर्फ के कण झाड़ने लगी। मणि को अचानक फिर सावित्री पर बहुत गुस्सा आने लगा और सावित्री के विरुद्ध बहुत घृणा उसके मन में उपजने लगी। वह भूल-सा गया कि इस युवती से विवाह करने का प्रस्ताव उसने उसके बड़े भाई के पास रखा है और ऐसी कोई भी सम्भावना नहीं है कि उसके भाई इस प्रस्ताव से इनकार करेंगे या करना चाहेंगे; बल्कि यह सम्बन्ध उन्हें बहुत ही प्यारा जँचा होगा। मणि बहुत ही ऊँचे सामन्ती घराने का युवक है, डबल एम.ए. है, बैंकों में लाखों की जायदाद पड़ी है। कलकत्ते में भारी कारोबार है और मणि बिजनेस सँभालना जानता है। लड़की के अभिभावकों को इससे ज्यादा चाहिए ही क्या! मगर फिर भी मणि को घृणा हुई कि जिस तरह परवाने रोशनी की तरफ भागते हैं, वह क्यों इस सुन्दर और सुसंस्कृत युवती के पीछे भाग रहा है? सावित्री उसकी बगल में चलती रही, चलती रही और उसके मन में घृणा का बोझ भारी होता चला गया।

बर्फ गिरना बन्द हो गया। कुहरा भी फटने लगा और रात का अँधेरा फैल गया। पहाड़ों की काली, स्याह, अन्धकार-भरी रात। बिजली के लैम्प-पोस्टों की ज्योति में सड़कों पर जमा हुआ बर्फ का पानी चमकने लगा और दूर की पहाड़ियाँ रोशनी की फूल-मालाओं से लदी दिखने लगीं। बाईं ओर गहरी घाटियाँ थीं। दाहिनी तरफ ऊँची कैमेल बैक की पहाड़ी थी, जिस पर लगातार कोठियाँ-ही-कोठियाँ थीं—सूनी-सूनी, उदास-उदास कोठियाँ। रास्ता एकान्त था और डरावना-सा लग रहा था। सामने के रेस्ट हाउस के पास जाकर सावित्री पत्थर की बेंच पर बैठ गई, "आप एक सिगरेट पी लीजिए, फिर आगे चलेंगे!"

"क्यों, थक गईं क्या?"

"नहीं, थक नहीं गई हूँ। पिछले साल एक रात बड़ी देर तक हम और आप यहीं बैठकर बातें करते रहे थे। इसीलिए आज भी बैठ गई। यहाँ बैठना आपको अच्छा लगता है, आपने ही उस बार कहा था।"

"हो सकता है, मैंने कहा हो!"

"आपको अपनी ही बातें याद नहीं रहतीं?"

"बातें याद रहना कोई अच्छी बात तो है नहीं। जो भूल जाएँ, वही अच्छा है। याद तो कभी-कभी बहुत दुख देती है। वैसे भी मैं कवि नहीं हूँ। ये सब कविता-भरी बातें मुझे याद नहीं रहतीं। मैं तो व्यापारी हूँ। कॉटन और जूट के भावों का चढ़ाव-उतार याद रहता है।"

जैसे मणि के व्यंग्य पर सावित्री ने ध्यान ही नहीं दिया हो, बोली, "अँधेरा है, फिर भी आज की रात बड़ी हसीन है।"

"मगर चाँद नहीं है, सितारे नहीं हैं, आकाश में आवारा घूमते हुए बादल भी नहीं हैं!"

वह घूमकर मणि की ओर देखने लगी। 'कहीं मणि की बातों में कोई दूसरी बात तो नहीं है? या वह सच में मेरी हर बात काटना चाहता है? क्या वह मुझसे नफरत करने लगा है? क्या मिरिंडा हाउस की वह रवि ठाकुर के देश की लड़की मुझसे ज्यादा सुन्दर है? या मणि मेरे किसी व्यवहार के लिए दुखी है? क्या मैं उससे असभ्यता से पेश आई हूँ? क्या...'

सावित्री ने फिर मणि का हाथ पकड़ लिया और उसकी उँगलियों से खेलने लगी। मणि पत्थर के बेंच की बाँह पर बैठ गया और एक बहुत ही पुरानी फिल्म का गीत गुनगुनाने लगा :

फैली हुई हैं सपनों की बाँहें
आ जा चल दें कहीं दूर
यही मेरी मंजिल यही तेरी राहें
आ जा चल दें कहीं दूर

"आज की रात बहुत हसीन है, मेरा भी जी कोई गीत गाने का करता है!" सावित्री ने मुस्कुराते हुए कहा।

"तो गाओ न!" मणि ने कहा और चुप हो गया।

सावित्री बड़ी देर तक बहुत ही हलके और मीठे स्वर में मणि का गुनगुनाया हुआ गीत गाती रही और सपनों की बाँहों में डूबी-डूबी रही और मणि गीत के नशे में अलसाता रहा।

इस तरह, एक वर्ष के विछोह के बाद मिले हुए, ये दोनों प्यार और घृणा, सपने और सत्यों में डूबते-तैरते रहे।

"आप मिसेज मेकेंजी के यहाँ ही ठहरेंगे? उनके यहाँ आपको तकलीफ नहीं होगी?" अन्त में उसने मणि से साफ-साफ पूछा।

"कल तक ही तो ठहरना है। कल सुबह तुम्हारे भैया से बातें करूँगा। शाम को दिल्ली के लिए चल दूँगा। बर्फ देख ही ली। बेकार यहाँ रहने से कोई लाभ नहीं है।"

दिल्ली का नाम सुनते ही जैसे सावित्री को लगा कि वह इसी बर्फ में गल जाएगी। दिल्ली का अर्थ है सोनाली! और औरत का अर्थ है ईर्ष्या!

इसी वक्त एक खुला रिक्शा बगल की सड़क पर से गुजरा। रिक्शे में एक मर्द और एक औरत बड़े ही अभद्र ढंग से बैठे थे और उस अभद्रता को पाँच रिक्शा-कुली खींचे चले जा रहे थे।

"शेमलेस ब्रूट्स!" मणि चीखा और सावित्री लाज से गड़ गई। एक विचित्र-सी झुरझुरी उसकी नसों में फैल गई और पता नहीं क्यों, उसे भी इच्छा हुई कि मणि भी उसे इसी तरह अपनी बाँहों में घेर ले, लपेट ले और जकड़ ले। लाज, वासना, क्रोध, घृणा, प्यार, पाप, इच्छा, आकांक्षा, पुण्य, हिंसा, जंगलीपन, सभ्यता की हजारों लहर एक साथ उसके सम्पूर्ण अस्तित्व को झकझोर गईं और नर्वस होकर उसने अपनी गोद में पड़े मणि के हाथों को छोड़ दिया, किनारे कर दिया।

"मैं इस जंगलीपन से घृणा करती हूँ।"

"क्यों?" उसने मुस्कुराते हुए पूछा।

"मैं कारण नहीं जानती। शायद मेरा संस्कार ही ऐसा है! मैं कोमलता पसन्द करती हूँ—विचारों में भी और कार्यों में भी!"

"मैं हर समय कोमलता पसन्द नहीं करता।"

"कभी-कभी मैं भी जंगलीपन पसन्द करती हूँ। मगर इस वक्त नहीं। यह रात बहुत कोमल है।" वह अपनी आँखें बन्द करती हुई बोली, जैसे इस अँधेरी रात के सारे सौन्दर्य, सारे एकान्त, सारी शान्ति को वह अपनी बन्द पलकों में समेट लेना चाहती हो!

"मेरे लिए कोमलता कोई मतलब नहीं रखती। भूख लगने पर मैं खाद्य पदार्थ की कोमलता अर्थात् उसका स्वाद नहीं देखता। मैं सिर्फ उसे खा जाना चाहता हूँ। प्यास लगने पर मैं जल या कॉफी या ह्विस्की के गिलास या कप का रूप और कोमलता नहीं देखता। मैं सिर्फ उसमें भरे पेय को पी जाना चाहता हूँ। मेरी समझ में किसी वस्तु का सौन्दर्य उसकी कोमलता और उसका काव्य नहीं है, बल्कि उसकी उपयोगिता की शक्ति है। जो वस्तु उपयोगी नहीं, चाहे कितनी भी कोमल हो, मुझे पसन्द नहीं। इसीलिए किसी औरत के कोमल प्यार को मैं पसन्द नहीं करता हूँ। मैं पसन्द करता हूँ औरत का मजबूत शरीर, उसका निश्चल विश्वास, उसकी आँखों का सुदृढ़ तेज! वही तेज जो अग्नि-परीक्षा के समय मिथिला की राजकुमारी सीता की दृष्टियों में प्रज्वलित था।" इतना लम्बा डायलॉग मणि एक ही साँस में बोल गया। मणि के चरित्र में नाटकीय तत्त्व हैं। वह ड्रामा पसन्द करता है। पैंट की जेबों में दोनों हाथ डालकर

सामन्ती अदा में, आवाज भारी बनाकर धीमे-धीमे बोलना पसन्द करता है।

मगर सामन्ती परिवार की परम्पराओं में पली हुई, इस बुद्धिजीविनी लड़की ने उसकी बातों को प्रश्रय देकर रात के सौन्दर्य को गँदला नहीं करना चाहा। इसलिए बोली, "अगर हम लोग कोमलता और जंगलीपन में उलझे रहे, तो स्वयं भी जंगली बन जाएँगे। सच तो यह है कि हम सभी जंगल-कानून को मानते हैं। वक्त पर चाय-कॉफी न मिले, बाथ के लिए गरम पानी न मिले, सिनेमा जाने के लिए कोई साथी न मिले, तो हमारा सिर दुखने लगता है, चकराने लगता है, फटने लगता है। यह जंगलीपन नहीं तो और क्या है?"

सामने नीचे की पहाड़ियों पर आदिवासियों का एक गाँव दिख रहा था। गाँव में मशालें जल रही थीं और तुरही, ढाक और मुरली की धुन पर पर्वतीय गीत बज रहे थे।

"शायद गाँव में विवाह हो रहा है।"

"होगा।"

"इन गाँववालों की शादी की विधि बड़ी अजीब होती है," सावित्री ने विवाह की बातों का टॉपिक बदलना नहीं चाहा।

"बहुत अजीब! एक ही औरत एक साथ कई पुरुषों की पत्नी बन जाती है और बनी रहती है। चार भाई मिलकर एक हट्टी-कट्टी औरत खरीद लाते हैं और उसे बीबी बना रखते हैं। न समाज ही इसका विरोध करता है, न वह औरत ही।" मणि ने कहा।

"द्रौपदी और पांडवों की कथा झूठ नहीं है, ऐसा लगता है..." सावित्री मुस्कुराई।

"औरत को द्रौपदी नहीं बनना चाहिए।"

"मगर इसमें द्रौपदी का क्या दोष?"

"दोष किसका है?"

"पांडवों का!"

"शायद तुम सच कहती हो," मणि सावित्री की बाँहों में उँगलियाँ धँसाता हुआ बोला।

सावित्री बेंच से उठकर खड़ी हो गई, "अब चलना चाहिए।"

पानी फिर टिप्-टिप्-टिप् बरसने लगा था और जलकणों में ओले के छोटे-छोटे टुकड़े भरे थे। रास्ते पर काफी बर्फ जमी थी, जिसे बीच से काटकर सिटी-बोर्डवालों ने रास्ता बना दिया था। बर्फ के जमने और बरसात के कारण सड़क पर फिसलन थी, मगर बार-बार मणि के शरीर पर गिरकर सावित्री यह साबित नहीं करना चाहती थी कि वह जानबूझकर उसका सहारा लेना चाहती है।

मणि बहुत सीधा तनकर चल रहा था। बर्फ पर चलना उसे आता था। आइस-स्कीइंग और स्केटिंग में वह स्कूल के दिनों से ही माहिर था। मगर सावित्री बार-बार फिसल रही थी और पाँवों के जूते बर्फ की परतों में फँस रहे थे।

कैमेल बैक रोड का बड़ा-सा ग्रेवयार्ड आ गया। सारे मसूरी के क्रिश्चियनों का शव यहीं गाड़ा जाता है। मीलों लम्बी है यह कब्रगाह! अँधेरे में ऊँचे-ऊँचे क्रासों की सफेद परछाइयाँ मन पर विचित्र-सी तस्वीरें खींचने लगती हैं। सावित्री को डर लगने लगा। वह मणि के शरीर से सटकर, एकदम सटकर चलने लगी। मणि मुस्कुराया और बोला, "डरनेवाली हर लड़की को किसी निडर पुरुष का सहारा लेना ही पड़ता है।"

मणि बहुत निडर है, वह कितनी रात अकेले ग्रेवयार्ड में घंटों बैठा रहा है, वह भूत-प्रेत तक नहीं मानता, ये बातें सावित्री को मालूम हैं। मणि के स्वभाव के इसी दुस्साहसों के कारण वह आरम्भ में उसके प्रति आकर्षित हुई थी। बचपन से फेयरी-टेल्स और ग्रीक-टेल्स का साहसी राजकुमार यह मणि ही था!

'आशियाना'—सावित्री की कोठी का मुख्य द्वार आ गया। दरवाजे पर ही पाइन के दो ऊँचे दरख्त थे और लोहे के मेहराबों में कितनी ही अपरिचित झाड़ें लटकी थीं।

दरवाजे के पास आकर मणि रुक गया और प्यार-भरे स्वर में बोला, "इन पेड़ों और मेहराबों से बहुत ही प्यार है मुझे। रातों में कितनी बार कितनी देर तक अकेले खड़े होकर इन्हें देखता रहा हूँ।"

"आप भीतर नहीं आएँगे?" आगे बढ़ती हुई सावित्री ने पूछा।

"क्या मैं लौट न जाऊँ? मिसेज मेकेंजी मेरी प्रतीक्षा करती होंगी। अच्छा, कुछ देर और सही।" उसने सावित्री के पीछे-पीछे, उतार पर चलते हुए कहा और कोठी के मेन लाइट में रिस्टवॉच देखने लगा। मगर पानी की बूँदें डायल के शीशे पर जम गई थीं और वह अक्षर पढ़ नहीं पाया। हाथ से शीशा साफ करके देखने की इच्छा उसे नहीं हुई।

बरामदे में ही कुछ नौकर बैठे हुए थे, जिन्होंने उठकर मणि का वाटरप्रूफ और छड़ी ले ली। सावित्री बोली, "मणि बाबू, कम टु माइ फ्लैट!"

सावित्री का कमरा काफी बड़ा और खिड़कियों से भरा था। इस वक्त सारी खिड़कियों के शीशे चढ़े थे, कमरे के बीच में सोफासेट के करीब बिजली का हीटर जल रहा था। दीवालों पर खास्तगीर, हुसैन और अमृता शेरगिल की तस्वीरें। एक कोने में शीशे के स्टैंड पर महात्मा गौतम की एक बड़ी-सी मूर्ति। दूसरे कोने में फिश-बॉक्स। सफेद जल में तैरती हुई छोटी-छोटी रंगीन मछलियाँ। नियॉन लाइट। कहीं भी अरुचि नहीं, सारा कुछ जैसे किसी मेहमान के लिए सजाया गया हो! ऐसा लगता था कि कमरे में कोई रहता ही नहीं। एक किनारे बड़ा-सा पियानो-सेट रखा था। मणि सीधा वहीं गया और मखमल का ढक्कन उठाकर पियानो से खेलने लगा।

सावित्री बगल के कमरे में चली गई।

मणि पियानो पर एक गीत बजाने लगा, एक पुराना गीत, जो सावित्री को बहुत

प्यारा था :

के सेरा सेरा...
के सेरा सेरा...
ह्वेन आई ग्रियू अप एंड फॉल इन लव
आई आस्क्ड माई स्वीट हर्ट, ह्वाट लाइज एहेड
विल वी हैव रेन-बो डे आफ्टर डे...

अचानक बगल के कमरे से सावित्री चीखी, "मणि बाबू, यह गीत रहने दीजिए! यह गीत मत बजाइए!"

"क्यों न बजाऊँ?" मणि जानता था कि वह क्यों यह गीत नहीं सुनना चाहती है। सावित्री बड़ी सेंटीमेंटल लड़की है। हांगकांग की एक स्टेज-गायिका के चेहरे पर एक दूसरी औरत ने तेजाब से भरी बोतल फेंक दी थी, क्योंकि वह गायिका *'के सेरा सेरा'* गा रही थी :

विल वी हैव रेन-बो डे आफ्टर डे
हियर इज ह्वाट माई स्वीट हर्ट सेज
के सेरा सेरा...
ह्वाट एवर विल बी विल बी
द फ्यूचर इज नॉट आवर्स टु सी
के सेरा सेरा...
के सेरा सेरा...

कपड़े बदलकर सावित्री हाँफती हुई आई, "मणि बाबू, यह गीत मत बजाइए! मेरा दिल बैठने लगता है!"

पियानो सेट पर विलायती गुलाबों का एक लम्बा-सा गुलदस्ता पड़ा था। मणि ने एक फूल उठा लिया और उसे दाँतों से कुरेदकर खाने लगा। सावित्री सोफे पर बैठ गई और टेबल पर पड़ा अखबार देखने लगी।

एक फैशनेबल पंजाबिन नौकरानी कमरे में आई और पूछने लगी, "बीबी जी, डिनर लगाऊँ?"

"अभी रहने दो। हम खुद नीचे आ जाएँगे! तुम जाओ।" सावित्री ने उत्तर दिया।

नौकरानी मणि को लम्बा-सा सलाम दागकर लौट गई।

मणि लगातार दो-तीन गुलाब के फूल खा गया। फिर सावित्री की बगल में आकर बैठ गया। फिर उसने सावित्री के हाथ चूम लिए। सावित्री शरमा गई और इलस्ट्रेटेड वीकली में नव-विवाहितों की तस्वीरें गौर से देखने लगी।

मणि के दिल में कई विचार एक साथ तैरने लगे थे। ...सावित्री! सावित्री उसकी मँगेतर है, उसकी प्रेमिका है, उसकी अपनी है। वह सावित्री को प्यार करता है। विवाह के बाद हनीमून मनाने वे दोनों कश्मीर जाएँगे, श्रीनगर में हाउसबोट पर झेलम के

सातों पुलों और बाजारों के चक्करें लगाएँगे। विवाह के बाद सावित्री उसके जीवन पर राज करेगी, जिसके इन्तजार में बरसों से लम्बी बरसातों की तरह उसने आँसू बहाए हैं। उसने प्यार भी किया है।...

फिर उसे याद आया कि वह सावित्री से नफरत करता है। मिरिंडा हाउस की सोनाली की तरह सावित्री में आग नहीं है। वह शोला नहीं है, जिसमें लपक हो, जला सकने की ताकत हो। सावित्री धीमी चाल में बहनेवाली नदी है, तूफान नहीं है। वह और सावित्री, दोनों एक-दूसरे से भिन्न तत्त्वों के बने हैं।

अचानक मणि की नजरें बुक-शेल्फ पर गईं। ऊपर के खाने में किताबें नहीं थीं, सिर्फ एक छोटी-सी तस्वीर गोल फ्रेम में रखी थी—मणि की तस्वीर! वह मुस्कुराया।

सावित्री मणि की मुस्कान का अर्थ समझ गई। फिर बोली, "अब क्या होगा?"

"अब कुछ नहीं होगा। यहाँ से उठकर मैं मिसेज मेकेंजी के यहाँ जाऊँगा। डिनर लूँगा। नाइट सूट पहनूँगा। जेब में ढेर-से रुपये डालूँगा और 'नाइट नेस्ट' चला जाऊँगा। वहाँ मिसेज लूथर होगी, मिसेज सिन्हा होगी, मिस कपूर मेरी प्रतीक्षा करती होगी। मिस्टर भाखड़ी ने कपूर को बताया होगा कि मैं प्रिंस हूँ। इसीलिए मिस कपूर मेरे गिलास में स्कॉच ज्यादा और सोडा कम डालेगी और खुद भी मेरे लिए स्कॉच का गिलास बन जाएगी। बस, यही सब होगा!" मणि ने कहा और उठकर कमरे में टहलने लगा।

सावित्री ने सोचा, यह जंगली आदमी विवाह कैसे करेगा? मणि तो आदमी नहीं है, रॉयल बंगाल टाइगर है। मणि तो गुलाब की पत्तियों को भी नोचकर खा जाता है।

सावित्री उदास-उदास दृष्टियों से मणि को देखने लगी। उसकी आँखें बहुत चौड़ी हो, दर्द से भर गईं।

"आप ऐसी बातें क्यों करते हैं?"

"तो क्या गीता के अद्वैतवाद की चर्चा करूँ?"

"आप लड़कियों में बहुत इंटरेस्टेड हैं!"

"बहुत लड़कियाँ मुझमें इंटरेस्टेड हैं!"

"इससे कोई फर्क नहीं पड़ता!"

"मत पड़े! मुझे क्या है..."

"मगर, ऐसे कैसे चलेगा?" वह धीरे-धीरे बहुत उदास स्वर में बोली, "आपको याद है, आपने मेरे भाई साहब को कुछ वादे किए हैं!"

"तुमसे विवाह करने का वादा किया है!" वह एकदम घूमकर व्यंग्यपूर्ण लहजे में बोलने लगा, "शादी, एक घर, एक परिवार, सभ्य पति होना, लगातार एक के बाद एक सन्तान पैदा करना, सन्तानों का विवाह करना, इंश्योरेंस-पॉलिसी खरीदना, यही न?"

"मैं कुछ नहीं कहूँगी। आप जो कीजिए।"

"बहुत-बहुत शुक्रिया!"

मणि चुपचाप उठकर फिर कमरे में टहलने लगा। सावित्री पत्थर बनी बैठी रही। उसका कलेजा धड़क रहा था और हाँफने के कारण शरीर की रेखाएँ थरथरा रही थीं।

"मैं जभी यहाँ आया और तुमसे मिला, तुमने मुझसे पूछा कि क्या मैं दिल्ली होकर आया हूँ? तभी मुझे तुमसे नफरत हो गई! मुझे ईर्ष्या करनेवाली औरतें अच्छी नहीं लगतीं। मेरे पिता के पास चार बीवियाँ थीं। मेरे पिता के पिता की सत्रह थीं। मगर किसी ने नहीं सुना कि मेरी ग्रैंड मदरें या मेरी माँओं में कभी कोई झगड़ा हुआ या उन्होंने एक-दूसरे के प्रति ईर्ष्या प्रकट की। मैं बीसवीं सदी का आदमी नहीं हूँ। मेरे अन्दर हिन्दू-युग का एरिस्टोक्रेट सामन्त जीवित है, मेरे रक्त में जीवित है। वह औरतों को ईर्ष्या का अधिकार नहीं देना चाहता है।" मणि बहुत देर तक अपना भाषण चालू रखना चाहता था। मगर सावित्री उठ खड़ी हुई।

बोली, "अब आप जाइए। मिसेज मेकेंजी को रात में ज्यादा देर तक जागने की आदत नहीं है।"

मणि शार्लविल गेट पहुँचा, तो उसकी घड़ी में दस बज चुके थे।

मिस लिटिलउड जा चुकी थीं और मेकेंजी डाइनिंग में अँगीठी के पास बैठी बेनएम की 'साइंटिफिक हैंडरीडिंग' पढ़ रही थीं और खास-खास रेखाओं को अपने हाथ से मिलाती जा रही थीं। मणि को देखते ही बोलीं, "यू केम एट लास्ट! मैं तो निराश हो गई थी। खैर, चलो, डिनर लिया जाए। मैंने तुम्हारे ऑनर में फाउल बनवाया है।"

डिनर-टेबल पर मणि ने बहुत सीरियस होकर मेकेंजी से पूछा, "मैं सावित्री से मैरिज कर लूँ, मिसेज मेकेंजी?"

गोश्त का बड़ा-सा टुकड़ा चबाते हुए उन्होंने कहा, "एक सवाल पूछती हूँ। तुम सावित्री को प्यार करते हो?"

"यस, मैं करता हूँ। मैं किसी और लड़की को प्यार नहीं करता।" मणि ने तुरन्त उत्तर दिया और मणि के उत्तर से मेकेंजी को हँसी आने लगी।

तब, डिनर के बाद कॉफी पीने के समय उन्होंने मणि से कहा, "दो-तीन बार किसी मिस कपूर का फोन आया है। प्रिंस मोनी को 'नाइट नेस्ट' में बुलाती है। तुम वहाँ हो आओ। सुबह तक सारा-कुछ करेक्ट हो जाएगा!"

'नाइट-नेस्ट' मसूरी-बालीगंज रोड पर शहर के एक किनारे बसा हुआ छोटा-सा मगर बहुत ही सुन्दर होटल है। छोटा-सा डाइनिंग-हॉल और उसकी बगल में ही छोटा-सा, सजा-सजाया बॉल-रूम। बॉल खत्म हो चुका था और एक बड़े से केबिन में टेबल के चारों ओर बैठे कुछ लोग फ्लैश खेल रहे थे।

प्रिंस मणिभूषण, 'नाइट-नेस्ट' का मालिक-मैनेजर मिस्टर भाखड़ी, मसूरी की ब्यूटी क्वीन मिस कपूर, किसी सिन्धी सेठ की अमेरिकन बीबी मिसेज लूथर, जो अब तक अपने पुराने पति के नाम से ही पुकारी जा रही है, ईस्टर्न कमांड का मिलिटरी सर्जन डॉ. दत्ता...ताशों के पत्ते...फ्लैश, रन, रनिंग, ट्रेल...बीवी का पेयर...बादशाह का पेयर...हँसी,

ठहाके, सीटी, सिसकारियाँ, कहकहे...जब मिसेज लूथर अपने नए मित्र डॉ. दत्ता के साथ चली गईं और फ्लैश अपने आप ही रुक गया, क्योंकि भाखड़ी के पास ज्यादा खेलने के पैसे नहीं थे और मणि जानबूझकर हारना नहीं पसन्द करता था।

भाखड़ी, कपूर और मणि स्कॉच की एक नई बोतल पीने लगे और मणि को लगा कि वाकई मिस कपूर बहुत सुन्दरी है–ब्यूटी-क्वीन कही जाने लायक सुन्दरी!

कपूर हँस-हँसकर मणि से बातें करने लगी और भाखड़ी चुपचाप ताश के पत्तों से मीनाबाजार लगाता रहा।

"आप बहुत खूबसूरत हैं।"

"शुक्रिया!"

"मैं तो भाखड़ी का शुक्रगुजार हूँ कि उसने मेरा आपसे परिचय करा दिया।"

"आप कलकत्ते रहते हैं?"

"वहाँ जूट की अपनी मिलें हैं।"

"मैं अक्सर कलकत्ते जाती हूँ।"

"अब हम लोग वहीं मिल सकेंगे।"

"एक गिलास स्कॉच और लीजिए।"

"मैं अकेला नहीं लेता। तुम भी लो।"

"मैं ज्यादा नहीं पीती।"

"मैं भी शराबी नहीं हूँ!"

"मैं तुम्हें शराबी बना दूँगी!" कपूर ने अपनी बाँहें मणि के कन्धों पर फैला दीं और फ्रांसीसी सेंट की सुगंध से मणि का दिमाग तर होने लगा। दूर किसी टॉवर की घड़ी बड़ी देर तक बारह का घंटा बजाती रही।

"आप लोग बातें कीजिए," लड़खड़ाता हुआ भाखड़ी उठा और कहता हुआ बाहर चला गया, "मैं बेयरों को छुट्टी देकर अभी आया।"

"अब नहीं आएगा वह। उसने बहुत पी ली है।" मणि बोला।

"मैं जानती हूँ। मैंने ही उससे कहा था कि वह मुझे आपसे इंट्रोडक्शन करा दे। मैंने पिछले साल आपको शिमले में देखा था। आज अचानक सुना कि आप यहाँ 'तशरीफ' लाए हैं।" कपूर सीधे शब्दों में बोलती रही। उसका स्वर तनिक भी थरथरा नहीं रहा था। थरथरा रही थीं सिर्फ उसकी बाँहें, जो मणि की गर्दन में ज्यादा-से-ज्यादा लिपटती चली जा रही थीं।

पता नहीं क्यों, मणि को यह एकान्त और स्तब्ध वातावरण अच्छा लग रहा था।

"आप क्या करती हैं, मिस कपूर?"

"मैं कानपुर में एयर-होस्टेस हूँ! अब कलकत्ते ट्रांसफर करवा लूँगी। कानपुर मुझे अच्छा नहीं लगता। नो सोसायटी देयर! नो फ्रेंड!"

स्कॉच की बोतल में थोड़ी शराब और बच रही थी। मणि सोच रहा था कि वह

एक पूरी बोतल पी जाए और जब उसका गला जलने लगे, तो फिर एक दूसरी बोतल पी जाए और इस तरह ही सारी रात बीत जाए।

मिस कपूर सोच रही थी कि कलकत्ता बहुत ही शानदार शहर है और प्रिंस मणि कई जूट-मिलों का मालिक है।

उधर बेयरों के कमरे में, शराब में धुत्त भाखड़ी चीख रहा था, "तुम साला लोग सब चोर है। तुम लोग सब खाना खा गया! सब फाउल करी पी गया! ...हमारा गेस्ट अब क्या खाएगा? तुम लोगों का हेड खाएगा? ...गेट आउट! यू ब्लडी, गेट आउट!"

फिर लगातार शीशे के बर्तन पटके जाने की आवाज।

मिस कपूर थोड़ी उतावली होने लगी, क्योंकि मणि उसके शरीर के प्रति कोई आकर्षण नहीं दिखा रहा था। इसलिए उसने मणि के गिलास में बची-खुची शराब डाल दी और बोली, "भाखड़ी के स्टॉक में अब एक बूँद भी ह्विस्की नहीं है। कहो तो एकाध बोतल रम की ले आऊँ?"

"कुछ भी ले आओ! अपना क्या आता-जाता है!" मणि सिगरेट जलाने की चेष्टा करने लगा।

कपूर भाखड़ी के कमरे से जाकर रम की दो बन्द बोतल उठा लाई। टेबल पर बोतलें रखकर उसने अपना ओवर-गाउन कुर्सी की पीठ पर डाल दिया और पुलोवर भी उतारने लगी। स्वेटर के नीचे उसने नियन की लो-कट ब्लाउज पहन रखी थी। मगर, मणि ने एक बार भी प्यासी निगाहों से उस तरफ नहीं देखा। कपूर ऊबने लगी और ऊबकर दो गिलासों में शराब डाली और गंगाजल की तरह गट्-गट् कर अपना गिलास खाली कर गई। मणि कुछ सोचता हुआ गिलास में भरी शराब देखता रहा और फिर एक ही साँस में पी गया।

दूसरा गिलास पीने के बाद उसे लगा, जैसे वह शतरंज खेल रहा था। उसे लगा, जैसे कपूर की छत नहीं है, शतरंज की बिसात है और उसमें गोटियाँ उलटी लटक रही हैं। गोटियों में सिर्फ प्यादों की कतारें और रानियाँ हैं और 'चन्द्रकान्ता' उपन्यास का राजा वीरेन्द्र सिंह नेजे पर हाथ रखे, शिवदत्त से कह रहा है, लानत है ऐसी बहादुरी पर! बड़े जवाँ मर्द बनते हो, तो आ जाओ मैदान में! ...कमरा तेजी से घूमा। घूमा और तिरछा होकर...रुक गया। लेकिन तिरछे रुकने के बाद भी कमरे की कोई चीज गिरी नहीं। शतरंज वैसे ही बिछा रहा। प्यादों की पंक्तियाँ वैसे ही कवायद करती रहीं। रानियाँ वैसी ही मुस्कुराती रहीं और राजा वीरेन्द्र सिंह, जिसने चुनारगढ़ का तिलिस्म तोड़ा था और महारानी चन्द्रकान्ता का आशिक था, वैसे ही शिवदत्त की लानत कर रहा था।

कपूर को दूसरा गिलास पीने का साहस न हो सका। वह बासी फूलों की मालाओं-जैसी अपनी दोनों बाँहें मणि के गले के इर्द-गिर्द डालती हुई बोली, "भाखड़ी शायद अपने कमरे में बेहोश पड़ा है। अब मुझे भी नींद आ रही है। तुम्हें मुझसे काम-वाम

भी है या मैं चली जाऊँ?"

फ्लैश में जीते हुए मणि के सारे रुपये टेबल पर ही पड़े थे। उनकी ओर इशारा करके वह बोला, "तुम रुपये लोगी, तो सारा उठा लो।"

"मैं रुपये नहीं लेती!" वह रूठने लगी।

"देने लायक मेरे पास और कुछ भी नहीं है," मणि ने कपूर की बाँहें अपनी गरदन से निकालते हुए कहा और धीरे-धीरे गिलास में शराब डालने लगा। गिलास भर गया और छलक-छलक कर शराब टेबल पर गिरने लगी।

कपूर तमककर उठ खड़ी हुई और चिल्लाई, "यू ओल्ड हिपोक्रेट! यू...यू...यू... यू फूल!"

मणि चुपचाप शराब डालता रहा और शराब छलक-छलककर टेबल पर, फ्लैश में जीते गए रुपयों पर, रेजगारियों पर, मिस कपूर के हैंडबैग पर, ऐश-ट्रे पर, सिगरेट केस पर गिरती रही और वातावरण में दुर्गन्ध फैलने लगी।...

इसी वक्त कमरे में डॉक्टर सत्यवान ने प्रवेश किया। डॉक्टर सत्यवान लखनऊ के प्रसिद्ध नेत्र-विशेषज्ञ हैं। अभी-अभी जर्मनी के दौरे से लौटे हैं। वहीं से एक पत्नी लाए हैं।

"हलो डॉक्टर!" शराब से भीगे लहजे में मणि ने उनका स्वागत किया।

"नमस्ते डॉक्टर!" कपूर गालियाँ देना बन्द करके कुर्सी पर बैठ गई।

"आप लोगों ने इरेने को देखा है?" वृद्ध डॉक्टर ने टेबल के करीब खड़े होकर पूछा।

"इरेने कौन है?"

"यहाँ कोई इरेने नहीं आता है।"

"इरेने लड़का है या लड़की?"

"मैं किसी इरेने को नहीं जानता!"

"मैं भी नहीं जानती!"

"मिसेज लूथर थीं, सो डॉक्टर दत्ता के साथ चली गईं।"

"वे दोनों आपको किसी रेस्ट-हाउस में मिलेंगे। यहाँ नहीं हैं।"

अगर डॉक्टर सत्यवान बीच में टोकते नहीं तो मिस कपूर और मिस्टर मणि इसी तरह बोलते चले जाते।

"मैं किसी लूथर या दत्ता को नहीं ढूँढ़ता हूँ! इरेने मेरी पत्नी है। इसी साल वह जर्मनी से मेरे साथ आई है। मैं उसी को ढूँढ़ता हूँ। वह शाम को ही घूमने निकली। तब से अभी तक वापस नहीं लौटी है! आपने उसे देखा है?" डॉक्टर सत्यवान ने बहुत ही शोकपूर्ण मुद्रा में प्रश्न किया।

"क्या हुआ? सुबह चाय के वक्त जरूर," मणि हँसने लगा। फिर बोला, "नहीं लौटी है, तो लौट आएगी!"

"आप बड़े ही कच्चे दिल के हसबैंड हैं! क्या एक रात भी दोस्तों में रहने का

अधिकार आप जर्मन नारी को नहीं देंगे?" कपूर ने डॉक्टर सत्यवान का हाथ पकड़-कर पूछा।

बगल के कमरे से भाखड़ी के चीखने की आवाज आई। शायद उसे उल्टियाँ हो रही थीं। किचन-रूम में बेयरे अभी तक आपस में झगड़ रहे थे।

डॉक्टर सत्यवान वापस लौट गए और मणि ने समूचा गिलास, जिसमें लबालब शराब भरी थी, कपूर के सिर पर उड़ेल दिया और कपूर चीखती हुई भाखड़ी के कमरे की ओर भागी।

मणि टेबल पर पड़ा सारा रुपया जेब में डालकर केबिन से बाहर और हॉल से बाहर, होटल से बाहर चला गया।

लैंडोर बाजार...माल रोड...पिक्चर पैलेस...कुलड़ी...क्वालिटी...जेनरल पोस्ट ऑफिस... झूला घर...हिक्मेंस होटल...स्टैंडर्ड स्केटिंगरिंग...लाइब्रेरी चौक के पास आकर मणि रुक गया और सोचने लगा कि इतनी रात को अब वह कहाँ जाए?

उसके पैरों के नीचे बर्फ की परतें थीं और ऊपर चारों ओर अँधेरा छाया हुआ था। पूरा ओवरकोट पानी की हलकी फुहारों से भीग रहा था और जूते में बर्फ की परतें पड़ गई थीं।

अचानक वह मुड़ा और तेज कदमों से कैमेल बैक रोड पर चलने लगा—बहुत तेज कदमों से...!

[कहानी, मई, 1958]

सती धनुकाइन

"नाम कितना शानदार है—सत्ती! जैसे सच में सीता-सावित्री की तरह सती और पतिव्रता हो! क्यों, ललित भाई?" रंग का गुलाम पटकता हुआ रामू बोला।

"और हाँ, देखो न, काम कैसा करती है! अपने शरीर की कमाई से शौहर को खिलाती है। न समाज की चिन्ता है, न धर्म का भय। दिन-दहाड़े गाँव के आवारा लड़कों के साथ रंग-रभस करती फिरती है," गुलाम पर एक्का फेंकते हुए महेश काका ने उत्तर दिया।

महेश काका के कुएँ की जगत पर ताश जमा हुआ था। मैं था, केन्द्र के एकमात्र होमियोपैथिक डॉक्टर थे, ललित ठाकुर थे, शिवदत्त पहलवान का लड़का रामू था और थे महेश काका, गाँव के चाणक्य, गाँव के शकुनि, गाँव के शुक्राचार्य।

और रतना धानुक की नवविवाहिता गृहिणी सती कुएँ पर अलसाए मन से पानी खींच रही थी। भाँग की गोली की तरह चिकनी देह, पुराने ताँबे की तरह शरीर का रंग, जल की बँधी हुई धारा जैसा उन्मत्त यौवन और मिथिला की साधारण निम्नवर्गीय युवती की तरह नाक-नक्श। वह चाँद न हो, सूखे हुए तालाब के अवशेष जल में पड़ती हुई चन्द्रमा की छाया अवश्य थी।

भरे हुए घड़े की ही तरह दिखाई देती, सती कमर पर पानी का घड़ा रखे ताश की महफिल के पास आई और ओठों पर मुस्कान लाती हुई बोली, "मालिक बाबू, आप लोगों का भी रंग-रभस करने को जी करता है क्या?"

इतना कहकर, मुस्कुराहट पर मुस्कुराहट फेंकती हुई, बार-बार घूमकर हम लोगों की तरफ देखती हुई सती अपने मकान के गलियारे में समा गई।

महेश काका खीजते हुए बोले, "सुन लिया न सतिया की बोली? इसी को कहते हैं—चोरी और सीनाजोरी।"

ताश की महफिल समाप्त हो गई। पर मेरे मन में ताश की बीबी, नहीं-नहीं, रतना धानुक की औरत हिलोरें मारती रही। मैं गाँव का युवक हूँ, चालीस-पचास बिगहा खेत-पथार है, मन में रस है, रस-पिपासा भी पर्याप्त मात्रा में है।

पत्नी मैके में थी, रसोई-पानी विधवा भाभी करती थी। शाम को घूम-फिरकर घर लौटा, तो कहा, "भाभी, आपको बहुत कष्ट होता है। क्यों नहीं चौका-बासन के लिए कमकरी को रख लेतीं?"

अन्धा चाहता है दो आँखें। भाभी तो यही चाहती थीं।

चार ही दिनों के पश्चात् सती मेरे यहाँ काम पर आने लगी। भाभी बोली, "जब से चन्द्रमुखी (मेरी पत्नी) गई, मेरा पूजा-पाठ छूट गया था। अब सती आ गई है, तो दो क्षण छुट्टी मिलेगी।"

सती ने कहा, "आप बेफिक्र रहिए, मालकिन, मैं छोटी मालकिन का सब काम सँभाल लूँगी। छोटे मालिक को कोई भी तकलीफ नहीं रहेगी।"

मैंने कहा, "कैसी मुँहफट हो तुम? बात करने की तमीज नहीं। जो मन में आता है, बक देती हो। भाभी क्या सोचेंगी?"

भाभी नाक तक घूँघट काढ़कर कुएँ की तरफ चली गईं और मुस्कुराती हुई सती आँगन बुहारने लगी।

इसी तरह तीन-चार दिन और बीत गए। भाभी अपनी पूजा-पाठ और रसोई में व्यस्त। सती बरतन मलने और अपना आँचल सँभालने में व्यस्त। मैं सती के अंग-प्रदर्शन, अशिष्ट मुस्कान, अभद्र बातों और मत्त हथिनी जैसी भंगिमा में व्यस्त। तब रहा नहीं गया।

उस दिन भाभी महेश काका के आँगन गई थीं। तुरन्त लौट आने की कोई आशा नहीं थी।

बरसात की साँझ। आकाश में काले-काले मेघ, आज बरसेगा, अभी बरसेगा। मन में भी मेघ। सती रसोईघर में चूल्हा जलाने का प्रयत्न कर रही थी।

मैं भी रसोईघर में गया, तो घूमकर उसने मेरी ओर देखा, फिर मुस्कुराई, फिर बोली, "छोटे मालिक, मैं इस गाँव की बहू ही नहीं, इसी गाँव की बेटी भी हूँ। वैसे तो कहार-धानुकों की औरतें सारे गाँव की भाभी होती हैं, मैं तो आपकी बहन भी लगूँगी। मगर इससे क्या? आप साफ-साफ कहिए, क्या चाहते हैं?"

क्रोध नहीं हुआ, आश्चर्य हुआ। ललित ने कहा था–'धत्त्! सती की बात क्या करते हो? एक अठन्नी...बस!'

रामू ने बताया था–'उस दिन शाम को मैंने देखा था। सती और महेश काका जंगल की तरफ जा रहे थे।'

महेश काका ने बताया था–'क्या करे बेचारी! रतना एक पैसा भी नहीं कमाता। रात-दिन ताड़ी पीता है और आवारागर्दी करता फिरता है।'

मगर इस वक्त, शाम के घने अँधेरे में, रसोईघर में अकेली बैठी सती बोली, "छोटे मालिक, यह देह तो रतना का है। उसका धन आपको कैसे दे दूँ? और आप जो कहिए, करूँगी। आपकी नौकर हूँ, मगर यह देह तो रतना का ही है।"

मुझे कोई उत्तर नहीं सूझा। चुपचाप दरवाजे की तरफ चला गया।

इस घटना को कुछ दिन बीत गए। तब, एक दिन सुना, रतना किसी मल्लाहिन युवती के साथ कलकत्ता भाग गया है। बड़ी खुशी हुई। अब सती रानी क्या करे?

शाम को अपने काम पर सती आई। विस्मय भाव से बोली, "मालिक, रतना तो जैमंगला मल्लाह की लड़की के साथ भाग गया," और इतना कहकर हँसने लगी।

भाभी पूजा-गृह से निकलकर कहने लगी, "कितनी निर्लज्ज है सतिया! स्वामी भाग गया और, फिर भी ठहाका मारकर हँस रही है!"

सती चुप होकर लालटेन साफ करने लगी। कुछ देर बाद चाय लेकर मेरे पास आई, तो मैंने पूछा, "अब तुम क्या करोगी? शरीर का मालिक तो गायब हो गया!"

चाय का गिलास थमाती हुई बोली, "वह मल्लाहिन क्या रतना को सँभाल सकेगी? वह लड़की उसे कमाकर खिला सकेगी? साल में दो जोड़े धोती पहना सकेगी? नित्य ताड़ी के लिए चवन्नी-अठन्नी दे सकेगी? आप देख लीजिएगा, छोटे मालिक, आठ ही दिन के बाद रतना आकर मेरे पैरों पर गिर पड़ेगा।"

अपूर्व स्वाभिमान से सती की बड़ी-बड़ी आँखें चमकने लगीं—श्रम का स्वाभिमान! सर्वहारा विश्वास का स्वाभिमान! मगर, तुरन्त ही सत्ती की आँखें नम हो गईं और वहीं धरती पर बैठकर सिसकने लगी। वह सिसकती हुई ही बोली, "मगर, मालिक, आठ दिन भी क्या अपना यह शरीर मैं उसके लिए सँभालकर रख सकूँगी? नहीं रख सकूँगी। समूचा गाँव राक्षसों का गाँव है मालिक, रात-भर गाँव की ऊँची जात के आवारा लड़के दरवाजा पीटते रहते हैं। कभी-न-कभी तो दरवाजा टूट जाएगा। फिर क्या अपना शरीर बचा सकूँगी? आज सुबह कुएँ पर पानी लाने गई थी, तो राम बाबू ने आँचल पकड़ लिया। अगर आज रतना गाँव में रहता, तो मालिक, कुएँ पर ही लाशें गिर जातीं।"

मगर रतना किसी मल्लाहिन के साथ कलकत्ता भाग चुका है और सारा गाँव सती धनुकाइन के लिए राक्षसों का गाँव है। रावण के राज में सीता...!

[कहानी, मार्च, 1958]

चलचित्र चंचरी

आज भी उसी तरह चंचल और चारों ओर अपनी निगाहें फैलाती हुई वह लैम्पपोस्ट के नीचे आकर खड़ी हो गई। रुक गई। सिनेमाघर की थर्ड क्लास खिड़की के सामने लम्बी कतार में एक आदमी, मुँह में उँगली डालकर सीटी बजाता है। उसके साथी चीखते हैं, 'याऽऽहूऽऽ!' वह बीमा-कम्पनी के पोस्टर में बनी लड़की की तरह बीमार आँखों से इस खिड़की को देख रही है। थोड़ी ही देर में पल्ले खुल जाएँगे और टिकट खरीदने वालों की 'क्यू' में कसाव और शोरगुल बढ़ जाएगा। एक-एक आदमी टिकट खरीदकर, मुस्कुराता हुआ, पसीने से तर-ब-तर, गले में रूमाल या ताबीज बाँधे हुए, खिड़की से बाहर निकलेगा और एक नजर लैम्पपोस्ट के नीचे खड़ी लड़की को देखकर सिनेमा की तरफ चला जाएगा। कोई आदमी पास से गुजरेगा और कहेगा—'हाय राम!' वह चुपचाप खड़ी रह जाएगी।

थर्ड क्लास खिड़की के सामने गोलम्बर के एक किनारे बिजली-बत्ती का सुडौल खम्भा खड़ा है। खम्भा पहले से खड़ा था, गोलम्बर बाद में, सिनेमाघर के मालिक ने बनवाया है—एक बड़े फव्वारे और गुलाब की बड़ी झाड़ियों का गोलम्बर। आसपास पत्थर की चार-छः बेंचें पड़ी थीं, जिन पर कोई कभी बैठता नहीं। गोलम्बर से बाहर तीसरे दर्जे का टिकटघर है...फिल्मी किताबों और पर्चों का स्टाल और साइकिल-स्टैंड। एक किनारे पोस्टर लगाए गए हैं और लकड़ी के बड़े फ्रेम में फिल्म की तस्वीरें।

फिल्म 'जादूगर हसीना' में दारासिंह और निशि और बेबी तबस्सुम ने काम किया है। बेबी तबस्सुम...वह एक अरसे से इस लड़की को जानती है। छोटी सी लड़की तबस्सुम, जो अब बड़ी हो गई है—इसी किक्की की तरह! लैम्पपोस्ट के नीचे खड़ी किक्की, 'हाय राम' और 'या हू' या और किसी फिल्मी गीत की कोई प्यारी-सी कड़ी टिकट खरीदकर अन्दर जाते हुए लोगों से सुनती है और खुश होती है। अन्दर ही अन्दर किक्की जगमगाने लगती है। ...दारासिंह और निशि नहाने के सूट में कितने मजबूत और भरपूर हैं...किक्की जगमगाने लगती है।

पिछले कई दिनों से ऐसा हो रहा है। किक्की अपना लाल-पीले बूटोंवाला स्कर्ट पहने हुए, बीमार दिखती हुई आती है और लैम्पपोस्ट के नीचे खड़ी होकर थर्ड क्लास टिकटघर और 'जादूगर हसीना' के दो अलग-अलग टुकड़ों में बँट जाती है। फिल्म

की तस्वीरें लकड़ी के जालीदार फ्रेम से बाहर निकलकर, उसकी मटमैली देह से चिपक जाती हैं। चिपक जाते हैं, फिल्म देखने वालों के मुँह से निकले हुए प्रेमपूर्ण वाक्य। एक पूरी शब्दावली, जीवन का एक पूरा व्याकरण उसके सस्ते और बीमार शरीर से चिपक जाता है।

पिछले कई दिनों से किक्की हर शाम यहाँ आ जाती है। लोगों की भीड़ में खो जाती है। पन्द्रह-सोलह साल की यह लड़की, हड्डी के ढाँचे की तरह, मुर्दा चेहरे और मुर्दा आँखोंवाली लड़की—किक्की! उसका असली नाम है—प्रभारानी माथुर। उसके पिता जी, रामानन्द माथुर साल-भर पहले तक डाक-विभाग में किरानी थे। अचानक एक दिन दफ्तर में ही बेहोश हो गए। उन्हें सीधे अस्पताल ले जाया गया। अपने घर वे वापस नहीं लौट सके।

शोभा, उसकी माँ, लगभग पागल हो गई थीं। महीने-दो महीने घर का यही हाल रहा था। शोभा रोती थीं और किक्की चुपचाप कमरे में पड़ी रहती थी, पड़ी-पड़ी सो जाती थी। परिवार में कुल तीन व्यक्ति बच गए हैं। शोभा, किक्की और आठ साल का राजू। शोभा को रमानन्द के एक दोस्त की मदद से कार्पोरेशन के एक प्राइमरी स्कूल में काम मिल गया है। साठ-पैंसठ रुपये मिल जाते हैं, काम चल जाता है। नहीं, काम नहीं चलता, इसीलिए शोभा ने अपने स्कूल के एक शिक्षक को एक कमरा 'सब-लेट' कर दिया है। दो कमरे उसके पास थे और एक बरामदा था, एक रसोईघर। पच्चीस रुपये देने होते थे। अब पन्द्रह-बीस रुपया ये मास्टर जी दे देते हैं। वक्त मिलने पर राजू को दो 'अक्षर' पढ़ा-लिखा भी देते हैं।

शोभारानी माथुर अपने स्कूल के बच्चों को हिसाब पढ़ाती हैं—पहाड़े और जोड़, घटाव, गुणा और भाग। खुद भी वे हिसाब-किताब से रहती हैं। मास्टर जी, यानी गोपाल दास शर्मा नेक आदमी हैं। पपीते की शक्ल के उनके चेहरे में कहीं कोई पाप नहीं है। कम बोलते हैं और जो बोलते हैं, उसमें एक गरीब और मामूली आदमी की सादगी-ही-सादगी है; कहीं कोई खोट नहीं है। वे गाँव के आदमी हैं, हर शनिवार अपने गाँव चले जाते हैं। शहर के बारह-चौदह मील दूर उनका गाँव है। रोज आना-जाना नहीं हो सकता। यहाँ रहकर इम्तिहान के दिनों में दो-चार ट्यूशन भी कर लेते हैं।

मास्टर जी के रहने से घर की रखवाली हो जाती है और शोभा को तीस-एक रुपयों का फायदा भी हो जाता है। राजू को मास्टर जी खुद अपने-आप बुलाकर पढ़ा देते हैं। किक्की भी बैठती है। अब शोभा की सारी चिन्ताएँ मिट गई हैं। रमानन्द के मरने का दुख धीरे-धीरे पीछे छूट रहा है। इसीलिए वे लगभग हर शाम लक्ष्मीनारायण मन्दिर चली जाती हैं।

मुहल्ले की भागवन्ती मौसी अपने बच्चों के साथ फिल्म देखने जा रही थी। किक्की के पास से गुजरती हुई रुक गई। बोली, "तू क्या कर रही है यहाँ?...तेरी अम्मा कहाँ गई?"

किक्की को लगा कि यह लैम्पपोस्ट छूटकर उसी की दुर्बल 'काया' पर आ

गिरेगा। लेकिन वह सँभल गई। दो दिन पहले, बगलगीर नगेन चटर्जी ने पूछा था, तो किक्की ने यही जवाब दिया था, जवाब वह दुहरा गई। ऊपर की साँस ऊपर ही रोककर बोली, "माँ बोली, यहीं पर ठहरो। हम आते हैं।"

भागवन्ती को इस बात से बहुत तकलीफ पहुँची कि शोभारानी कितनी बेवकूफ है कि अपनी जवान लड़की को अभी तक फ्रॉक पहनाती है और सिनेमाघर के सामने खड़ी कर देती...।

भागवन्ती के पीछे खड़े उसके बड़े लड़के ने, जो अब कॉलेज में पढ़ता था और कभी-कभी उसके घर में भी आता था, अपनी उँगलियाँ गोल करके किक्की को एक अश्लील-सा इशारा किया। कोई बड़ी गन्दी तस्वीर, किसी गलत काम को करने की तस्वीर, उसकी उँगलियों में बन रही थी।

किक्की सिर से पाँव तक काँप उठी। इतनी बड़ी हो गई है, लेकिन इस इशारे से बेहद डरती है और जो कुछ सह लेगी, लेकिन यह इशारा नहीं। किक्की ने सिर झुका लिया।

भागवन्ती अपनी फौज के साथ सेकंड क्लास टिकटघर की तरफ बढ़ गई।

सिर झुका लेने के बाद किक्की ने किक्की से एक सवाल किया, 'तुम यहाँ किसलिए खड़ी हो?'

किक्की ने किक्की को कोई जवाब नहीं दिया। क्योंकि, शायद उसने यह सवाल सुना ही नहीं। ऐसे सवाल सुनकर भी, उन्हें समझ लेने की आदत किक्की को नहीं हुई है। वह समझ नहीं पाती। यह भी नहीं कि उसे किसी खास इशारे से इतनी घृणा क्यों है। घृणा का जन्म भय से होता है, उसे यह बात किसी ने बताई नहीं। वह देखती है, वह समझ नहीं पाती।

शाम को छः से आठ बजे तक मास्टर जी राजू को पढ़ाते हैं। किक्की को कहा गया है, वह मास्टर जी के पास बैठी रहे, माँ ने कहा है। लेकिन मास्टर जी के चेहरे से और उनकी बीड़ी पीते रहने की आदत से, उसे सख्त नफरत है।

...पढ़ाई के वक्त राजू दस हजार शैतानियाँ करता रहेगा। हर दस मिनट बाद बाथरूम जाने का बहाना करेगा। अपनी इतनी-सी उम्र का सारा भोलापन अपनी आँखों में डालकर, राजू पूछेगा, "अच्छा मास्टर जी, आप केला काहे नहीं खाते हैं?"

...लाल सूतवाली बीड़ियों का नीला धुआँ किक्की की आँखों में पानी भर देता है...वह शाम को मास्टर जी के कमरे में बैठना नहीं चाहती, खास कर उस वक्त तो एकदम नहीं, जब शोभा घर में नहीं हो। शोभा हर शाम लक्ष्मीनारायण मन्दिर चली जाती है। विधवा स्त्री और क्या करे?

पहली शाम जब किक्की इस लैम्पपोस्ट के नीचे आई थी, तो उसे बड़ा खुला-सा महसूस हुआ था। घर की गली के पास ही बड़ी सड़क पर यह सिनेमाघर है—रूपम। लेकिन जब तक माँ साथ नहीं हो, यहाँ आना नहीं चाहिए। साल-भर में दो-एक बार

उसकी माँ राजू और किक्की के साथ फिल्म देखने आई है। पिता जी थे, तो हर शनिवार को फिल्म देखने जाते थे। किक्की हर बार साथ हो जाती थी। पिता जी की मृत्यु के बाद, घर की हालत बदल गई। शोभारानी ज्यादातर बाहर ही रहती है। प्राइवेट से इंटर की परीक्षा दे रही है। नौकरी करती है। हाल-फिलहाल बीमा करने का काम शुरू किया है। माँ के साथ किक्की कहीं जा नहीं पाती। जाने से सभी पूछते हैं, 'किस क्लास में पढ़ती हो?'

किक्की क्लास में नहीं पढ़ती, कुछ ही दिनों पहले शोभारानी ने उसकी पढ़ाई छुड़ा दी है। किक्की स्कूल नहीं जाती। जाना चाहती है, लेकिन माँ ने एक दिन पास बुलाकर कह दिया, "आगे से स्कूल जाना बन्द।"

स्कूल जाना बन्द हो गया। अब किक्की सिर्फ लाला जी की दुकान जाती है सौदा-सुलुफ लेने के लिए और कहीं नहीं जाती। लेकिन उस दिन सिनेमाघर के लाउडस्पीकर में फिल्मी गाने बजने लगे। माँ तैयार होकर मन्दिर चली गईं। राजू मास्टर जी के कमरे में था और उसके दोनों गाल अपनी चुटकियों में दबाकर, मास्टर जी उसे धमका रहे थे। ...फिक्-फिक्-फिक् हँस रहे थे और धमका रहे थे, अन्त में राजू ने रोते हुए, बाथरूम जाने का बहाना किया। इससे बेहतर बहाना इस दुनिया में और दूसरा कोई नहीं है। फाँसी दिए जाने के वक्त भी बहाना किया जाए तो शायद, दस-पाँच मिनटों के लिए, मौत से फुरसत मिल सकती है...।

राजू मास्टर जी की निगाह बचाकर अपनी बड़ी बहन को अँगूठा और जीभ दिखाता हुआ कमरे से बाहर हो गया। सिनेमाघर में फिल्मी गाने बज रहे थे। पड़ोस के घर का धुआँ मास्टर जी के इस नन्हे से कमरे में फैलने लगा था। शोभारानी बाहर जाती है तो अपने कमरे में ताला लगा देती है, आँगने के बरामदे और रसोईघर को खुला छोड़ देती है, शोभारानी अपना कमरा खुला नहीं छोड़ेगी। राजू तक पैसे चुराना सीख गया है। माँ की वापसी देर से होगी, तो अपनी रोटी खाकर किक्की और राजू बरामदे में या रसोईघर में सो जाएँगे... किक्की सिर झुकाए बैठी रही। मास्टर जी एक मिनट चुप रहे फिर बोले, "राजू बदमाश है।"

किक्की सिर झुकाए बैठी रही। मास्टर जी ने आगे झुककर उसकी चोटी पकड़ ली और उसे हौले-हौले खींचने लगे। कहने लगे, "और तुम राजू से ज्यादा बदमाश! ...तुम पढ़ती-लिखती क्यों नहीं? रोज दिन ट्रांसलेशन काहे नहीं बनाती हो? इम्तिहान देना है कि नहीं?"

किक्की जानती है, दूसरे ही मिनट मास्टर जी अपनी चुटकियों से उसके गाल मलने लगेंगे। मास्टर जी हमेशा यही करते हैं। इतना ही-सा काम और कुछ नहीं।

किक्की के गाल जब लाल-लाल हो जाएँगे और दर्द बढ़ने लगेगा, वह अपने पूरे शरीर को झटके से खींचकर चुटकियों की पकड़ से दूर हो जाएगी और बड़ी भद्दी गालियाँ बकने लगेगी।

मास्टर जी फिक्-फिक्-फिक् हँसते रहेंगे। नाराज नहीं होंगे।

किक्की ने यह बात कई बार अपनी माँ से कही। राजू ने उसका समर्थन किया। बोला, "जी, अम्माँ जी! मास्टर जी दीदी और हमारा गाल मलते हैं।...खूब दर्द होता है।"

मगर, शोभारानी माथुर को इस बात की तरफ ध्यान देने की सुविधा नहीं मिली। वह अत्यधिक व्यस्त थी इन दिनों। एक रिश्तेदार आदमी के चलते, शिक्षा विभाग के एक उपमंत्री के घर में उसकी पहुँच हो गई थी। उपमंत्री महोदय ने इशारे-इशारे में वादा कर लिया था कि अगर किसी मुहल्ले में शोभारानी लड़कियों का एक 'प्राइवेट स्कूल' चलाएँ, तो उस स्कूल को सरकारी मंजूरी और 'ग्रांट' मिल जाएगा। यह एक बड़ा वादा हुआ। मास्टर जी ने शोभारानी को हिसाब लगाकर बताया है, स्कूल के 'बिजनेस' में हजारों फायदे हैं। सरकारी 'ग्रांट' का सारा रुपया अपने घर में चला आता है...।

किक्की अपने गाल छुड़ाने लगी, तो मास्टर जी ने उसे पीछे से पकड़ लिया। वह छूट नहीं सकी। राजू अब बरामदे में था और सड़े हुए केले खा रहा था। मास्टर जी की जलती हुई बीड़ी हाथ से छूटकर फर्श पर गिरी हुई थी और जल रही थी। बड़ा-सा एक चूहा किक्की के पाँवों के करीब से भागकर खाट के अन्दर समा गया।

अचानक किक्की ने हाथ-पाँव मारना बन्द कर दिया और रुक गई। सीधे तनकर खड़ी हो गई। होशियार लड़की की तरह साफ लहजे में उसने पूछा, "आपको ये क्या बीमारी है? मास्टर जी, क्यों ऐसा करते हैं? ...ऐसा कीजिएगा तो ठीक नहीं होगा!"

मास्टर जी ने उसे जाने दिया। उठकर खड़े हो गए। पुकारने लगे, "राजू!"

और किक्की उसी दम से बाहर निकलकर बीच गली में आ गई। गली के बाद बड़ी सड़क है और सड़क के पार सिनेमाघर!

किक्की काफी देर तक लैम्पपोस्ट के आसपास बनी रहती है लेकिन 'रूपक' सिनेमाघर के मौसम में कोई फर्क नहीं पड़ता! लाउडस्पीकर पर गाने बजते रहते हैं, रेशमी साड़ियाँ पहननेवाली औरतें सिनेमाघर के बरामदे में 'क्वालिटी' की आइसक्रीम खाती हैं! देहाती स्त्रियों-पुरुषों की आँखों में 'जादूगर हसीना' के पोस्टर आश्चर्य और लज्जा भर देते हैं। चारों ओर चहल-पहल...गरीबी कहीं नहीं...उदासी और मुर्दनी कहीं नहीं। सभी लोग खुश हैं, खुशहाल हैं। फिल्म के पर्दे पर दारासिंह अपनी प्रेमिकाओं को चीनी जादूगर के पंजे से छुड़ाता है और देशभक्ति के बारे में एक लम्बा भाषण देता है। सुनहरे पर्दे के नीचे कतारों और कतारों में बैठी हुई जनता जोश और आनन्द से गूँजने लगती है।

लेकिन कोई फर्क नहीं पड़ता...किसी बात में नहीं! किक्की खड़ी रहती है और किक्की से पूछती है, 'तू यहाँ क्यों खड़ी है?'

किक्की कोई जवाब नहीं देती! किक्की के पास अभी, इस वक्त, किसी बात का कोई जवाब नहीं है। जवाब वह कहाँ से लाए? 'तू यहाँ क्यों खड़ी है?'

'...!!'

'क्यों भाग आई है घर से?'

'आइसक्रीम दस आने में एक आती है। पैसे हों, तो खरीदा जा सकता है। ...हाय, चार दिन हुए, राजू आइसक्रीम के लिए कितना रोया था...कितना रोया था राजू!'

'तू आइसक्रीम खाना चाहती है?'

'मास्टर जी बेहूदा आदमी हैं। ...हमेशा मेरे गाल मसलते रहेंगे। ...छिः छिः!'

'तू मास्टर जी से डरती है?'

'मास्टर जी की बड़ी लड़की ने जनवरी में अपना तीसरा बच्चा पैदा किया और मार्च में बी.ए. का इम्तिहान देने बैठ गई।'

'तुम्हारी माँ तुझे देखती नहीं? तुम्हारी माँ यह नहीं समझती कि तू अब बड़ी हो गई? ...तू साड़ी क्यों नहीं पहनती?'

'मेरी माँ मेरी दुश्मन है! उसने मेरा स्कूल जाना छुड़ा दिया। ...मास्टर जी मेरे दुश्मन हैं। ही-इज-ए-डौग...वह एक कुत्ते हैं।'

'तू अब बड़ी हो गई है।'

'नहीं!'

किक्की ने किक्की से कहा, 'नहीं, मैं बड़ी नहीं हुई। ...मैं छोटी हूँ...मैं अभी बहुत छोटी हूँ।'

लेकिन दूसरे दिन शाम को फिर वही बातें होने लगीं। दोनों गालों में जैसे फफोले उग आए। किक्की चीखने लगी। उसकी यह हालत देखकर राजू ने पूरा दवात मास्टर जी के कपड़ों पर उलट दिया और कमरे से भाग गया...।

जब किक्की अपना स्कर्ट सँभालती हुई, जेब से कंघी निकालकर लट सहलाती हुई गली में उतर गई, तो मास्टर जी ने बाथरूम में जाकर मुँह-हाथ धोया। फिर अपने कमरे में वापस आकर उन्होंने कपड़े बदले, एक कोने में पड़ी राधाकृष्ण की तस्वीर के सामने उन्होंने एक दीया और एक अदद अगरबत्ती जलाई और फर्श पर बैठकर 'विनय-पत्रिका' पढ़ने लगे।

'विनय-पत्रिका' और गीता प्रेस गोरखपुर के सचित्र 'महाभारत' के सिवा कोई दूसरी किताब नहीं पढ़ते। क्योंकि 'नेसफील्ड' का अंग्रेजी व्याकरण और के.पी. बसु का 'अलजेबरा' उन्हें इस पार से उस पार तक कंठस्थ है और किसी किताब की उन्हें कहीं जरूरत नहीं होती...

लेकिन आज किक्की और दिनों से ज्यादा गुस्से में है और नफरत से भरी हुई है। क्योंकि आज की शाम माँ घर में ही थी। किक्की के चीखने-चिल्लाने की आवाज और गालियाँ शोभारानी ने जरूर सुनी होगी। लेकिन वह रसोईघर से बाहर नहीं निकली। वह मास्टर जी के लिए नीबू की चाय बना रही थी। वहीं से चीखकर बोली, "किक्की! क्यों शोर मचा रही हो? पढ़ती क्यों नहीं?"

किक्की चुप हो गई। कमरे से बाहर चली आई। गली में आ गई। सिनेमाघर की रोशनी और लाउडस्पीकर की आवाज उसे अपनी ओर खींचती है। वह लता मंगेशकर की आवाज सुनती है और सुनते ही बेहोश हो जाती है। वह कहाँ है, क्या कर रही है, किक्की को कुछ पता नहीं...।

एक बार किक्की ने 'साधना-कट' हेयर स्टाइल किया था और शोभारानी बहुत नाराज हुई थी। नाराज होना वाजिब था, क्योंकि किक्की और राजू के लिए इस बार शोभारानी ने 'हैंडलूम' का कपड़ा खरीदा है, सवा दो सौ रुपये मीटर! इस लाल-पीले बूटोंवाले स्कर्ट में 'साधना-कट' बड़ा ही बेजगह और बड़ा ही बेढब लगेगा। लेकिन किक्की कीमती कपड़े-लत्ते पहनना चाहती है, टेरेलिन...रॉ-सिल्क...मलबरी! किक्की हेयर-स्टाइल करना चाहती है। क्यों नहीं चाहेगी?

किक्की ने अपनी जेब से दो रुपये का एक पुराना नोट निकाला और सेकंड क्लास टिकटघर की तरफ चली गई। एक बार भी पीछे मुड़कर उसने नहीं देखा। मामूली घर की लड़कियाँ इतनी देर के बाद फिर कभी पीछे मुड़कर नहीं देखतीं।

[परिकथा, जून, 1966]

एक कश्मीरी लड़की

मैं उन दिनों एम्बेसडर स्ट्रीट के एक सस्ते होटल में रहता था। तीस रुपये किराए और पाँच हजार बेयरे की टिप के लिए। खाना मैं अक्सर बाहर ही खा लिया करता था। अखबार की नौकरी थी, पता नहीं, कब किस शिफ्ट में ड्यूटी पड़ जाए। अकेला था और ज्यादा मेहनत का काम नहीं था। इसलिए अधिकतर मैं उदास रहता था। अकेलेपन से उदास। खालीपन से उदास। दफ्तर से लौटकर आता था और फुटपाथ से खरीदा गया कोई जासूसी उपन्यास पढ़ता रहता था। चाय के लिए जनता स्टोव था। पलंग पर और ड्रेसिंग टेबल पर किताबें बिखरी पड़ी रहती थीं। रात की ड्यूटी होती थी, तो लौटकर सारा दिन सोया रहता था। दिन की ड्यूटी हुई, तो रात में देर से घर लौटता था।

फिर भी, कभी-न-कभी वह दिख ही जाती थी। चौराहे की स्टेशनरी की दुकान में या लाउंड्री में कपड़े लेते वक्त या सिगरेट, पान के स्टॉल पर या गली के छोटे से चायखाने में। वह चायखाने में बैठकर कभी चाय नहीं पीती थी। छोटी-सी एक केतली साथ लाती थी और चाय लेकर वापस लौट जाती थी। मेरे होटल के बगल के मकान में नीचे एक गराजनुमा कमरा था। वह उसी कमरे में रहती थी। अकेली ही रहती थी, शायद!

होटल के एक बेयरे ने मुझे बताया कि उसका नाम शीरीं है और वह कश्मीरी लड़की है और कभी-कभी इस होटल में भी आती है। उसकी उम्र अठारह से अट्ठाईस साल के बीच होगी। सत्रह भी हो सकती है, उनतीस भी। जब धुला गरारा और धुली कमीज पहनती है और पुराना ही सही, रेशमी दुपट्टा डालकर निकलती है, तो मेरा जी चाहता है कि उससे बातें करूँ। उससे पूछूँ कि इतनी दूर कश्मीर से यहाँ कलकत्ते में आकर वह क्या कर रही है? क्या करती है? अकेली क्यों रहती है? कुत्तों से और आदमियों से डर नहीं लगता है?

वह कहीं काम-धाम नहीं करती थी। सारा दिन अपने आप में व्यस्त रहती थी। नल पर जाकर कपड़े धोना। कमरे की सफाई करना। खाना पकाना। गराज का दरवाजा अन्दर से बन्द करके नहाना। कपड़े बदलना। चायखाने से चाय लाना। सब्जीमंडी से सब्जियाँ और चावल-दाल खरीदना। राशन की दुकान से आटा लाना और कोई

काम नहीं हो तो सोए रहना या पड़ोस के बच्चों से टूटी-फूटी बँगला में बातें करते रहना।

मुझे आश्चर्य होता था, कि वह बिना कहीं नौकरी किए अपना खर्च कैसे चलाती है। औरतों के विषय में मैं ज्यादा अनुभवी नहीं हूँ, इसीलिए मुझे उससे आन्तरिक सहानुभूति हो गई। बिना किसी कारण के मैं समझने लगा कि वह किसी गहरी मुसीबत में है। हालाँकि, मुसीबत में मैं खुद था। अखबार की प्रूफरीडरी से कुल सौ रुपये मिलते थे। जिसमें साठ-सत्तर के करीब तो रहने-खाने में ही गुल हो जाते थे। सोचता था कि कहीं ट्यूशन कर लूँ। एक-दो जगह बच्चों को अंग्रेजी पढ़ाने का काम भी मिला। मगर, अनुभव अच्छा नहीं हुआ। बच्चों को पढ़ाने के अलावा उन्हें चिड़ियाघर और म्यूजियम घुमाने भी ले जाना पड़ता है। बिजली का बिल जमा करने जाना पड़ता है। परिवार में कोई जवान लड़की हुई, तो उससे डर-डरकर चलना पड़ता है। इसी तरह की कई बातें होती हैं।

दूसरी कोई नौकरी मिलने से रही। इतने बड़े शहर में कोई किसी को नहीं पूछता। मगर, मैं इस कश्मीरी लड़की को पूछना चाहता था। कश्मीर के बारे में पूछना चाहता था। श्रीनगर कैसा है? झेलम पर बने सातों पुल कैसे हैं? पहलगाम...कुल्लू की घाटी... हिमालय के श्वेत शिखर...झरनों और पहाड़ों के गीत गाते हुए चरवाहे...फूल बेचती हुई औरतें...नींद में सोती हुई नीली झीलें...बर्फ से ढके हुए मैदान...गुलमर्ग...अमरनाथ।

मैं कश्मीर की इस अजनबी लड़की की आँखों में पूरा कश्मीर देखना चाहता था। कभी कश्मीर गया नहीं हूँ। जा भी नहीं सकूँगा। सौ रुपये का प्रूफरीडर अपने गाँव तक भी वापस नहीं जा पाता है। बीमार होता है, मर जाता है। बूढ़ा होता है, मर जाता है। जिन्दगी से तंग आ जाता है, मर जाता है। इसीलिए मैं शीरीं की आँखों में कश्मीर देखना चाहता था...चीड़ और पाइन के जंगल, सेब के बाग, खूबसूरती प्यार और सादगी और ऐसी ही हजारों बातें। मैं शीरीं से बातें करना चाहता था। बेमतलब की बातें।

उस दिन मैं अपने कमरे में चुपचाप बैठा था और पास के कमरे में बजता हुआ रेडियो सुन रहा था। दिल्ली की कोई फैशनेबल लड़की मीराबाई के भजन सुना रही थी। मैं तो गिरधर के घर जाऊँ। तभी मैंने बरामदे में शीरीं की तेज आवाज सुनी। वह किसी से झगड़ रही थी। दो-तीन बेयरे जमा हो गए थे और वह चीख रही थी, "तुम क्यों गए? तुम इतनी रात को हमारे कमरे में क्यों गए? लोफर! मुझको तुम कैसी औरत समझता है? क्या समझता है?"

जाहिर था, वह सात नम्बर कमरे वाले मिस्टर पी.के. से झगड़ा कर रही है। मिस्टर पी.के. ऐसे कामों के लिए मशहूर हैं। पुरानी मोटरों की दलाली करते हैं और भी क्या-क्या करते हैं। बदनाम आदमी हैं। होटलवाले सरदार जी को किराया तक नहीं देते। लाउंड्री तक का उधार नहीं चुकाते हैं। बाजार में मिलने पर पी.के. ने दो-एक बार मुझे चाय भी पिलाई है। दो-एक बार दो-चार रुपये माँगकर ले भी गए हैं। मगर, मैं उनसे डरता

हूँ। मैं उनसे ही क्या, हर आदमी से डरता हूँ, शरीर से कमजोर हूँ। रात में प्रूफ देखने से आँखें खराब हो गई हैं। चश्मा भी नहीं ले पाता हूँ। गरीब आदमी हूँ। गरीब हूँ और अकेला हूँ (प्रूफरीडरों की कोई यूनियन नहीं है। हम लोग न पत्रकार हैं और न मजदूर ही हैं! यूनियन होती है, तो दो-चार गर्म-गर्म नारों और जुलूसों का भी साथ होता!)। अकेला हूँ; हर आदमी से, हर चीज से, हर परिस्थिति से डरता हूँ। फिर भी मैं शीरीं और बेयरों के पास चला गया। पी.के. चार-खाने की लुंगी पहने और लम्बी-सी पाइप में सिगरेट जलाए हुए, अपने दरवाजे पर खड़े थे। शीरीं कह रही थीं, "हम बाजारू औरत नहीं हैं, कि तुमको दिन या रात किसी वक्त अपने कमरे में आने देंगे। आने की कोशिश करोगे तो पकड़कर पुलिस में ले जाऊँगी। तुमसे कमजोर नहीं हूँ।"

पी.के. हँसने लगा और भद्दा-सा मुँह बनाकर बोला, "कमजोर नहीं हो, इसीलिए तुम मुझको पसन्द हो। हाँ, यह गलती जरूर हुई कि बिना पूछे तुम्हारे गराज में घुस गया..."

वाक्य पूरा भी नहीं हुआ था, कि शीरीं ने तेजी से आगे बढ़कर उलटे हाथ का एक भरपूर तमाचा पी.के. के बदशक्ल चेहरे पर जड़ दिया। सिगरेट और पाइप छिटककर दूर जा गिरा, पी.के. का सिर दरवाजे की चौखट से टकराया। शीरीं की उँगलियों में दो-तीन नगदार अंगूठियाँ थीं और वे पी.के. की नाक में धँस गई थीं और खून छलछलाने लगा था। बेयरे दूर हट गए और हँसने लगे। पी.के. कमीज की आस्तीन से खून पोंछता रहा और चुपचाप खड़ा रहा। फिर, उसने कमरे के अन्दर घुसकर दरवाजा अन्दर से बन्द कर लिया।

अब, शीरीं हाँफती हुई, गुस्से और पसीने से तर-ब-तर खड़ी थी और मैं चुपचाप खड़ा था। वह धीरे-धीरे ठंडी हो गई और मेरी तरफ देखकर मुस्कुराने लगी। बोली, "देखा, कितना बुजदिल है! कमरा बन्द करके बैठ गया। रात गर्मी ज्यादा थी। हम दरवाजा खोलकर सोए थे। वह आदमी अन्दर घुस आया। हमने इसको कमरे से निकाल तो दिया, मगर हल्ला नहीं मचाया। सोचा, लोग हमीं को बदनाम करेंगे। अभी आकर इसको पकड़ा... बड़ा लोफर बनता है..."

मुझे भी कुछ बोलना चाहिए, यही सोचकर मैंने कहा, "आपने ठीक किया। ऐसे लोगों को कभी माफ नहीं करना चाहिए। आप बहुत साहसी औरत हैं। आपने एकदम ठीक किया। ऐसा ही करना चाहिए..."

वह मेरी सीधी-सादी बात से खुश हो गई। फिर सीधी तनकर चलती हुई होटल से बाहर निकल गई। थोड़ी देर बाद, मेरा परिचित बेयरा सुराही में पानी डालने आया। उसने मुझे बताया कि शीरीं से मुहब्बत करना आसान काम नहीं है। बड़ी भयानक औरत है। साल-भर से उस गराज में अकेली रहती है। यह मुहल्ला इतना खराब है, लोफरों के कितने अड्डे हैं, हर महीने कहीं-न-कहीं डकैती हो जाती है। खून भी हो जाता है। मगर, शीरीं को किसी बात का भय नहीं होता है। मुहल्ले के सारे गुंडे उसका

आदर करते हैं। हँसी-मजाक तक नहीं करते। शायद मन-ही-मन डरते हैं।

गराज में अकेली रहती हुई इस निडर कश्मीरी लड़की के प्रति मेरा हृदय आदर से भर गया। श्रद्धा से भर गया। पता नहीं, कश्मीर के किस इलाके में शीरीं का गाँव होगा। माँ-बाप होंगे। झरनों और झीलों के प्राकृतिक सौन्दर्य के बीच पली होगी। फूलों और बादलों और पहाड़ की ढलान पर बने हुए घर के सपने शीरीं ने देखे होंगे। घर और प्यार करनेवाला शौहर और मक्खन की तरह खूबसूरत बच्चे और, पता नहीं कैसे शीरीं जानवरों के इस शहर में चली आई है। क्यों चली आई है?

शीरीं मेरे लिए रहस्य बनी रही और मेरे पास कोई तरीका नहीं था कि मैं उसके अतीत और वर्तमान के बारे में कुछ भी जान सकता। मैं शीरीं से पूछ नहीं सकता था। किसी से भी नहीं पूछा जा सकता था। चुपचाप दफ्तर आता-जाता रहा और रास्ते में दुकानों पर, चौराहे पर शीरीं को देखता रहा। वह मुझे देखकर मुस्कुरा देती थी, मैं नजरें नीची करके (कि दूसरे लोग यह मुस्कान देख न लें और गलत मतलब नहीं लगाने लगें) होटल के दरवाजे में घुस जाता था, और रास्ता ही क्या था।

एक दिन वह ट्राम में मिल गई। रविवार था और मैं दोपहर के शो में फिल्म देखने जा रहा था। मैं महीने में एक बार किसी रविवार को सिनेमा जाता हूँ। यह मौका मेरे लिए अत्यन्त महत्त्वपूर्ण होता है। दस-बारह दिन विभिन्न सिनेमाघरों के पोस्टर देखता हूँ, तब तय करता हूँ कि अमुक फिल्म देखूँगा। दस आनेवाली टिकट के 'क्यू' में खड़ा रहना मुझे अच्छा लगता है। कभी-कभी ग्यारह बजे दिन से ही लाइन लग जाती है। शो तीन बजे शुरू होता है। 'क्यू' में खड़े लोग बड़ी प्यारी-प्यारी बातें करते हैं, मजाक करते हैं, गालियाँ बकते हैं, मार-पीट तक कर लेते हैं। यह सारा कुछ मुझे अच्छा लगता है। दस आने में सिनेमा देखकर सही-सलामत वापस लौट आना, मेरे लिए बहुत 'एडवेंचर' होता है।

मगर, मैंने सोचा कि अगर शीरीं कहेगी तो चलो, कहीं बैठकर चाय पिएँ, बातें करें, विक्टोरिया या ईडेन गार्डेन की तरफ घूमने निकल जाएँ तो मैं इस 'एडवेंचर' को मुल्तवी कर दूँगा। शीरीं भी चौरंगी में उतरी, मुझे तो वहीं उतरना ही था। ट्राम-लाइन पार करती हुई, वह बोली, "कहाँ जा रहे हो?"

"कहीं नहीं, यों ही घूमने आया। आप कहाँ जा रही हैं?" मैंने बहुत धीरे-धीरे कहा। हम दोनों साथ-साथ चलते रहे। 'संगम' रेस्तराँ के पास आकर उसने पूछा, "पैसे हैं? चाय पिलवाओगे?"

मैं शरमा गया। शीरीं भी समझती है कि मैं मामूली आदमी हूँ। दो कप चाय खरीदने के पैसे भी मेरे पास नहीं हो सकते हैं। मैं पूरे दो रुपये लेकर घर से चला था। मैं नहीं चाहता था कि वह मुझे गरीब आदमी समझे। मैंने कहा, "चलिए! चाय क्या बड़ी चीज है!"

मगर, शीरीं के साथ पर्दोंवाले केबिन में बैठकर, मैं पसीने से भीगने लगा। उसने

चाय के साथ कटलेट और टोस्ट का ऑर्डर दे दिया था और मुझे शक होने लगा था कि दो रुपयों से ज्यादा का बिल उठेगा। शायद, वह मेरा शक समझ गई। हँसती हुई बोली, "चाय के पैसे तुम दे देना। बाकी पैसे मैं दे दूँगी। मैं जानती हूँ, तुम भी अमीर नहीं हो, मेरी तरह गरीब आदमी हो। तुम अमीर होते तो मैं तुम्हारे साथ चाय पीने नहीं आती। अमीर मैंने बहुत देखे हैं, मुझे अमीरों से नफरत है।"

शीरीं इस वक्त बहुत साफ और शुद्ध हिन्दी बोल रही थी। मुझे आश्चर्य हुआ। मैंने तो उसे किसी दिन भी इतने साफ लहजे में बातें करते नहीं सुना था। टोस्ट और कटलेट खाते हुए, हम बातें करते रहे। उसने मुझसे पूछा कि मैं कहाँ नौकरी करता हूँ और मैं कितना पढ़ा-लिखा हूँ और मेरी शादी हुई है या नहीं और मेरा गाँव कहाँ है...

मैंने शीरीं को अपने बारे में सारी बातें बता दीं। यह भी बता दिया कि मुझे सौ रुपये मिलते हैं। और मैं एम.ए. की परीक्षा के लिए तैयारी कर रहा हूँ और मेरी माँ नहीं है और मेरा बाप एक मुसलमान औरत से शादी करके मुसलमान हो गया है और मैं चौबीस बरस का हूँ और कुँवारा हूँ। जब चाय आ गई और शीरीं के सवाल चुक गए और वह उस दिन की घटना याद करने लगी, जब उसने मिस्टर पी.के. को तमाचा मारा था, तो मैंने उससे पूछा, "तुम कलकत्ते में क्या करती हो?"

उसने बहुत देर तक मेरे प्रश्न का उत्तर नहीं दिया और दूसरी-दूसरी बातें करती रही। फिर, चाय खत्म करके उसने कुर्सी मेरे और नजदीक खिसका ली और बड़े ही हसीन ढंग से मुस्कुराती हुई बोली, "एक आदमी मुझे यहाँ भगा लाया है। वह बहुत अमीर है और बहुत खूबसूरत है और मुझसे मुहब्बत करता है।"

"तो वह तुमसे शादी क्यों नहीं करता? तुम उसके घर में क्यों नहीं रहती हो?" मैंने पूछा। मैं पहले ही शक कर रहा था कि कलकत्ते का कोई टूरिस्ट कश्मीर गया होगा और इस सीधी-सादी लड़की को झूठे प्यार की कसमें देकर यहाँ भगा लाया होगा। कहानियों की किताबों में और फिल्मों में तो ऐसा होता ही रहता है। मगर, मैंने आँखों से ऐसी लड़की कभी नहीं देखी थी, जो माँ-बाप और घर-परिवार की सारी माया-ममता त्याग कर किसी अनजान परदेसी के साथ अजनबी दुनिया में चली आए। सदा के लिए चली आए। मुझे इस अमीर आदमी की किस्मत से बड़ी ईर्ष्या हुई, शीरीं जिसके साथ चली आई थी।

"मैं उसके घर में कैसे रहूँगी? वह शादीशुदा है और उसके तीन बच्चे हैं। मगर, वह मेरे लिए शहर के बाहर एक मकान बनवा रहा है। मकान तैयार होते ही मैं वहाँ चली जाऊँगी। फिर, वह कभी-कभी वहाँ आया करेगा और अपने बूढ़े और बीमार बाप के मरते ही मुझसे शादी कर लेगा," शीरीं ने अत्यन्त स्पष्ट और स्थिर शब्दों में कहा। दो मिनट रुकी और बोलने लगी, "हिन्दी प्रचार समिति के स्कूल में पढ़ने जाती हूँ। अगले महीने से अंग्रेजी सीखना भी शुरू करूँगी। मुझे उसके लायक बनना है। मगर,

अभी तो मैं वनवास में हूँ, जंगल में हूँ। जब मेरा दुष्यन्त मुझे बुलाएगा, तब देखना...। अभी तो किसी को अपने बारे में जानने देना नहीं चाहती हूँ। चुपचाप गराज में पड़ी रहती हूँ। वह मुझे शानदार होटलों में रहने का खर्च दे सकता है मगर मैं नहीं रहना चाहती। जितनी बड़ी जगह में रहो, लोग उतने सवाल करते हैं–कौन है, क्या करती है, रुपये कहाँ से लाती है, कौन मिलने आता है, कहाँ जाती है। तुम शरीफ आदमी हो, इसीलिए तुमसे कह दिया। मगर, तुम किसी से नहीं कहना, किसी से नहीं कहना...”

मेरे मन की सारी उलझन समाप्त हो गई। शीरीं के प्रति सारा आकर्षण समाप्त हो गया। शीरीं भी मेरे सामने किसी सस्ते उपन्यास की मामूली-सी हीरोइन बनकर रह गई। रहस्य नहीं रहा। ‘एडवेंचर’ नहीं रहा। कुछ भी नहीं रह गया।

रेस्तराँ से बाहर आकर उसने मुझे बताया कि वह अपने उस अमीर आदमी से मिलने जा रही है। मैं ट्राम में बैठकर वापस होटल चला गया और बिना खाए-पिए सो गया।

जिन्दगी उसी तरह चलने लगी, जैसे चलती थी। शीरीं उसी तरह कभी-कभी मिलती रही और दो मिनट रुककर बातें करती रही। वह कभी मेरे कमरे में नहीं आई। मैं उसके गराज में जाने की हिम्मत नहीं कर सका। कभी इच्छा भी नहीं हुई।

एक दिन मेरे परिचित बेयरे ने बताया, कि सुबह सी.आई.डी. के दो आदमी शीरीं से पूछताछ करने आए थे। मैंने सोचा, पी.के. ने पुलिस में शिकायत कर दी होगी। मगर, बेयरे ने बड़े ही रहस्यमय ढंग से बताया–आप नहीं जानते हैं बाबू! वह औरत बड़ी खतरनाक है। क्या पता, बैंक लूटनेवालों के गिरोह की सरदारिन हो! आप उससे बातचीत नहीं किया कीजिए...

मुझे बेयरे की बात पर हँसी आ गई। शीरीं बैंक क्या लूटेगी, वह तो खुद ही लुटी हुई है! मुहब्बत में पागल है। मगर, वह अमीर आदमी भी खूब अक्लमन्द है, जो शीरीं को इस गराज की जिन्दगी बिताने में राजी कर सका है और खुद अपने बीबी-बच्चों के साथ रहता है। शीरीं पागल है। शीरीं बेवकूफ है। इसी तरह उम्र-भर गराज में सड़ती रहेगी...और इन्तजार करती रहेगी...और बीमार होकर मर जाएगी, या खुदकुशी कर लेगी। ऐसी कहानियों का अन्त ऐसा ही होता है। यही ट्रेजेडी होती है। दूसरा उपाय नहीं है।

जो कोई भी एक झूठे सपने के पीछे, एक झूठे अरमान के पीछे अपनी सरजमीन, अपने देश की मिट्टी को छोड़कर भाग निकलता है, उसकी यही ट्रेजेडी होती है। किसी का अन्त शराबखाने में होता है, किसी का अन्त अस्पताल में। कोई वेश्यागृह में मरता है, कोई पागलखाने में। कोई चलती ट्रेन से कटकर मर जाता है। ऐसी जिन्दगी को ‘कॉमेडी’ बनाने का उपाय आज की दुनिया में किसी के पास नहीं है। मेरे पास भी नहीं...

लेकिन, उस रात अचानक शीरीं ने मेरे कमरे का दरवाजा खटखटाया। मैं नींद

में था और अँधेरे में दरवाजा खोलते हुए मैं डरने लगा। मगर, जब शीरीं ने बार-बार मेरा नाम लेकर पुकारा और मैं उसका कंठ-स्वर पहचान गया तो मैं बाहर आया।

वह कमरे के भीतर चली आई और बिस्तरे के एक किनारे बैठकर सिसकने लगी। मैंने उससे कोई सवाल नहीं पूछा। उसने मुझे कुछ नहीं बताया। चुपचाप सिसकती रही। मैं जब बहुत छोटा था और मेरे पिता को एक बार चोरी के अपराध में पुलिस गिरफ्तार करके ले जा रही थी, तो मेरी माँ हफ्तों ऐसे ही सिसकती रही थी। मैंने शीरीं को इससे पहले कभी रोते नहीं देखा था। मैंने किसी भी जवान लड़की को कभी रोते नहीं देखा था। लगभग दो घंटे तक वह इसी तरह पलंग के किनारे बैठी रही और मैं अँधेरे में खड़ा रहा या कमरे में चक्कर काटता रहा। मेरे कमरे का बल्ब फूट गया था। मैं नया बल्ब खरीदने की स्थिति में नहीं था। शीरीं ने मुझसे यह भी नहीं पूछा कि मैं रोशनी क्यों नहीं जलाता हूँ। शायद पूछने की जरूरत नहीं थी। उसे अँधेरा ज्यादा पसन्द आ रहा था।

तब उसने मुझे बताया कि जहाँ वह और उसका अमीर आदमी मिलते थे, शीरीं रोज वहाँ जाती है। मगर, दो-तीन हफ्ते से वह वहाँ नहीं आता है और शीरीं को उसके घर का पता मालूम नहीं है। सिर्फ एक बार दूर से उसने शीरीं को अपनी कोठी दिखाई थी। कभी वहाँ ले नहीं गया था। शीरीं सारा शहर छानकर हार गई है, वह कोठी उसे नहीं मिलती है।

और, उसने मुझे बताया कि वक्त पर किराया न देने की वजह से और साथ सिनेमा देखने जाने से इनकार करने की वजह से मकान मालिक ने अभी थोड़ी देर पहले उसका सारा सामान गराज से बाहर सड़क पर फेंक दिया है और इतनी रात को अब वह कहाँ जाएगी और कल सुबह वह कहाँ जाएगी, कैसे जाएगी।...

और, मैंने शीरीं को नहीं बताया कि लगातार कई दिनों तक बड़ी-सी कार लेकर एक अमीर आदमी शीरीं को खोजने आया करता था और गराज में ताला बन्द देखकर वापस लौट जाता था। वह किसी से कुछ पूछता नहीं था, क्योंकि वह अमीर आदमी था। कार से उतरता भी नहीं था। ताला बन्द देखता और धीरे-धीरे गाड़ी चलाता हुआ गली से बाहर निकल जाता था और, शीरीं उस वक्त शहर के अमीर मुहल्लों में पीले रंग की एक शानदार कोठी ढूँढ़ती फिरती थी, जिसके गेट पर राइफल लेकर नेपाली दरबान खड़ा रहता था।

और, मैंने शीरीं को नहीं बताया कि मुझे पढ़ा-लिखा आदमी समझकर, उसने एक बार गाड़ी रोक दी और मुझसे शीरीं के बारे में पूछा और, उसने मुझसे कहा कि मैं शीरीं से कह दूँ कि इन्कमटैक्स का दस-बीस लाख रुपया गबन करने के कारण, उस पर वारंट हो गया है। सी.आई.डी. उसका पीछा करते रहते हैं और पकड़े जाने के डर से वह उस जगह पर नहीं जा सकता है, जहाँ शीरीं उससे मिलती थी। वह कोई रेस्तराँ था, जहाँ सभी लोग उसे पहचानते हैं।

और, उस अमीर आदमी ने मुझे अपना सही पता बताया, जहाँ वह छिपकर रहता है और केस का फैसला होने तक वहीं छिपा रहेगा। उसने मुझे सौ रुपये का एक नोट दिया और कहा कि मैं शीरीं को उसका पता दे दूँ, वहाँ पहुँचा दूँ।

और, मैंने शीरीं को नहीं बताया कि उस अमीर आदमी के जाते ही मैंने होटल में आकर लाल बाजार सी.आई.डी. में फोन करके उसका पता बता दिया, ताकि वह उसी वक्त गिरफ्तार हो जाए।

मैंने शीरीं को कुछ भी नहीं बताया। क्योंकि मैं शीरीं की कहानी को उस ढंग से 'कॉमेडी' नहीं बनाना चाहता था, जिस तरह फिल्मों में या कहानियों की किताबों में बनाते हैं। मैं शीरीं की 'कॉमेडी' को अपनी 'कॉमेडी' बनाना चाहता था।

[रूपलेखा, फरवरी, 1959]

रंगीन पर्दा

मालती उसी रात शिवनगर से विदा हो गई। इतने दिनों में ही वह फिर रोगिणी की तरह दुर्बल हो गई थी। गोरा रंग साँवला पड़ गया था, गालों की हड्डियाँ उभर आई थीं, आँखें बुझी-बुझी-सी और शरीर सूखा हो गया था...।

मालती का महाकान्त के साथ विवाह होने के पूर्व से ही मोहनजी से सम्बन्ध था। मालती जिस रंगीन पर्दे से अपना शरीर ढककर पुण्य-पाप का अन्तर भूल गई थी, उसकी मार्मिकता फ्रेंच उपन्यासकार एमाइल जोला की 'लज्जा' (द शेम) पढ़नेवाले सहज ही समझ सकते हैं। यह विषय सभी युगों और सभी देशों की कथाओं में मुख्य रहा है।

मगर पति के देहान्त के पश्चात् प्रेमी मोहनजी के प्रति विरक्ति भाव ही मालती की कथा नहीं है। उतनी-सी कथा ही उस महाकथा का सिर्फ पूर्वाभास है, जो सारे समाज में, सारे देश में, सारे संसार में प्रतिदिन लिखी जा रही है। मालती की कथा तो आगे है।

पतिविहीना, गृहविहीना, मर्यादाहीना, धर्महीना मालती शिवनगर से चली तो आई, मगर जाए कहाँ? साथ में पाँच साल का पुत्र, बिल्लू था। उसी के साथ जिन्दगी की अँधेरी रात में भटकने लगी। किन्तु, मात्र आँखों की ज्योति से कहीं किसी को रास्ता मिला है? रास्ते पर चाहिए प्रकाश-स्तम्भ, नहीं तो मिट्टी का दीपक ही चाहिए या चाहिए कोई पथ-प्रदर्शक!

स्वामी की मृत्यु के उपरान्त एक दिन भी ससुराल में रहना विधवा मालती के लिए असह्य हो उठा, जैसे—आँगन, घर, दरवाजे, किवाड़, खिड़कियाँ, पलंग, सभी चारों ओर का समाज भूखे राक्षस की तरह खाने को तैयार। मालती ने बिल्लू को पूर्णिया में मामा के पास पढ़ने के लिए भेज दिया और स्वयं रामप्यारी महरिन को साथ लेकर गंगावास करने हरिद्वार को विदा हो गई। जमीन-जायदाद आदि बेच डाला। जो बिक नहीं सका, उसे गरीबों में बाँट दिया।

हरिद्वार। हरिद्वार स्वर्ग का महाद्वार है, धर्मप्राण भारतवर्ष का महातीर्थ है। यहाँ गंगा की धारा में एक ही डुबकी लगाने से जन्म-जन्मान्तर के पाप धुल जाते हैं। इसीलिए मालती हरिद्वार ही आई, अपने देश से दूर। गंगा के मुख्य मन्दिर के समीप एक धर्मशाला

में कोठरी किराए पर लेकर रहने लगी। नित्य सुबह-शाम गंगा-स्नान, पूजा-अर्चना, अपने ही हाथों से भोजन पाक और साधु-महात्माओं के दर्शन। मगर पश्चात्ताप की ज्वाला से, प्रायश्चित्त की भावना से मालती झुलस रही थी—महाकान्त जैसे गऊ पति के रहते मोहन जी से सम्बन्ध क्यों रखा?

तीन-चार दफा मोहनजी का पत्र आया, 'मालती! तुमसे हरिद्वार-वास नहीं चल सकेगा। तुम उस धातु की बनी ही नहीं हो। तुम शिवनगर चली आओ। मैं तुम्हारी हर सहायता करने के लिए तैयार हूँ। तुम्हारे बिना कुछ अच्छा नहीं लगता, आदि-आदि।' पत्रों को पढ़कर मालती और भी जलती-सुलगती रही। वह जानती थी, वह जीवन अब सम्भव नहीं। क्रमशः मोहनजी के पत्रों का क्रम बन्द हो गया और हरिद्वार के स्वस्थ एवं पवित्र वातावरण में मुरझाई हुई मालती पुनः रूप, रस, यौवन और परागवती होने लगी। पुनः रूप की ज्योति मन के हाहाकार को मलिन करने लगी, पुनः लम्बे केश पीठ पर लहराने लगे, पुनः रूप-रस-मदाक्रान्ता मालती धर्मशाला की अपनी एकान्त कोठरी में लेटकर अलस भाव से गाने लगी :

का पर करब सिंगार
पिया बिना लागय जगत अन्हार

कहने का सारांश इतना ही, मालती की सूखी लता फिर हरी, पुष्पवती हो गई। सुबह सोकर उठने के बाद चाय पीने की, पान-जर्दा खाने की इच्छा मालती को होने लगी। गंगा-स्नान के उपरान्त अपने हाथों साड़ी धोने में आलस्य आने लगा। भोजन के पश्चात् रामचरितमानस पढ़ने बैठती थी तो बार-बार मन बड़े-बड़े होटलों की तरफ, गूँजते हुए लाउडस्पीकर के फिल्मी गीतों की तरफ, सिनेमा हाउसों की तरफ भागने लगता। इसी तरह मन बहुत-सी बातों की तरफ भागता था...।

उस दिन शाम को वह 'हर की पैड़ी' के पास टहल रहा था। सायंकाल गंगा-वायु-सेवन उसे बहुत अच्छा लगता था। घाट पर बैठे हुए साधुओं का मन्त्र-पाठ, राह पर कतार लगाए भिखारियों की करुण ध्वनि, नहाती हुई स्त्रियों का भीगा-भीगा सौन्दर्य, यौवनमयी गंगा की उठती हुई तरंगें और यात्रियों की भीड़-भाड़।

अकस्मात् उसने सामने देखा, भीगे हुए केश पीठ पर फैलाए, हाथ में साड़ी उठाए उसकी भाभी, मालती चली आ रही है। महाकान्त भैया के विवाह के छह-सात मास बाद ही उसने संन्यासी होकर घर-बार त्याग दिया था। इसीलिए मालती से एक-दो बार ही भेंट हुई थी। मगर उसके रूप में कुछ ऐसी वस्तु, कुछ ऐसा तत्त्व था कि एक बार देख लेने के पश्चात् जीवन-भर उसे भूल सकना असम्भव। सिन्दूर की रेखा नहीं, सुहाग की चूड़ियाँ नहीं, जेवर नहीं, शृंगार भी नहीं; श्वेत वस्त्रों में स्वस्थ शरीर की रेखाओं को छुपाए अपनी मालती भाभी को उसने देखा तो अनायास ही शब्द निकल पड़े—भाभी! भाभी! भाभी!

वह स्वभाव से और व्यवसाय से संन्यासी था। मेले में रँगे रेशमी वस्त्र पहनना उसे पसन्द था। साधुओं-संन्यासियों की संगति, भक्तजनों की श्रद्धा-सेवा और तीर्थ स्थान घूमना उसे अच्छा लगता था। किन्तु यह स्वीकार करने में उसे कदाचित लज्जा आती कि वह रामकृष्ण परमहंस नहीं था। जैसे गृहस्थों के लिए खेत-पथार, बनियों-व्यापारियों के लिए दुकान, पढ़े-लिखे व्यक्तियों के लिए सरकारी नौकरी होती है, वैसे ही यह संन्यास-जीवन उसके लिए एक प्रकार से व्यापार ही था। अधिक पढ़-लिख न सका, गाँव में इतनी सम्पत्ति नहीं थी कि मन की सारी इच्छाएँ पूरी हो सकतीं, इसलिए वह संन्यासी हो गया था और आज कलियुग के संन्यासियों में जो गुण हैं, उन सभी का समावेश उसमें था। स्वस्थ मुखाकृति, शिष्ट भाषण, शरीर में भभकता हुआ यौवन और आकृति में सम्मोहन का जादू।

मालती उसे पहचान नहीं सकी, घोर आश्चर्य से उसकी ओर देखती रही। उसने निकट जाकर प्रश्न किया और कहा, "भाभी, आप मुझे पहचान नहीं सकीं? मैं हूँ मायाकान्त। अब मायानन्द स्वामी हो गया हूँ। आपके विवाह के समय मैं गाँव में ही था।"

गाँव-घर से इतनी दूर अपने परिचित व्यक्ति के मिलने की प्रसन्नता से मालती की आँखों से जल-प्लावन होने लगा और वहीं पर गंगा-घाट की सीढ़ियों पर बैठकर उसने उसे अपनी सारी कथा सुनाई, सच्ची कथा कि कैसे मोहनजी से उसका प्रेम सम्बन्ध हुआ, कैसे महाकान्त से विवाह हुआ, फिर कैसे एक रात महाकान्त ने दोनों को किसी अनुचित अवस्था में देख लिया और फिर कैसे वह एक दिन अचानक मर गया...।

पश्चात्ताप, वैकल्य, लज्जा और परिताप से रोती हुई मालती बड़ी देर तक सीढ़ियों पर बैठी रही, फिर बोली, "साथ में महरिन थी। वह भी परसों रात रुपये-जेवर चुराकर भाग गई। अब अकेली ही धर्मशाला में पड़ी रहती हूँ। सारी रात भय और चिन्ता से नींद नहीं आती।"

भाभी की चिन्ता से चिन्तित होकर वह बोला, "भाभी, संन्यासी का आश्रय तो भगवान का निवास-स्थान होता है। आप मेरे आश्रम में चलिए। कोई कष्ट नहीं होगा। कितनी संन्यासिनें रहती हैं वहाँ। आप भी होंगी। भगवान के भक्ति-भाव में पूर्व जीवन के सभी पाप भस्म हो जाएँगे। भगवान पर विश्वास रखिए, भाभी, सब ठीक हो जाएगा।"

द्रवित होकर उसके पाँव पकड़ती हुई मालती बोली, "देवरजी, तुम संन्यासी नहीं, देवता हो। मुझ जैसी पतिता, निस्सहाय पर तुम्हें दया आई।"

वह मन-ही-मन हँसा, 'ऐसी दया करना तो मेरा दैनिक कर्म है।'

धर्मशाला से मालती का ट्रंक-बिछावन लेकर नौ बजे रात में वे दोनों कनखल-स्थित संन्यासी के कल्याणाश्रम पहुँचे। मुख्य द्वार के पास ही दयावती खड़ी थी। वह सरस्वती आश्रम की सबसे सुन्दरी, अल्पवयस संन्यासिनी थी। इसलिए संन्यासी को अति प्रिय। प्रयाग के महापर्व में वह खो गई थी। संन्यासी का एक सेवक संन्यासी इसे कहीं से

साथ ले आया था। शरद ऋतु के पूर्ण चन्द्र की तरह दयावती का रूप अमृतमय था, शीतल था और जलती थी जेठ के सूर्य की प्रखर किरण इसके रूप में, इसकी ज्वाला के बिना जले कोई उपाय नहीं।

तुलसी-चौरा के निकट खड़ी दयावती हँसती हुई बोली, "मायानन्द स्वामी, यह मेरी दीदी कौन है?"

"तुम्हारी अपनी ही दीदी हैं। आश्रम में ही रहेंगी और अधिक परिचय जानकर क्या करोगी? जो पूर्व जन्म का सब पुण्य-पाप माँ गंगा को अर्पित करके भगवान की शरण में आया है, उसका परिचय ही क्या?" संन्यासी ने उत्तर दिया।

मालती स्थिर दृष्टि से राधा-कृष्ण के मन्दिर की तरफ देख रही थी। दयावती उसे अपने कमरे की ओर ले गई।

रात के ग्यारह बजे, मालती के रहने-सहने का समुचित प्रबन्ध कर, उसके सो जाने के बाद दयावती संन्यासी के प्रकोष्ठ में आई। चारों ओर घोर निस्तब्धता थी। केवल गंगा की प्रखर धारा वायु में कल-कल का संगीत प्रसारित करती-सी। केश-पाश में बेले की माला लपेटे, महाश्वेता-सी दयावती संन्यासी के पलंग पर बैठ गई। फिर बोली, "माया स्वामी, मालती दीदी आपकी अपनी भाभी हैं?"

संन्यासी ने उठकर, बैठते हुए पूछा, "क्यों, क्या बात है? क्या हुआ?"

"हुआ तो कुछ नहीं, मगर, इस पाप-आश्रम में आप उन्हें क्यों लाए हैं? आपको अपनी भाभी पर दया-माया नहीं है?" संन्यासी के पाँव दबाने का उपक्रम करती हुई दयावती ने पूछा।

उसे हँसी आ गई। नारी के हृदय में सहानुभूति और ईर्ष्या बड़ी जल्दी उपजती है। आज दयावती का मालती पर स्नेह है, सहानुभूति है, किन्तु कल जब आश्रम के भंडार-गृह की चाभी दयावती के हाथ से गिरकर मालती के आँचल के छोर से बँध जाएगी, तब? जब की स्थिति के अनुमान से संन्यासी को हँसी आ गई।

जब इस 'कल्याणाश्रम' के मुख्य सूत्रधार गुरुदेव श्री 108 कल्याणानन्द स्वामी गोलोकवासी हुए थे, तो आश्रम में आठ-दस संन्यासी-परिव्राजक और दो-तीन भक्तिनें थीं। मगर आज इस दयावती के बल-कौशल के कारण नित्य साठ-पैंसठ साधु-सन्त आश्रम के भंडारे में प्रसाद पाते हैं और दस-बारह संन्यासिनें दोनों समय राधा-कृष्ण के भव्य मन्दिर में आरती करती हैं, विद्यापति और चंडीदास के संतुलित गीत गाती हैं। मायानन्द का निश्चित विचार था कि धर्म की रक्षा और परब्रह्म की सेवा केवल भजन-पूजन से नहीं हो सकती। हमारा सनातन धर्म सुरक्षित है, ब्राह्य आडम्बर से, विशालकाय मन्दिरों के कलापूर्ण स्वर्ण-कलश से और उसके-जैसे वैरागी, अनासक्त संन्यासियों से...इसलिए परमधार्मिका दयावती, स्वर्ण-लता-सी सुन्दरी दयावती, अभ्यासानुसार बिना कुछ प्रतिरोध किए सारी रात उसकी सेवा में संलग्न रही।

दूसरे दिन प्रातः काल आगरा का युवक सेठ बाँकेलाल राधा-कृष्ण के दर्शन करने

आया, तो आँखें बन्द करके पूजा करती हुई मालती को देखकर उसे प्यास लगने लगी। सच में, संन्यासिनी के वेश में मालती कालिदास की वनवासिनी शकुन्तला-सी दिखती थी, शैवाल-जाल लिप्प कमलिनी...कहाँ तो सेठ अपने पिता के फूल बहाने आया था...

मायानन्द को एकान्त में ले जाकर सेठ बोला, "गुरुजी, मेरा विचार है कि मैं आपके राधा-कृष्ण के मन्दिर का समूचा फर्श असली संगमरमर का बनवा दूँ। आप बताइए, कितना खर्च लगेगा?"

सेठ की बाँह पकड़कर, उसे मसनद के सहारे बैठाता वह बोला, "सेठ साहब, आपकी कृपा रहेगी, तो सारा आश्रम संगमरमर का बन जाएगा। मगर अभी आप यह बताइए कि आपकी नजरें किधर भाग रही हैं?"

कुछ देर तक बातें करके और भगवान की पूजा के लिए सौ-सौ के दो नोट देकर सेठ चला गया।

प्रातःकाल आठ से दस बजे तक मायानन्द अपने प्रकोष्ठ में समाधि में रहता है, यह बात सभी को ज्ञात थी। इसीलिए कोई भय नहीं, लज्जा नहीं। दयावती ने मालती का पूजा-शृंगार कर दिया था। माथे पर चन्दन-तिलक, जूड़े और गले और बाँहों में बेले की मालाएँ, शरीर के चढ़ाव-उतार को उजागर करती हुई पतली-सी, उजली साड़ी और होंठों पर अभिसारिका की वक्र मनोहर मुस्कान।

सेठ ने सच ही कहा था कि मालती कालिदास की शकुन्तला है।

मालती ने कहा, "देवरजी, दयावती ने तो मुझे संन्यासिनी बना दिया है। आपको यह शृंगार कैसा लगता है?"

उसने उत्तर दिया, "भाभी, बाहर का दरवाजा बन्द कर दीजिए। नहीं तो बात करने में बाधा होगी।"

मगर...मालती के होंठों पर ही यह शब्द रह गया। आज्ञानुसार उसने दरवाजा बन्द कर दिया। मालती आसन पर आकर बैठ गई।

संन्यासी का उपदेश आरम्भ हुआ, "यह भगवान की कृपा है कि आप मुझे मिल गईं, वरना आप किसके हाथ पड़तीं, कौन जाने! ...घर-गाँव छोड़ने के बाद हमारे यहाँ कुलनारियों के लिए कोई स्थान निरापद नहीं। वह जहाँ भी जाए, एक ही भाग्य उसकी प्रतीक्षा में रहता है। कोई चारा नहीं, कोई राह नहीं। ...धीरे-धीरे आप समझ जाएँगी कि यह 'कल्याणाश्रम' कैसा आश्रम है। लेकिन आप भागिएगा नहीं, क्योंकि आपका निस्तार नहीं। पहला आश्रम न सही, दूसरा। संन्यासियों के जाल से निकल भागना असम्भव। इसलिए अच्छा है कि आप मेरे ही आश्रम में रहें और जैसा मैं कहूँ..."

और, इस प्रकार मालती के जीवन का एक नया परिच्छेद आरम्भ हुआ।

मालती सब समझ गई। संन्यासिनों ने उसे अपनी-अपनी कहानी सुनाकर सिद्ध कर दिया कि यही राह है।

बाँकेमल सेठ दो महीने बाद आया, तो उसने मालती के कारण आश्रम में हजार-दो हजार खर्च किया और मालती विभिन्न सेठों, व्यापारियों, साधुओं, महन्तों, संन्यासियों के साथ सिनेमा जाती रही, ऋषिकेश और लक्ष्मण झूले की सैर करती...

एक बार वाणगंगा के महायोगी सिद्धराज महात्मा आत्मानन्दजी महाराज आए थे। मालती को देखते ही चिल्लाने लगे, "भैरवी! भैरवी! माँ तोमि भैरवी—आमि तोमि आमार माँ आचे।"

आत्मानन्दजी की उम्र अस्सी से अधिक ही होगी। हिमालय की बर्फ में तपस्या के कारण पैरों की उँगलियाँ गल गई थीं। दमे के मरीज थे, उसी की चिकित्सा के लिए हरिद्वार पधारे थे। फिर भी, मालती में उन्हें भैरवी के दर्शन हो गए। सारी रात मालती को आत्मानन्दजी की सेवा में रहना पड़ा। इतने महान ऋषि की बात कैसे टाली जा सकती थी!

सुबह मालती बाहर आई, तो सिर्फ इतना ही बोली, "बड़े ही सिद्ध पुरुष हैं आत्मानन्दजी। अभी तक आत्मा में यौवन को अक्षुण्ण बनाए हुए हैं। मगर करें क्या, शरीर रक्षा तो योगी का धर्म नहीं।"

आत्मानन्दजी की स्थिति पर व्यंग्य प्रकट करती मालती को अपनी स्थिति पर सोचने का अब अवकाश या इच्छा नहीं थी। क्यों नहीं थी?

कुछ ही दिनों में समूचे 'कल्याणाश्रम' की सारी व्यवस्था मालती के हाथ में आ गई। दयावती, सुमित्रा, सावित्री, कीर्ति, मीनाक्षी आदि सभी संन्यासिनें उसकी दासी हो गईं। कोई साधु-संन्यासी उसकी आज्ञा का उल्लंघन करने का साहस नहीं करता था। मगर एक दिन मालती के संन्यास-जीवन में अनायास ही विघटन हो गया।

मायानन्द के साथ एक दिन घोड़ागाड़ी पर वह घूमने जा रही थी। अकस्मात् गंगा-किनारे के ओवरब्रिज पर एक युवती के साथ सायंकाल की गंगा-छवि को देखते हुए मोहनजी पर मालती की दृष्टि पड़ गई। अब क्या था, जैसे अचानक किसी ने मालती के शरीर पर किरासन तेल डालकर माचिस लगा दी हो!

गाड़ी रोकती हुई बोली, "देवरजी, सामने देखते हो? पुल पर मोहनजी खड़े हैं। साथ में एक सुन्दरी भी है। तुम यहीं उतर जाओ। मैं आश्रम जाती हूँ। किसी तरह भी आज रात्रि पूजा के समय मोहनजी को आश्रम में आना ही चाहिए। ऐसा तुम्हें करना ही होगा।"

संन्यासी गाड़ी से उतरकर मोहनजी की तरफ विदा हुआ।

दो-तीन घंटे के बाद मोहनजी से छुट्टी पाकर वह आश्रम में आया, तो मालती और दयावती एकान्त में बातें कर रही थीं।

मालती ने पूछा, "काम हो गया?"

"हाँ, हो गया। मेरी बात को टालना किसी के लिए सरल नहीं। रात में दस-ग्यारह बजे वह आएँगे।" संन्यासी ने उत्तर दिया।

अपने पुराने प्रेमी से मिलने की आशा में मालती बहुत प्रसन्न थी।

रात में संन्यासी अपने कमरे में गीता-पाठ कर रहा था, उसी वक्त रेशमी कुर्ता, रेशमी चादर और महीन धोती पहने, पान के बीड़े से दोनों गाल भरे हुए, शिवनगर स्टेट के विलासप्रिय जमींदार मोहनजी आए। बरामदे में जूता उतारकर, अन्दर आते हुए बोले, "मैंने आपको वचन दिया था, संन्यासिनी के रूप में मालती का दर्शन करने की तीव्र इच्छा हो रही थी, इसलिए आना ही पड़ा। नहीं तो शायद ऐसे वक्त में नहीं आता। परदेस की बात है। मेरी साथिन होटल में अकेली ही है। अगर कोई लोफर, आवारा आकर तंग करने लगा..."

इतने में मालती आई। यह संन्यासिनी मालती नहीं थी, यह थी मोहनजी की प्रेमिका मालती—बंगलौरी साड़ी, वक्ष के सौन्दर्य को प्रदर्शित करती हुई रेशमी चोली, अत्यन्त दक्षता से बाँधी गई केश-राशि और कानों में जगमग करता हुआ हीरक कर्ण पुष्प।

मानिनी, प्रणय-प्रगल्भा नायिका की तरह हँसती-सी बोली, "मोहन बाबू, आपने तो हमें भुला ही दिया। यह तो मेरा ही सौभाग्य है कि आप हरिद्वार आए।"

मोहन बाबू ने कोई उत्तर नहीं दिया, दे ही नहीं सके। वह मालती की बड़ी-बड़ी आँखों में खोए से रह गए।

तब उनका हाथ पकड़ती हुई मालती बोली, "आप मेरे कमरे में चलिए। वहीं आराम से बातें करेंगे। ओह, कितने दिन हो गए!"

संन्यासी की ओर सलज्ज भाव से देखते हुए मोहन बाबू मालती के साथ चले गए।

संन्यासी कुछ देर तक गीता-पाठ करता रहा, फिर एक संन्यासिनी को बुलाकर पाँव दबवाता रहा, नींद को कोशिश करके दूर करता रहा, उसे मोहनजी के लौटने की प्रतीक्षा थी।

बारह बज गए। एक, दो बज गए। मगर न मालती आई और न मोहनजी आए। तब उसे शंका हुई, कहीं मोहनजी के साथ मालती भाग तो नहीं गई? आश्रम के सारे रुपये-पैसे उसी के पास थे। दयावती से उसके एकान्त में बात करने की भी याद आई। संन्यासिनी को उसके कमरे में भेजकर वह उठा।

आशंकित हृदय से वह मालती के कमरे की ओर गया। कमरा खाली मिला। दयावती भी अपनी कोठरी में नहीं थी। तब उसने सोचा, आश्रम के गंगा-घाट की तरफ देखना चाहिए, शायद उधर ही वे लोग पुरानी स्मृतियों को ताजा कर रहे हों!

रात्रि का सन्नाटा और अन्धकार चारों ओर फैला हुआ था। अँधेरे में राधा-कृष्ण के मन्दिर का स्वर्ण-कलश चमक रहा था। बरामदों में संन्यासी खर्राटे भर रहे थे। कोई भी व्यक्ति जगा हुआ नहीं था।

घाट की पत्थर की सीढ़ियों पर मालती और दयावती बैठी थीं और आनन्दमग्न-सी हँस रही थीं। उसे देखते ही दयावती उठी और दौड़कर उसके शरीर से लिपट गई।

फिर हँसती हुई बोली, "बाप रे, कितना भारी था!"

दयावती के मुँह से शराब की गंध आ रही थी और मालती की आँखों को देखने से ज्ञात हुआ कि उसने भी पी थी।

शरीर से सटी हुई दयावती को हटाकर संन्यासी ने पूछा, "क्या बात है? इतना हँस क्यों रही हो? शराब क्यों पी है? मोहन बाबू कहाँ हैं?"

दयावती फिर हँसने लगी और हँसती हुई बोली, "उन्हीं के विषय में तो कह रही थी। मोहन बाबू बहुत अच्छे आदमी थे। मालती दीदी से मुझे सब मालूम हो गया था।"

संन्यासी मालती के करीब आया। वह चुप थी। संन्यासी ने पूछा, "मालती, मोहन बाबू चले गए?"

बहुत देर के बाद धीमे और स्थिर भाव में मालती ने कहा, "मोहन बाबू अब नहीं हैं। उन्हें शराब पिलाकर बेहोश करने के बाद हम दोनों ने उनका हाथ-पाँव रस्सी से बाँध दिया। फिर उनके बेहोश शरीर को गंगा में उठाकर फेंक दिया। अब तक तो उनका शरीर तेज धार में बीस-पच्चीस मील चला गया होगा।" फिर थोड़ा रुककर बोली, "इसी काम में देर हो गई। चलो, अब सोना चाहिए। नहीं तो सुबह के समय नींद नहीं खुलेगी।"

मालती परम शान्त थी, जैसे कुछ हुआ ही न हो। संन्यासी को मोहनजी के गंगा-लाभ की बात पर विस्मय हुआ। मगर दयावती ने मोहनजी की नीलम की अँगूठी, सोने के बटन, मनीबैग और घड़ी दिखाई।

मोहनजी के मनीबैग में चार सौ के करीब रुपये हैं। उसे आश्रम के हिसाब में दान खाते में जमा कर दिया गया। संन्यासियों के लिए साल-भर के भाँग-गाँजे का खर्च निकल गया। अब बची मोहनजी की सुन्दरी सावित्री। मालती होटल जाकर उसे साथ ही आश्रम ले आई। मोहनजी की साथिन भी, मायानन्द के कथनानुसार, बड़ी धार्मिका, बड़ी सुशीला, बड़ी सुन्दरी निकली...।

[मैथिली में लगभग यही कहानी 'हरिद्वारवास' के नाम से छपी है।]

ट्रेल की बीवियाँ

1

मैंने यही ज्यादा उचित समझा कि सीधे स्टेशन-मास्टर से बातें करूँ, वैसे इस नई जगह में ध्यानबहादुर के होटल का पता नहीं चल सकेगा। मेरे अलावा और जो दो-चार मुसाफिर ट्रेन से उतरे थे, चुपचाप प्लेटफार्म से उतरकर अमावस्या के घने अन्धकार में डूब गए थे। रह गया था अकेला मैं। हाथों में एक अटैचीकेस, कुछ पत्र-पत्रिकाएँ, कन्धे पर पड़ी बरसाती कोट, एयर-इंडिया का बैग, चेहरे पर लम्बी यात्रा की थकान और कोयले के कण...

जयनगर जंक्शन, उत्तर-पूर्व रेलवे का अन्तिम स्टेशन, बरखा की हलकी फुहारों से भीग रहा था और बहुत उदास-उदास लगता था। सामने सीधी चली गई रेलवे-लाइन, लोकोशेड में फिसलती हुई गाड़ी, चीखता हुआ, छोटी लाइन का छोटा-सा इंजिन और सूनापन। दो-तीन कमरों का स्टेशन—एक टिकट-घर, दूसरा असबाब-घर, तीसरा प्रतीक्षा-गृह अपर क्लास। अहाते की रेलिंग के पास लम्बा-सा, टिन का मुसाफिरखाना था, जिसमें घनघोर अन्धकार। कभी-कभी बिजली चमक जाती थी, तो सारा-कुछ एक बार ही प्रकाशमान, फिर घुप्प अँधेरा। कुछ देर तक मैं रेलवे-लाइन की दोनों पटरियों का अँधेरे में मिलना देखता रहा और हलकी बूँदाबाँदी में भीगता रहा।

फिर मैं हड़बड़ाकर स्टेशन मास्टर के कमरे में घुस गया। भीतर, टिकट वितरण की खिड़की के निकट ही लाल और हरे शीशोंवाला बड़ा-सा लैम्प भक्-भक् कर रहा था। धुँधली रोशनी भ्रम पैदा कर रही थी कि कमरे में कोई नहीं है। एक ओर हरी ज्योति, दूसरी ओर लाल ज्योति। फिर अचानक बाहर बिजली चमकी और मैंने उसे देखा। उसने भी अलसाई निगाहों से मुझे देखा। कमरे के बीचोबीच एक बड़ी-सी, बहुत लम्बी मेज पड़ी थी। उसी पर वह पहाड़ी लड़की चित पड़ी थी। जैसे वह लड़की न हो, आमदनी-खर्च लिखे जाने की खुली बही हो। तीन-चार रजिस्टरों को जमा करके उसने तकिया बना लिया था और बड़े ही इत्मीनान से, आराम से लेटी थी। उसने मुझे देखा और गरदन उठाकर, बाँहों के सहारे जरा-सा उठती हुई बोली, "किसको माँगता है; क्या लेगा? कौन है तुम?"

समझने में देर न लगी कि वह नशे में है। नशे में रहना कोई बुरी बात नहीं...यह बम्बई नहीं है, जयनगर है, मगर मुझे बहुत गुस्सा आया। वैसे भी औरतों का शराब पीना मुझे अच्छा नहीं लगता। नशा उन्हें सस्ता बना देता है और सस्तेपन से मुझे घृणा है। संसार में कुछ चीजें महँगी और ऊँची अवश्य होनी चाहिए। कम-से-कम औरतें।

नवाब वाजिद अली शाह के हरम में रहनेवाली औरतें न हों, मध्ययुगीन राजस्थान की असूर्यंपश्या औरतें न हों, अफ्रेदिती और ऐलेन और क्लियोपैट्रा न हों, न सही, उससे कुछ बनता-बिगड़ता नहीं। मगर, सस्ती शराब पीकर, स्टेशन के टिकट-घर में सस्ते तरीके से लेटकर सस्तापन, बाजारूपन प्रदर्शित करनेवाली औरतें नहीं होनी चाहिए...मन को बुरा-बुरा-सा लगता है, दुख होता है।

मैं स्टेशन-मास्टर से ध्यानबहादुर के होटल का पता पूछने आया था। मगर स्टेशन-मास्टर नहीं था। कोई कर्मचारी भी नहीं था। सिर्फ मद्धिम लाल-हरी बत्ती थी और उसकी रोशनी की किरणें उस पहाड़ी युवती के शराब डूबे प्रोफाइल पर खुली और नंगी टाँगों पर रेंग रही थीं। आखिर उससे पूछना ही पड़ा, "यहाँ ध्यानबहादुर का एक होटल है। कहाँ है, तुम बता सकती हो?"

"ध्यानबहादुर के यहाँ जाएगा? कहाँ से आता है? कलकत्ता से? शंकर बाबू का दोस्त है? उसी को मिलने आया है? तार दिया था?"

"हाँ-हाँ। हमने ही टेलीग्राम दिया था। तुमको यह सब कैसे मालूम है? कौन हो तुम शंकरलाल की?"

वह उठकर बैठ गई। घुटनों तक सिमटा हुआ घाघरा नीचे सरकाने की चेष्टा करती हुई बोली, "तुम कब आया?"

"मैं अभी ट्रेन से उतरा हूँ।"

"शंकरलाल हमको बोलता था कि तुम आएगा। तुम कलकत्ता का सेठ है न? कलकत्ता में तुम्हारी कोठी है न?"

समझ में नहीं आया, कुछ समझ में नहीं आया। पता नहीं, शंकरलाल ने मेरा क्या परिचय अपने परिचितों को दिया है। मैं तो कोई सेठ नहीं। मेरी तो कोई कोठी नहीं। मैं तो...मैं तो...

"हमारा नाम है रामकुमारी। सीसापानी पहाड़ में हमारा घर है। सीसापानी जानता है? वहाँ झरना है। झरना से दूध झरता है, पानी नहीं, वहाँ हमारा घर है।"

"स्टेशन-मास्टर कहाँ हैं?"

"टेसन-मास्टर गया है अपना बासा पर। खाना लाने गया है। हमको दो बोतल दारू दिया और खाना लाने चला गया। हमको ठहरने को बोला है। मगर हम नहीं ठहरेगा। तुम शंकर बाबू का दोस्त है। हम तुमको उसका पास ले जाएगा। चलो।"

रामकुमारी मेज से उतरी और अँगड़ाई लेकर आँखें मलने लगी, सुर्ख और बड़ी-बड़ी

पहाड़ी आँखें। सहरसा जिले के वाममार्गियों की अधिष्ठात्री देवी, उग्रतारा। इतिहासवेत्ता कहते हैं, उग्रतारा पहले चीनी लोगों की भगवती थी। वहीं से तांत्रिक पंडित उन्हें भारतवर्ष उठा लाए। भगवती की आँखों से यह तथ्य सिद्ध होता है। चीनी आँखें, बड़ी-बड़ी, मध्ययुगीन शिल्प की आँखें, मगर चीनी कट। उग्रतारा की तरह ही इस रामकुमारी की भी आँखें हैं। निश्छल, अचंचल, शान्त आँखें और पतली-पतली भौंहें। उग्रतारा की आँखों में नशा नहीं है, रामकुमारी की आँखों में है। शराब है, अफीम है, चरस है, कोकीन है।

बाएँ हाथ में मेरा अटैचीकेस उठाकर नशीली आँखोंवाली बोली, "चलो।"

वह तेज कदमों से आगे-आगे चलने लगी। मैंने रुककर सिगरेट जलाया, फिर प्लेटफार्म से बाहर आकर कीचड़-भरी सड़क पर चलने लगा, और कोई चारा नहीं था।

2

ध्यानबहादुर का 'इम्पीरियल नेपाल होटल और घर'। सस्ते और भद्दे फर्नीचर। दीवारों पर सिगरेट-कम्पनियों के कैलेंडर, निम्मो और नूतन की तस्वीरें। नेपाली टोपी और चुस्त पाजामा पहने हुए पहाड़ी नौकर। अलमुनियम की काली-स्याह केतलियों में चाय औटाती हुई नेपालिन बुढ़िया। सड़क पर गालियाँ बकते हुए लड़के और लावारिस कुत्ते। गरदन में स्टाल लटकाए हुए, सिगरेट-पान-बीड़ी माचिस बेचता हुआ छोकरा। बगल में खुखरी बाँधे हुए पहाड़ी यात्री। कोई कलकत्ता में जाकर सेठों के यहाँ गुलामी करेगा, तिजोरियों की रक्षा करेगा, कोई गोरखा रेजीमेंट, नेपाल-रेजीमेंट में भरती होगा, देश की रक्षा करेगा, कोई पार्क-स्ट्रीट और वेलेस्ली के व्यभिचार, शराब, गाँव के अड्डों पर पहरेदारी करेगा, बिकनेवाली औरतों की दलाली करेगा। नेपाल-राज्य की गोरखाली और पहाड़ी युवतियाँ अपनी वीरता और निर्भीकता के लिए विश्व-विख्यात हैं। उन्होंने उन्नीस सौ चौदह का युद्ध जीता है, उन्नीस सौ उनचालीस-चालीस का युद्ध जीता है। इन्हीं की जाति के एक शेरपा पर्वतारोही ने एवरेस्ट पर विजय-पताका लहराई है। मगर, दार्जिलिंग में, कलकत्ता में, कालिम्पोंग में, जयनगर में, सारे हिन्दुस्तान में ये लोग नौकर हैं, दरबान हैं, पहरेदार हैं और इनकी औरतें लाल-हरी रोशनी में टखने फैलाए लेटी हैं और कोई रास्ता नहीं है इनके पास...

शंकरलाल मुस्कुराया, बहुत खूबसूरत ढंग से मुस्कुराया और मेरी तरफ घूमकर बोला, "सुन्दर बाबू? तुम काहे को खेलता है?... मत खेलो। हार जाएगा तो कहेगा, शंकरलाल हमको लुटवा दिया, परदेस में लुटवा दिया। यह कलकत्ता नहीं है। यहाँ मत खेलो। यहाँ लोग मौज का वास्ते नहीं, पैसा का वास्ते खेलता है। यहाँ खेल नहीं होता है, जुआ होता है।"

मैंने शंकरलाल की आँखें देखीं, ऊँघती-सी आँखों में बिल्ली-सी सतर्कता और

उसका अर्थ, उसका इशारा समझ गया। कमरे में फैली हुई सारी आँखें ऊँघती-सी थीं; बुझी-बुझी-सी। मैं भी मुस्कुराया और उठकर फ्लैश छोड़कर बड़ी मेज पर आ गया। चतुर्दिक पेट्रोल-जैसी तीखी गंध, वातावरण में आँधी आने के पहले की नीरवता, गंध और असह्य उमस, धीमी चाल में डैने फड़फड़ाता हुआ बिजली का पंखा। गोल-गोल मेजों के चारों ओर फैले हुए नेपाली, पहाड़ी और हिछुस्तानी लोग; घाघरा और लम्बी कमीज, गले में रंगीन रूमाल बाँधे औरतें; शराब की बोतलें और खाली, अधभरे गिलासों की बेतरतीब पंक्तियाँ; मैनेजर की मेज पर रखा पुराना रेडियो-सेट, जिससे उभरता हुआ फटा-फटा गीत—टाई लगा के बन गए जनाब हीरो...

सिर्फ फ्लैश के खेल का तमाशा देखने के विचार में मैं एक लम्बी-चौड़ी ऊँची और मोटी नेपालिन औरत की बगल में बैठ गया। सोचा था, जब नशा तेज हो जाएगा और मेरा सिर भारी होकर जगह-बेजगह घूमने लगेगा, तो चुपचाप उठकर अपने कमरे में चला जाऊँगा, जहाँ मेरे सोने की शानदार व्यवस्था शंकरलाल ने की है।

मगर उसी वक्त एक दुर्घटना हो गई। मैंने आँखें उठाकर देखा, तो पाया कि टिकटघर की रखवाली करनेवाली युवती, रामकुमारी अपने दोस्त शंकरलाल की कुर्सी के पीछे खड़ी होकर सिगरेट खींच रही है। टिकट-घर के अँधेरे में उसे अच्छी तरह नहीं देख सका था। अब वह सामने थी, किसी प्रौढ़ नेपाली मूर्तिकार की बनाई हुई, सरस्वती की प्रतिमा-जैसी। बाढ़ के पानी से गँदली हो गई नदी का वर्ण, कुँवारी और नंगी और ठोस धरती की मिट्टी का शरीर। वह अचानक मेरी ओर देखकर हँसने लगी। मुझे फिर गुस्सा आ गया। बहुत सस्ती थी उसकी हँसी, बहुत सस्ती थी उसकी दृष्टि। सिर्फ अवज्ञा ही नहीं, पर्याप्त उपहास और तिरस्कार। नशे में लाल आँखें, लाल घाघरा, लाल चेहरा, लाल कमीज, लाल पट्टियाँ, लाल रिबनों से जूड़ा और रूमाल से गला बाँधे वह मुझे सिन्दूर की एक मोटी रेखा-सी लगी।

सिन्दूर की रेखा ने जैसे कहा, क्यों आए हो? हार जाने का डर है, तो इस कमरे में क्यों आए हो? फ्लैश खेलना नहीं जानते, चोरी से नेपाली गाँजे और भाँग की बोरियाँ गंगा पार ले जाना नहीं चाहते, ट्रकों में कपड़ों की गाँठें भरकर काठमांडू पहुँचाना और वहाँ ब्लैक में बेचना नहीं जानते, कैप्स्टन सिगरेट की डिब्बियाँ और अफीम-कोकीन की गोलियाँ देकर पहाड़ी लड़कियों को बहकाना और उन्हें कलकत्ता से जाकर, दिल्ली और बम्बई से जाकर रेडलाइट-एरिया की खाली कोठियों में बिठाना नहीं जानते, तो क्यों आए हो? यह तो चरखा-आश्रम नहीं है, यह नेपाली पहाड़ी दस्युओं का, आवारा जिप्सियों का विलास-गृह है, जुआखाना है, यहाँ क्यों आए हो? यानी तुम यहाँ से चले जाओ, अपनी कोठरी में बैठकर विनोबा भावे का सर्वोदय-साहित्य पढ़ो। अपनी बीमार बहन या रसोईघर के चूल्हे जैसी धुएँदार सेठानी भाभी से चावल और कपड़े पर चढ़ते हुए दरों और स्टेप्टोमेसीन की सुइयों की बात करो। किसी भी हालत में यहाँ से भाग जाओ।

मुझे फिर गुस्सा आ गया। उसने शंकरलाल की कुर्सी के पार्श्व भाग पर अपना एक पाँव डाल दिया था और मुझे इस अदा से देख रही थी, जैसे लोग चिड़ियाखाने में नए आए हुए किसी वनमानुस सा बेबून को देखते हैं। वनमानुस का मुँह, बेबून की टाँगें... मैंने पहले अपने-आपको देखा, फिर जेब से इटालियन सिगरेट-केस निकालता हुआ बोला, "शंकरलाल, मैं भी खेलूँगा। मैं लड़की नहीं हूँ कि पैसे हारकर रोने लगूँगा..."

लड़कियों के प्रति यह आक्षेप रामकुमारी को अच्छा नहीं लगा और सिगरेट नंगे फर्श पर फेंककर, पैरों में पड़े नए चप्पल से मसलकर, कन्धों तक लहराते बालों को सिर और हाथ का हलका-सा झटका देकर, मेरी निगाहों में घूरती हुई रामकुमारी ने कहा, "ऐ बाबू! तुम अभी लड़की लोग को देखा कहाँ है! पैसा जाने से लड़की लोग नहीं रोता है, मरद रोता है। अभी तो इतना बात बोलता है तुम, मगर अभी हम बोलेगा कि हम तुम्हारा बक्सा उठा के लाया, दोस्त से मेल कराया, हमको हमारा गुडलक का पैसा दो, बख्शीश दो, तो तुम खिच-खिच करने लगेगा। ठीक बोलता है न, शंकर बाबू?"

फिर वह झुककर शंकरलाल के कानों में ओठ सटाकर बातें करने लगी। वह मुस्कुराती रही। मैंने पूछा, "क्या बात है, शंकरलाल? मेमसाहब को मैं पसन्द आ गया हूँ क्या?"

उसने कोई उत्तर नहीं दिया। मुस्कुराया और होंठ बिचकाकर चुप रह गया। शंकरलाल से मेरी दोस्ती कलकत्ता में हुई थी। उन दिनों मैं ज्यादातर टेम्पुल बार में शाम बिताता था। वहीं एक रात उसका किसी नेवी के छोकरे से झगड़ा हो गया और आठ-दस काले सूटवाले जवानों ने उसे चारों ओर से घेर लिया। मैं उस वक्त किनारे की मेज पर बैठा रम पी रहा था। रम पीना मुझे पसन्द है, क्योंकि रम को घोड़ों की शराब कहते हैं और घोड़ों की तेज चाल मुझे पसन्द है, क्योंकि घोड़ों की शराब की सहायता से ही सम्राट नेपोलियन के सिपाही रूस के बर्फीले मैदानों से वापस भाग सके थे। मगर, मैंने रम की आधी खाली बोतल मेज पर ही छोड़ दी थी और नेवी के जवानों से पिटते हुए नेपाली युवक को देखने चला गया था। शंकरलाल खूबसूरत युवक था और उसके कोट के बटन-होल में गुलाब की दो ताजा कलियाँ टँकी थीं और मिक्स्ड आर्केस्ट्रा पर उत्तेजक मम्बो डांसट्यून बज रहा था और नाचनेवाली औरतें रुककर यह तमाशा देखने लगी थीं और मेरे दिल ने मुझसे कहा था, तुम्हें गुलाब की कलियों की रक्षा करनी चाहिए।

इसीलिए जब नेवी सूट पहने हुए, स्कार्फ में अमेरिकन अभिनेत्रियों की न्यूड तस्वीरें छापे हुए लड़के पिटकर भाग खड़े हुए और मैं थककर पास की एक कुर्सी पर बैठ गया, तो शंकरलाल ने दूसरी कुर्सी खींचते हुए कहा, "मेरा नाम शंकरलाल थापा है। मैं होटल सिन्योरीटा में रहता हूँ।"

शंकरलाल आवारा आदमी था। पैसों के लिए जुआ खेलता था, सीसापानी, जनकपुर, बिराटनगर, महोतरी जिले की नेपाली और पहाड़ी औरतों की खरीद-बिक्री करता था और आए हुए पैसों से शराब पीता था और बेहोश होकर होटल सिन्योरीटा में सो जाता था।

शंकरलाल ने घूमकर अपने बगलवाले आदमी से कहा, "सुन्दर बाबू के लिए भी पत्ते डालो।"

रेसकोर्स से अयोग्य करार देकर निकाले गए घोड़े जैसे एक कृशकाय युवक ने पत्ते बाँटना शुरू किया। बोर्ड के और कम्पलसरी ब्लाइंड के पैसे डाले गए। दो रुपये का बोर्ड, चार आने की ब्लाइंड। कुल सात आदमी हमारी मेज पर खेल रहे थे। सभी पेशेवर खिलाड़ी। सभी एक-दूसरे की जेबें कतरने में उस्ताद। दो नेपाली व्यापारी थे। एक शराब भट्ठी का मालिक भी था। एक बुढ़िया पहाड़ी जमींदारिन। एक हिन्दुस्तानी बिजनेसमैन। फिर हम थे। तो-तीन राउंड के बाद सभी ने पत्ते उठा लिए और क्रमशः एक-एक करके आउट होने लगे। सिर्फ मैंने अभी तक अपने कार्ड नहीं छुए थे। ब्लाइंड, ब्लाइंड, ब्लाइंड।

शंकरलाल ने दो रुपये की चाल फेंकी, तो दोनों नेपाली व्यापारी और जमींदारिन अपने ताश पैक कर गए। फिर शराब की भट्ठी के मालिक ने पैक किया। इसके बाद शंकरलाल मेरी सतर्क लापरवाही पर हँसा और अपनी बारी आने पर स्वयं ही ताश उलटकर पैक कर गया, पान का सत्ता हुकुम की तिग्गी, ईंट का एक्का। यानी, एक्के के टाप पर उसने व्यर्थ ही छः-सात रुपये गँवा दिए थे। मैं इत्मीनान से सिगरेट जलाने लगा, क्योंकि जब आमने-सामने सिर्फ दो आदमी बचे थे, मैं और हिन्दुस्तानी बिजनेसमैन जो दरभंगे से कपड़े की गाँठें चोरी-चोरी काठमांडू ले जाता था और रुपये की चार अठन्नियाँ बनाता था। वह अपने पत्ते देखकर कुछ सोच रहा था, क्योंकि शायद उसके पास काफी ऊँजे दर्जे के ताश थे और बोर्ड पर चालीस-पचास रुपये जमा हो गए थे।

मन-ही-मन हिसाब लगाकर उसने पाँच रुपये की भारी चाल दी। मैंने पर्स से दस का एक ताजा नोट निकाल मेज पर रख दिया। मेरे विकल प्रतिरोधी ने आँखें तरेरकर पूछा, "शो कराते हो?"

"नहीं, मैं कभी शो नहीं करता। दस रुपयों की ब्लाइंड। तुम्हें बीस रुपयों में शो कराना होगा," मैंने हँसकर उत्तर दिया और शंकरलाल की कुर्सी के पीछे खड़ी रामकुमारी की आँखों में देखने लगा। जैसे अचानक जादू हो गया। वह सीधी मेरे निकट आकर खड़ी हो गई। फिर धीमे लहजे में बोली, "एक सिगरेट पिलाएगा?"

मुझे उसका सिगरेट जलाना अच्छा लगा। ज्याँ पाल सार्त्र के नाटकों की कोई नायिका स्मरण हो आई। मैंने उससे पूछा, "ब्लाइंड खेलना तुम्हें पसन्द है?"

"यस।" वह हँसने लगी और हँसने के कारण उसका समूचा शरीर तीव्र संगीत की मादक स्वर-लहरी बनकर सिहरने लगा। मैं खुश हो गया। रविशंकर के सितार की सरल-तरल ध्वनि, एक अज्ञात व्यथा की भीगी-भीगी-सी लहरें, आसाम के मल्लाहों, मछुओं के भटियाली गीत की धुनें, स्पेन की जिप्सी नृत्य की अलस तरंगें, इटालियन अभिनेत्री सोफिया लोरेन...

मगर रुपये की चार अठन्नियाँ बनानेवाले व्यापारी को सोफिया लोरेन पसन्द नहीं है, इसलिए वह चीखा, बीस रुपये पर शो।

पच्चीस-छब्बीस आँखें एक साथ ही मेरी तरफ, मेज पर पड़े मेरे बन्द पत्तों की तरफ और मेरी कुर्सी पर बाँहें डाले, झुकी-सी खड़ी सोफिया लोरेन पर चली गईं।

"सरकार, पत्ते शो कीजिए," मेरा विरोधी व्यंग्य करता हुआ बोला।

मैंने रामकुमारी का हाथ पकड़कर कहा, "जरा तुम पत्तों को छू दो। सगुन हो जाएगा।"

उसने मेरे कन्धों के ऊपर से दोनों हाथ आगे बढ़ा दिए और मैंने उसका दायाँ हाथ पकड़कर पत्तों को ढंग दिया और अचानक उसने अपना हाथ खींच लिया, जैसे उसने इलैक्ट्रिक का जीवित तार छू दिया हो। फिर वह विचित्र-सी किंकर्तव्यविमूढ़ मुद्रा में मेरी ओर देखती हुई शंकरलाल के पास चली गई।

तब मैंने एक-एक कर पत्ते उलट दिए। पहला कार्ड ईंट की बीबी, दूसरा कार्ड हुकुम की बीबी, तीसरा कार्ड पान की बीबी, यानी बीवियों का ट्रेल।

खुशी और आश्चर्य की एक लम्बी-चौड़ी लहर मेरे इर्द-गिर्द फैल गई। मेरे प्रतिद्वन्द्वी ने चुपचाप बीस रुपये बोर्ड पर रख दिए और उठकर शराब खरीदने चला गया।

मैंने शंकरलाल से कहा, "अब तुम खेलते रहो प्यारे। मैं तो चला।"

बोर्ड पर फैले रुपये जेब के हवाले कर मैं अपने कमरे की ओर विदा हो गया। बड़ा-सा हॉल, एक बरामदा, एक अन्धकारपूर्ण गलियारा और तब एक साधारण-सी कोठरी। मैं जूते उतार रहा था, तभी रामकुमारी आई।

3

रामकुमारी निढाल-सी होकर बिस्तर पर फैल गई। फिर तकिए का सहारा लेकर उठी और बोली, "सुन्दर बाबू, तुम कलकत्ता में क्या करता है? कहाँ रहता है?"

"करेंगे क्या! बिजनेस करते हैं। पार्क स्ट्रीट में हमारी शराब की दुकान है, होटल है..."

"हम भी कलकत्ता जाता है। शंकर बाबू ले जाता है। कलकत्ता में हमारा बहन रहता है। कभी-कभी को इधर आता है। बहुत रंग-बिरंगा कपड़ा लाता है, दारू लाता

है। रुपया लाता है। वहाँ उसका शादी किया है। मरद खूब बड़ा सेठ है...”

“तुम कलकत्ता क्यों जाती हो?”

“हमको शंकर बाबू ले जाता है। वहाँ बड़ा-बड़ा होटल में हम रहेगा। हमको भी कोई बड़ा सेठ शादी करेगा। हमारा गाँव में तो कुछ नहीं है। हमारा बाप लड़ाई में जान दिया। माँ था, सो कहाँ चला गया, हम जानता नहीं। अब शंकर बाबू हमको सीसापानी से यहाँ लाया है। अभी दो महीना से हम यहाँ जयनगर में है। शंकर बाबू हमको शहर में रहने का तरीका सिखाता है। ताश खेलना सिखाता है...”

फिर रामकुमारी चुप हो गई या कलकत्ता के सपनों में खो गई। शंकरलाल ऐसे ही हर साल लड़कियों को कलकत्ता ले जाता है। शंकरलाल मेरा दोस्त ही नहीं, मेरा पार्टनर भी है। इस रामकुमारी को मैं अपने होटल में रखूँगा। ‘न्यू एशियाटिक होटल’ और रामकुमारी...

अकस्मात् मुझे फ्लैश में जीते हुए रुपयों की याद आई। उन रुपयों में से रामकुमारी को भी शेयर मिलना ही चाहिए, यह मैंने सोचा। मैं ईमानदार आदमी हूँ। आनेस्टी इज द बेस्ट पॉलिसी, मेरा नियम है। मैंने उससे पूछा, “तुम्हें कितने रुपये चाहिए?”

वह आश्चर्य से भरकर बोली, “किस चीज का रुपया? स्टेशन से तुम्हारा सूटकेस लाया, उसका रुपया? हमारा गुडलक का रुपया?”

“नहीं, गुडलक का रुपया नहीं।”

“तब किस बात का रुपया देगा? हमको यहाँ रखेगा? दारू पिएगा? क्या करेगा?”

“नहीं।”

“तब काहे का रुपया देने को बोलता है? जब कुछ नहीं करेगा, तब रुपया क्यों देगा?” सवाल पूछकर वह शरमा गई। फिर सिगरेट-केस से सिगरेट निकालकर जलाने लगी।

मैंने कहा, “देखो, रामकुमारी, जब तुमने मेरे ताशों पर हाथ रखा था, तभी मैंने ताश बदल दिया था। तुम चौंक भी गई थीं। उसी बात का रुपया मैं देना चाहता हूँ।”

अचानक उसके चेहरे का रंग बदल गया। सुर्ख चेहरे पर अचानक जैसे बदली छा गई। आँखें भरभरा गईं और होंठ कस गए। वह बोली, “वह रुपया हम नहीं लेगा।”

“क्यों नहीं लोगी?”

“नहीं लेगा, बस।”

“क्यों?”

“ऐसे ही।”

“ऐसे ही क्यों?”

मेरे इस प्रश्न पर वह देर तक खिड़की के बाहर फैले अन्धकार को देखती रही।

फिर खड़ी होती हुई बोली, "तुम्हारा रुपया हम नहीं लेगा। हम शंकरलाल को भेज देता है, वह तुम्हारा दोस्त है।"

और वह चप्पल में पाँव डालकर तेज कदमों से कमरे से बाहर चली गई। मुड़कर मेरी ओर देखा तक नहीं। तब मैं इस अकस्मात् भाव-परिवर्तन का कोई उचित कारण नहीं ढूँढ़ सका।

दो घंटे बाद जब बाहर का सारा शोरगुल शान्त हो चुका था, शंकरलाल आया। मैंने उसे सिगरेट पिलाई और सारी बातें कहीं। सिर झुकाकर बोला, "तुमने सब गड़बड़ कर दिया, सुन्दर बाबू।"

"सो क्यों?"

"वह अब तुम्हारे होटल में नहीं रहेगी, तुमसे मेल-जोल भी नहीं रखेगी। तुमने ताश में बेईमानी की है, यह बात उसको मालूम हुई सो बहुत बुरा हुआ।"

"क्यों, बुरा क्यों हुआ? मैं तो उसके हिस्से के रुपये दे रहा था। उसने खुद ही नहीं लिया।"

"वह नहीं लेगी, सुन्दर बाबू। वह नहीं लेगी। वह कलकत्ता की लड़की नहीं है, पहाड़ की लड़की है। उसको यह नहीं मालूम कि पराये मर्द के साथ सोना पाप है या नहीं, मगर उसको यह मालूम है कि चोरी और बेईमानी पाप है। वह पाप का पैसा किसी कीमत पर नहीं लेगी।"

शंकरलाल चुप हो गया और चुपचाप सिगरेट पीता रहा। मैं भी कुछ बोलने के मूड में नहीं रहा। उस वक्त अचानक मुझे लगा कि मेरा नाम सुन्दर बाबू नहीं है, कुरूप बाबू है और मुझे लगा कि मेरे जेब में पड़े हुए रुपये कुरूप हैं, फ्लैश के ट्रेल की तीनों बीवियाँ कुरूप हैं, सारी दुनिया कुरूप है, सारा कुछ कुरूप है, सिर्फ रामकुमारी...सिर्फ रामकुमारी...

[रचनाकाल : 1958; प्रत्येक, 25 मार्च, 1985]

महुआ

लाल-भूरे पत्थरों की पहाड़ी ढलान। एक किनारे काले साँप की तरह रेंगती हुई कोलतार की पतली सड़क। इर्द-गिर्द सखुआ-शीशम के जंगल। कहीं-कहीं हरियाली के कोमल दाग की तरह धान के खेत और इन सबके बीच में एक बूढ़ी औरत की खुरदरी तलहथी पर खाली माचिस के अधखुले डिब्बे की तरह रखा हुआ शशांक भाई का कान।

चार कमरों में एक बालकनी का छोटा-सा दोमंजिला मकान, जिसके बारे में काशी ने कहा था, 'वह मकान नहीं है, एक सपना है, जिसे किसी थके हुए आदमी ने बेहद गहरी नींद में देखा है।'

काशी अनुभवी आँखों से नहीं, सपनीली आँखों से दुनिया को देखता है। दुनिया को शायद नहीं देखता है, केवल प्रकृति को देखता है। प्रकृति मेरे लिए मगर, हजारों साल की बूढ़ी औरत है और उसकी हथेली पर माचिस के डिब्बे की तरह वह छोटा-सा मकान रखा है, जिसकी बालकनी पर मैं अकेला खड़ा हूँ।

चारों ओर जैसे आदिम अँधेरा फैल रहा है। आठ मील दूर राँची शहर की बत्तियाँ इस काले अँधेरे की नदी में मिट्टी के नन्हे-नन्हे दीयों की तरह तैर रही हैं। कहीं कोई नहीं है। मैं अकेला किसी भटके हुए जहाज के डेक पर खड़ा सिगरेट पी रहा हूँ और कहीं कोई नहीं है।

शशांक भाई की सात एकड़ पथरीली जमीन और जमीन में लगे गुलमोहर, यूक्लिप्टस, सागवान और गुलाब के लगातार पौधों और पौधों के बीच में बने हुए इस मकान की देखभाल करनेवाला 'केयरटेकर' नौकर बिसुन शायद नीचे के कमरे में अन्दर से दरवाजा बन्द करके सो रहा है। शायद, पास के गाँव में चला गया है। शायद, सड़क के उस पार की पहाड़ी पर बनी कोठी के नेपाली दरबानों के साथ ताश खेल रहा है। बिसुन का कुछ ठीक नहीं है। कहीं भी जा सकता है। कुछ भी कर सकता है। छोटी जात का आदमी है। दिल भी उसका बड़ा नहीं। डरता है और झूठ बोलता है और चोरी करता है।

मैं उस पर बेहद नाराज हूँ। यों, इस नाराजगी का कारण उसका डर या झूठ या उसकी चोरी नहीं है। नाराजगी का कारण है ईर्ष्या और ईर्ष्या की बात याद आते ही मैं अचानक जहाज के डेक से हटकर जहाज के रेस्तराँ में चला आता हूँ, जहाँ एक

ही टेबल पर दो लड़कियाँ बैठी हैं। काले पत्थर की बनी काली मूर्तियों की तरह दो लड़कियाँ और एक लड़की उदास है। दूसरी लड़की खिलखिला रही है।

दूसरी लड़की की हँसी से मैं चौंक उठता हूँ। यह हँसी नहीं है, जंगली महुए की बनी हुई पीली शराब है, जिसका गिलास ओठों पर रखते ही आग की एक तेज लहर कलेजे को चीरती हुई पेट की अँतड़ियों में रेंगने लगती है। दूसरी लड़की का नाम था सुग्गी और वह शशांक भाई के खेतों में काम करती थी। आलू बोने के लिए जमीन तैयार करती थी। जमीन पर हल चलाए जाने के बाद कंकड़-पत्थर के टुकड़े हटाती थी। जंगली घास काटती थी। जंगली पौधे काटती थी। दूर के खेतों से टोकरी में भर-भरकर मिट्टी लाती थी और गड्ढों को भरती थी। पुटुस के जंगली फूल अपने घुँघराले बालों के नन्हे से जूड़े में सजाती थी और अपनी आदिम भाषा का कोई आदिम गीत गुनगुनाती हुई कुदाल चलाती रहती थी। कुएँ से पानी निकालती रहती थी। हँसती रहती थी। हर बात पर हँसती रहती थी।

काशी ने मुझे बताया था, सुग्गी का घरवाला इसे छोड़कर आसाम के चायबगान में चला गया है। अब नहीं आता और अब अपने बिसुन से इसे पेट रहा था। गाँववालों को मालूम हो जाता, तो झुंड बाँधकर तीर-कमान से लैस होकर आते और बिसुन जी प्रेमी को या तो सुग्गी से शादी करनी पड़ती या फिर आदिवासियों के जहरीले तीरों का शिकार होना पड़ता।

बिसुन के प्रति मेरी ईर्ष्या और घृणा और सारी नाराजगी का कारण यही आदिवासी लड़की है, जो खिलखिलाती है, तो आग की तेज लहर मेरी अँतड़ियों में रेंगने लगती है। यह आग कितनी काली है और कितनी आदिम है—इस रात की तरह, जबकि चारों ओर अँधेरा मुझे अच्छा लग रहा है, आठ मील दूर राँची शहर की टिमटिमाती बत्तियाँ अच्छी नहीं लगती हैं! यहाँ इस एकान्त में रोशनी की कोई जरूरत नहीं है। रोशनी यहाँ के लिए एक अस्वाभाविक वस्तु है। स्वाभाविक है अन्धकार।

कल रात इसी बात पर काशी से मेरी बहस हो गई थी। अन्त में उसने नाराज होकर लालटेन बुझा दी थी और मुझसे बातचीत बन्द करके सो गया था। बात ऐसी थी, हम दोनों शाम से ही महुए की शराब पी रहे थे। शाम की आखिरी बस से काशी आया था और शशांक भाई आए थे। तब तक अँधेरा नहीं हुआ था। सुग्गी खेतों में काम कर रही थी और दूसरी आदिवासी औरत चाँदो नये पौधे जमाने के लिए गड्ढे बना रही थी। बिसुन आसपास के किसी आदिवासी गाँव से हमारे लिए डालडा के चार पौंड के टिन में महुआ भर लाया था। शशांक भाई अपने साथ यूक्लिप्टस के पौधे लाए थे। उन्हें कहाँ लगाया जाए, कैसे लगाया जाए, कितनी मिट्टी भरी जाए, कितनी खाद डाली जाए, चाँदो और बिसुन को यह सब बताने में वे व्यस्त हो गए।

काशी मेरे साथ ऊपर चला आया और हम दोनों टिन खोलकर आमने-सामने बैठ गए, जैसे चार पौंड के इस टिन के सिवा इस इतनी बड़ी दुनिया में हमारा कहीं कोई

सहारा न हो!

आधे घंटे बाद जब शशांक भाई ऊपर आए और हमें बताने लगे कि सागवान के दो पौधे सूख गए हैं और गुलमुहर के एक-एक पौधे में कीड़े लग गए हैं और बिसुन ने आज भी सूरजमुखी मिर्चों की चोरी की है—तब तक टिन का सारा तत्त्व मेरे और काशी के अन्दर पहुँच चुका था और हम दोनों रोशनी और अँधेरे के बारे में बहस करना शुरू कर चुके थे।

शशांक भाई को यह बात बेहद नागवार गुजरी। पौधों के सूखने से वे दुखी थे। साहित्य और राजनीति से उनका सारा मोह हटकर इधर कुछ दिनों से इन पेड़-पौधों में आ जमा था। सात एकड़ जमीन है और सात एकड़ में सात हजार पेड़ लग सकते हैं। गुलाब और चम्पा का जंगल लग सकता है। आम और लीची के पेड़ों की कतारें। गुलमुहर के छतनार पेड़ों की सघन छाया। यूक्लिप्टस के पेड़ों की तीखी-तेज सुगंध। काशी ने कहा था, 'यह मकान एक थके हुए आदमी की गहरी नींद का प्यारा सपना है,' और शशांक भाई नींद में नहीं थे, मगर थके हुए तो जरूर थे और वे हमसे बातें करना चाहते थे कि क्या उपाय किया जाए कि पौधों में कीड़े नहीं लगें और बिसुन की चोरी की आदत छूट जाए और यह पथरीली जमीन एक जंगल बन जाए, आदिम जंगल नहीं—सभ्य आदमी के हाथों से लगाया गया एक सभ्य-संस्कृत जंगल!

मगर हम दोनों रोशनी और अँधेरे के बारे में बात कर रहे थे। काशी कह रहा था, रोशनी जरूरी है। इस जंगल में भी प्यार और खूबसूरती और ममता-माया की रोशनी जरूरी है। मैं अँधेरा चाहता था। हर चीज को निगल जाने वाला अँधेरा। क्योंकि मुझे लगता था, प्यार नहीं है। खूबसूरती नहीं है। कहीं नहीं है। सिर्फ नफरत है और सिर्फ बदसूरती है और इन्हें निगल जाने के लिए सिर्फ अँधेरा चाहिए।

अँधेरा हो चुका था और बिसुन एक बड़ा हरीकेन जलाकर ऊपर रख गया था। शशांक भाई को नाराज होते देखकर हम दोनों नीचे उतर आए। सुग्गी जा चुकी थी। चाँदो जा चुकी थी। बिसुन कोयले का चूल्हा जलाने की कोशिश कर रहा था।

काशी ने उससे कहा, "ये दो रुपये लो और महुआ ले आओ।"

बिसुन जाना नहीं चाहता था। मालिक नाराज होंगे। मगर वह काशी से भी डरता था। क्योंकि काशी जानता था। काशी सुग्गीवाली कहानी जानता था। बिसुन ने कहा, "साहब को सो जाने दीजिए!"

काशी नाराज हो गया, बोला, "साइकिल से चले जाओ! देर नहीं करोगे। चाँदो का बाप महुआ बनाता है। जाओ..."

बिसुन ने साइकिल उठाई और डालडा का खाली टिन लेकर चला गया।

मैंने कहा, "बिसुन लाएगा नहीं। यों ही चक्कर काटकर चला आएगा।"

काशी ने मुझसे कहा, "तुम हर बात का 'निगेटिव साइड' देखने के आदी हो चुके हो" और वह चाँद और पूर्णिमा और नीले आसमान और रात की नई दुलहन के बारे

में कोई गीत गुनगुनाने लगा।

मैं एस्बेस्टस की चादरों पर बैठ गया और सिगरेट पीने लगा। शशांक भाई बार-बार बिसुन को ऊपर पुकार रहे थे। काशी सीने की सारी ताकत लगाकर गा रहा था कि रात की गोरी इस तरह जंगल में चली जा रही है, जैसे बादलों के बीच चन्द्रमा...; और मैं एस्बेस्टस की चादर पर उँगलियाँ ठोककर तबला बजाने की कोशिश कर रहा था।

अचानक पानी बरसने लगा। बरसात का यहाँ कोई ठीक नहीं है, कब आ जाएगी। क्षण-भर के लिए हवा रुक जाती है, हलका-सा कोहरा उड़ने लगता है और दूर के जंगल झम-झम-झम झूमने लगते हैं।

दूर के खेत में काम करती हुई सुग्गी कुदाल रख देती है और समूचे शरीर को मरोड़कर एक भारी-सी अँगड़ाई लेती है। मिट्टी की टोकरी सिर पर लादे आती हुई चाँदो लगभग दौड़ने लगती है, ''चल हो सुग्गी, पानी आया! चल हो सुग्गी!''

और, जब तक वे दोनों दौड़ती हुई घर के बरामदे में पहुँचती हैं, पानी आ जाता है। मक्खन चुपड़कर बनाई गई सुग्गी की वेणी भीगती नहीं। कच्चे धागों से बनाए गए सुग्गी के आँचल के फूल-पत्ते भीगते नहीं और दस मिनट बाद पानी चला जाता है। सुग्गी खिलखिलाती हुई बाहर निकलती है। चाँदो उदास-उदास।

मैं कमरे में लेटा हुआ कोई किताब पढ़ता रहता हूँ और मुझे लगता है, मैं किसी जहाज के रेस्तराँ में बैठा हूँ और बियर पी रहा हूँ। आर्केस्ट्रा पर हलका-हलका संगीत बज रहा है। दूर की एक ही टेबल पर दो लड़कियाँ बैठी हैं। मैं अपनी टेबल से उठता हूँ और उनके पास से गुजरने लगता हूँ। एक लड़की खिलखिलाती है। मैं रुककर और थिएटर के प्रौढ़ अभिनेता की तरह घूरकर नाटकीय अंदाज में पूछता हूँ, "मुझसे कुछ कहना चाहती हैं?"

"नहीं जी! तुमसे क्या कहेंगे...तुम महुआ पिओ और अन्दर लेटे-लेटे किताब पढ़ते रहो," मुझे लगता है, सुग्गी मुझसे कह रही है। सुग्गी कुछ कहती नहीं, मुझे लगता है, उसकी मुस्कुराहट कहती है। शायद, मुस्कुराहट भी नहीं, माचिस के डिब्बे जैसा यह मकान, यह जंगल, यह एकान्त और अचानक आ जानेवाली यह बरसात!

बरसात के आते ही काशी खट-खट सीढ़ियाँ चढ़ता हुआ ऊपर चला जाता है और मैं वहीं एस्बेस्टस की चादरों पर बैठा हुआ भीगता रहता हूँ। बरसात में इस वक्त भीगना मुझे बहुत अच्छा लगता है। अन्धकार और गहरा हो गया है। कभी-कभी बिजली चमकती है, तो इर्द-गिर्द का सारा कुछ चाँदी की तरह उजला हो जाता है।

बिसुन अब तक नहीं लौटा है। शायद लौटेगा भी नहीं। मैं ऊपर आया, तो शशांक भाई सो चुके थे। काशी रेडियो खोलकर कोई विदेशी संगीत सुन रहा था। मैंने कपड़े बदले और उससे कहा, "लालटेन बुझा दूँ? रोशनी मुझे अच्छी नहीं लगती है!"

सुबह दस बजे नींद खुली, तो काशी जा चुका था। नौ बजे उसे राँची के अपने

दफ्तर में पहुँचना ही चाहिए। शशांक भाई भी नहा-धोकर तैयार हो चुके थे। बोले, "मैं राँची जा रहा हूँ! आप तो शायद, यहीं रहेंगे? बिसुन कल रात आपकी चीज ले आया था। उसका आनन्द लीजिए!"

जाहिर था, शशांक भाई बेहद गुस्से में हैं। कल रात की बरसात से पौधे डालने के लिए बनाए गए गड्ढे पानी से भर गए हैं। लीची का एक बड़ा पौधा जड़ से उखड़ गया है।

शशांक भाई के जाने के थोड़ी देर बाद बिसुन साइकिल से बाजार चला गया। मैंने सुग्गी से पूछा, "बिसुन कब तक लौटेगा?"

"उसके लौटने का क्या ठीक है! मगर मालिक के लौटने के पहले आ जाएगा। आपका खाना रखा हुआ है। आप नहा लीजिए। मैं खाना ला दूँगी। आपके पीने की चीज भी रसोईघर में रखी है," सुग्गी ने अपनी सुंडा या उराँव भाषा में हिन्दी के टूटे-फूटे लहजे मिलाकर मुझे बताया और हँसने लगी।

वही आदिम हँसी, जो महुए की शराब जैसी तेज और तीखी होती है और इस हँसी के बाद धीरे-धीरे धूप नीचे उतरने लगी। बीच में एक बार पानी बरसा और सुग्गी और चाँदो बरामदे में आकर मौसम के बारे में या खेतों के बारे में या शायद, मेरे बारे में बातें करती रहीं। सुग्गी हँसती रही और बरसात थम जाने के बाद काम करने चली गई।

चाँदो मकान के इर्द-गिर्द के पौधों की जड़ में एलेड्रिन पाउडर डालती रही। एलेड्रिन डालने से पौधों में दीमक नहीं लगते हैं। पौधों की जड़ें एक बार जम जाएँ, पौधे लहलहा उठें, तब दीमक का डर नहीं रहता। अभी पौधे कच्चे हैं, कोमल हैं, इन्हें एलेड्रिन और गैमेक्सिन की जरूरत है।

काशी ने कहा था, 'चाँदो के रक्त में सुग्गी से ज्यादा आदिवासी तत्त्व हैं! तुमने चाँदो को नजदीक से कभी देखा नहीं है। सुग्गी चंचल है, हँसती है; उसके दाँत ज्यादा सफेद हैं, मगर वह पटना और हजारीबाग के ईंटों के भट्ठों में काम कर चुकी है। उसका एक भाई क्रिश्चियन है और अपनी बहन को कई बार सिनेमा-थिएटर भी ले जा चुका है। अपने खसम के साथ सुग्गी एक बार आसाम भी गई थी। मगर, चाँदो तो शायद अब तक राँची भी नहीं गई होगी।'

मगर पौधों की जड़ों में एलेड्रिन पाउडर डालती हुई चाँदो में मुझे वह आदिम आग नहीं दीख रही थी, जिसकी तेज लपटों पर हमारे पूर्वज हिरन का गोश्त पकाते थे। चाँदो ठंडी थी। चाँदो काले पत्थर की अहल्या थी। चाँदो की काली और सुडौल और पथरीली देह उस गुफा की तरह थी, जिसमें सिर्फ अँधेरा था, जहर नहीं था, जहरीले साँप नहीं थे। वह नागिन नहीं थी, जिसकी छटपटाहट से दूर-दूर के पहाड़ टूटने लगते हैं। मैंने बाहर बरामदे में आकर चाँदो से कहा, "महुआ पियोगी?"

"नहीं!" चाँदो ने सिर उठाकर मेरी ओर देखा भी नहीं, चुपचाप झुकी हुई, उदास-उदास,

इस पौधे से उस पौधे के पास रेंगती रही। वह औरत नहीं थी, घने जंगल की मादा जानवर थी, अपने हरे पौधों को प्यार से छूती हुई, सहलाती हुई।

मैंने पूछा, "चाँदो, तुम्हारी शादी हो चुकी है?"

इस बार उसने सिर उठाकर मेरी ओर देखा, क्षण भर देखती रही, फिर सिर झुकाकर आगे बढ़ गई। बोली कुछ नहीं। उसके जूड़े में नन्हे-नन्हे दो पत्तों के साथ एक बड़ा-सा जंगली फूल लगा हुआ था—लाल फूल और उसके गले में विक्टोरिया महारानी की तस्वीर वाला बड़ा रुपया काले धागे से लटक रहा था। कान उसके खाली थे। भारी पलकोंवाली बड़ी-बड़ी आँखें बेहद काली थीं। मगर उनमें कोई भाव नहीं था, कोई अभिव्यक्ति नहीं थी। मेरी बातों से उसे न तो गुस्सा आ रहा था और न ही सुग्गी की तरह मुस्कुराना ही जानती थी। वह कुदाल और टोकरी उठाकर खेतों की ओर चली जा रही थी। सूरज उसके सामने था और मैं किसी पुराने रोमन चर्च के दरवाजे जैसे बने तिकोने बरामदे में खड़ा उसे देख रहा था, जैसे लोग समुद्र के किनारे खड़े होकर विदेश जाते हुए जहाज को देखते हैं। धीरे-धीरे वह पहाड़ी ढलान के नीचे डूब गई। एक बार भी उसने पीछे मुड़कर देखा नहीं।

मैं सीढ़ियाँ चढ़कर ऊपर चला आया और डालडा का टिन खाली करने लगा।

दिन बीत गया। राँची से आनेवाली शाम की आखिरी बस गुजर गई, शशांक भाई नहीं आए। काशी भी नहीं आ सका। चाँदो और सुग्गी चली गईं और बिसुन मेरे लिए चाय बनाने लगा। चाय के बाद खाना। खाने के बाद बिसुन ने मुझसे कहा, "बाबू, आज दोपहर में चाँदो के गाँव का एक आदमी मर गया है। दूर के सम्बन्ध से चाँदो का दादा लगता था। मैं दोपहर में उधर गया था, तो मालूम हुआ। चाँदो को मैंने बताया नहीं... बता देता, तो काम छोड़कर चल देती," और, थोड़ी देर बाद इसी तरह की बातें करने के बाद बिसुन अपने कमरे में चला गया।

दरवाजा वह अन्दर से बन्द करके सोता है। चोर-डाकुओं से भी ज्यादा उसे भूत-प्रेत से डर लगता है और, आज पास के गाँव का एक आदमी मर गया है।

मैं ऊपर चला आया। मैंने रेडियो बजाकर इस रात के अकेलेपन को दूर करने की कोशिश की। मैंने दीवार में लगे शीशे के सामने खड़े होकर मुस्कुराने की कोशिश की। मुझे लगा, मेरा चेहरा बुरी तरह फूल उठा है और मेरी आँखें बेतरह सुर्ख हो गई हैं और बाहर निकली जा रही हैं। मुझे लगा, जैसे मेरे चारों ओर अँधेरे का काला समुद्र है और मैं तूफान में डूबे हुए जाहज के एक तख्ते पर बैठा हुआ लहरों पर भटक रहा हूँ।

मैं बाहर बालकनी पर आ गया। सिगरेट जलाने लगा। हवा इतनी तेज है कि माचिस की तीलियाँ बुझ-बुझ जाती हैं। मेरी उँगलियों में थमी हुई माचिस उँगलियों से छूटकर गिर जाना चाहती है। मैं टूटे हुए जहाज के तख्ते से कूदकर अँधेरे समुद्र में डूब जाना चाहता हूँ। कहीं कोई नहीं है। आठ मील दूर राँची शहर की बत्तियाँ इस काले अँधेरे

में मिट्टी के नन्हे-नन्हे दीयों की तरह तैर रही हैं। मैं अकेला हूँ और मेरे आसपास कहीं कोई नहीं है।

काशी ने कहा था, 'जब रात सो जाती है, तो जंगल जागता है, और यह बताकर उसने मुझे जंगल की आत्मा का एक गीत सुनाया था जिसका मतलब यही था कि अँधेरा और मौत, यही दो चीजें हमारे लिए स्वाभाविक हैं। अस्वाभाविक है जिन्दगी। अस्वाभाविक है गतिशीलता। क्योंकि हमारे पास पाँव नहीं है और हमारे यहाँ रोशनी की कल्पना भी नहीं है।

और, मुझे अब इस क्षण लगता है कि दूर जंगल में वही गीत बजने लगा है जंगल की आत्मा का गीत। वंशी, ढोल और मन्दिर की तेज आवाजों पर वही गीत बजने लगा है। हवा की तड़पती हुई लहरें आती हैं और इस गीत की पागल धुन मेरे सीने से टकराने लगती है। तूफान आता है और मैं उन आवाजों के साथ, उस धुन के साथ, उस पुकार के साथ समुद्र में तैरने लगता हूँ। अँधेरा है, मगर अँधेरे की भी अपनी एक राह होती है।

मैं बालकनी से उतरकर, पहाड़ी ढलान से उतरकर, कोलतार की काली सड़क से उतरकर कच्ची, पथरीली पगडंडी पर आ गया। सोई हुई जवान औरत की छातियों जैसी पहाड़ियों के इर्द-गिर्द चक्कर काटती हुई यह पगडंडी पास के गाँव में चली गई है। शायद, उसी गाँव में बाजे बज रहे हैं। शायद, उसी गाँव में चाँदो रहती है। शायद, उसी गाँव के किनारे अलाव जला है और इस बूढ़े की लाश को अरथी पर रखकर आदिवासी लोग नाच रहे हैं, चावल और महुए की शराब पी रहे हैं। आवाजें तेज हो रही हैं। शोर बढ़ता जा रहा है। शायद, गाँव करीब आ रहा है। इसी पहाड़ी के बाद, इसी तालाब के बाद, इसी जंगल के बाद...शायद।

मैं रुक जाता हूँ। सामने टीले पर एक झोंपड़ा है और हाथ में छोटा-सा लालटेन लिये एक औरत झोंपड़े से निकल रही है। मैं रुक जाता हूँ। औरत मुझे देखकर चीखती है, "कौन है?"

मैं रुक जाता हूँ।

पास आकर चाँदो कहती है, "बाबू, तुम हो?... तुम?" और हँसने लगती है।

नशे में डूबी उसकी पागल हँसी रात के वातावरण में बिजली की तरह तड़पने लगती है। इस हँसी में भय नहीं है, आतंक नहीं है, आश्चर्य नहीं है, आनन्द भी नहीं है। इस हँसी में सिर्फ वह आदिम आग है, जो अपने-आप जलती थी और जंगल का जंगल जला देती थी। मेरे और अपने बीच लालटेन रखकर वह खड़ी हो जाती है और बताती है कि इस झोंपड़े में उसके बाप ने महुए की दस सेर शराब छिपाकर रखी थी। पुलिस अब महुआ बनानेवाले आदिवासियों को भी पकड़ ले जाती है, इसीलिए शराब चोरी से बनती है। कहीं बनती है, कहीं और छिपा कर रखी जाती है और आज उसका बाबा मर गया है। सौ से बीस बरस कम उम्र का था। दिन में लोग खेतों में काम करते हैं, सो इस वक्त जलाने ले जाएँगे। गाँव में उसके दरवाजे पर लोग नाच रहे हैं,

गा रहे हैं, बाजे बजा रहे हैं। उसका बाप पीते-पीते बेहोश हो गया है और शराब खत्म हो गई है, इसीलिए वह महुआ लेने के लिए यहाँ आई है।

और, इतना बताकर चाँदो खिलखिलाने लगती है और पूछती है, "मगर, बाबू, तुम?"

लालटेन की मद्धिम रोशनी में मैं देखता हूँ, चाँदो जल रही है, काली आग की और भी काली लपट बनकर जल रही है।

पूछती है, "बाबू, महुआ पिओगे? कितना पिओगे? मगर, महुआ पीकर तुम्हें गाना पड़ेगा, जैसे हम गाते हैं! नाचना पड़ेगा, जैसे हम नाचते हैं। माँदर बजाना होगा, जैसे हम बजाते हैं। बाबू, तुम्हें वही हो जाना पड़ेगा, जो हम हैं!" और, चाँदो हँसती है।

हजारों बरस बाद अपनी गुफा से निकली हुई काली नागिन की तरह चाँदो शहर में घूम रही है। उसकी समूची देह झूम रही है। अंग-अंग नाच के ताल पर थिरक रहा है।

सिर झुकाकर शशांक भाई के हरे-हरे पौधों के पास रेंगती रहनेवाली चाँदो यह नहीं है। यह चाँदो जंगल की आग और जंगल के अँधेरे में पकी हुई चाँदो है। मैं उसकी चमकती हुई आँखों की तरफ देखता हूँ, तो वह खिलखिलाकर हँसने लगती है। हँसती-हँसती दोहरी हो जाती है। कहती है, "तुम इस बखत कैसे आ गए बाबू? मैं तो महुआ लेने आई हूँ। तुम जितना पिओगे, पिलाऊँगी। दस सेर महुआ तुम पी नहीं सकोगे।"

मैं पीछे घूमकर देखता हूँ। शशांक भाई का मकान अँधेरे में डूब गया है। अचानक हवा में ठंडक बढ़ गई है। कहीं कोई रोशनी नहीं है। मेरे और चाँदो के बीच एक छोटा-सा लालटेन टिमटिमा रहा है और कहीं कोई रोशनी नहीं है।

महुए के इन्तजार में चाँदो के बाबा की लाश के इर्द-गिर्द नाचनेवालों का नाच रुक गया है। संगीत रुक गया है। कहीं कोई आवाज नहीं। रोशनी नहीं। चारों ओर अँधेरा है और एक छोटा-सा लालटेन टिमटिमा रहा है। अचानक हवा का एक तेज झोंका आता है और लालटेन बुझ जाती है। आवाज नहीं। रोशनी नहीं। कहीं कुछ नहीं है। मैं पास खड़ी चाँदो को देख नहीं पाता हूँ। चाँदो मुझे देख नहीं पाती है।

हम दोनों चुपचाप खड़े रहते हैं। शायद, रोशनी के इन्तजार में खड़े रहते हैं और रोशनी नहीं होती। मेरे और चाँदो के बीच एक बुझा हुआ लालटेन पड़ा रहता है और रोशनी नहीं होती है। मैं माचिस जलाने की कोशिश करता हूँ, तो मुझे शशांक भाई का मकान याद आ जाता है। मकान नहीं, एक थके हुए आदमी का सपना। राजनीति से और साहित्य की राजनीति से थके हुए आदमी का सपना। गुलमोहर के फूल और सागवान के स्वस्थ वृक्ष और चारों ओर से मकान पर रेंगती हुई पीले-पीले फूलोंवाली लताएँ।

तेज हवा बह रही थी। शायद, थोड़ी ही देर में अब घनी बरसात आ जाएगी। हम दोनों चुपचाप खड़े रहते हैं। मैं माचिस जलाता हूँ और तीली हवा में बुझ जाती है।

चाँदो की आँखें सुर्ख हैं। माचिस की तीली हवा में बुझ जाती है। चाँदो का चेहरा गर्म है और बेहद नीला हो गया है। तेज हवा बह रही है। चाँदो गर्मी से या हवा की ठंडक से या अँधेरे से काँप रही है। हम दोनों चुपचाप खड़े रहते हैं।

दूसरे दिन सुबह मैं देर से उठता हूँ। शशांक भाई आ गए हैं और बेहद खुश हैं। अपने साथ ढेर सारे नये पौधे लाए हैं। वे मुझसे कहते हैं, "ये पौधे तुम्हें अच्छे नहीं लगते? ये पौधे बड़े होंगे और चारों ओर से इस मकान को ढँक लेंगे। प्रकृति की सुन्दरता तुम्हें अच्छी नहीं लगती? क्या शहर की नकली जिन्दगी ने तुम्हें इस तरह जड़ बना दिया है? तुम चुप क्यों रहते हो? बोलते क्यों नहीं?"

मैं चुप नहीं रहता। शशांक भाई ऊपर चले जाते हैं और छोटे-छोटे गमलों में जमाए गए पौधों को चाँदो ताजा गड्ढों के पास ले जाती है। मैं चाँदो के पास आता हूँ। उसके उदास चेहरे और उसकी बुझी हुई आँखों को देखकर मुस्कुराता हूँ। वह चुपचाप गड्ढे के पास झुकी हुई पौधे का गमला तोड़ती है और पौधा लगाकर इर्द-गिर्द मिट्टी डालने लगती है। बोलती कुछ नहीं। मुस्कुराती कुछ नहीं। मेरी ओर देखती तक नहीं। फिर, टोकरी और कुदाल लेकर पास के खेत से नई मिट्टी लाने चली जाती है।

सुग्गी कुएँ से पानी भर रही है। पतले नाले से बहती हुई पानी की पतली लकीर दूर तक बहती चली गई है। हरे-हरे पौधे के बीच रेंगती हुई पानी की सफेद लकीर!

सुग्गी मुझे अपने पास खड़ा देखकर मुस्कुराती है। खिलखिलाने लगती है। मैं पूछता हूँ, "क्या बात है सुग्गी?"

वह जवाब में एक आदिवासी लोकगीत गुनगुनाने लगती है। इस लोकगीत का अर्थ यही है कि आदिवासी लड़की सौ बार महुआ पिलाती है, मगर इतनी बड़ी जिन्दगी में कुल एक बार खुद महुआ बन जाती है। कुल एक बार महुआ बनती है। आदिवासी लड़की सौ बार इस लाल पत्थरवाली मिट्टी पर फिसलती है, मगर इतनी बड़ी जिन्दगी में कुल एक बार खुद यह लाल मिट्टी बन जाती है। कुल एक बार मिट्टी बनती है। आदिवासी लड़की कुल एक बार महुआ बनती है और लाल मिट्टी बनती है और खिला हुआ फूल बनती है और रोशनी बनती है। कुल एक बार रोशनी बनती है और बाकी जिन्दगी अँधेरे में काट देती है। अँधेरे में और रोशनी के इन्तजार में...

मैं सुग्गी के गीत का मतलब नहीं समझ सका। शायद, गीत का कोई मतलब होता ही नहीं। किसी गीत का कोई मतलब नहीं होता।

[नई धारा, सितम्बर, 1963]

रात एक जहरीली नदी

किसी एक बड़े दफ्तर में काम करनेवाला कोई एक छोटा कर्मचारी छः बजे शाम को दफ्तर खत्म होते ही अपने घर पहुँच जाना चाहता है। दफ्तर से सात मील दूर किरानियों की एक बस्ती में उसका मकान है—अपना नहीं, किराए का मकान। मकान भी नहीं, सिर्फ एक कमरा, एक बरामदा और बरामदे के कोने में खाना पकाने के लिए घिरी-बँधी हुई छोटी-सी जगह। बरामदे में खड़े होकर, उगते हुए सूरज को नहीं देखा जा सकता। शाम के चार बजने के पहले ही धूप आँगन से सरक जाती है। इस कमरे और इस बरामदे में रहनेवाले आदमी और उसकी औरत और उन दोनों के छोटे से पाँच साल के बच्चे को सूरज, धूप, उजाले, बादल, फूल, बरसात की खूबसूरती में आकाश पर सपनीले घूँघट की तरह उतर आए इन्द्रधनुष से किसी दिन कोई मतलब नहीं होता। मतलब हो भी क्यों?

इस आदमी को, जिसका नाम बहुत लम्बा है, ललितेश्वरनारायण श्रीवास्तव, उसके कद और चेहरे-मोहरे के हिसाब से बहुत लम्बा—सिर्फ यही मतलब है कि वह तेरह-ए नम्बर की एक बस में बैठकर खिड़की से दुकानों और होटलों और सिनेमाघरों के साइनबोर्ड और पोस्टर पढ़ता रहे और तेज चलती हुई बस जल्दी-से-जल्दी सुभाष नगर कॉलोनी के स्टॉप तक पहुँच जाए। स्टॉप के बाद एक कच्ची-सँकरी गली, गली में नम और गहरा होता हुआ अँधेरा, अँधेरे में हमेशा से और हमेशा के लिए चुपचाप रुके हुए एक दरवाजे के सामने खड़ा होकर वह पहले अपने बच्चे का नाम पुकारेगा, 'बिपिन! बिपू! ओ बिप्पू!' कोई जवाब नहीं मिलने पर ही वह अपनी औरत का नाम लेगा।

उसकी औरत का नाम है कुन्ती। बहुत पुराना नाम है। वह औरत भी बहुत पुरानी है, जैसे किसी गाँव के किसी मन्दिर की दीवारों पर बनाई गई पुरानी तस्वीरों में से चुनकर ले आई गई हो।

कुन्ती गाँव की औरत है, लेकिन पिछले छः साल से ललित के साथ यहाँ रहती है। इसी कमरे में छः साल में तीन दफा सिनेमा देखने गई है—एक बार जवाहर मैदान में अलफ्रेड कम्पनी का सर्कस और महीने में चार दफा चौराहे के उस पार लक्ष्मीनारायण के मन्दिर। अपने मैके कुल एक बार गई है।

कुन्ती सब्जी-बाजार खुद जाती है। ललित को सौदा-सुलुफ करने की फुर्सत नहीं

होती। आठ बजे सुबह बस-स्टॉप पर 'क्यू' में खड़ा होने को चल देता है। लौटकर घर पहुँचते अक्सर सात बज जाते हैं। रविवार को छुट्टी मिलती है, तो वह अपने बिस्तरे पर लेटा बीड़ी पीता रहता है या बिपिन को साथ ले पार्क में घूमने चला जाता है। तीसरा कोई काम उसे आता नहीं। कुन्ती से बातें करना भी नहीं। कभी पूछेगा, 'भुवन की कोई चिट्ठी आई है?'

उसका सगा छोटा भाई है भुवनेश्वरनारायण श्रीवास्तव। बनारस में सारे दिन ट्यूशन करता है और रात में पढ़ता-लिखता है। प्राइवेट परीक्षा देकर ही उसने बी.ए. किया है, अब एम.ए. करेगा। ललित उसे हर महीने पन्द्रह रुपयों का एक मनीऑर्डर भेजता है। इससे ज्यादा भेजने की उसकी औकात नहीं है। कुन्ती जवाब देगी, 'नहीं! तुम आधा पौंड सस्ता-सा ऊन ला दोगे?'

चिट्ठी, ऊन, राशन, बिपिन की सर्दी-खाँसी, बरामदे में कोयले के चूल्हे पर धुआँ करने से पड़ोसिनें नाराज होती हैं, आलू सवा रुपये किलो मिलता है, दवा, शीशे का एक गिलास, मसहरी फट गई है—बस, ऐसी बातचीत होगी। कुन्ती कमरा अन्दर से बन्द करेगी। सो जाएगी। जगी रहेगी, दीवारों पर छिपकलियों की चहलकदमी देखती रहेगी। यों ही, रोने-सिसकने लगेगी।

शाम को ललित वापस आएगा और दरवाजे पर खड़ा होकर आवाज देगा, 'बिपिन! बिपू! ओ बिप्पू!' यह एक व्रत है, एक गोलाई को चारों ओर से घेरती हुई ऐसी एक रेखा, जिसका कोई आदि और कोई अन्त नहीं है। एक बार, किसी तरह सिर्फ एक बार, ललित इस रेखा को तोड़ना चाहता है। रेखा टूटती नहीं। अपने साथी किरानियों के साथ थोड़ी-सी शराब पी आता है, मगर सर्दियों से अँधेरे में रुके हुए दरवाजे के पास वापस आकर डर जाता है। कुन्ती को पता चलने नहीं देता कि उसने पी रखी है।

तोड़ना चाहती है कुन्ती। पड़ोसिन के कॉलेज में पढ़नेवाले लड़के से मैटिनी शो के दो टिकट मँगवा लेती है। मगर जाती नहीं। कह देती है, 'बिपिन सिनेमा में चीखने-चिल्लाने लगता है।'

एक गोलाई के चारों ओर कुन्ती और ललित अपने बच्चे को सिर-आँखों पर लिए चक्कर काटते रहते हैं। पूरे छः साल हो गए हैं। ललित की तनख्वाह बासठ रुपयों से छियानवे रुपयों तक पहुँच गई है। कुन्ती की देह पर ढेर सारी चर्बी चढ़ गई है। चर्बी और गोश्त! भारीपन! आलस! अपनी देह, अपनी ख्वाहिशों और अपनी जिन्दगी के प्रति बेलौस लापरवाही।

छः बजे ही ललित दफ्तर के नीचे बस स्टॉप पर आ जाता है। 'क्यू' में खड़ा होकर सोचने लगता है कि अब एक नई मसहरी खरीदनी जरूरी है।

आज शाम को घर वापसी की बस में बैठकर ललित मसहरी नहीं, कमला देवी की बात सोच रहा है। कमला देवी उसके दफ्तर के जनरल-मैनेजर की बीबी है और आज पहली बार अपने पति से मिलने दफ्तर आई थी। कमला देवी के आते ही पूरे

फ्लोर पर सन्नाटा छा गया था। टाइपिस्ट आयंगर ने बाएँ झुककर ललित से कहा था, 'आज लंकाकांड होगा! जनरल मैनेजर पारीख साहब ने अपने लिए हेड-ऑफिस से एक लेडी-टाइपिस्ट मँगवा ली है।'

सुभाष नगर की बस में बैठकर ललित कमला देवी की बात सोचता है। काश, किसी दिन उसकी अपनी औरत भी इसी तरह तूफान की तेजी से दफ्तर चली आ सकती! काश, उसकी अपनी औरत चीखकर कह सकती, 'कहाँ है वह छोकरी? मैं एक बार उसे देखना चाहती हूँ!'

'ज्योति' सिनेमा के बरामदे में लाठी-सोंटा लिए कुछ देहाती मर्द और आधे घूँघट से पूरा चेहरा निकाले कुछ देहाती औरतें खड़ी हैं। बनारसी पानवाले के पास तीन-चार शहरी छोकरे शराब पीकर मस्ती में एक-दूसरे को छेड़ रहे हैं। एक ही रिक्शे पर चार लड़कियाँ लदी हैं। ग्रामोफोन-स्टोर्स के लाउडस्पीकर से एक मधुर लोकगीत गूँज रहा है—'बगिया बुलावे सजन आधी रतिया'।

सुभाष नगर के स्टॉप पर बस रुकती है। ललित दो आने का बिस्कुट खरीदता है। आगे बढ़ जाता है। गली बेहद सँकरी है। गली बेहद लम्बी है। अपने पाँवों में पड़ी चप्पल की हलकी आवाज सुनता हुआ ललित धीरे-धीरे अपने दरवाजे तक पहुँच जाता है। ज्यादा से ज्यादा सवा सात हुए होंगे। लेकिन चारों तरफ सन्नाटा छा गया है। सामने के दुमंजिले मकान की खिड़कियों में रोशनी जल रही है। रुककर ललित एक बीड़ी सुलगाता है। फिर पुकारता है, "कुन्ती! दरवाजा खोल दो!"

दरवाजा खटखटाने की उसे आदत नहीं है। पहले वह बिपिन का नाम लेता है। आज यों ही पहले औरत का नाम मुँह से निकल गया। लेकिन नाम लेने की कोई जरूरत नहीं थी। दरवाजा बन्द नहीं है आज पहली बार। अन्दर फटी मसहरी में बिपिन सो रहा है। कुन्ती नहीं है। बरामदे में भी नहीं। कमरे में फर्श पर, एक थाली के ऊपर दूसरी थाली उलटकर रखी गई है। थाली के ऊपर पानी का लोटा रखा गया है ताकि बिल्ली खाना बरबाद न कर दे।

कुन्ती नहीं है। ललित बरामदे में रस्सी पर टँगी अपनी लुंगी उठाता है। कमरे में आकर कपड़े बदलता है। दीवार पर दो साल पुराना एक कैलेंडर है जिसमें महादेव ध्यानमग्न हैं और नाचने की मुद्रा में खड़ी है कोई अप्सरा। चौकी के नीचे लालटेन जल रही है। ललित पुकारता है, ''कुन्ती! कहाँ चली गई? कुन्ती!''

बगल के कमरे में सिलाई की मशीन चलाती हुई बूढ़ी पड़ोसिन कहती है, "श्यामा के साथ मन्दिर गई है। पूर्णिमा है आज। लक्ष्मीनारायण का सिंगार होगा। अयोध्याजी से एक कथावाचक महाराज आए हैं। सारी औरतें गई हैं। मैं निगोड़ी नहीं गई। सुबह तक पाँच फ्रॉक सीकर मुझे देने हैं।"

ललित मसहरी उठकार बिपिन को देखता है। कई मच्छर उसके चेहरे पर भनभना रहे हैं। बिपिन के गालों पर लाल-लाल चकत्ते उग आए हैं। मसहरी लगाने का आखिर

फायदा ही क्या? ललित बिस्तरे पर झुककर बिपिन के गाल सहलाता है। ठंडे पड़ गए गाल! चादर से बिपिन का चेहरा ढक देता है।

ललित खाना नहीं खाएगा। मर गई है भूख। कमला देवी कितनी भारी-भरकम थी! कितनी शान के साथ किरानियों की लगातार मेजें पार करके जनरल मैनेजर के केबिन में घुस गई थी। एकाउंटेंट सहगल कहता है, 'इन्हीं देवी जी के चलते ऑडिट-डिपार्टमेंट का रामजस सिंह नौकरी से इस्तीफा देकर चला गया था। दस साल पहले की बात है।' दस साल पहले अपने गाँव के अपर-प्राइमरी स्कूल में ललित अंकगणित पढ़ाया करता था।

श्यामा पड़ोस में रहती है और मुहल्ले-भर को उँगलियों पर नचाती है। उसका शौहर वकील रामनाथ का ड्राइवर है। कभी-कभी श्यामा को वकील साहब की गाड़ी पर बिठाकर ग्रैंड ट्रंक रोड पर घुमाने ले जाता है। कभी-कभी श्यामा नाइलोन की साड़ी और नाइलोन की ब्लाउज पहनकर कुन्ती से मिलने आती है। एक बार ललित के सामने कुन्ती ने उससे पूछा था, 'तुम्हारा घरवाला क्या पगार उठाता है?'

श्यामा हँसने लगी थी। बोली, 'इस जमाने में पगार के रुपयों से किसी का घर नहीं चलता है। ऊपरी आमदनी नहीं मिले, तो आदमी पागल होकर पानी में डूब मरे। क्यों ललित बाबू?'

ललित को 'बाबू' कोई नहीं कहता। सारे लोग उसे सिर्फ 'ललित' कहते हैं। वैसे नाम उसका काफी लम्बा है। अपने बच्चे का नाम उसने बड़े प्यार से रखा है—सिर्फ बिपिन कुमार। शुरू-शुरू में वह कुन्ती का नाम बदलकर 'किशोरी' या 'जयश्री' रख देना चाहता था, लेकिन उसे हिम्मत नहीं हुई। कुन्ती जो थी, वैसी ही बनी रही।

अचानक बिपिन रोने लगता है। पाँच साल के लड़के ने ठंड से सिकुड़कर बिस्तरा गन्दा कर दिया है। रोने लगा है। मशीन चलाती हुई पड़ोसिन बड़बड़ाती है, "बच्चे को छोड़कर धर्म-पुराण सुनने गई है! हाय री माँ!"

ललित बच्चे को गोद में उठाकर कमरे में घूमने लगता है। कहता है, "चुप हो जाओ। कल मेरी छुट्टी है। शहर घूमने चलेंगे। लॉलीपॉप खाएँगे। अभी चुप होकर सो जाओ बिप्पू! एकदम सो जाओ!"

उसे दो आने के बिस्कुट की याद आती है। कुर्ते की जेब से निकालकर बच्चे को थमा देता है। बिपिन चुप होकर देखता है, खाने की चीज मिलती है या उसका बाप उसे ठग रहा है। फिर गिलहरी की तरह दाँतों से बिस्कुट कुतरने लगता है।

कमला देवी कीमती साड़ी पहने थी। ब्लाउज कमर से ऊँची थी, गोश्त लटक रहा था। दफ्तर की नई टाइपिस्ट लड़की के दाँत खूबसूरत हैं, जैसे किसी टूथपेस्ट कम्पनी के विज्ञापन से चुरा लिये गए हों!

इस बार शायद, नये साल पर बोनस मिलेगा। कम्पनी को कच्चा लोहा बेचकर काफी फायदा हुआ है। लोहे में भी 'ब्लैक' चलता है। बिपिन सो गया है। उसके

हाथों से बिस्कुट लेकर ताख पर रख देना चाहिए। बिल्लियाँ बिस्कुट नहीं खाती हैं, चूहे खा लेते हैं। सस्ते-से-सस्ते ऊन की कीमत है बीस रुपये पौंड। आधे पौंड की कीमत दस रुपये और लेडी टाइपिस्ट?

ललित चाहता है कि अब वह दरवाजा अन्दर से बन्द करके सो जाए। ललित बहुत कुछ चाहता है जिसमें सबसे उत्कट चाह यह है कि वह बगल के कमरे में चला जाए और सिलाई की मशीन पर बैठी औरत का कत्ल कर दे। लेकिन उससे होगा नहीं। सोया भी नहीं जाएगा। खाना भी खा नहीं सकता। फिर क्या करे? बिपिन को जगाकर चाँटे मारने लगे?

तभी कुन्ती आ जाती है अकेली। श्यामा साथ नहीं है। साड़ी के आँचल में छोटी-सी पोटली बँधी है और उसका चेहरा सफेद हो गया है। वह फर्श पर ललित के पाँवों के पास बैठ जाती है। दहाड़ मारकर रोने लगती है। बगल के कमरे में मशीन चल रही है। चौकी के नीचे रखी लालटेन में तेल नहीं है। रोशनी धीरे-धीरे गायब होती जा रही है।

"कुन्ती? क्या हुआ तुम्हें? छिपाओ नहीं। साफ-साफ कहो! क्या बात है? श्यामा तुम्हें कहाँ ले गई थी?" ललित घबरा गया है।

कुन्ती इस सुर में पहले कभी नहीं रोई थी। ललित का कलेजा धड़कने लगता है। बिपिन की कच्ची नींद खुल जाती है। वह चीखने लगता है, "माँ, माँ..."

ललित बर्फ बन जाएगा। पिघल जाएगा। बूढ़ी पड़ोसिन दरवाजे से झाँककर कहने लगेगी, 'मैं जानती थी, श्यामा हमारी कुन्ती को बरबाद कर देगी!'

लगभग आधे घंटे तक रोती रहने के बाद अपनी गोद में पड़े बिपिन को पुचकारती हुई कुन्ती अपने पति ललितेश्वरनारायण श्रीवास्तव से कहती है, "मन्दिर में कथावाचकजी राजा नल और रानी दमयन्ती की कथा बाँच रहे थे। राजा नल अपनी रानी को त्यागकर चले गए। मुझे दमयन्ती के भाग्य पर रोना आ गया।"

और इतना कहकर कुन्ती चुप हो जाती है। एक शब्द नहीं बोलती। बिस्तरे में घुसकर बिपिन को सुलाने लगती है।

[कादम्बिनी, जुलाई, 1966]

भयाक्रान्त

ऊपरवाले किराएदार के पास एक बड़ा-सा बेडौल रेडियो है। हरदम शोर मचाता रहता है। विविध भारती...रेडियो सीलोन...कलकत्ता...बी.बी.सी...कहीं-न-कहीं, कोई-न-कोई स्टेशन खुला ही रहेगा। उनके परिवार में ज्यादा व्यक्ति नहीं हैं। पति-पत्नी हैं, पत्नी की माता जी और तीन-चार बच्चे। सारे बच्चे स्कूल में पढ़ते हैं। पति सेक्रेटेरिएट में अपर डिवीजन पर किरानी है। पति दफ्तर जाता है, बच्चे स्कूल चले जाते हैं, माता जी छत पर धूप में शीतलपाटी डालकर लेटी रहती हैं, फिर भी रेडियो गूँजता रहता है। पत्नी कोई फिल्मी पत्रिका पढ़ते-पढ़ते सो जाती है या सिलाई की मशीन पर बैठी रहती है, फिर भी रेडियो गूँजता रहता है।

रेडियो की इस गूँज से सत्यनारायण को नफरत है। उसका दिमाग गर्म होने लगता है। अपनी पत्नी से कहता है, "इन लोगों को दूसरों की सुविधा का जरा भी खयाल नहीं है? रात में बारह बजे तक शोर मचाते रहते हैं। तुम एक बार कहती क्यों नहीं? शायद, कुछ खयाल करने लगें..."

"मैंने कई बार इशारे से कहा है। वे लोग समझते ही नहीं। उलटे कहते हैं, रेडियो के संगीत से तो सबका मनोरंजन होता है," वासन्ती ने उत्तर दिया। वासन्ती ने इशारे से ऊपरवाली कमला देवी को बताने की कोशिश की है।

सत्यनारायण ज्यादातर तो बाहर ही रहता है। रात में दस-ग्यारह बजे आता है, सुबह आठ-नौ बजे चल देता है। रविवार को भी फुरसत नहीं मिलती। कभी कोई मीटिंग है। कभी किसी दोस्त के साथ कहीं जाना है। जितनी देर घर में रहते हैं, शान्ति चाहते हैं। मगर, कमला देवी समझ ही नहीं पाती कि रेडियो से भला किसी के चैन में कैसे खलल पड़ सकता है! रेडियो में गाने बजते हैं। नाटक होते हैं। जरूरी खबरें बताई जाती हैं।

बात सिर्फ रेडियो की नहीं है। कमला देवी और माता जी लड़ती रहती हैं। बच्चे स्कूल से आते हैं और तूफान मचाने लगते हैं। छत पर इस तरह दौड़ेंगे कि मकान हिलने लगेगा। माउथ-ऑर्गन बजाते रहेंगे। मुहल्ले के लड़कों को बुलाकर आँगन में रूमाल-चोर खेलेंगे और जब जी चाहेगा, बेबी को उठा ले जाएँगे और रुलाते रहेंगे।

बेबी सत्यनारायण की लड़की है–ढाई साल की लड़की। बेहद खूबसूरत है। मक्खन

के गोले की तरह। देखते ही जी चाहता है, गोद में उठा लें और दुलराते रहें, खेलते रहें, बेबी को हँसाते रहें। मुस्कुराती है, तो और भी ज्यादा प्यारी लगती है।

बेबी के कारण ही मुहल्ले के सारे लोग सत्यनारायण को जानते हैं। सुबह-सुबह सत्यनारायण बेबी को गोद में लिए या उँगली के सहारे टहलाता हुआ, साग-सब्जी खरीदने निकलता है। सब्जी-बाजार पास ही है। सब्जी और गोश्त खरीदता है। चौराहे पर चायखाने में बैठकर दो कप चाय पीता है और अखबार पढ़ता है। किसी से बातें नहीं करता। चुपचाप रहनेवाले आदमी हैं सत्यनारायण। पिछले पाँच साल से इस मुहल्ले में रहता है, मगर किसी से दोस्ती नहीं है, किसी से कोई रिश्ता नहीं। वैसे, लोग जानते हैं, सत्यनारायण महाप्रभु किसी विदेशी कम्पनी के कारखाने में स्टोरकीपर है और ईमानदार आदमी है। कोई चीज उधार नहीं खरीदता। किसी के घर आता-जाता नहीं। कुल ढाई व्यक्तियों का परिवार है। एक नौकरानी है, सुबह-शाम आती है।

मुहल्ले की औरतें पूछती हैं, तो नौकरानी सत्यनारायण की प्रशंसा करते कभी थकती नहीं। कहती है, "शाम-सुबह जाती हूँ। मगर बाबू कभी आँख उठाकर मेरी ओर देखते तक नहीं। मालकिन हरदम रसोईघर में रहती हैं। कभी दूध उबाल रही हैं, कभी अंडे, कभी चाय। मगर बाबू, मुझसे बातें तक नहीं करते और कोई हो, तो अकेले में हाथ पकड़ ले...!"

नौकरानी अकेले में हाथ पकड़ने लायक है, इसलिए सत्यनारायण उसे रखना नहीं चाहता था। मगर वासन्ती ने कहा, "जवान औरत है, मेहनत से काम-धाम करेगी। बूढ़ी औरत रखोगे, तो हरदम बक-बक करेगी और चीजें इधर-उधर किया करेगी।"

बेबी के जन्म के बाद सत्यनारायण के स्वभाव में थोड़ा परिवर्तन हुआ। वह पहले से अधिक स्वस्थ और स्फूर्तिवान दिखने लगा। छुट्टी का दिन घर में ही बिताता और हर दिन बेबी के लिए कुछ-न-कुछ जरूर लाता था और कुछ नहीं, तो प्लास्टिक का कोई सस्ता खिलौना। नमकीन बिस्किट के पैकेट। कृष्णनगर की मिट्टी में 'पुतुल'। रबड़ के कुत्ते। रुई की सफेद बिल्लियाँ।

वासन्ती के लिए सत्यनारायण ने कभी कोई चीज लाई हो, वासन्ती को याद नहीं। चार-छः महीने में कभी एक बार वासन्ती सत्यनारायण के साथ बाहर निकलती है। साड़ियाँ, ब्लाउज-पीस, सत्यनारायण के लिए पैंट-कमीज के कपड़े, चूड़ियाँ और ज्यादा पैसे रहे, तो कोई हलका-सा जेवर खरीद लेती है।

सत्यनारायण अपनी इच्छा से कोई चीज नहीं लाता है—हेयरपिन तक नहीं। मगर सत्यनारायण को एक छोटी-सी बेबी ने कोमल बना दिया है...कोमल और हृदय के किसी कोने में स्नेहमय।

सत्यनारायण का परिचय किसी से नहीं है। बेबी को सभी लोग जानते हैं। इतनी प्यारी लड़की मुहल्ले में और नहीं है। परिचित-अपरिचित सभी के पास चली जाती है और मुस्कुराती रहती है। हँस देती है। अकारण शरमाने लगती है। कभी रोती नहीं।

भूख लगती है, तभी चीखती है और कोई रुला दे, कान खींच ले, गोद से गिरा दे, तभी चीखती है। सत्यनारायण अपनी पत्नी से कहता है, "मेरी लड़की बहादुर है। कभी रोती नहीं। 'क्राई-बेबी' होती, तो मैं इसे कभी गोद में नहीं लेता...।"

मगर अब ढाई साल की बेबी 'क्राई-बेबी' हो गई है। सुबह सत्यनारायण उसे बाजार नहीं ले जाए, तो रोने लगती है। शाम को सत्यनारायण उसके लिए नमकीन बिस्किट नहीं लाए, तो रोने लगती है। सत्यनारायण घर में हो और बेबी को अपने पास नहीं रखे, उससे खेलता नहीं रहे, तो रोने लगती है। बेबी हरदम अपने पिता के पास रहना चाहती है... हरदम। साथ सोएगी। साथ नहाएगी। साथ खाना खाएगी और सत्यनारायण दफ्तर के लिए तैयार होने लगेगा, तो बेबी इशारे से समझाएगी, 'मुझे भी कपड़े पहना दो।' सत्यनारायण बेबी को बाबा-सूट पहना देता है। बालों में कंघी कर देता है। बेबी-शू पहना देता है। तब बेबी सत्यनारायण की बाँहों में मचलने लगती है और हाथ उठाकर दरवाजे की ओर इशारा करती है, 'चलो...चलो...' और रोने लगती है। यानी सत्यनारायण के साथ वह भी बाहर जाएगी।

वासन्ती बेबी को अपने पति की बाँहों से खींच लेती है और राह-खर्च के पैसे सत्यनारायण की जेब में डालती हुई कहती है, "तुमने बेबी की आदत बिगाड़ दी है। अब इसे साथ दफ्तर ले जाओ।"

माँ की गोद में बेबी छटपटाती रहती है। चीखती रहती है।

सत्यनारायण तेज कदमों से बाहर निकल जाता है। चौराहे पर आकर ट्राम पकड़ लेता है। ट्राम की भीड़ में शामिल हो जाता है। अपने-अपने घरों से निकलकर दफ्तरों की ओर जानेवालों की भीड़। मर्द अपनी बीवी और बच्चों को छोड़ आए हैं। औरतें अपने बच्चे और पति छोड़ आई हैं। ट्राम धीमी चाल में खिसक रही थी। भीड़ बढ़ती जा रही है। दफ्तर करीब आता जा रहा है और अपनी माँ की गोद में छटपटाती हुई ढाई साल की एक बच्ची रो रही है। रोती जा रही है। बात बहुत मामूली है। सत्यनारायण महाप्रभु, ब्रिटिश इंडिया इंजीनियरिंग कम्पनी का स्टोरकीपर, सोचता है, बात बहुत मामूली है। बेबी नासमझ है, रोएगी ही। धीरे-धीरे बड़ी होगी और समझदार हो जाएगी। तब रोएगी नहीं। हँसती रहेगी। तंग नहीं करेगी। अपनी किताबें पढ़ेगी। माँ के पास रहेगी। स्कूल जाएगी। क्लास में अव्वल आएगी। खेल-कूद में अव्वल आएगी। प्राइज पाएगी। मेडल पाएगी। अभी बेबी रोती है, रोना ही चाहिए।

सत्यनारायण भावुक व्यक्ति नहीं है। भिखारियों को भीख नहीं देता। भिखारियों की ओर देखता तक नहीं। अपनी राह से निकल जाता है।

उस दिन ट्राम में बड़ी भीड़ थी। तीन-चार ट्रामों में कोशिश करके भी वह फुटबोर्ड पर अपने लिए पाँव रखने की जगह नहीं बना सका था। कलकत्ते में क्यू-सिस्टम नहीं है। ट्राम-बस में चढ़ना शारीरिक शक्ति पर निर्भर करता है। दफ्तर से लौटती हुई एक कम उम्र की लड़की ने किसी तरह भी भीड़ में घुसना ही चाहा। एक पाँव रख लिया।

एक हाथ से हैंडल थाम लिया। ट्राम खुल गई और तिनकों के सहारे लटकी हुई उस दुबली-पतली सलोनी-सी लड़की को दफ्तर से लौटते हुए थके-माँदे और नाराज मर्दों ने चारों ओर से दबा लिया। लड़की चीखी, "ट्राम थामा न...आमि नेमे जाबो। ट्राम थामा न...माँ गो...! माँ गो!" 'ट्राम रोको। मैं उतर जाऊँगी। ट्राम रोको। ओ माँ!' लड़की की टाँगें अलग-अलग मर्दों की जाँघों में दबी हैं। कमर और छाती की हड्डियाँ चूर-चूर हो रही हैं। मगर उपाय नहीं है। ट्राम-स्टॉप पर खड़े रहकर चलती हुई ट्राम और चीखती हुई लड़की और धीरे-धीरे घिर आए अँधेरे को देखता हुआ सत्यनारायण तय करता है, उपाय नहीं है। अँधेरे से पहले अपने घर पहुँच जाने का उपाय नहीं है।

अतएव वह चौरंगी रोड के किनारे-किनारे चलने लगता है। 'टाइगर' सिनेमाघर के पास रुककर एक अदद 'क्रेवेन' सिगरेट खरीदता है–शायद सिगरेट की सुगंध में उसके मन में फैलता हुआ अँधेरा मिलकर अच्छा लगने लगे। थिएटर रोड के पास एक नई बिल्डिंग बन रही है। ऊँचा-क्रेन अँधेरे में बड़ा भयावह दिखता है। स्टील का भीमकाय फ्रेम खड़ा किया जा रहा है और इसी फ्रेम के साये में एक भिखारिन ईंटों की कुर्सी पर बैठी है और अपने बड़े बच्चे को लगातार पीट रही है। गोद का बच्चा धरती पर पड़ा चीख रहा है, जैसे जंगल के अँधेरे में अजनबी पक्षी चीखते हैं। बर्फ से ठिठुरती हुई कोई अकेली चिड़िया और भिखारिन पाँच-छः साल के बड़े बच्चे को पीटती जा रही है। माया-ममता नहीं, सिर्फ एक बीभत्स क्रोध। तमाचे मारती है, बाल नोचती है। बच्चा गिर पड़ता है, तो पाँव से कुचलने लगती है और हिन्दी में गालियाँ बकती जाती है, "तुमको बोला, छोटा बच्चा को लेकर मैदान में बैठो! साला, तुम इधर काहे को मरने आया? काहे को आया? साला, बाबू लोग दो पैसा नहीं देगा, तो हम क्या खाएगा? तुम क्या खाएगा? क्या खाएगा बोल, हरामी का पिल्ला! बोल, क्या खाएगा?"

बड़ा बच्चा रोता नहीं, पिटता रहता है। चुपचाप पिटता रहता है।

सत्यनारायण मिनट-भर खड़ा रहकर यह दृश्य देखता है और आगे बढ़ जाता है। उसे लगता है कि स्काई स्क्रेपर बिल्डिंग का यह ऊँचा स्टील फ्रेम हिलने लगा है। हिलने लगा है और अब दो सेकंड बाद उसके माथे पर आ गिरेगा। अपना प्राण बचाने के लिए वह भागता है, तेजी से चलने लगता है। भिखारिन की गालियाँ, छोटे बच्चे की चीख, बड़े बच्चे का पिटना, थिएटर रोड के अँधेरे में इस भिखारिन को रुपये-आठ आने देनेवाले लोग, सभी कुछ पीछे छूटने लगा है। छोटा बच्चा अब तक चीख रहा है।

सत्यनारायण महाप्रभु को भ्रम होता है। लगता है, भिखारिन के बच्चे की चीख और उसकी अपनी बेबी की चीख में कोई फर्क नहीं है। स्वर एक ही है। करुणा एक ही है। उसे लगता है कि बेबी चीख रही है और अब बेबी की चीख से उसके कानों के पर्दे फटे जा रहे हैं। ढाई साल की उसकी अपनी बेबी। वासन्ती क्या इसी तरह बेबी को पीटती होगी? इसी तरह?

एक रात बेबी की नींद खुल गई थी। वासन्ती ने स्टोव पर दूध गर्म किया और

बेबी को दूध-बिस्किट खिलाया। बेबी सोना नहीं चाहती थी। सत्यनारायण थका हुआ था। बेबी को वासन्ती की गोद में डालकर सो गया। सर्दी ज्यादा थी। वासन्ती ने बेबी को बहलाकर सुलाना चाहा। बेबी चीखने लगी, "चलो...ले चलो...चलो...' और दरवाजे की ओर उँगली से बताने लगी। अन्त में ऊबकर वासन्ती ने बेबी को एक तमाचा जड़ दिया। बेबी और तेज रोने लगी।

सत्यनारायण उठकर बेबी को अपने पास ले आया। बोला कुछ नहीं। बोलने की उसे आदत नहीं है। चुप रह जाता है। गुस्सा होता है और गुस्सा पी जाता है, क्योंकि उसके गुस्से में केवल गुस्सा ही नहीं है, उसी मात्रा में भय भी है। वह डरता है। वह डरता है, इसलिए अपने आप पर और सारे संसार पर नाराज होता है। नाराजगी जाहिर नहीं करता। छिपा लेता है। डर छिपा लेता है। अपनी घनी मूँछों और मोटे फ्रेम के चश्मे में वह अपनी सारी भावुकता छिपा लेता है। भावुक वह है। मगर समय ने उसे भावुकता के भ्रूण की हत्या कर देना सिखाया है।

उसका भय मिट जाए, तो वह ऊपरवाले किराएदारों के बच्चों को सामने के बड़े तालाब में फेंक दे। उनका रेडियो तोड़ दे। अपने दफ्तर के मैनेजर का सिर तोड़ दे, जब मैनेजर कारखाने के स्टोर से सीमेंट की बोरी उठा ले जाता है। सत्यनारायण का भय मिट जाए, तो वह शराब पिए और अपने शरारती दोस्तों के साथ वेलेस्ली और रिपन स्ट्रीट की गलियों में जाए। जाना वह चाहता है, मगर जा नहीं पाता। डरता है और गुस्से में जलता रहता है। भय और क्रोध। क्रोध और भय। मन में और कोई उत्ताप नहीं।

सत्यनारायण अखबार पढ़ रहा था। मुँगेर के पास पैसेंजर ट्रेन उलट गई है। अखबार में तस्वीरें निकली हैं। जैसे ट्रेन नहीं हो, कोई छोटा-सा खिलौना हो, जिसे किसी नादान बच्चे ने खेल-खेल में पटक दिया है और अखबार में सूचना निकली है कि शहर में चेचक का प्रकोप बढ़ गया है। पिछले सप्ताह तीस पुरुष, बारह स्त्रियाँ और तिरपन बच्चे चेचक से मरे हैं। हर आदमी को तुरन्त टीका लगा लेना चाहिए। अखबारों में अब ऐसी ही खबरें निकलती हैं। काँगो में युद्ध होता है। अल्जीरिया में युद्ध होता है। क्यूबा में युद्ध की तैयारियाँ होती हैं। लोग कुतुबमीनार, एफेलटॉवर और लन्दन के पुल से कूदकर आत्महत्या करते हैं। पत्नियाँ अपने शौहर और बच्चों को जहर देती हैं। चावल और गेहूँ का दाम बढ़ता जाता है। पैसे की कीमत घटती जाती है और चीन की नीली वर्दीवाली फौज समूचे हिमालय पर चींटियों की तरह रेंगने लगी है।

सत्यनारायण अखबार पढ़ रहा था। वासन्ती ने चाय का प्याला उठाया और टी-टेबल पर शेव का सामान रखने लगी, फिर बोली, "कल शाम को रमेश बाबू की लड़की दोमंजिले से नीचे गिर पड़ी, सख्त चोट आई है। शायद नहीं बचेगी। कारनानी अस्पताल में है। अभी तक होश में नहीं आई। तुम दफ्तर से लौटते हुए अस्पताल चले जाना। बड़ी प्यारी लड़की..."

वह काँप गया। वह आकस्मिक भय से काँप गया। अपना भय छिपा लेने के उद्‌देश्य से बोल पड़ा, "कौन रमेश बाबू? कितनी बड़ी लड़की है?...बेबी कहाँ है? ऊपर गई है?"

बेबी सीढ़ियों से चढ़कर अकेली ऊपर जाती है। ऊपर रेडियो बजता रहता है। बेबी रेडियो के पास खड़ी तालियाँ बजाती रहती है। नाचती रहती है। वासन्ती नहीं चाहती है कि बेबी ऊपर जाए। ऊपर की छत खुली है। ढाई साल की बच्ची रेलिंग के सहारे खड़ी होकर नीचे झाँक सकती है। नीचे गिर सकती है।

सत्यनारायण दोबारा पूछता है, "बेबी कहाँ है?"

बेबी कमरे में फर्श पर बैठी प्लास्टिक की गुड़ियों को अपने रैपर में लपेटकर सुला रही है। पिता की आवाज सुनकर कहती है, "का? का?" 'क्या' के बदले कहती है—'का'? और बाहर चली आती है।

सत्यनारायण शेव करता है। बाथरूम में नहाने जाता है। बेबी को नहलाता है। कपड़े बदलता है। बेबी को कपड़े पहनाता है। खाने की टेबल पर चला आता है। बेबी टेबल पर बैठती है और मुस्कुराती है। सत्यनारायण के साथ खाना खाती हुई बेबी मुस्कुराती रहती है और सत्यनारायण दफ्तर के लिए तैयार होता है, तो बेबी मचलने लगती है।

वासन्ती उसे गोद में उठा लती है, मगर सँभाल नहीं पाती। बेबी फर्श पर गिरकर पाँव पटकने लगती है। चीखती रहती है और सत्यनारायण को थिएटर रोड की भिखारिन का छोटा बच्चा याद आता है। वही स्वर। वही करुणा।

दफ्तर जाना जरूरी है। देर हो रही है। वह चुपचाप जूते पहनकर दरवाजे से बाहर निकल जाता है। बेबी की ओर देखता तक नहीं, देख ले, तो नहीं जा सकेगा। चौराहे तक बेबी की चीख उसका पीछा करती है। बेबी की चीख और ऊपरवाले किराएदार का रेडियो।

रेडियो पर सन्ध्या मुखर्जी गा रही है रवीन्द्रनाथ का वह प्रसिद्ध गीत जिसका अर्थ है—भय की इस विषाक्त रात्रि को बीतना ही होगा और अकेलेपन की इस विषाक्त रात्रि को बीतना ही होगा। सत्यनारायण स्वयं से पूछता है, "किस बात का भय? और कैसा अकेलापन?" कारखाने में तीन हजार आदमी काम करते हैं। दफ्तर में डेढ़ सौ आदमी हैं। स्टोर में पच्चीस आदमी। अकेलापन कैसे है? ट्राम-बस में भीड़ है। घर में खूबसूरत बीबी है, प्यारी बच्ची है। दफ्तर का मालिक दयालु व्यक्ति है। साथ काम करनेवाले लोग दुश्मन नहीं हैं। सेविंग बैंक एकाउंट में हजार से ऊपर रुपये हैं। बीबी के शरीर पर गहने हैं। घर का स्टोर दाल-चावल-आटे से भरा हुआ है। किस बात का भय? लेकिन ऊपरवाले किराएदारों का रेडियो चीखता रहता है—भय की यह रात्रि...अकेलेपन की यह रात्रि और जब सत्यनारायण महाप्रभु ट्राम-स्टॉप पर आकर खड़ा होता है, भवानीपुर से वापस आती हुई ट्राम से रमेश बाबू उतरते हैं, सिर झुकाए हुए। रमेश

बाबू की पत्नी उतरती है रोती हुई। आँखें रोते-रोते सूज गई हैं। लेकिन ओठों से कोई आवाज नहीं। रमेश बाबू की माँ और छोटी बहन उतरती हैं–चीखती–चिल्लाती हुईं। ट्राम चली जाती है। रमेश बाबू अपने परिवार के साथ अपने मकान की गली में समा जाते हैं। सत्यनारायण दूर खिसकती हुई ट्राम को और सिर झुकाए चले जाते हुए रमेश बाबू को देखता रहता है, जैसे डरा हुआ कोई अबोध शिशु सामने से गुजरते हुए पागल हाथी को देख रहा हो! आतंकित!

दफ्तर में सत्यनारायण अपनी कुर्सी पर आ बैठता है। कारखाने को माल सप्लाई करनेवाले कई ठेकेदार उसका इन्तजार कर रहे हैं। बैरा टेबल पर पानी का गिलास ले आता है। पूछता है, "चाय पिएँगे?"

सत्यनारायण सामने बैठे हुए लोगों की ओर देखता है। फिर कहता है, "थोड़ी देर बाद ले आओगे?" और उन लोगों से बातें करने लगता है।

बैरा दो मिनट इन्तजार करने के बाद कहता है, "प्रभु साहब, बड़े साहब की स्टेनो है न, मिस सूबेदार, बिचारी कल से आपको ढूँढ़ रही है। कल आप सवेरे चले गए..."

मिस सूबेदार। बड़े साहब की स्पेशल स्टेनो। मोटी-सी साँवली लड़की। सुर्ख लिपस्टिक। हैंडबैग में हमेशा दो-चार जासूसी किताबें। मामूली-सी आँखें बुझी-बुझी-सी। हर वक्त किसी-न-किसी बैरे को पुकारती रहेगी, किसी-न-किसी पियून को डाँटती-फटकारती रहेगी। बड़े साहब की स्टेनो होने का नाजायज फायदा उठाती है मिस सूबेदार। कोई क्लर्क या टाइपिस्ट हलका-सा मजाक भी करे तो सीधे दफ्तर के सुपरिंटेंडेंट के पास स्लिप भेज देती है। इसके लायक वह नहीं है। काली मेमसाहब–दफ्तर के लोगों ने उसे यही नाम दिया है।

बड़े साहब टिफिन में चले जाते हैं। सत्यनारायण अपनी सीट से उठकर साब के चेम्बर में चला आता है। मिस सूबेदार अकेली है–टाइपराइटर पर झुकी हुई। घूमकर कहती है, "आपको हम कल से ढूँढ़ता है प्रभु साब, हम बहुत मुसीबत में हो गया है!"

लगभग दस मिनट तक सत्यनारायण काली मेमसाहब की कहानी सुनाता रहता है। मिस सूबेदार को तीन सौ रुपये कर्ज चाहिए। वह गर्भवती हो गई है। एबॉर्शन करवाना ही होगा। तीन सौ रुपये चाहिए। लेडी डॉक्टर पूरे तीन सौ माँगती है। सत्यनारायण आश्चर्य में डूबता हुआ अपनी टेबल पर चला आया। थोड़ी देर चुपचाप बैठा रहा। फिर बाहर मैदान में आकर चहलकदमी करने लगा।

सर्दियों की यह धूप बड़ी प्यारी लगती है। अच्छा लगता है खुली हवा में अपने को स्वाधीन अनुभव करना। तभी उसका असिस्टेंट सीताराम शर्मा सीढ़ियों से उतरता हुआ आता है, "सर, अभी दो बजे रेडियो से खबर आई है, लन्दन में इतनी बर्फ गिरी है कि लगभग पाँच सौ लोग मर गए हैं। ईस्टएंड में एक पूरा मकान ही बर्फ में दब गया और कई परिवारों के लोग खत्म हो गए।"

सत्यनारायण ने कहा, "इसमें चीखने की क्या बात है? लोग तो ऐसे ही मरते रहते

हैं! ये घटनाएँ तो मौत का एक बहाना हैं। जिसकी मौत लिखी है, वक्त-बेवक्त चली ही आएगी," और मैदान में टहलता हुआ अपनी ही कही हुई बात पर गौर करने लगा। लोग मरते ही रहते हैं! वह चौंक पड़ा। उसके भावहीन चेहरे की सफेदी बढ़ने लगी। वह सिर झुकाए दफ्तर के हॉल में चला आया। अपनी कुर्सी पर बैठ गया। सोचने लगा, वह मिस सूबेदार को तीन सौ रुपये कर्ज क्यों देगा? रुपये तो लौटकर आएँगे नहीं। फिर क्यों दे? और देकर एक बच्चे की हत्या का जिम्मेदार क्यों बने? उस बच्चे का क्या अपराध? उसे क्यों जन्म लेने के पहले ही मौत की सजा मिले? वह रुपये नहीं देगा।

यही तय करके सत्यनारायण मिस सूबेदार से बिना मिले अपने घर वापस चला आया। चाय पीने के वक्त वासन्ती ने कहा, "रमेश बाबू की लड़की नहीं बच सकी। उसकी माँ तो सुबह से अपना कमरा भीतर से बन्द किए बैठी है। दरवाजा खोलती ही नहीं! बिचारी!" और इतना कहते-कहते वासन्ती की आँखें भर आईं। वह टेबल से उठ गई।

सत्यनारायण ने अकेले चाय पी। बेबी हाथों में बिस्किट का पैकेट लिए हुए बरामदे में नाच रही थी। चाय के बाद सत्यनारायण ऊनी चादर डालकर बाहर जाने लगा। रात में बेबी की नींद खुल जाती है, तो अँधेरे में डरकर रोने लगती है। जब तक रोशनी न की जाए, चीखती रहती है। एक बेड स्विच लाना होगा। बिस्तर से उठे बगैर बिजली जलाई जा सकेगी।

सत्यनारायण बरामदे से नीचे उतरा भी नहीं था कि बेबी दौड़ती हुई उसकी ओर आने लगी, "पापा...पापा जी...पापा!"

सत्यनारायण रुक गया। वापस आकर उसने बेबी को गोद में उठा लिया, "चलो, तुम भी साथ चलो! मगर भाई, यह रोना-धोना बन्द करो!"

वासन्ती आँगन में खड़ी तीज के चन्द्रमा को प्रणाम कर रही थी। वहीं से बोली, "नहीं, बेबी नहीं जाएगी। बाहर बहुत सर्दी है। बच्ची बीमार हो जाएगी।"

सत्यनारायण रुक गया। बेबी को गोद से उतारने लगा। बोला, "तुम्हीं इसे सँभालो। मैं बाहर जा रहा हूँ।"

लेकिन फिर वही चीख। वही करुणा। वही विकलता...बेबी रोने लगी। सत्यनारायण ने किसी तरह बहलाने की कोशिश की, मगर वह पाँव पटकती हुई चीखती ही रही, 'ले चलो...चलो...' और सत्यनारायण को गुस्सा आने लगा। उसने ढाई साल की बेबी के गाल पर एक तमाचा जड़ दिया। बेबी तमाचा खाकर सन्न रह गई, जैसे बेहोश हो जाएगी। क्षण-भर आँखें फाड़कर सत्यनारायण को देखती रही, फिर बड़े ही डरावने स्वर में, जैसे भूखी बिल्लियाँ सुनसान रात में रोती हैं, बेबी रोने लगी। सत्यनारायण आतंकित हो गया। बेबी का चेहरा काला पड़ता जा रहा है, उसे ऐसा लगा। वासन्ती दौड़ी हुई आई और बेबी को गोद में उठाकर सत्यनारायण को बड़ी ही जहरीली निगाहों

से देखती हुई अन्दर कमरे में चली गई।

सत्यनारायण चुपचाप खड़ा रहा। फिर धीमे कदमों से बाहर चला गया। ट्राम स्टॉप पर आकर जो पहली ट्राम मिली, उसी में बैठ गया। कालीघाट आने पर ट्राम से उतर गया और यहाँ-वहाँ चक्कर काटने लगा। 'बसुश्री' सिनेमाघर में कोई हिन्दी फिल्म चल रही है। हाउसफुल! टिकट नहीं मिलती। क्या किया जाए? किसी रेस्तराँ में चाय पी जाए? हरी साड़ीवाली उस औरत के पीछे-पीछे कुछ दूर तक चला जाए? कानों में रेंगती हुई बेबी की चीख-पुकार को कैसे भूला जाए? अपनी अजन्मी बेबी को मारने के लिए मिस सूबेदार तीन सौ रुपये चाहती हैं। कुल तीन सौ रुपये और रमेश बाबू की लड़की तो बिना एक पैसा खर्च करवाए ही मर गई। मुफ्त की मौत! फ्री डेथ!

फ्री डेथ! ऐसी ही बातें सोचता हुआ सत्यनारायण पता नहीं किस तरह कालीघाट ट्राम-लाइनों के शतरंज के बीच में फँस गया। दो ट्रामें सामने दो लाइनों से आ रही थीं, दो ट्रामें पीछे की दो लाइनों पर। सत्यनारायण बीच में घिर गया। इस चक्रव्यूह से निकलने का उपाय नहीं है। ट्रामें एकदम करीब आ गई हैं। ट्रामें और मौत...मुफ्त की मौत! फ्री डेथ! सत्यनारायण ने उछलकर ट्राम-लाइनें पार कर जाना चाहा। शायद वह उछल भी गया। शायद चुपचाप खड़ा रहा। पाँव बर्फ बनकर जम गए। उसे लगा कि जैसे उसने मौत को देख लिया है—धुएँ जैसी हलकी और धीरे-धीरे फैलती हुई मौत! अचानक सामनेवाले एक ड्राइवर ने अपनी ट्राम रोक दी। सत्यनारायण उसी लाइन पर खड़ा था और उसकी दोनों बगल में दो ट्रामें घंटियाँ बजाती हुई चली गईं। सत्यनारायण लाइनें पार करके फुटपाथ पर आ गया। फुटपाथ पर चलते हुए उसे लगा कि उसने उस एक क्षण में मौत को छू लिया था—बर्फ जैसी ठंडी और सफेद मौत!

सत्यनारायण महाप्रभु का गला सूख गया था, जैसे होंठों पर बर्फ की परतें जम गई हों। होंठ खुल नहीं रहे थे। एक रेस्तराँ में बैठकर उसने बैरे को बुलाना चाहा, तो उसके गले से आवाज नहीं निकली। धीरे-धीरे पास आती हुई ट्राम की तस्वीर उसकी आँखों पर जम गई थी।

रात में वह देर से घर लौटा। वासन्ती बेबी के साथ सो गई थी। दरवाजा अन्दर से बन्द था। कॉलबेल से वासन्ती की नींद खुली। दरवाजा खोलकर किनारे हट गई और अँगड़ाइयाँ लेने लगी। फिर बोली, "पिक्चर चले गए थे? कितना बज गया?...जानते हो, बेबी को हलका-हलका बुखार है। तुम्हारे जाने के बाद रोती ही रही। अभी-अभी सोई है। मैंने गर्म दूध पिला दिया है। सुबह तक ठीक हो जाएगी।"

"कितना बुखार है?" सत्यनारायण ने घबराकर पूछा।

वासन्ती ने बताया, "नॉर्मल है। निन्यानबे से थोड़ा कम।"

सत्यनारायण कपड़े उतारने लगा। कपड़े बदलकर बेबी के बिस्तर में गया। बेबी नींद में बेहोश थी। नहीं, बुखार ज्यादा है। सौ से कम क्या होगा! वासन्ती छिपा रही है। सत्यनारायण ने पूछा, "थर्मामीटर कहाँ है? बुखार ज्यादा लगता है।"

''बुखार ज्यादा नहीं था।'' वासन्ती ने कहा, "तुम यों ही घबरा रहे हो। हलका-सा बुखार है। सुबह तक बेबी ठीक हो जाएगी!"

सत्यनारायण ने अपनी चिन्ता छिपाने की कोशिश की। बोला, "क्या सब्जी बना रही हो? अंडे हों, तो कोई अच्छी सब्जी बनाओ। मुझे बड़ी भूख लगी है।"

सत्यनारायण खाने-पीने के बारे में कभी कोई फरमाइश नहीं करता। कभी शिकायत भी नहीं। वासन्ती बेहद खुश हुई। आलू और टमाटर भी हैं। वासन्ती ने कहा, "तुम बेबी के पास बैठकर कोई मैगजीन पढ़ो। मैं पाँच मिनट में सब्जी बना लेती हूँ।"

वासन्ती टेबल पर खाना लगा रही थी। बेबी की नींद खुल गई। सत्यनारायण ने उसे गोद में उठा लिया और मसहरी से बाहर निकालकर कमरे में टहलने लगा। बेबी ने कहा, "पानी! पानी लाओ!"

वासन्ती बोली, "जरा रुको। तुरन्त स्टोव पर पानी गर्म करती हूँ।"

मगर, बेबी रोने लगी। सत्यनारायण की ओर आँखें फाड़-फाड़कर देखती हुई बेबी रोने लगी और गोद से उतरने के लिए मचलने लगी। बेबी डर गई थी...सत्यनारायण से डर गई थी।

वह बेबी को अपने कन्धे पर सँभालता हुआ कमरे से बाहर जाने लगा। वासन्ती ने पूछा, "बाहर इतनी सर्दी है। कहाँ जा रहे हो? देखते नहीं, बेबी को बुखार है?"

"बेबी को चौराहे तक ले जाता हूँ। मिठाईवाली दुकान जरूर खुली होगी। रसगुल्ले लेता आऊँगा। बेबी को बेहद पसन्द है। बेबी मुझसे डर गई है। मैंने तमाचा मार दिया था। वह बाहर जाना चाहती थी। मेरे साथ घूम आएगी, तो डर खत्म हो जाएगा। चलो बेबी, चलो।" सत्यनारायण बाहर सड़क पर चला गया।

वासन्ती कहती ही रही, "उसे मत ले जाओ। उसे बुखार है। मत ले जाओ।"

मगर सत्यनारायण वापस नहीं लौटा। बेबी को एक गीत सुनाता हुआ वह चौराहे की ओर चला ही गया। उसकी बाँहों में मचलती हुई ढाई साल की बेबी शायद मुस्कुराने लगी थी।

[सारिका, अप्रैल, 1963]

शराब की एक शाम

श्री पालित जी, सम्पादक 'प्रेमज्योति' मासिक (जो पाँच महीने में एक बार प्रकाशित होता है। यह उनकी विवशता है। यह आज के समाज पर सबसे बड़ा व्यंग्य है–यह उनका कहना है। लोग उन्हें विज्ञापन नहीं देते, क्योंकि विज्ञापनदाता सेठ-साहूकार होते हैं, जिन्हें वह अक्सर गालियाँ दिया करते हैं और समझते हैं कि हर 'मार्क्सवादी' सम्पादक का एकमात्र काम यही है! उनका दूसरा काम है–'प्रेम-ज्योति' में अपनी लिखी कहानियाँ छापना, जिन कहानियों में उनके उन अनुभवों का वर्णन होता है, जिसे वह बिस्तरे पर लेटे-लेटे प्राप्त करते हैं। उनका तीसरा काम है...) आधे घंटे तक अपना तीसरा काम अर्थात् अपनी प्रणय-कथाओं के कथानकों से अपने मित्रों को 'बोर' करना, करके 'मोनिका' से बाहर चले गए। बाहर, फुटपाथ के पार एक युवती खड़ी थी। किसी का इन्तजार कर रही थी। यह एक रहस्य हुआ। इस रहस्य का पता लगाना एक सम्पादक का प्रथम कार्य है। सो, पालित जी चले गए।

मैं होटल के बड़े से हॉल में अकेला रह गया। नहीं जी, अकेला नहीं रहा। मेरे साथ रहा, टेबल पर पड़ा हुआ 'रम' का अधखाली गिलास, ऐश-ट्रे, 'लकी स्ट्राइक' का पैकेट, माचिस की डिबिया और 'प्रेम-ज्योति' का वह पाँच मास पुराना अंक, जिसके मुखपृष्ठ पर एक बड़ी तस्वीर के नीचे लिखा है–'थिएटर की चुलबुली रानी मेनका देवी' और उसके नीचे बाईं ओर 'मूल्य बारह आने' और दाईं ओर 'प्र. सम्पादक : प्रेम किशोर पालित 'प्रेमी'।' फुटपाथ-स्थित कथा-नायिका के रहस्योद्घाटन की हड़बड़ी में पालित जी यह अंक टेबल पर भूल से छोड़ गए हैं; और मेनका देवी की तस्वीर का नशा और 'रम' के आधे गिलास का नशा मिलजुलकर मेरे दिमाग में पालित जी की कहानियों की तरह ही एक बिस्तरावादी कहानी पैदा करने की कोशिश में है।

इसलिए, मैं मुस्कुराता हूँ। इसलिए, मैं सोचता हूँ कि काश, अभी प्रीतो मेरे सामने बैठी होती और उसके सामने भी 'रम' का अधखाली गिलास होता और उसकी आँखों में भी वही गीत होता, जो मेनका रानी की भरी-पूरी तस्वीर में है! यानी वाकई प्रीतो याद आने लगी है। प्रीतो को पहली बार देखकर पालित जी ने कहा था, 'भाई, इसे देखकर तो और कुछ ख्वाहिश नहीं होती; और कुछ नहीं, सिर्फ इतनी ही कि या तो चारों ओर अँधेरा छा जाए या अपनी आँखें ही फोड़ लें। यह लड़की बर्दाश्त के काबिल

नहीं है।' (सच में प्रीतो में ऐसा कुछ अवश्य है, जो सह्य नहीं है। उसकी आँखें रोहू मछली की तरह नहीं हैं। उसके ओठ कमल की ताजा पंखुड़ियाँ नहीं हैं। ब्लाउज के अन्दर कसे हुए उसके स्तन ज्यादा तने हुए नहीं हैं। कुल मिलाकर वह 'माला सिन्हा' या 'वैज़न्ती माला' जैसी भी नहीं है। मगर, उसके शरीर में, उसकी भंगिमा में, उसकी बातों में ऐसा कुछ अवश्य है, जिसके लिए कभी जूलियस सीजर जैसा अनुभवी और वृद्ध सेनापति भी पागल हो गया था। मैं जूलियस सीजर नहीं हूँ, न मार्क एन्तोनी ही होने की इच्छा रखता हूँ। फिर भी, इतना जरूर सोचता हूँ कि प्रीतो, जिसका पूरा नाम प्रीतिलता है और इसके आगे वह कोई टाइटिल लगाना पसन्द नहीं करती है। वैसे जब वह कराची के ओरियंट होटल में रिसेप्शनिस्ट थी, तो अपने को–'मिस प्रीतम' कहा करती थी), अभी यहाँ होती। यानी, प्रीतिलता या मिस प्रीतम या सिर्फ प्रीतो होती, तो हम लोग देर तक आमने-सामने बैठे रह सकते और न मेरी राह देखनेवाली कोई बीवी होती और न उसकी राह देखनेवाली कोई माँ या मौसी, मैं कुछ लम्हे के लिए भूल जाता, कि घर लौटकर मुझे एक सम्पादक को बड़े ही विनीत भाव से पत्र लिखना है कि वे मेरी रचना के पैसे अग्रिम भेज दें; और यह भूल जाता, कि पालित जी ने इसी शर्त पर 'रम' के पैसे दिये हैं कि मैं कल शाम तक उनके लिए एक लेख लिख दूँ, जिसमें उन्हें हिन्दी का श्रेष्ठ कथाकार और उनके अभिन्न मित्र श्री 'प्रणयी' जी को हिन्दी का श्रेष्ठ कवि मान लिया गया हो और यह भूल जाता है कि...

ऐसी ही बहुत सी बातें मैं भूल जाता। फिर हम दोनों टैक्सी पर चढ़कर विक्टोरिया मेमोरियल की तरफ चले जाते। आँखों में संगीत घोलकर प्रीतो कहती, 'राजा, एक गीत सुनाओ!' और खुद ही गुनगुनाने लगती, 'पलकों के साये तले, गीत नए उठने लगे...पलकों के साये तले, मीत नए मिलने लगे।' फिर, वह मुझे उन लोगों की दास्तानें सुनाती, जो इस समाज की कालिख हैं और बड़ी-बड़ी कम्पनियों के मालिक हैं और राज्यसभा और लोकसभा के मालिक हैं और वे प्रीतो के इशारे पर नाचते हैं, क्योंकि प्रीतो एक दिलफरेब लड़की है और दिलफरेब लड़की से महान वस्तु अभी तक सृष्टिकर्त्ता ने रची नहीं थी। प्रीतो सुनाती कि किस तरह ये लोग 'ताज', '...', 'सेवाय', 'अशोका' आदि बड़े होटलों की रंगीन रातों में एकान्त फ्लैटों में प्रीतो के पैरों पर गिर जाते हैं और बड़े ही करुण स्वरों में कहते हैं, 'प्रीतम डियर, जरा उस इनकम टैक्स कमिश्नर से मेरी सिफारिश कर दो...जरा उस चीफ इंजीनियर को...जरा उस रेवेन्यू मिनिस्टर को...उस चीफ मिनिस्टर को...जरा उस...', और, इस तरह, कैसे प्रीतो तन बेचकर दूसरों की सिफारिश करती है और कैसे सिफारिश बेचकर दूसरों का पैसा बटोरती है!

इसीलिए, प्रीतो के आने का इन्तजार करता हुआ, मैं बहुत देर तक 'मोनिका' में बैठा रहा, सिगरेट पीता रहा। तब एक सिगरेट पीती हुई लड़की मेरी टेबल के उस ओर आकर बैठ गई। उसके ओठों की लिपस्टिक ताजा थी और उसके ओठों की मुस्कान

जवान थी। मगर, वह प्रीतो नहीं है, कोई और लड़की है।

अब मैं दो बातें सोचता हूँ। दोनों बातों के पक्ष और विपक्ष में अगणित तर्क आते हैं, लौट जाते हैं। तर्कों की एक लम्बी सीढ़ी बनती है और मैं चीनी जादूगर की तरह उन पर चढ़ता जाता हूँ। बातें सिर्फ दो हैं–एक यह कि लड़की लड़की में कोई फर्क नहीं पड़ता। हर औरत प्रीतो है, हो सकती है, हो जाती है। दूसरी बात यह कि ये होटल बड़े ही विचित्र और मजेदार होते हैं। अकेले बैठने पर कोई-न-कोई लड़की सामने आ जाती है। आ जाती है और यों ही मुस्कुराने लगती है। फिर धीमे लहजे में अपने आपसे बातें करने लगती है, "बहुत गर्मी है...'मेट्रो' में 'दा गर्ल इन ए काफे' चल रही है...पाकिस्तान की मिनिस्ट्री उलट गई...नरगिस और सुनील दत्त..."

सो, एक लड़की मेरी टेबल पर आ गई और मुस्कुराई। टेबल छोटी-सी थी और मुझे अपने घुटनों पर उसके मणिपुरी फ्रॉक का घेर महसूस हुआ। मैं भी मुस्कुराया। मैं इस संयोग पर मुस्कुराया कि मणिपुरी फ्रॉक का गोल घेरा मुझे पसन्द है। मणिपुरी, भारतीय नृत्य-परम्परा की एक हसीन शैली है। उस बार दिल्ली के गणतंत्र समारोह में मणिपुर की असमी नाचनेवालियों को देखकर पंडित नेहरू इतने भावुक और भावमग्न हो गए कि खुद भी थिरक-थिरककर उनके साथ नाचने लगे। नाच बुरी चीज नहीं है। इससे कला और संस्कृति की रक्षा होती है। सेहत को लाभ पहुँचता है। शिराओं का तनाव मन को एक अपूर्व शैथिल्य-सुख देता है। नाच की तरह ही औरत भी बुरी चीज नहीं है। यह सब मैंने सोचा और अपनी मुस्कुराहटों को टेबल के उस पार फैलाता रहा। उस लड़की ने कहा, "आप बंगाली हैं क्या?"

"नहीं, मैं खालिस कश्मीरी ब्राह्मण हूँ। मगर घबराने की कोई बात नहीं है। मैंने 'शान्तिनिकेतन' में पढ़ा है और मुझे मणिपुरी घाघरे पसन्द हैं। मुझे वे नाच भी पसन्द हैं, जो असम के चायबगानों में और शिलांग के पास के जंगलों में और कराकोरम की पहाड़ियों में नाचे जाते हैं। मैं बंगाली नहीं हूँ, तो क्या फर्क पड़ता है..." मैंने उसे उत्तर देना चाहा। मगर उत्तर देने के मामले में मैं जरा भीरु-सा हूँ। वक्त पर जुबान धोखा दे जाती है और कंठ सूखने लगता है। इसके अलावा भी, हमारे खानदान के बड़े बुजुर्ग कहा करते थे कि बंगाल-असम के बीच एक जगह है, कामरूप-देश। वहाँ कामाख्या भगवती बसती हैं। वहाँ की औरतें लोगों को भेड़-बकरे बना लेती हैं और वे हमें बंगाल के जादू का मंत्र भी सुनाते थे–'कामरूप देश कामाख्या देवी तहाँ बसे इनमाइस जोगी। इनमाइस जोगी लगा फुलवारी तहाँ रसे नूना चमारी। नूना चमारी दिओ सनेस...' और यह लड़की भी कामरूप-देश की है। मंगोल-कट का गोल चेहरा है। साँवला, मगर पीलापन लिए। गोल, मगर बेर की तरह नुकीला। मुखाकृति पर 'तीनस'-स्टार का असर है। अगर, स्कूल-टीचर हो जाए, तो बहुत सफलता प्राप्त करेगी, अर्थात् स्कूल की कार्यकारिणी के सारे सदस्य पिघले हुए रहेंगे। अगर राजनीति में प्रवेश करे, तो अगले ही इलेक्शन में एम.पी. चुन ली जाएगी। 'दूती'-पद का महत्त्व है। इसीलिए,

इस भावी राजदूती से मैंने कहना चाहा, 'हे सुकुमारी, मेरे सामने जो 'रम' की बोतल देख रही हो, यह मेरे एक सम्पादक-मित्र की कृपा है। वे इस बोतल का दाम चुकाकर चले जा चुके हैं। अब मेरी जेब में सिर्फ ट्राम-टिकट के पैसे हैं। मैं तुम्हारे लिए 'स्कॉच' तो क्या, विशुद्ध भारतीय गोल्डन ईगल 'बियर' भी नहीं खरीद सकता हूँ। मैं लेखक हूँ, सम्पादक या पत्र-संचालक नहीं हूँ।' मगर सुकुमारी मुस्कुराई और मुझे यकीन हो गया कि मेरी जेब में मकान-मालिक को देने के लिए दस रुपये के चार नोट पड़े हैं, उन्हें इस असली-क्रिश्चियन महायुवती ने देख लिया है। तब, मैंने अपने दिमाग में एक नया संवाद तैयार करना शुरू किया, 'डियर मिस स्वागता (स्व*आगता), मैं तो सिर्फ मौज में आकर 'रम' पी रहा हूँ, वैसे मैं बराबर 'उजला घोड़ा' और 'काला उजला' और 'जॉनी घूमनेवाला' ही पीता हूँ। तुम मुझे देखकर मुस्कुराती रहो और मैं अभी तुरन्त एक नई बोतल मँगवाता हूँ। पी-पीकर हम दोनों यहाँ से 'म्यूजियम' देखने चलेंगे। वहाँ शीशे की अलमारी में रखी मिस्र की 'ममी' देखेंगे, अशोक के सिंह-स्तम्भ के टूटे हुए टुकड़े देखेंगे, विकराल स्तनोंवाली अप्सराएँ और कटे हाथोंवाले देवी-देवता देखेंगे। इसके बाद, आक्टरलोनी नामक विदेशी सेनापति के कीर्ति-स्तम्भ के नीचे खड़े होकर किसी समाजवादी या कांग्रेसी नेता का भाषण सुनेंगे और चाट खाएँगे। भाषण सुनना और चाट खाना बहुत ही सभ्य कार्य है और हम दोनों सभ्य हैं। तुम सभ्य इसलिए हो, कि तुम्हारी फ्रॉक नई है और इसे एक बार धुलाकर तुम दो महीने तक पहनती हो और फ्रॉक में राई-भर भी दाग नहीं लगता है। मैं सभ्य हूँ कि मेरी जेब में रुपये हैं और मैं तुम्हारी फ्रॉक खरीद सकता हूँ और मकान-मालिक की रटी-रटाई, अभ्यस्त गालियाँ मुस्कुराकर सह सकता हूँ। हम दोनों सभ्य हैं और हमारे चेहरों पर सभ्यता की नकाब बहुत खूबसूरत लगती है। आओ, इस नकाब के शीतल साये में हम एक-दूसरे को अपना अस्तित्व अर्पित कर दें। हमारा अस्तित्व...अपना अस्तित्व, जिसे तुम उस पर्वतीय उपत्यका में छोड़ आई हो, जहाँ ब्रह्मपुत्र की बाढ़ ने गाँवों को श्मशान बना दिया है...अपना अस्तित्व, जिसे मैं इस विराट, पूर्वीय महानगर के फुटपाथों और होटलों और दुकानों और राजपथों पर ढूँढ़ रहा हूँ, निश्चित करने की कोशिश में हूँ, स्थापित करना चाहता हूँ। आओ, इस 'मोनिका' होटल से उठकर हम 'इडेन गार्डेन' की तरफ चल दें। वहाँ बर्मीज पगोडा के समीप, नकली नहर के ओवर ब्रिज पर बैठें और विदेशी धुन पर अधकचरे राग में कोई विदेशी गीत गाएँ! चाँदनी रात की किरणें तुम्हारे मांसल अंगों पर तैरती रहें और मैं डूबता रहूँ...डूबता रहूँ। सुनो, धुले हुए आकाश का यह उजला चाँद, चाँदी के रुपये की तरह दिखता है और, मैं इस रुपये से तुम्हारा प्यार खरीदना चाहता हूँ...!!'

मगर, मुझे लगा कि यह संवाद भी एकदम फिल्मी डायलॉग हो गया है, इसलिए, मैंने धीमे लहजे में कहा, "नहीं, मैं बंगाली नहीं हूँ। आप?"

"मैं पार्क स्ट्रीट में रहती हूँ। आपने करनानी-मैंशन जरूर देखा होगा?"

उसने उत्तर दिया, तो मैंने देखा कि उसके ओठ बहुत जीवित हैं। बात सिर्फ इतनी थी कि उसे लिपस्टिक लगाना आता था।

"आप क्या करती हैं?" मैंने पूछा।

"पढ़ती हूँ। आप?" उसने पूछा।

"मैं भी पढ़ता हूँ।"

"क्या पढ़ते हैं?" उसने फिर पूछा।

"एस्थेटिक्स।"

"ये क्या होता है?" उसने फिर पूछा।

"यही, सौन्दर्यशास्त्र! द साइंस ऑफ ब्यूटी! द फिलॉसफी ऑफ ब्यूटी!!"

"अच्छा...?...ब्यूटी का भी साइंस और फिलॉसफी होता है?"

"जी हाँ, होता है," मैंने कहा।

"आप इसको पढ़ते हैं?"

"मैं पढ़ चुका हूँ। अब इस पर रिसर्च कर रहा हूँ, थीसिस लिखता हूँ," मैंने कहा।

"क्या लिखता है?"

"थीसिस।"

"ओ रे बाबा, तब तो आप पंडित आदमी हैं, ग्रेट लर्नेड मैन!" वह भरी-पूरी निगाहों से मेरी तरफ देखने लगी, तो मैं खुश हुआ।

मैं खुश हुआ और प्रीतो को भूल गया। हर शराब मुझे नशा देती है। हर भोजन मुझे तृप्ति देता है। हरेक औरत मुझे नशा और तृप्ति और खुशी और शान्ति और आलस देती है। यह आलस मुझे बहुत प्रिय है। इसीलिए, मैंने बहुत आलस-भरे स्वर में बेयरे को बुलाया और ऑर्डर दिया, "दो बड़ा पेग स्कॉच।"

"नो, नो, मैं नहीं पीती," उसने झिझकते हुए कहा। मैंने इस झिझक-भरी अदा का आनन्द आँखों में उठा लिया और बिना उत्तर दिए, सिगरेट जलाने लगा। वह समझ गई कि मैं समझ गया हूँ, कि वह पीती है और हर शाम पीती है और हर रात पीती है और हर आदमी के साथ पीती है और पीना उसका पेशा है, आदत नहीं है।

स्कॉच का बड़ा पेग पीने के बाद, उसने अपने हैंडबैग से रूमाल निकाला, होंठ सुखाए, एक सिगरेट जलाई और गर्दन और कन्धों को हलका-सा झटका दिया। कटे-छँटे रेशमी बाल इर्द-गिर्द फैल गए और मुझे रवि ठाकुर की कोई कविता याद आने लगी।

मैंने उससे पूछा, "तुम क्या पढ़ती हो?"

मेरे सवाल पर वह कुछ सेकंडों तक शरमाई, फिर बोली, "पढ़ती थी, गोखले कॉलेज में पढ़ती थी। अब नहीं पढ़ती।"

"क्यों नहीं पढ़ती हो?"

"पढ़ने-लिखने का कोई फायदा नहीं है," उसने सीधा उत्तर दिया।

"तब किस चीज से फायदा है?"

"फायदा? सिर्फ रुपये से है। क्यों, है न?"

"सिर्फ रुपये से ही सारा फायदा नहीं है और भी चीजें हैं," मैंने कहा।

"होगा! मगर, रुपया होने से और चीज की परवाह कौन करता है! रुपया होने से आदमी किताब खरीदता है, पढ़ता है। रुपया नहीं होने से आदमी किताब बेच देता है और पढ़ना छोड़ देता है।"

उसने सिगरेट ऐश-ट्रे में डाल दी। फिर, बेयरा बिल ले आया और उसने पैसे प्लेट में डाल दिए और बेयरे ने लम्बा सलाम किया और मैंने लड़की से कहा, "चलो, बाहर चलें।"

"कहाँ? मेरा फ्लैट में चलेगा?" उसने बैग सँभालते हुए पूछा।

टैक्सी में मैंने उसे अपने आलिंगन में भर लेना चाहा, मगर उसने किनारे सरकते हुए कहा, "कपड़ा चूर हो जाएगा।"

टैक्सी में मैंने उसे चूमना चाहा, मगर उसने बाँहों से मुझे हटाते हुए कहा, "मेकअप खराब हो जाएगा!"

और, तब करनानी-मैंशन आ गया। सात सौ कमरोंवाला विशालकाय भवन। चारों तरफ जोंक-सी सटी हुई कारों की बेतरतीब कतारें। टेढ़ी सीढ़ियाँ और सीधी लिफ्ट। हरे और नीले बल्ब, नियॉन लाइट, मरकरी...

"तुम्हारा नाम क्या है?"

"अरुन्धती! और तुम्हारा?" अपना कमरा खोलते हुए उसने पूछा।

मैंने कोई उत्तर नहीं दिया, चुपचाप कमरे के अन्दर चला गया। सबसे पहले मेरी नजर एक टेबल पर पड़ी, जिसके दोनों ओर दो बेड बिछे थे।

"इस कमरा में एक लड़की और रहता है। अभी नहीं आई है। एक 'बार' में जाता है। बहुत रात में आता है," अरुन्धती खूँटी पर टँगा स्लीपिंग-गाउन लेकर बाथरूम में चली गई। मैं अकेला रह गया।

टेबल पर सारी किताबें पड़ी थीं। 'शेक्सपियर' के, 'थामस मैन' के उपन्यास, 'बोदलेयर' और 'पाल वैलरी' की कविताओं के अंग्रेजी अनुवाद, 'अरविन्दो की सावित्री', 'बालजाक' की 'ओल्ड गोरियो', 'न्यू टेस्टामेंट'...

ऐसी ही किताबें बिस्तरे पर और दीवारों में 'रैक' पर और इधर-उधर रखी थीं। 'कार्ल सैंडबर्ग' की कविताओं का संकलन उठाकर मैं पढ़ने लगा :

समय के पंख यों टूटते जाएँगे
यों ही फड़फड़ाता रहेगा काल का पक्षी
रसोईघर की चिमनियाँ उगलती रहेंगी
धुएँ के नागफन
बीमार औरतों की खाँसी का स्वर

फौजी बूटों की भारी आवाजें...

यानी,

यह गीत चलता ही जाएगा, थमेगा नहीं
यह जुलूस रुकेगा नहीं, रुकेगा नहीं!
फिर भी,
कोई शाम जरूर होगी, जब
हम बैठेंगे किसी हरे मैदान में घास पर
और, एक-दूसरे को देखकर, यों ही,
अकारण ही
मुस्कुराएँगे, मुस्कुराते जाएँगे...

और, मैं मुस्कुराया। तभी अरुन्धती आई और मेरे सामने खड़ी हो गई। सोने के वस्त्रों में वह जापानी गुड़िया-सी लग रही थी–हलकी-सी, खूबसूरत-सी, मुलायम-सी, नरम-नरम-सी।

''कॉफी पियोगे? मेरे पास ह्विस्की नहीं है।"

"ह्विस्की बहुत पिया है। अभी सिर्फ कॉफी पिऊँगा," मैं सैंडबर्ग की पंक्तियाँ दुहराता रहा।

हम बैठेंगे किसी हरे मैदान में घास पर
और, एक-दूसरे को देखकर, यों ही,
अकारण ही
मुस्कुराएँगे, मुस्कुराते जाएँगे...

बिजली के हीटर पर कॉफी तुरन्त बन जाती है। अरुन्धती ने बीच के गोल टेबल पर कॉफी का पॉट रख लिया। मैं उसके बेड पर बैठा, वह अपनी सहवासिनी के बेड पर। कॉफी के प्यालों से उठती हुई भाप के बीच से हमने एक-दूसरे को देखा। शीशे पर जमी हुई भाप के उड़ जाने से जैसे शीशा एकदम स्वच्छ हो जाता है।

मैंने उससे पूछा, "अरुन्धती, तुम्हें कौन-सा लेखक पसन्द है?"

"फ्रेंज काफ्का," उसने बिना कुछ सोचे ही उत्तर दिया और मुझे 'काफ्का' के जार्नल की ये पंक्तियाँ स्मरण हो आईं, 'इट इज ओनली दैट द 'एट्रक्शन ऑफ द' ह्यूमन वर्ल्ड इज सो इम्मेन्स, इन एन इंस्टैंट इट कैन मेक वन फार्गेट एवरी थिंग!'

और, हम कॉफी पीते हुए देर तक 'काफ्का' और 'बालजाक' और ऐसे ही कितने लोगों की बातें करते रहे, जिनकी पंक्तियों में हम जिन्दा थे और जिनकी पंक्तियों ने हमें जिन्दा रहने को मजबूर किया था।

इन्हीं पंक्तियों के माध्यम से हम सोचते रहे, कि हमने एक-दूसरे के हाथ अपने अस्तित्व को बेचा नहीं है, हमने कोई सौदा नहीं किया है। हम आजाद हैं और किसी खरीद-बिक्री के गुलाम नहीं हैं। मैं धीरे-धीरे कॉफी का दूसरा, फिर तीसरा प्याला पीता

रहा। वह धीरे-धीरे मुस्कुराती रही और मेरी आँखों में देखती रही।

जब केतली में एक बूँद कॉफी नहीं बची और मुझे याद आया कि ग्यारह बजे तक मुझे घर वापस पहुँच जाना ही चाहिए, नहीं तो दरबान मेन गेट में ताला बन्द करके सो जाएगा और मुझे सारी रात किसी पार्क में बैठकर काटनी पड़ेगी, तो मैंने अरुन्धती से कहा, "मैं अब जाना चाहता हूँ।"

हालाँकि, मैं सोच रहा था कि वह मुझे रुकने को कहेगी और मुझे रुकना पड़ेगा और वह कमरे की रोशनी बुझा देगी और मेरे चतुर्दिक और उसके चतुर्दिक अँधेरा छा जाएगा। मगर, उसने कहा, ''एक सिगरेट दो,'' और वह मुझे विदा करने सीढ़ियों तक आई। बस!

फिर, मैं पार्क स्ट्रीट के चौड़े फुटपाथ पर अकेला चलने लगा। अपने जूतों की आवाज पर मुझे गुस्सा आया और मैं इस आवाज से छुटकारा पाने के लिए तेज चलने लगा।

मेरा नशा उतर गया है—मैंने सोचा, 'रम' का, या 'स्कॉच' या किसी भी शराब का नशा बहुत हलका होता है। मैं लगातार सोचता रहा कि नशा उतरने के बाद कॉफी पीना चाहिए, इससे सिर-दर्द दूर हो जाता है और मैं सोचता रहा कि पालित जी किसी लड़की का रहस्योद्‌घाटन करने गए हैं और प्रीतो, अर्थात् प्रीतिलता, अर्थात् मिस प्रीतम किसी मिनिस्टर से किसी सेठ की सिफारिश करने गई है और मेरे पास मकान-मालिक को देने के पूरे पैसे नहीं रह गए हैं और मून-लाइट थिएटर में मेनका देवी उछल-कूद के साथ गा रही है, 'रेशमी सलवार कुरता जाली का, रूप सहा नहीं जाए नखरेवाली का, होए!' मगर, कार्ल सैंडबर्ग की कविताएँ पढ़ती-पढ़ती, अरुन्धती अब तक सो गई होगी, सपनों में डूब गई होगी।

और, मैं अपनी और अरुन्धती की नींद छीननेवालों से कहता हूँ कि यह असम्भव है! रोटी छीनी जा सकती है, नौकरी और जीविका छीनी जा सकती है, शराब के गिलास और होटल की शाम छीनी जा सकती है, सिर्फ नींद नहीं छिन सकती है, प्यार नहीं छिन सकता है, कविताएँ नहीं छिन सकती हैं! ये चीजें स्वतंत्र हैं और इन्हें बाँधना असम्भव है; क्योंकि नई अरुन्धतियों का जन्म हो रहा है और प्रेमकिशोर पालित 'प्रेमी' जैसे लोगों का शुमार मुर्दों में किया जाने लगा है।

[ज्योत्स्ना, जनवरी, 1959]

पत्थर के नीचे दबे हुए हाथ

यह कहानी एक दन्त-कथा पर आधारित है। एक राक्षस होता था 'महाभारत' के युग में। अपनी बीबी को जुए के दाँव पर चढ़ानेवाले पांडव-राजाओं ने उसके दोनों हाथ पत्थर की एक काली चट्टान के नीचे दबा दिये थे। सिसिरा की तरह अथवा क्षत्रियों के शत्रु परशुराम की तरह, वह राक्षस अब भी उस काली चट्टान के नीचे, दोनों हाथ दबाए, कराहता हुआ, अपने मुँह से आग और गलत अफवाहें उगल रहा है। समाजशास्त्र पढ़ानेवाले लोग कहते हैं—सारा बाजार बिकनेवाले सामानों से भरा पड़ा है, कविताओं की किताब से लेकर 1,00,00,000 (यानी एक करोड़ टन) इकाइयों की शक्तिवाले हाइड्रोजन बम तक बिक रहे हैं, लेकिन हमारे पास खरीदने की शक्ति नहीं है।

हमारे हाथ पत्थर के नीचे दबे हैं। उन्हें किस ताकत से ऊपर उठा लिया जाए? जो लोग बिल्लियों को अपना मसीहा बना रहे हैं, देशी बिल्लियों को, विलायती बिल्लियों को, उनसे मेरा यह एक सवाल है। जवाब मिलना चाहिए। आप सही जवाब नहीं देंगे, तो मैं 'महाभारत' के यक्ष की तरह, आप लोगों को अपने साथ कुएँ में खींच लूँगा।

इस कुएँ में शंख, सीपियाँ और उर्वशी-अप्सराएँ नहीं हैं। अमृत घट इस कुएँ से नहीं निकला था। इस कुएँ में कुछ नहीं है। हवा तक नहीं। सिर्फ मैं हूँ और बाकी सारा-का-सारा अँधेरा है। अँधेरा और खालीपन! सिर्फ मौत नहीं; बाकी सारा कुछ है यहाँ, इस खालीपन में!!

गोलबाजार के एक किनारे, विश्वनाथ पानवाले की दुकान के सामने, एक गाड़ी रुकी। नए मॉडल की स्टैंडर्ड-टेन, सफेद रंग की। पीछे की सीट पर बैठी दोनों लड़कियाँ बहुत छोटी और बहुत परेशान दिख रही थीं। लेकिन ड्राइवर ने बगल का दरवाजा खोला। लड़कियाँ बहुत सँभल-सँभलकर उतरीं। फ्रॉक और स्कार्फवाली लड़की जरा झटका खाकर, अपनी सहेली की बाँहों में झुक गई। अचानक दोनों लड़कियाँ बहुत बड़ी हो गईं, औरतों की तरह—उन औरतों की तरह, जो पति के दफ्तर चले जाने के बाद, कपड़े बदलकर, आईने के सामने अपने भारी-भरकम शरीर को तन्दुरुस्त करके, किसी एक सहेली के साथ, शहर चली आती हैं। बड़ी दुकानों में रुकती हैं।

किसी अच्छे और 'शान्त' रेस्तराँ में बैठकर, कॉफी या कभी-कभी छिपकर 'बियर' पीती हैं और इस मौसम के लिए खुदा को तस्लीम पेश करती हैं। इलाचन्द्र जोशी ने

हम लोगों को बताया कि फ्रायड महाशय ने कई बातें गलत कही हैं। औरतें किस मौसम में दुनिया और सभ्यता के साथ क्या सुना करेंगी, यह फ्रायड को पता नहीं था। औरतों में 'लॉजिक' काम नहीं देता है। तर्क सड़े आलुओं की तरह सड़ने लगते हैं। काम देती है दिव्य-दृष्टि, यानी 'इंट्यूशन'! और वह दृष्टि लेखकों के सिवा, फरिश्तों और वैज्ञानिकों तक के पास नहीं होती है। लेखक के पास आँखें होती हैं और वह अन्दर की चीजें देख लेता है।

लेखक कितनी देर चुप रहेगा? आखिर वह लेखक क्यों है? क्या दाय है उसका? कवि कुँवर नारायण के नचिकेता ने हजारों साल बाद जो सवाल दुहराए हैं, उनका जवाब कौन देगा? सभी चुप हैं। सभी विश्वनाथ के कठघरे के नीचे खड़े हैं और आदमकद शीशों में अपने पड़ोसियों के चेहरे देख रहे हैं। अपना चेहरा नहीं देखते, क्योंकि इन लोगों के पास अपना कोई चेहरा नहीं है।

फ्रॉक और आँखों पर नीले चश्मेवाली औरत का नाम है—मिस आचारी। न इससे ज्यादा, न इससे कम। बस, मिस आचारी! पहले नर्स थीं, अब नर्स नहीं हैं। श्रीकृष्णपुरी में अपना मकान बनाकर रहती हैं। पूरे बाईस साल की उम्र एक मकान बनाने में बीत गई। अपनी कार नहीं है। लेकिन छोटा-सा प्यारा मकान है, जिसके पीछे के हिस्से में मिस आचारी ने मॉडल लगा रखा है। यह मकान और बाकी कोई सपना नहीं। वह इतनी समझदार पहले भी थीं, कि शादी करने की बात कभी उनके खयाल में नहीं आई।

स्टैंडर्ड-टेन से उतरने के बाद, अपने पाँवों पर खड़ी होकर वह मिसेज गुलदस्ता से बोलीं, "सुनो गुल, मैं तो भाई, पहले पान खाऊँगी!"

रोज ऐसा ही होता है। मिसेज गुलदस्ता पान मँगवाती हैं और उनका ड्राइवर मगही पान की मसालेदार, तबक-चढ़ी गिलौरियाँ ले आता है। आसपास गुजरते हुए चन्द्र और फैशनपरस्त औरतों की निगाहें घूम-घूमकर इन्हीं दो औरतों पर चिपकने लगती हैं।

मिसेज गुलदस्ता साड़ी पहनती हैं। लेकिन, पहनकर भी, साड़ी नहीं पहनती हैं। पकी हुई देह की साँवली-पीली रेखाएँ उजागर नहीं हुईं, तो आखिर इतनी कीमती साड़ी पहन लेने का फायदा क्या है? वह अपनी पुरानी सहेली मिस आचारी से कहती हैं, "भाईचारी, तूने 'ग्लैमर' वालों के यहाँ वह 'ग्रे' और 'पिंक' की प्रिंटवाली वायल की साड़ी देखी हैं? एकदम 'लेटेस्ट' आई हैं। चल, देखेगी?"

"मैं साड़ी नहीं पहनती। इट लुक्ज सो सैड! साड़ी तुम्हें फबती है। तुम पहना करो!"

"मगर देखने में क्या हर्ज है?"

"तुम देखो जाकर, मैं जरा 'शू-इम्पोरियम' से हो लेती हूँ। कई दिन से जाने की बात थी।"

मगर गुलदस्ता ने इसरार किया और आचारी मान गईं। वह हर आदमी की हर बात मान जाती हैं। मिस्टर जायसवाल को किसी मिनिस्टर के पास कोई पैरवी करनी हो, तो आचारी साथ चली जाएँगी। इनकार नहीं करेंगी। आपका हर काम करवा देंगी। लोग कहते

हैं, वह समाजसेवी महिला हैं। दो-एक 'सांस्कृतिक' संस्थाओं की चेयरमैन भी हैं।

मिसेज गुलदस्ता बनर्जी और मिस आचारी की दोस्ती कैसे हुई, यह एक लम्बी और सुनते-सुनते दूसरी सुबह हो जानेवाली कहानी है। मिसेज गुलदस्ता का असली नाम है, मिसेज करुणा बनर्जी। जुपिटर नर्सरी कम्पनी के मालिक निखिल बाबू के परलोकगत बड़े भाई की विधवा हैं। अखिल बाबू मरने के वक्त सारा कारोबार और अपने बीबी-बच्चों का भाग्य अपने छोटे भाई पर सौंप गए हैं। करुणा, यानी गुलदस्ता, अपने एकमात्र देवर बाबू के साथ ही रहती हैं।

नर्सरी के मालिक की बीबी का नाम मिस आचारी ने बड़े प्यार से पहली ही बार मिलने पर, मिसेज गुलदस्ता रख दिया था, क्योंकि करुणा थोड़ी मोटी थी, गुलदस्ते की शक्ल में और भारी रंगों के लाल और नीले कपड़े पहनती थी। रंगों का, तीखे और तेज रंगों का, उसे भारी शौक है।

आँखों के सामने जो भी चीज आ जाए, उसका नाम बदल डालने की बीमारी है मिस आचारी को! वह नाम बदल देती हैं। विलायती शराब की दुकान 'जगमोहन ब्रदर्स' के मालिक की बीबी का नाम उन्होंने रखा है, श्रीमती मधुशाला और लोग चाहे नाराज ही क्यों न हो जाएँ, वह पटना-अस्पताल के 'मेटर्निटी-वार्ड' को 'कोप-भवन' जरूर कहेंगी। जो कोई आदमी पहले उन्हें गंगा-किनारे टहलने के लिए साथ ले जाता है, फिर एक दिन नाव की सैर का निमंत्रण देता है, उसे वह हर हालत में 'पनडुब्बा' कहती हैं और कहकर यों ही शरमाती रहती हैं।

इस शरमाने की अदा और अदा की असलियत के बारे में, साफ और सच लिखा जाए, तो लोग मुझ पर मुकदमा चला देंगे। लोगों के पास इन दिनों सबसे बड़ी दो ताकतें हैं—(1) कानून और (2) अस्पताल! आप कानून से नहीं डरेंगे, तो ये लोग, जिनके पास ताकत है, आपको बीमार करके, पागल करके अस्पताल भेज देंगे। अस्पताल यानी 'कोप-भवन'!

अपने पहले बच्चे के बाद, मिसेज गुलदस्ता कभी 'कोप-भवन' नहीं गईं। पति के मरने के पहले ही वह चार महीनों के लिए दार्जिलिंग गई थीं। एक परिचित डॉक्टर से मंजूरी लेकर उन्होंने 'ऑपरेशन' करवा लिया था। यह काम अब आकर आसान हो गया है। 'ऑपरेशन' न सही, आप 'लूप' लगा सकती हैं। लेकिन पहले 'लूप-सिस्टम' नहीं था। 'ऑपरेशन' में बड़ी तकलीफ उठानी पड़ी। गुलदस्ता तकलीफ सह गईं। पीठ दिखाकर 'ऑपरेशन टेबल' से भागी नहीं।

"तू पहले ही बच्चे के बाद चीर-फाड़ क्यों करवा बैठी, गुलदस्ता भाई?"

"और, तूने क्यों करवाया है?"

मिस आचारी पान चबा रही थीं, तभी उन्होंने गुलदस्ता की बात का कोई जवाब नहीं दिया।

सामने के स्टॉल पर लगातार बच्चों के बाबा-सूट, फ्रॉक, जुराबें, रिबन, राइफल-कोट, नहाने के 'किट' कतारों में टँगे हैं। हर तरह के रंग। हर तरह के फैशन।

मिसेज गुलदस्ता का लड़का, मास्टर संजीत बनर्जी। मसूरी में पढ़ता है। जूनियर में है। विन्सेंट हिल स्कूल की अमेरिकी पढ़ाई में वह मस्त रहता है। छुट्टियों में भी घर नहीं आता। साल में एक बार गुलदस्ता वहाँ हो आती हैं। अकेली। किसी होटल में कमरा लेकर रुकती हैं। पिछले साल मिस आचारी भी साथ हो गई थीं। अच्छा खेल जमा था, मसूरी-क्लब में और हैप्पी-वेली के बर्फानी रास्तों पर!

बीटल-कट बाल उगाए हुए एक जवान लड़का मिसेज गुलदस्ता की दाईं बाँह के करीब से गुजर गया, तो वह मुस्कुराईं। अपनी दोस्त से बोलीं, "मसूरी की बर्फ तुम्हें याद है? हाय, क्या बर्फ थी!" पहले मुस्कुराना और बाद में 'हाय' कहना—गुलदस्ता ने ये दोनों बातें मिस आचारी से सीखी हैं।

मिस आचारी 'कत्थक' की बनारसी शैली में नाचनेवाली लड़कियों की तरह मुस्कुराती हैं। संगत करनेवाला तबलची 'तत्कार' बोलता है। नाचनेवाली पाँव और कमर के काम दिखाती हुई मुस्कुराती हैं, जैसे बिजली के लट्टुओं की दूधिया रोशनी की तरह 'मुस्कुराहट' उनके जगमगाते चेहरे पर 'फिक्स' हो गई हो!

चौगुन लय में, तीन ताल की 'तत्कार' चलती रहती है, ताऽ थेई तत् ता थेई थेई तत् ताऽ थेई थेई तत्! और ठेका साथ दिए जाता है—धाधिंधिंधा धाधिंधिंधा, धातिंतिंता, ताधिंधिंधा! ताऽ थेई धांधि थेई तत् धिंधा, ताऽथेई धाधिं, थेइधिंग, तत्धा, तत्धा! तीन ताल की 'तत्कार' चौगुन लय में और इसके बाद शुरू की जाती है तिगुन लय में कहरवा ताल की तत्कार! नाचनेवाली अपनी तालियों पर लय को दुहराती हुई, ताल की मात्राएँ गिनती हुई नाचने लगती हैं। मिस आचारी की मुस्कुराहटें थक गई हैं, 'फिक्स' हो गई हैं; हलके लिपस्टिक से सुलगते हुए उनके होंठों पर मुस्कुराहट जम गई हैं। ताऽ थई थेई, तत् ताऽ, थेई थेई तत्, ताऽ थेई थेई, तत् ताऽ थेई, थेई तत्, ताऽ थेई थेई तत्! ठेका साथ दे रहा है। एक दायाँ और दूसरा बायाँ। दोनों बजते हैं, दोनों बर्फानी हवा के झोंकों में संगीत में थिरकते हैं—धागेन, तिनक, धिनधा, गेनति, नकधि, नधागे, नति, कधिन। एक दायाँ और दूसरा बायाँ। लेकिन दोनों का हक बराबर है। दोनों बजते हैं। संगीत की हवा में थिरकते हैं।

ठेका बजता है और मिस आचारी की आँखों में मसूरी-हिल की बर्फ पहाड़ों के पीछे डूबते हुए सूरज की किरणों में सात रंग, चौरासी रंग हो जाती है। शाम उतरने लगी है। 'ग्लैमर' की दुकान में औरतें बैठी हुई हैं और अपनी औरतों के पीछे मर्द खड़े हैं। भीड़ है। तमाशा हो रहा है। मिसेज गुलदस्ता जरा आगे झुककर अपनी साड़ी की पटरियाँ दुरुस्त करने लगीं। एक ओर पटरियाँ थोड़ा ऊपर उठाई गई हैं। बम्बई की 'कॉस्ट्यूम' फिल्मों के मुताबिक फैशन यही है। एक तरफ की पटरियाँ थोड़ी ऊँची रहें। साड़ी बाँधी जाए, सामने की तरफ 'नाभि' से जरा नीचे; और पीछे की तरफ जरा ऊपर, 'हिप' लाइन को उजागर करने के लिए।

मिसेज गुलदस्ता 'आम्रपाली' डिजाइन की चोली पहनती हैं; लेकिन उनका जूड़ा बिलकुल आधुनिक होता है, जिसके लिए जूड़े में प्लास्टिक की दो कटोरियाँ बाँधनी

पड़ती हैं। दो कटोरियाँ न हों, तो जूड़े की सूरजमुखी बनेगी नहीं और कटोरियों के बाद, गुलदस्ता कहती हैं, "हाय, मेरे को सँभाल भाईचारी! हम तो गए! बस, चले गए!"

मिस आचारी चौंक पड़ती हैं। क्या हुआ? कुछ नहीं हुआ। कुछ भी नहीं होगा। बात सिर्फ इतनी-सी है कि पंजाबी चाटवाले के स्टॉल पर आर.डी. बंसल की फिल्म 'मोरे मन मितवा' का फोरसीटर पोस्टर टँगा है और पोस्टर में सीधे तनकर खड़ा है अभिनेता सुजीत कुमार, साफा बाँधे हुए, ताबीज पहने हुए, साढ़े पाँच हाथ की भोजपुरी लाठी कन्धों में लगाए, गँवई ठाठ में हँसता हुआ और उसकी बगल में छोटी-सी, शरमाई हुई सी अभिनेत्री नाज कुमारी खड़ी है–मदमाती हिरनी की तरह! मिसेज गुलदस्ता यह पोस्टर देखकर मोमबत्ती की तरह पिघलने लगती हैं।

'हाय, क्या शानदार पर्सनालिटी है, इस आदमी की! जैसे बड़ी-से-बड़ी दीवार को चूर-चूर कर देगा! हू इज ही? कौन है यह आदमी? कौन है?' मिसेज गुलदस्ता यह सवाल पूछ ही नहीं सकीं, क्योंकि मिस आचारी ने उनकी बाँह झटककर, नकली गुस्से की आवाज में कह दिया, "स्टुपिड मत बनो, गुलदस्ता! नो, नो, यहाँ नहीं! लोग क्या कहेंगे? चलो, 'ग्लैमर' में चलते हैं। लौटते वक्त ड्राइवर से कह देंगे, इस फिल्म की दो टिकटें ले आएगा...!"

देश को, पिछले तीन हजार वर्षों से परम्परा और पाणिनी, कामसूत्र और राजदंड से बँधी-चिपकी हुई भारतीय संस्कृति की आवश्यकता है, हीरो-हीरोइन के ऐसे एक फिल्मी जोड़े की, जो मिसेज गुलदस्ता को 'अन-एडल्टर्ड' असली घी से काढ़कर निकाली गई लोक धुनों की लय पर बसाए गए प्यार का तामाशा दिखा सके। 'मेक्सिकन आर्ट' यही है। 'बीट' साहित्य, बिटलों के गाने, पिकासो, गोर्की, 'जैज' संगीत और ऐसी सारी चीजें इसी प्यार से बनी हैं। लोकधुनों की लय पर बाँधा गया प्यार एक बेहद बुरी सूरत में सतीश गुजराल के पास है, क्योंकि उसने अमृता शेरगिल के गाँव की घूँघटदार औरतों को, संस्कृत-पाठ रटते हुए अल्पवयस्क ब्राह्मण बालकों को और अपने खेतों में क्यारियाँ बनाने के लिए सिलसिले में खड़े हलवाहों को मेक्सिकन आदिम आर्ट के काले और बदसूरत मुखौटे पहना दिये। लेकिन जामिनी राय की बड़ी-बड़ी 'काली-घाट' आँखोंवाली तस्वीरें? लेकिन कीचड़ और कूड़े में उम्र बितानेवाले, गोर्की के पात्र?

पात्रों को और मिसेज गुलदस्ता जैसी पात्रियों को फिल्म 'तीसरी कसम' का हीरामन और हीराबाई चाहिए और चाहिए 'पूरबी' शैली के जन्मदाता महेन्दर मिसिर के लहरदार गीत–'हजार जान मरिहें राम, टिकुलिया तरके बिन्दिया...।' लेकिन, अन्ततः यह बात भी फैशन से रिश्ता रखती है, क्योंकि फैशन चाँदी के लम्बे झुमकों और चाँदी के चौड़े बाजूबन्दों का है। इस नये फैशन में गुलदस्ता का चेहरा ज्यादा लम्बा और ज्यादा सलोना लगता है। लोग उनकी भारी-भरकम 'डाइटिंग' के बावजूद भरते जाते हुए शरीर को नजरअन्दाज करके उनके सलोनेपन की जासूसी करने लगते हैं।

"थैंक्यू भाईचारी, तुमने मुझे सँभाल लिया!"

"यह तो मेरी ड्यूटी थी!"

"फिर भी, इस बाजार में..."

"कोई बात नहीं, गुल-बेगम, कोई बात नहीं!"

"लोग क्या कहते?"

"कहते क्या, हंगामा खड़ा हो जाता..."

"है न?"

"हाँ जी, लोग तमाशा बना लेते!"

"अच्छा?"

मिस आचारी एक बार फिर 'कत्थक' वाली मुस्कुराहट में गिरफ्तार होकर शरमाईं और 'ग्लैमर' में घुस गईं।

दोनों बाजुओं में दो 'मॉडल' औरतें खड़ी हैं और टेरेलिन के प्यारे-प्यारे कपड़े पहने हुए, अपने ग्राहकों का स्वागत कर रही हैं—सफेद प्लास्टर की दो औरतें।

आचारी अन्दर बैठे हुए, खरीद-फरोख्त करते हुए लोगों का मुआयना करने के लिए, एक क्षण रुक जाती हैं। नहीं, कोई उनका परिचित नहीं है—न कोई मर्द, न कोई औरत। सभी उनके लिए अजनबी हैं।

मिसेज गुलदस्ता साड़ियों की कतारें देखने लगीं। कहाँ है 'ग्रे' और 'पिंक' फूल पत्तों के प्रिंट की वह साड़ी वायल की?

साड़ी नहीं है। 'लेटेस्ट' डिजाइन की वह साड़ी कहीं नहीं है। मिसेज गुलदस्ता एक खाली कुर्सी पर इस तरह 'धम्म' की आवाज के साथ बैठ गईं, जैसे अगले क्षण वह बेहोश हो जाएँगी!

दुकान के मालिक सेठ चरनदास ने कहा, "एक ही 'पीस' आई थी, सर! रामनारायण बाबू डिप्टी मिनिस्टर की लड़की ले गई!...मगर माल फिर आएगा, सर! इसी महीने आएगा..."

मिसेज गुलदस्ता कई बार चरनदास पर गुस्सा कर चुकी हैं कि वह साहब और मेमसाहब, दोनों को 'सर' कहता है, मेमसाहब को 'मैडम' नहीं कहता। आज उन्हें गुस्सा नहीं आया। गुस्सा आया भी, तो अपनी मूर्खता पर आया। आखिर उस दिन जब साड़ी देखी थी, तो खरीद क्यों नहीं ली? पैसे उस दिन थे नहीं। निखिल मक्खीचूस आदमी है, बार-बार पैसे नहीं देता। कहता है, 'देखो करुणा, जमाना बहुत बुरा आनेवाला है। पैसे बचाकर रखने चाहिए। मुझे गलत मत समझो! मेरा क्या है, यह सारा कारोबार तो तुम्हारा ही है...।'

लेकिन वायल की वह साड़ी? डिप्टी मिनिस्टर की लड़की वही साड़ी पहनकर, अपने 'दोस्त' के साथ शहर घूमने निकलेगी? दिस इज वेरी सैड। कितने दुख की बात है! मिसेज गुलदस्ता ने अपनी आँखें बन्द कर लीं और पत्थर की बुत बन गईं। चेहरा सफेद से पीला और पीले से सफेद होने लगा।

जेनेवा में छियानवे शान्तिप्रेमी राष्ट्रों की बैठक हुई। टोकियो में अणु-शस्त्रास्त्रों के विरोध में ग्यारहवाँ अन्तर्राष्ट्रीय शान्ति-सम्मेलन किया गया। हिन्देशिया की प्रवक्ता श्रीमती उत्तमी सूर्यदर्मा ने कहा, "विकासशील देशों के परमाणु-शस्त्र आजादी की सुरक्षा के साधन हैं और साम्राज्यवादियों के शस्त्र युद्ध और नरसंहार के साधन!"

अमेरिकी राष्ट्रपति जॉन्सन ने संसद में 1965 का 'सामाजिक सुरक्षा संशोधन बिल' पारित कराया, जिसके अनुसार अमेरिका के दो करोड़ वृद्ध नागरिकों के लिए सरकार की ओर से जीवन-यापन, चिकित्सा और ऐशो-आराम का प्रबन्ध किया जा सकेगा और अमेरिका की काली जातियों को सफेद जातियों के समान मतदान, शिक्षा, व्यवसाय के अधिकार दिए जाएँगे।

थाई देश की सुन्दरी, कुमारी अप्सरा हंसकुल ने कियामीबीच (फ्लोरिडा) में की गई छप्पन देशों की स्त्री-सौन्दर्य-प्रतियोगिता में इस वर्ष प्रथम स्थान प्राप्त किया। अखबारों के अनुसार इस अप्सरा का परिचय इस प्रकार है—उम्र 18 साल; कद 5 फीट 4 इंच; वजन 116 पौंड; वक्ष 35 इंच; कमर 22 इंच और नितम्ब 35 इंच। '35-22-35' ही अप्सरा हंसकुल का असली परिचय है।

मिसेज गुलदस्ता का परिचय है—'46-32-46' और इस परिचय पर उन्हें थोड़ा-बहुत घमंड भी है। लेकिन मिस आचारी ने फिर भी एक हलका-सा मजाक ठोक ही दिया, "तू क्यों फालतू एक साड़ी के लिए जी खराब करती है, गुल रानी? कुल इक्यावन इंच मोटी तो तेरी कमर है, इस पर तो चाहे जो साड़ी बाँध ले, तुझे फिट आ जाएगी..."

गुलदस्ता नाराज हो गईं। बोलीं कुछ नहीं। नाराज होने पर उनके नथुने फूल जाते हैं, मगर वह बोलतीं कुछ नहीं। नाराजगी में बोलना मना है। अतएव मिसेज गुलदस्ता कुर्सी से उठ खड़ी हुईं। मिस आचारी की ओर उन्होंने देखा तक नहीं। सेठ चरनदास से बोलीं, "एक गिलास सादा पानी मँगवाइए, सेठ साहब!" और हैंडबैग से उन्होंने पीले रंग के तीन 'केपसोल' निकाले। पानी के साथ, एक-एक कर तीनों टिकियाँ खा गईं। मुँह पोंछ लिया। सेठ साहब को नमस्ते करके दुकान से बाहर आ गईं—चुपचाप, अकेली, सुर्ख होती हुई।

जब तक मिसेज गुलदस्ता अपनी गाड़ी के पास पहुँच गईं और ड्राइवर 'स्टीयरिंग-ह्वील' पर बैठ गया, मिस आचारी 'ग्लैमर' के बरामदे में खड़ी होकर दोनों 'मॉडल' लड़कियों को ही देख रही थीं। मिसेज गुलदस्ता का गुस्सा तेज हो गया। बोलीं, "गाड़ी बढ़ा लो। वह अभी जाएगी नहीं!"

स्टैंडर्ड-टेन धचका खाकर जरा ऊपर उठी, फिर सीधी होकर सामने की चौड़ी सड़क पर चली गई।

मिस आचारी प्लास्टर की दोनों लड़कियों के बीच में खड़ी, मुस्कुराती हुई यह सोचने लगीं कि अपने लिए एक स्टैंडर्ड-टेन का इन्तजाम करना चाहिए या नहीं। अन्त में उन्होंने निर्णय लिया—चाहे मकान ही क्यों न बेचना पड़ जाए, गाड़ी लेना जरूरी है।

[नई कहानियाँ, मई, 1966]

चलो, कहीं दूर चलें

उन दोनों का रोमांस असफल होने की कहीं जरा भी कोई गुंजाइश नहीं थी। पार्थ के पास अपनी गाड़ी थी—बड़ी-सी किंग्सवे। किंग्सवे कल्पना के डैडी के पास भी थी, मगर, वह एकदम ताजा मॉडेल की छोटी-सी स्टैंडर्ड-टेन में ही बैठती थी। पार्थ अपने पिता जी के दफ्तर में अलग केबिन लेकर बैठने लगा था। कल्पना सुबह फ्लाइंग-क्लब में जाती थी, शाम को 'शीराज' या 'उमर खय्याम' के चायघर में आती थी और पूरी दोपहर कोई जासूसी किताब पढ़कर या पार्थ को बार-बार फोन करके या फिर पार्क स्ट्रीट की बड़ी दुकानों में शॉपिंग करती हुई बिता देती थी। कल्पना के डैडी के पास तीन-चार जूट-मिलें थीं। पार्थ के पिता जी स्टील-फैक्टरियों के मालिक थे। इसलिए, इस रोमांस से किसी को कोई एतराज नहीं था।

जूट और स्टील, दोनों की जरूरत देश को है। यह रोमांस किसी प्रकार भी असफल नहीं हो सकता, कल्पना यह बात समझती थी। पार्थ भी समझता था। दोनों समझदार थे और अक्सर 'शीराज' या 'उमर खय्याम' में मिल जाते थे। कल्पना अपनी माँ या मौसी या किसी सहेली के साथ होती थी। पार्थ अकेला होता था। पार्थ अकेला होता था और रेस्तराँ की किसी भी खाली टेबल पर बैठ जाता था। एस्प्रेसो कॉफी। सैंडविच, सब्जियों का कटलेट। फिर आँखें उठाकर देखता था, कल्पना बैठी है और शरमा रही है।

बम्बई की एक प्रसिद्ध फिल्म-अभिनेत्री से कल्पना ने इस प्रकार शरमाना सीखा था। चेहरा थोड़ा टेढ़ा करो, होंठों का बायाँ किनारा और दाईं आँख का दायाँ किनारा एक साथ जरा-सा हिले, भँवों पर हलकी-सी लहर बने और मिट जाए। जैसे तूफान आते-आते रुक गया हो, कल्पना ऐसे ही मुस्कुराती है। फिर अपनी सहेली से कहती है, "एप्रिल फूल आ गया है। बुला लोगी?"

पार्थ को वह एप्रिल फूल कहती है, क्योंकि पहली एप्रिल के दिन उसने पार्थ को बुद्धू बनाया था। अपनी एक सहेली को सिखा दिया था कि पार्थ को गाड़ी में बिठाकर खिदिरपुर रोड के सुनसान रास्ते पर ले जाए और वहाँ किसी बहाने से उतार दे। सहेली खूबसूरत और चुहलबाज थी। पार्थ उसकी गाड़ी में बैठ गया। रात के आठ बजे होंगे। सहेली गाड़ी चला रही थी, पार्थ बगल में बैठा हुआ एक अंग्रेजी गाना गा रहा था—'यह

चाँद नकली है और यह आसमान नकली है, केवल सच्चा है हमारा-तुम्हारा प्यार। यह प्यार नकली है और नाज-अदा नकली है, केवल सच्चा है अँधेरा होने का इन्तजार।' सहेली को गुस्सा आ गया। कैसा आदमी है? सिर्फ गाना गा रहा है! अँधेरा तो हो गया है, अब कैसा इन्तजार? दरअसल, वह एक तीर से दो शिकार करना चाहती थी। कल्पना ने मौका दिया है, पार्थ को नहीं, उसी को एप्रिल फूल बनाना चाहिए। मगर उसे गुस्सा आ गया। यह आदमी तो गधा है। चुपचाप बैठा है। हाथ-पाँव तक नहीं हिलाता। वह बोली, 'पार्थ बाबू, यू आर ए एस एस। पार्थ बाबू, आप गाड़ी से उतर जाइए...'

तब से कल्पना कहती है, 'एप्रिल फूल!' पार्थ शरमा जाता है। कल्पना हँसने लगती है। फिर कल्पना की सहेली या मौसी जी या माँ चली जाती हैं। कल्पना रह जाती है। पार्थ रह जाता है। दोनों एक टेबल पर बैठे रह जाते हैं। पार्थ सोचता है, जूट का बिजनेस स्टील के बिजनेस से ज्यादा फायदेमन्द है। स्टील में बहुत कम्पिटीशन है। जूट में अपनी मोनोपॉली बनाई जा सकती है। फिर सरकार जूट-उद्योग की सहायता भी करती है। आधे से ज्यादा जूट-मिल तो पाकिस्तान में चले गए। अपने देश का जूट-उद्योग तेजी से ऊपर उठना चाहिए। इसी से देश का फायदा है।

मगर देश के फायदे से ज्यादा अपना फायदा सोचता है। सोचता है, कल्पना से शादी हो जाए, तो वह एक-दो जूट-मिल खरीद लेगा। कल्पना के डैडी थोड़ी मदद कर देंगे, तो बाजार में उसकी साख बन जाएगी। कच्चा जूट विदेशों को सप्लाई करेगा और फॉरेन-एक्सचेंज बटोरेगा। बड़े व्यापार के लिए फॉरेन-एक्सचेंज की बड़ी जरूरत है। तभी कल्पना कहती है, ''क्या सोच रहे हो?''

पार्थ अपनी उँगली में पड़ी अँगूठी को घुमाता रहता है। अँगूठी में कीमती पत्थर है। बड़ा-सा पुखराज। दप-दप चमकता है। पार्थ कुछ सोचकर कहता है, "अपनी ममी से कब कहोगी? अब तो मेरे दोस्त लोग मजाक करने लगे हैं..."

"तब कहूँगी, जब तुम रेस्तराँ में बैठकर बिजनेस की बातें करना छोड़ दोगे," कल्पना जवाब देती है और कुर्सी से जरा उठकर फिर इस तरह बैठने लगती है, कि उसने सीने के गोले स्वेटर से बाहर उभरने लगते हैं। पार्थ उसे देखता है, फिर शरमाकर सिर झुका लेता है। कहता है, ''बिजनेस नहीं, मैं तुम्हारी बात सोच रहा था। तुम कितनी स्मार्ट हो! हाउ फ्रेश!''

कल्पना प्रशंसा सुनकर खुश होती है। कल्पना खुश होकर सोचने लगती है, शादी के बाद हनीमून के लिए वह अमेरिका जाएगी। गलडर्फ-एस्टोरिया में ठहरेगी। चाहे जो कुछ हो, हॉलीवुड जरूर देखेगी। हॉलीवुड और अमेरिकन फिल्मों के हीरो। बचपन से वह ग्रेगरी पेक की पूजा करती थी। हॉलीवुड का ग्रेगरी पेक और रोक हडसन और अब घुटे हुए सिर के बावजूद वह युल ब्रैनर की एक भी पिक्चर नहीं छोड़ती है। युल ब्रैनर जादूगर है। फ्रैंक सिंट्रा जादूगर क्यों नहीं बन पाता? कल्पना कहती है, "डैडी तुमसे एक बात पूछने को कह रहे थे।"

"क्या कह रहे थे?" पार्थ सचेष्ट होकर बैठ जाता है। वह कल्पना के डैडी का

भक्त है। पिछले महायुद्ध के पहले मदन मोहन बाबू एक जूट-मिल में मुंशी थे। महायुद्ध समाप्त होते-होते वे एक जूट-मिल के मालिक बन गए। अब उनके पास चार जूट-मिलें हैं, डलहौजी-स्क्वायर में पाँच मंजिलों की एक बड़ी इमारत है, शेयर-बाजार में कारोबार चलता है और लड़कियों का एक कॉलेज भी बना चुके हैं। इसलिए पार्थ, मदन मोहन बाबू का भक्त है।

कल्पना एक उड़ती हुई नजर से सामने की टेबल पर बैठी हुई लड़की को देखती है, फिर कहती है, "पूछ रहे थे, किसी जर्मन कम्पनी के साथ मिलकर स्टेनलेस-स्टील का कोई कारखाना शुरू करनेवाले थे। बात कहाँ तक आगे बढ़ी है?"

पार्थ मन-ही-मन मुस्कुराता है। बुड्ढा बड़ा ही चालाक है। सारी बातों की खबर रखता है। हो सकता है, पिता जी ने बता दिया हो! पार्थ कहता है, "सब तय हो गया है। सिर्फ दिल्ली से परमिट मिलने की देर है। मैं अगले हफ्ते दिल्ली जाऊँगा। वहाँ ठीक-ठीक काम हो गया, तो अगले महीने जर्मनी जाऊँगा।"

"फिर मेरा क्या होगा, ओ गॉड! मैं अकेली कैसे दिन काटूँगी?" कल्पना लगभग चीखती हुई बोली।

'ओ गॉड' उसने इतने जोरों से कहा कि सामने की टेबल पर बैठी लड़की हँसने लगी।

कल्पना को देखती हुई हँसने लगी।

कल्पना को गुस्सा आ गया। पहले भी कई बार यह लड़की इसी तरह पार्थ के साथ कल्पना को देखकर हँसती रही है। रेस्तराँ में बराबर होती है। अकेली आती है। कभी किसी के साथ नहीं बैठती। अकेली कॉफी पीती है। ज्यूकबॉक्स में पैसे डालकर अंग्रेजी गाने सुनती है। फिर चली जाती है। अकेली।

कल्पना को गुस्सा आ गया। बैरे को बुलाकर पूछने लगी, "वह लड़की कौन है? क्या करती है? क्या नाम है?"

बैरा उस लड़की की तरफ देखता हुआ चुपचाप खड़ा रहा, जैसे सोच रहा हो—क्या जवाब देना चाहिए या कोई जवाब देना चाहिए या नहीं। लड़की ज्यादा अमीर परिवार की नहीं दिखती है। साँवली है और मामूली कपड़े पहने हुए है। चेहरा भी मामूली है। लम्बी-सी नाक और छोटी-छोटी आँखें। कल्पना की तरह उमड़ी हुई नदी नहीं दिखती है और इस तरह हँसती है, जैसे आवारा लड़की हो! बैरा चुपचाप खड़ा रहा।

लड़की ने कल्पना की बात सुन ली और वहीं से बोली, "मेरा नाम क्यों पूछती हो? मेरे बारे में जानना हो तो मेरी टेबल पर आओ!"

पार्थ डर गया। पार्थ डर गया कि अब दोनों औरतों में झगड़ा हो ही जाएगा। कल्पना मिजाज की बड़ी तेज है। गुस्सा आ जाए तो गिलास, प्याले, प्लेट तोड़ने लगती है। चाहे रेस्तराँ में ही क्यों न हो, गालियाँ बकने लगती है, भूखी बिल्ली की तरह उछलने लगती है। पार्थ बेहद डर गया।

कल्पना अपना कोट पहनती हुई उठी और उसकी टेबल पर चली गई। पार्थ चुपचाप बैठा रहा। आँखें बन्द करके, टेबल पर हाथ रखते हुए, तूफान का इन्तजार करता रहा।

लड़की मुस्कुराती हुई बोली, "बैरा, कॉफी ले आओ!"

"मैं नहीं पीती," कल्पना कड़ककर बोली।

लड़की मुस्कुराती रही। एक मिनट तक कल्पना को आँखों से नाप-तौल करके कहने लगी, "मैं तुम्हें जानती हूँ। हमारे घर कई बार तुम पार्टी में आ चुकी हो। मैं तुम्हारे यहाँ कभी नहीं गई। तुम्हारे डैडी हमारी कोठी पर आते रहते हैं। हमारे डैडी तुम्हारे यहाँ कभी नहीं गए हैं। मेरा नाम जानकर क्या करोगी? मेरे डैडी का नाम है, रामनिवास पाटनवाला—अब याद आया?"

पार्थ ने नाम सुना—रामनिवास पाटनवाला और चौंक पड़ा। एक ऐसी तिजोरी की तस्वीर पार्थ की आँखों में नाचने लगी, जिसमें करोड़ों-करोड़ रुपये का सोना पड़ा हो! रामनिवास पाटनवाला ऐसी ही तिजोरी है। पूरा स्टॉक-एक्सचेंज पाटनवाला के नाम से थरथराता रहता है। पाटनवाला शेयर-मार्केट का सबसे बड़ा असामी है।

पार्थ उठा और उस लड़की की टेबल पर कल्पना के बगल में बैठ गया। दो कप कॉफी आई। एक पार्थ पीने लगा। दूसरा कप पड़ा रहा। कल्पना गुस्से में है।

वह लड़की गुस्से में आ गई, "गुस्सा थूक दो कल्पना कुमारी और अपने फ्रेंड के साथ थोड़ी देर बाहर हवा में घूम-फिर आओ। मेरा नाम है सपना पाटनवाला। रोज यहाँ आती हूँ।"

मगर कल्पना का गुस्सा अब सपना पाटनवाला से खिसककर पार्थ के ऊपर चला आया है। वह इस टेबल पर क्यों आया? पाटनवाला की बेटी है तो क्या हुआ? मेरी जैसी खूबसूरत नहीं है। बिल्ली की तरह आँखें हैं। देह में दो सेर भी गोश्त नहीं है। फिर पार्थ यहाँ क्यों आ गया? पार्थ तो जैसे इस टेबल से चिपक गया है! अब उठ नहीं रहा है।

सपना ज्यादा होशियार लड़की है, खूबसूरत नहीं है तो क्या हुआ, वह कल्पना के मन की हालत समझ रही है। पार्थ के मन की हालत भी समझती है। वैसे सपना पार्थ को नहीं पहचानती है। पार्थ के पिता जी, राधेश्याम अग्रवाल का नाम भी उसने नहीं सुना है। फिर भी, पार्थ को देखते ही समझ गई है, यह लड़का आगे बढ़ेगा। बिजनेस में आगे बढ़ेगा। प्यार में आगे बढ़ने की अक्ल इसके पास नहीं है और सपना बिजनेस नहीं चाहती, प्यार चाहती है। प्यार भी नहीं चाहती, आजादी चाहती है। प्यार की आजादी। हँसने-बोलने की आजादी। जब जो जी में आए, वही करने-धरने की आजादी। इसलिए कहती है, "मेरा नाम है सपना पाटनवाला! रोज यहाँ आती हूँ और अकेली आती हूँ। तुम्हारी तरह आज इसके और कल उसके साथ नहीं आती।"

"मैं...मैं पार्थ के सिवा और किसके साथ आती हूँ?...तुम झूठ क्यों बकती हो?...मैं और किसके साथ?" कल्पना गुस्से और नफरत में भरकर जैसे रोने लगी।

कल्पना रोने लगी और सपना मुस्कुराती रही। आसपास बैठे हुए सारे लोग कल्पना की तरफ देखने लगे।

पार्थ लाज-शरम से पानी-पानी हो गया। कल्पना रोने क्यों लगी? दूसरे लड़कों के साथ आती है, तो बुरा क्या है? उसने कहा, "सपना जी, आप क्यों कल्पना का मजाक उड़ा रही हैं? शी इज ए सिम्पल गर्ल..."

"सच बात तो हमेशा सब लोग मजाक समझते हैं," सपना ने कहा और उठकर काउंटर के पास चली गई। बिल चुकाकर बाहर निकल गई।

कल्पना सिर झुकाए बैठी रही। पार्थ थोड़ी देर बैठा रहा, फिर कल्पना को बिना कुछ कहे रेस्तराँ से बाहर निकल आया। बाहर खड़ा कल्पना का इन्तजार करता रहा!

कल्पना नहीं आई। कल्पना बाहर नहीं आई। पार्थ अपनी गाड़ी में आकर बैठ गया। अब सीधा अपने घर जाएगा। घर जाकर अपनी माँ से बताएगा कि कल्पना बड़ी बेवकूफ लड़की है। बात-बात पर रोने लगती है। माँ को यह बात भी बताएगा कि आज संयोग से सेठ रामनिवास पाटनवाला की लड़की से उसकी जान-पहचान हुई है। बड़ी खुशमिजाज लड़की है। उसी ने कल्पना को रुला दिया था और पार्थ अपनी माँ से कहेगा कि अगली बार की गार्डेन पार्टी में सपना पाटनवाला को निमंत्रण कार्ड भेजा जाए। वह जरूर आएगी। शी इज ए नाइस गर्ल लेकिन...

अचानक पार्थ को याद आया कि सत्तर साल के बूढ़े सेठ पाटनवाला ने तो कभी कोई शादी ही नहीं की, फिर उन्हें लड़की कैसे हुई? क्या मतलब? फिर, वह लड़की कौन थी? इतना सफेद झूठ कैसे बोल गई? क्यों बोल गई?

पार्थ अपनी गाड़ी से उतरकर दोबारा रेस्तराँ में घुसा। कल्पना उसी टेबल पर बैठी पकौड़े खा रही थी। पार्थ काउंटर पर जाकर मैनेजर से बोला, "आप उस लड़की को जानते हैं? थोड़ी देर पहले बाहर गई है। कल्पना से झगड़ा कर रही थी! कौन है वह लड़की?"

मैनेजर मुस्कुराया, फिर बोला, "आप उसे नहीं पहचानते? सपना देवी का नाम भी नहीं सुना है!"

"नहीं, कौन है सपना देवी?" पार्थ ने धीमे लहजे में सवाल किया।

मैनेजर ने कहा, "सपना देवी इस शहर की सबसे मशहूर एक्ट्रेस है। अभिनय में अपना सानी नहीं रखती। रोज यहाँ आती है। आप नहीं जानते? अच्छा, कल आएगी तो परिचय करवा दूँगा।"

पार्थ शरमा गया। शरमाता हुआ कल्पना की बगल में आकर बैठ गया।

कल्पना मुस्कुराई। पार्थ भी मुस्कुराने लगा। इन दोनों के रोमांस में असफलता की जरा भी गुंजाइश नहीं है। जूट और स्टील, दोनों जरूरी चीजें हैं।

[ज्योत्स्ना, अगस्त, 1963]

कुल सात इंच लम्बा वह आदमी

1

वह रूपा से मिलने के लिए उत्सुक था। लेकिन घनी बरौनियों के नीचे चमकती हुई आँखों में उसने अपनी सारी उत्सुकताएँ दबा रखी थीं। उत्सुकताएँ दबा रखने में वह आदमी काफी होशियार है; क्योंकि उसका पेशा और उसकी आमदनी उसकी होशियारी पर ही निर्भर करती है। 'चन्द्रकान्ता सन्तति' के ऐयारों और ज्योतिषियों की तरह वह तेज-तर्रार और चुस्त है। जरूरत नहीं हुई, तो कम बोलता है। जरूरत होने पर जानवरों की तरह बेखौफ हमला करने की ताकत भी उसके पास है।

एक बार फिर यह ताकत आजमाने के लिए, अपने अखबार में एक छोटा सा 'न्यूज' छापकर, रूपा अवस्थी को उसने इस छोटे से रेस्तराँ में बुला लिया है। वह अकेली नहीं आ सकती है। उसके साथ आएगा पी.एन. दोस्त–आकाशवाणी के नाटक विभाग का निर्माण-अधिकारी प्राननाथ दोस्त!

2

इस रेस्तराँ का नाम है–'गोलघर' रेस्तराँ और किनारे की एक टेबल पर कॉफी के प्याले के साथ बैठे हुए आदमी का नाम है–जयदेव! जयदेव गोस्वामी बिहार राज्य के सहरसा जिले का निवासी है, लेकिन पिछले पन्द्रह बरसों से वह इस पटना-शहर में अपना डेरा-डंडा जमाए हुए है। अखबार निकालता है। अखबार का नाम है–'मगध-समाचार'...। हफ्ते में कुल एक बार निकलता है। हरनाम दास ज्वैलर्स के बड़े लड़के मोहनलाल सर्राफ के साथ जयदेव ने 'पार्टनरशिप' में एक प्रेस कायम किया है। इसी प्रेस से 'मगध-समाचार' छपता है, जिसका संक्षिप्त ब्यौरा इस तरह है :

1. प्रेस और अखबार में लगी हुई कुल पूँजी : 15 हजार रुपये
2. प्रेस का पूरा मुनाफा मोहनलाल को मिलेगा, अखबार का पूरा मुनाफा जयदेव गोस्वामी को।
3. प्रेस की मासिक आय : 5 हजार रुपये
4. अखबार की वार्षिक आय : 30 हजार रुपये

5. प्रेस और अखबार, दोनों का सारा काम जयदेव अकेला सँभालता है।
6. प्रेस के कर्मचारियों की संख्या : 24 व्यक्ति
7. अखबार के कर्मचारियों की संख्या : 4 व्यक्ति, जिनमें एक प्रूफ-रीडर है, एक सहायक-सम्पादक, एक 'पार्ट-टाइम' टाइपिस्ट और एक स्वयं जयदेव।
8. प्रेस का मासिक व्यय :
   मकान-किराया : 200 रुपये
   बिजली : 60 रुपये
   टेलीफोन : 60 रुपये
   वेतन-भत्ता : 2 हजार रुपये
   अन्य : 560 रुपये
9. अखबार का मासिक व्यय :
   वेतन-भत्ता : 1,200 सौ रुपये
   चाय-पानी : 300 रुपये
   विज्ञापन के लिए सरकारी अफसरों और एजेंसियों की खातिरदारी : 500 रुपये
   अन्य : कुछ नहीं!
10. शाम को अपनी गहने-जेवरों की दुकान बन्द करके मोहनलाल सीधे प्रेस चला आता है। सम्पादक के कमरे में दोनों दोस्त बैठते हैं और 'बिजनेस' की बातचीत के साथ-साथ प्यार-मुहब्बत की बातचीत भी करते हैं।
11. शहर में चर्चा यह है कि जयदेव और मोहनलाल अपने 'लोकप्रिय' अखबार की आड़ में कोई दूसरा धन्धा करते हैं—कोई भी दूसरा धन्धा. ..!
12. जयदेव गोस्वामी अफवाहों से जरा भी नहीं डरता। उसकी नाक लम्बी है और उसकी आँखें भूरे गिद्ध की तरह...।
13. अखबार का सर्कुलेशन : आठ हजार प्रतियाँ मात्र।
14. सारे सरकारी विज्ञापन मिलते हैं।
15. अखबार के कॉलम :
    प्रान्तीय समाचार
    स्कैंडल
    मुकदमों की खबरें
    राजनीतिक-सामाजिक अफवाहें
    प्रशस्ति
    निन्दा और 'स्कूप'

फिल्म
अधनंगी तस्वीरें
सेक्स...

3

'मगध-समाचार' के 31 अक्तूबर, 1965 के अंक में, तीसरे पृष्ठ पर, 48 प्वाइंट के शीर्षक में डेढ़ कॉलम का यह समाचार निकला है : *सूचना मिली है कि रेडियो के नाटक-विभाग में काम करनेवाली एक युवती* (जिसका नाम हम अगले अंक में प्रसारित करेंगे) *ने फिल्म-अभिनेत्री बनने के लिए...*

'मगध-समाचार' में छपी इस पूर्व पीठिका के आधार पर ही, जयदेव गोस्वामी ने अपने दोस्त और हमप्याला श्री प्राननाथ दोस्त की यह बात मान ली कि वह आज शाम को 'गोलघर' रेस्तराँ में रूपा अवस्थी से मिलेगा। रूपा रेडियो के नाटक-विभाग में काम करती है।

कुल सात इंच लम्बे एक आदमी की कहानी यहीं से शुरू होती है। सात इंच लम्बा आदमी, पौने तीन इंच चौड़ी औरत और इन दोनों के बीच में रेडियो-स्टेशन से 'मगध-समाचार' तक का लम्बा फासला। जयदेव यह फासला तय करके 'गोलघर' रेस्तराँ चला जाता है। पास के महिला-कॉलेज में 'रिसेस' का वक्त होता है, तो कुछ-एक लड़कियाँ अपनी कॉपियाँ और लाइब्रेरी से उधार ली गई किताबें सँभालती हुई, अपनी सहेलियों से हथुआ-मार्केट और पटना मार्किट की बातें करती हुई, यहाँ चली आती हैं। दोपहर ढलती जाती है और लड़कियों की धीमी-धीमी भनभनाहट कभी गूँजती, कभी तेज होती जाती है।

दो लड़कियाँ इतिहास-विभाग की महिला-अध्यक्षा श्रीमती बनारसी सिंह के बारे में टीका-टिप्पणी कर रही हैं :

"नहीं, बनारसी दीदी को पीले रंग की साड़ी अच्छी नहीं लगती।"

"अच्छी लगती है...एकदम 'मेरे महबूब' की साधना की तरह..."

"वे पीली साड़ी में बीमार-बीमार दिखती हैं। लगता है, वे 'डाइबिटीज' की..."

"पीली साड़ी के कारण नहीं, मोटे फ्रेम के चश्मे के कारण!...बनारसी दीदी अगर चश्मा पहनना छोड़ दें, तो एकदम 'मेरे महबूब'..."

"वे हमेशा पीले रंग की साड़ी क्यों पहनती हैं?"

"रंग का चुनाव नहीं जानतीं! फैशन में अप-टु-डेट नहीं हैं!...जानती हो, मीरा, उसका हस्बैंड उनके घर में नहीं रहता?"

"जानती हूँ।"

"जानती हूँ," कहकर कुमुद ने एक लम्बी-सी अँगड़ाई ली और रेस्तराँ में चारों ओर देखने लगी। नहीं, स्कूटरवाला वह लड़का आज नहीं आया है। क्यों नहीं आया?

मीरा हँसकर बोली, "आज शनिवार है। आज नहीं आएगा तुम्हारा 'कृष्ण-कन्हैया!'

कुमुद और मीरा की बातचीत सुनकर जयदेव मुस्कुराने लगा। 'कृष्ण-कन्हैया'– इस शब्द को सुनकर वह मुस्कुराने लगता है। उसे इच्छा होती है, आइसक्रीम खानेवाली इन लड़कियों को वह अपनी ओर से कॉफी पिलाए। वह गुलूबन्द मियाँ बैरा-इन-चीफ को बुलाकर कहना चाहता है, "उस टेबल पर, मेरी तरफ से एक-एक प्याला कॉफी दे आओ! क्रीम ज्यादा डालोगे और बिल मेरे पास दोगे।"

4

गुलूबन्द मियाँ का नाम है–अब्बास अंसारी; मगर वह बारहों महीने अपने गले में सफेद रंग का एक गुलूबन्द डाले रहता है। उसे गले की कोई बीमारी है, या उसे हमेशा जुकाम रहता है। बात कुछ भी हो, वह 'गुलूबन्द मियाँ' कहा जाने लगा है और जयदेव को पिछले दस-बारह बरसों से जानता है।

दोपहर के ढलने पर एक बार जयदेव 'गोलघर' रेस्तराँ में जरूर आता है। कभी-कभी अकेले और ज्यादातर किसी-न-किसी नए-पुराने दोस्त के साथ। दोस्तों की उसके पास कमी नहीं है। लेकिन हर दिन तीन-चार बजे के लगभग, इस रेस्तराँ में बैठकर, वह सामने बैठे हुए आदमी से एक बार जरूर कहता है, 'दोस्ती क्या है, बिजनेस है, यार!...मुझे तुमसे काम है, तुम्हें मुझसे...इसीलिए हम दोनों यहाँ आकर 'फिश-फ्राई' और 'प्राउन-कटलेट' खाते हैं और बिजनेस की बातें करते हैं।'

बातें चाहे बिजनेस की हों या उसकी भूमिका के रूप में दोस्ती, फिल्म, स्त्रियाँ, पॉलिटिक्स की बातें हों, रेस्तराँ का बिल हमेशा जयदेव चुकाता है। पैसे वही देगा। उसके पास पैसे नहीं होंगे, तो वह बिल पर दस्तखत करके गुलूबन्द मियाँ से कहेगा, 'बिल कल सुबह दफ्तर में भेज देना। रामजी बाबू...'

'कोई बात नहीं, गोस्वामी साहब! यह रेस्तराँ आपका है,' गुलूबन्द मियाँ ऊपर के टूटे हुए दोनों दाँत दिखाता हुआ कहेगा।

...इस वक्त, लेकिन, गुलूबन्द मियाँ ज्यादा खुश नजर आ रहा है। नई वर्दी और धुला हुआ गुलूबन्द पहन रखा है उसने! वर्दी के ऊपर की जेब पर पीतल का 'मोनोग्राम' चमक रहा है।...जयदेव के पास आकर कहता है, "साहब, आज शाम को यहाँ पार्टी है। रात में 'डांस' भी होगा।...आप आएँगे, तो साहब?"

जयदेव गोस्वामी ऐसी पार्टियों में बगैर बुलाए भी चला जाता है, लेकिन रात में

दस बजे के बाद, जब औरतें नाचती-नाचती थक जाती हैं और ऊँचे अफसर-मर्द बिरियानी-पुलाव और मुर्ग-मुसल्लम पचा डालने के लिए रेस्तराँ के लॉन में कुर्सियाँ डालकर बैठ जाते हैं। जयदेव तभी आता है, अँधेरे में डूबी रात के मौसम में और कुछ खास लोगों पर हावी हो जाता है। ऐसे लोग, जो लम्बे बिजनेस के लिए ऐसी पार्टियाँ फेंकते हैं...'किंग ऑफ-किंग्स'...'ओल्ड स्मगलर'—मुर्गे, मुर्गियाँ, चूजे, मछलियाँ, कबूतर, तीतर-बटेर, कछुए...मौसम के मुताबिक और मेहमानों की मर्जी के मुताबिक गोश्त और पानी...भाई, अस्सी हजार का ठेका लेना है, तो आठ हजार कम-से-कम आपको फूँकना ही पड़ेगा। यही बिजनेस का शिष्टाचार है, भाईजान...कई औरतें होती हैं, जो ऐसी ही पार्टियों में आने-जाने और काफी आराम से जमे रहने के लिए ही पैदा होती हैं। कई औरतें होती हैं...!

मगर हर औरत तो रूपा अवस्थी नहीं होती! 'रवीन्द्र भवन' के रंगमंच के नीचे, पहली कतार के लोगों को, उनके सामाजिक स्तर के मुताबिक अपनी-अपनी सीट पर बिठाती हुई रूपा को एक बार जयदेव ने देखा था—सिर्फ एक बार...और उसने पी.एन. दोस्त का कन्धा टीपते हुए पूछा था, 'सफेद रेशम में लिपटी हुई, यह साँवली-सी लड़की कौन है? नई-नई रंगरूट हुई है क्या?'

आकाशवाणी के कलाकारों द्वारा 'रवीन्द्र भवन' में आयोजित इस लोक-संगीत कार्यक्रम में जयदेव ने रूपा को और सिर्फ एक रूपा को देखा था और कोई चीज देखने की उसे इच्छा नहीं हुई थी।

कार्यक्रम के 'इंटरवल' में वह सीधा उठकर रूपा के पास चला गया, उसे नजदीक से जाँचने के लिए—रूपा का गोश्त और रूपा का पानी! रूपा 'विंग' के अन्त में हाथ पर हाथ बाँधे खड़ी थी। उसकी बगल में खड़ी थी पुष्पा पतंजलि।

जयदेव, बहुत करीब से, श्रीमती पतंजलि को जानता है। दो-एक मिनट श्रीमती पतंजलि से बातें करते हुए, उसने रूपा को अपनी पलकों पर तौलने की कोशिश की, फिर वह बाहर चला गया। एक सिगरेट पिएगा...यानी 'प्रिंस हेनरी' के गीले तम्बाकू में अफीम का पानी और टैबलेट-'बी.पी.' का चूरन डालकर, जहरीला बनाया गया सिगरेट!

जयदेव गुस्से में होता है, तो यही सिगरेट पीता है—नसों में तनाव लाने के लिए और फफोला बनकर फूट जाने के लिए! टैबलेट 'बी.पी.' अंग-अंग में गर्मी और फुर्ती पैदा करता है...।

लेकिन, जयेदव के जाते ही, रूपा ने अपनी पुष्पा दीदी से पूछा, 'कौन है यह आदमी?'

सवाल सुनकर भी मिसेज पतंजलि चुप रही। मुँह फेरकर 'एक्जिट' के पास खड़ी भीड़ की तरफ देखने लगी।

दो मिनट बाद रूपा ने अपना सवाल दुहराया। वह जानना चाहती थी। पता

नहीं क्यों, वह इस अजनबी आदमी की घनी बरौनियों और गिद्ध जैसी आँखों की नीली चमक से डर गई थी।

'जयदेव गोस्वामी का नाम सुना है?...सुनने की कोशिश भी नहीं करना कभी। वह गिद्ध है; जिस घर की छत पर बैठता है, उसे धरती पर धराशायी करके ही दम लेता है। एक अखबार निकालता है जयदेव! जिस तरह देश-भर के बड़े आदमी आर-के. करंजिया के 'ब्लिज' वीकली से डरते हैं, उसी तरह बिहार के बड़े आदमी 'मगध-समाचार' से डरते हैं।...एक बार मैं भी इस आदमी के चक्कर में पड़ गई थी।' श्रीमती पतंजलि ने फुसफुसाते स्वर में कहा और अचानक चुप हो गईं।...जयदेव वापस आ रहा था।

रूपा और पुष्पा की बगल से गुजरते हुए, इस बार उसने इन दोनों की तरफ देखा भी नहीं। चुपचाप, सिर झुकाए हुए, अपनी सीट पर चला गया।...'इंटरवल' के बाद, मैथिली लोक-गायिकाओं का ग्रामीण दल 'महेसबानी' गाने लगा, 'औघर-दानी, हे बम्भोला बाबा, हे बम-बम भोला बाबा।'

5

मीरा और कुमुद की बातें सुनते हुए, जयदेव के दिमाग में वही 'महेसबानी' गूँजने लगी, जैसे कहीं पास ही रेडियो बज रहा है और ग्रामीण गायिकाएँ मध्यम लय में गाए जा रही हैं : 'औघर-दानी, हे बमभोला बाबा!'...तब, उसने गुलूबन्द मियाँ को बुलाकर कहा, "जरा रेडियो-स्टेशन फोन करो। कहना, दोस्त साहब को लाइन दीजिए। मैं खुद बात करूँगा। लाइन मिल जाए, तो बुलाना मुझे।"

लेकिन फोन करने की कोई जरूरत नहीं हुई। रूपा 'गोलघर' रेस्तराँ की गोल सीढ़ियाँ चढ़कर ऊपर आ गई।

रेस्तराँ में चारों ओर शीशे के लम्बे-लम्बे दरवाजे हैं...दूर सड़क तक का पूरा दृश्य, किसी भी टेबल पर बैठने से दिख जाता है।

रूपा कद्दावर लड़की है—सधी तनी हुई, मजबूत काठी की लड़की! काली है, लेकिन उसकी देह का कालापन चाँदी की तरह चमकता है और उसके व्यक्तित्व को उजागर करता है। हजार लड़कियों में खड़ी होकर भी रूपा छिप नहीं सकती है। वह दूर से ही दिखने लगती है। जंगल के किनारे-किनारे, हरी पगडंडी पर जाती हुई आठ कहारों की पालकी और पालकी में बैठी हुई कमसिन दुलहन दिखने लगती है।

...कमसिन दुलहन दिखती हुई, वह रेस्तराँ के अन्दर चली आई है। कहीं रुकी नहीं। एक बार आँखें उठाकर उसने जयदेव को देखा और सीधे उसकी टेबल पर चली आई। पर्स टेबल पर रखकर, उसने दोनों हाथ जोड़े और बोली, "मैं...मुझे पी.एन. दोस्त ने भेजा है। मैं...मैं रूपा...रूपा अवस्थी..."

"मैं जानता हूँ आपको!" जयदेव गोस्वामी ने अपना चेहरा बदलते हुए और

नए सिरे से सारा सिलसिला करते हुए कहा। रूपा को बैठ जाने का इशारा करते हुए उसने मन-ही-मन सारा प्रपंच तैयार कर लिया था।

रूपा बैठ गई।

गुलूबन्द मियाँ हाथ बाँधकर जयदेव की बगल में खड़ा हो गया। यह लड़की पहली बार इस 'गोलघर' रेस्तराँ में आई है। पहले आई होती, तो रेस्तराँ का हेड-बैरा, अब्बास अंसारी, उसे जरूर पहचान लेता। किसी भी स्तर के 'कस्टमर' को एक बार भी चाय-कॉफी पिलाने के बाद गुलूबन्द मियाँ उसका चेहरा भूल नहीं पाता।

उसे याद रह जाता है कि 'ऑर्डर' देते वक्त, खाते वक्त, बिल के पैसे चुकाते हुए आदमी अपने होंठ किस तरह हिलाता है, बरौनियाँ किस तरह संकुचित करता है और 'टिप' किस अदा से देता है। उसे हजारों चेहरे और हजारों-हजार होंठों का हिलना याद है। गुलूबन्द मियाँ ने रूपा को उड़ती निगाहों से देखते हुए, तय किया–यह लड़की पहली बार यहाँ आई है, लेकिन अब बार-बार यहाँ आएगी...।

6

भुनी हुई मछली, आलू के टुकड़े और ताजा चाय का 'ऑर्डर' लेकर गुलूबन्द मियाँ चला गया।

रूपा ने नीचे झुककर अपनी साड़ी की तहें दुरुस्त कीं और बातचीत करने के लिए सँभलकर बैठ गई। उसके पास वक्त कम था। यहाँ से जल्दी उठकर वह पाँच बजे तक ललित स्टूडियो पहुँच जाना चाहती है। वहाँ भाटिया साहब और गगन बिहारी उसकी प्रतीक्षा में होंगे। वह जयदेव के साथ ज्यादा देर तक रहना भी नहीं चाहती है।

"दोस्त साहब नहीं आए! कहाँ रुक गए?" जयदेव ने पूछा।

रूपा तैयार हो गई। "उनके एक नाटक का रिहर्सल चल रहा है। वे नहीं आ सकेंगे।"

"मगर, उसे आना चाहिए था।"

"उन्होंने कहा है, रात में आपके मकान पर जाएँगे।...मैं खुद आई हूँ। आपसे मिलना जरूरी था..."

"अच्छा किया, आप आ गईं, मगर प्राननाथ को आना चाहिए था।"

"क्यों?"

"इसलिए कि आपसे मेरी कोई जान-पहचान नहीं है। वह रहता, तो बातचीत आसान हो जाती, क्योंकि वह हम दोनों को जानता है।"

"आप मुझे नहीं जानते हैं, लेकिन मैं आपको जानती हूँ। आप बंसी भैया के साथ पढ़ते थे..."

"कौन बंसी?"

"बंसी लाल, फुटबॉल-चैम्पियन! मेरा बड़ा भाई! वे आपका नाम लिया करते थे।...आप साइंस कॉलेज में थे उन दिनों। मैं बहुत छोटी थी।"

जयदेव ने फुटबॉल चैम्पियन बंसीलाल का नाम भी नहीं सुना है। वह साइंस कॉलेज में कभी था भी नहीं। लेकिन उसने खुलकर खिलते हुए कहा, "अरे, तुम बंसी की बहन हो! कमाल हो गया। कहाँ है वह? पटने ही में? कहाँ काम करता है?... उससे मिलाओ कभी।"

रूपा रुआँसी हो गई।...उसने दोनों पंजे टेबल पर फैला दिये और सामने झुक गई। लड़खड़ाते हुए स्वर में उसने कहा, "भैया नहीं रहे। चार-पाँच महीने हो गए, एक मोटर-एक्सीडेंट में..." रूपा चुप हो गई।

जयदेव चुप हो गया। उसने शोक-दुःख चिन्ता प्रकट करते हुए एक सहानुभूतिपूर्ण वाक्य उसे कहना चाहा, लेकिन इतनी जल्दबाजी में वह कोई वाक्य गढ़ नहीं पाया। वह टेबल पर झुकी हुई इस काली लड़की के तेवर देख रहा था।

7

"आपके अखबार में एक 'न्यूज' छपा था—रेडियो के ड्रामा-सेक्शन की एक लड़की..."

"आपने 'न्यूज' पढ़ा था?"

"जी हाँ।"

"आप क्या कहना चाहती हैं, उसके बारे में? क्या मेरा वह 'न्यूज' झूठ था?"

"..."

"आप रूपा जी...आप पिछले रविवार को भाटिया हंसराज के घर नहीं गई थीं।... वहाँ कलकत्ते की जयभारत फिल्म कम्पनी का मालिक, राजाराम शर्मा नहीं था?... आपने वहाँ किसी फिल्म में काम करने के लिए बातचीत तय नहीं की?"

"लेकिन आपने कई गन्दी-गन्दी बातें लिखी हैं अपने अखबार में! आपने लिखा है, फिल्म-कम्पनी के मालिक ने मुझे..."

"आपका नाम नहीं लिया है मैंने!...आपको मैं 'ब्लैकमेल' नहीं करूँगा। मैं पत्रकार हूँ, कमीना नहीं हूँ।"

"मगर आपने लिखा है..."

"अब आप मेरे पास आ गई हैं, तो कोई 'न्यूज' नहीं जाएगा। अब आपका नाम अपनी 'न्यूज-लिस्ट' से हटा दूँगा...यही चाहती हैं न आप?"

"जी हाँ!"

मछली का प्लेट खाली करने के बाद, जयदेव गोस्वामी उठकर, मैनेजर के पास चला गया। 'काउंटर' खाली था। टेबल से फोन का रिसीवर उठाकर उसने हरनाम दास ज्वेलर्स का नम्बर लगाया।

"मैं रेस्तराँ से बोल रहा हूँ। जरा अपनी गाड़ी भेज दो। तीन-चार घंटों के लिए चाहिए। तुरन्त भेज दो," जयदेव ने मोहनलाल सर्राफ से कहा।

...दस मिनट बाद एक 'फिएट'-गाड़ी रेस्तराँ के लॉन में आकर खड़ी हो जाएगी।

गाड़ी का ड्राइवर अँधेरे में, अपनी सीट पर बैठा रहेगा और सिगरेट पीता रहेगा।

जयदेव जब भी मोहनलाल की गाड़ी मँगवाता है, ड्राइवर को 'बख्शीश' जरूर देता है, कभी 'माल्ट-ह्विस्की' का अद्धा पीने के लिए दस रुपये, कभी पन्द्रह रुपये। ड्राइवर खुश हो जाता है।

अपनी टेबल पर आकर जयदेव ने फिर एक नया चेहरा अपने चेहरे पर चिपका लिया—झिल्ली की तरह! अन्दर का चेहरा गायब हो गया। जयदेव अब एक नया आदमी था, जो रूपा के कन्धे पर हाथ डालकर कह सकता था, 'तुम मजबूत लड़की जरूर हो, रूपा! लेकिन तुम्हारे पास अक्ल नहीं है।' उसने ऐसा कहा नहीं। वह मुस्कुराता हुआ कुर्सी पर बैठ गया और बोला, "गाड़ी मँगवा ली है। यहाँ से उठकर कहीं चलेंगे...!"

जयदेव ने गाड़ी मँगवा ली है। उसकी जेब में सौ-पचास रुपये भी हैं। वह 'पेट्रोल' खरीद सकता है। वह शराब, नींद, आवारगी, प्यार और ऐसी कई चीजें इतने रुपयों में और मोहनलाल की इस गाड़ी में खरीद सकता है।...जयदेव खरीदेगा।

लेकिन रूपा ने इशारे से बताया कि वह बाथरूम जाना चाहती है।

जयदेव ने कहा, "काउंटर की बगल से अन्दर चली जाओ। 'किचन' के बाद दाईं तरफ...।"

बाथरूम जाने की घबराहट में रूपा अपना पर्स साथ ले जाना भूल गई। बाथरूम जाने में आधुनिक स्त्रियाँ अपना पर्स साथ ले जाती हैं, क्योंकि, (1) पर्स में कई 'अश्लील' वस्तुएँ होती हैं—पट्टियाँ, 'बैंडेज', 'लोशन', 'टेबलेट', जिनकी जरूरत बाथरूम में पड़ सकती है...'पफ' मारने के लिए छोटा-सा शीशा और पाउडर...'क्रीम', 'वैसलिन', 'लिपस्टिक' और (2) औरत बाथरूम में हो और पर्स टेबल पर छूट जाए, तो साथ का आदमी पर्स खोलकर अन्दर के सामान की जाँच कर सकता है।

पहली बात नहीं हुई, क्योंकि 'गोलघर'-रेस्तराँ बाथरूम में साबुन, तौलिया, शीशा, कंघी सभी कुछ था। लेकिन दूसरी बात हो गई।

रूपा के जाते ही जयदेव गोस्वामी ने पर्स अपनी तरफ खींच लिया और 'जिप' खोलकर अन्दर झाँकने लगा।

रूपा के आ जाने के बाद पास की टेबल पर बैठी हुई दोनों लड़कियों ने

इतिहास की विभागाध्यक्षा के बारे में बातें करना बन्द कर दिया था और अब वे फुसफुसाहट और इशारों की संकेत-भाषा में रूपा और जयदेव के बारे में बातें कर रही थीं।

"यह औरत रेडियो में काम करती है...मैंने कई बार रेडियो नाटकों में इसकी आवाज सुनी है।"

"मैंने भी सुनी है।...आवाज पहचानती हूँ!"

"क्या नाम है?"

"पता नहीं!"

"...!"

"किस्मत-किस्मत की बात है!"

"क्या बात?"

"इतनी काली-बदसूरत होकर यह औरत रेडियो-आर्टिस्ट हो गई!...और हम लोग कॉलेज की चारदीवारी में अपनी उम्र लुटा रही हैं!"

"तुम तो कविता बोल रही हो, मीरा! नाम ही 'मीरा' है, तो मीराबाई का कोई गुण..."

"मैं झूठ नहीं कहती। हम लोगों से सुन्दर है यह औरत?"

"सुन्दर आवाज की जरूरत होती है, सुन्दर चेहरे की नहीं!"

"...!"

"तुम्हें नाटक-वाटक करने का इतना शौक है, तो तुम फिल्म में क्यों नहीं चली जातीं!"

"हाय, कुमुद रानी! यही तो अफसोस है।...क्या करें, कोई ले जानेवाला ही नहीं मिलता!"

"मिलेगा, बहन! सब्र से काम लोगी, तो क्या नहीं मिलेगा! इतना सलोना मुखड़ा...ये आँखें...ये रूप, ये रंग-ढंग–हाय, हाय, मिलेगा जरूर तुम्हारा कृष्ण-कन्हैया! घबराओ मत, बहन!"

दोनों सखियाँ 'रासलीला' की गोपियों की 'स्टाइल' में, जैसे अपने कृष्ण-कन्हैया की चोरी पकड़कर, हँसने लगीं।

जयदेव को लगा कि सखियाँ उसे रूपा का पर्स खोलते देखकर हँस रही हैं, फिर भी वह शरमाया नहीं। दूसरों का, चाहे वह दूसरा व्यक्ति औरत ही क्यों न हो, पर्स खोलने में जयदेव को जरा भी शर्म नहीं आती है; बल्कि कभी-कभी तो किसी परिचित स्त्री के हाथ में खूबसूरत, 'आर्टिस्टिक' आकर्षक पर्स देखकर वह बेशर्म हो जाता है और सरेआम 'पब्लिक' के सामने पर्स खोलने लगता है।

8

जयदेव चोर नहीं है। वह पर्स से कोई चीज चोरी नहीं करता, सिर्फ पर्स के अन्दर झाँकता-टटोलता रहता है। उसे लगता है, पर्स के अन्दर एटम बम, एनसाइक्लोपीडिया ब्रिटैनिका, 'सैबेर-जेट' हवाई जहाज, टेलीफोन-डाइरेक्टरी, रिजर्व-बैंक की नई बिल्डिंग, बिल्डिंग में भरे हुए हजारों-हजार हाथियों और ह्वेल मछलियों की सड़ती हुई लाशें... और, ऐसी ही विराटकाय-इतिहासकाय वस्तुएँ!

'पिरामिड' की शक्ल में बने हुए, रूपा के पर्स को नजदीक से अपने हाथों में देखकर जयदेव गोस्वामी को लगा कि इसके अन्दर कतारों में 'ममी' मूरतें रखी गई हैं और मूरत की शक्ल रूपा की शक्ल है। इसीलिए उसने 'जिप' खींचकर उस पर्स का मुँह घड़ियाल की तरह खोल दिया।

रूपा अवस्थी के पर्स में निम्नलिखित वस्तुएँ पाई गईं :

1. नेल-कटर, नेल-क्लीनर, नेल-ब्रश और नेल-पॉलिश,
2. लॉउण्ड्री की रसीद,
3. मनीबैग,
4. मनीबैग में तेरह रुपये सात आने और रूपा की एक पासपोर्ट तस्वीर,
5. 'डेट' कम्पनी की खूबसूरत छोटी-सी डायरी,
6. एक अदद रूमाल,
7. आईना,
8. दो कंघियाँ,
9. एक दर्जन 'लोकल' पोस्टकार्ड,
10. 'सारिडन' की अधखाली शीशी,
11. फाउंटेनपेन,
12. ढाई इंच लम्बा चाकू,
13. तीन सन्तरे, और
14. चालीस बोरे सीमेंट की सरकारी 'परमिट'।

जयदेव गोस्वामी ने रूपा अवस्थी के पर्स से 'सारिडन' की अधखाली शीशी, ढाई इंच लम्बा चाकू, मनीबैग के तेरह रुपये सात आने, 'डेट' कम्पनी की डायरी और चालीस बोरे सीमेंट की सरकारी 'परमिट' निकालकर धीरे से अपने ट्राउजर की जेबों में खिसका ली। पर्स उसने उसी तरह बन्द करके, रूपा की तरफ सरका दिया।...

रूपा देर तक नहीं आई। लेकिन जब रूपा आई, तो पूरा रेस्तराँ खाली हो गया था। कहीं कोई नहीं है। लड़कियाँ चली गई हैं। गुलूबन्द मियाँ पैसे लेकर जयदेव के लिए पान लाने जा चुका है। शाम के सूरज की रोशनी में चमक रहा है 'गोलघर' का गुम्बद...!

9

दिल्ली की ऊँची कुतुबमीनार नीलेपन को चीरती हुई ऊपर चली गई है।...अजन्ता की लम्बी गुफाओं में देवी-देवताओं और नर्तकियों की तस्वीरें रची गई हैं।...चालीस हजार हथियारबन्द सिपाहियों के रहने के लिए छावनी और तोपें, मशीनगन, टैंक और दुकानें, मकान-के-मकान कलकत्ता के फोर्ट-विलियम की सुरंग-घाटी में छिपाए गए हैं...पटना शहर के 'गोलघर' गुम्बद में अंग्रेज सरकार चावल और गेहूँ के बोरों का अम्बार छिपाकर रखती थी।

जयदेव गोस्वामी और कुछ न सही, एक पत्रकार जरूर है...वह 'गोलघर' के चमकते हुए गुम्बद की ओर देखकर मुस्कुराने लगा।

रूपा उसकी हँसी समझ नहीं पाई।

जयदेव ने कहा, "एक बार ब्रिटिश-गवर्नमेंट ने बिहार और बंगाल का सारा चावल खरीदकर, जनसाधारण को आनेवाले अकाल से बचाने के लिए इस अनाज को गोदाम में भर दिया था।"

लेकिन रूपा समझ नहीं पाई कि इसमें हँसने की क्या बात है! लेकिन जयदेव से पूछने की उसे हिम्मत नहीं हुई; बल्कि जयदेव का साथ देने के लिए वह खुद भी 'गोलघर' की ओर देखकर मुस्कुराने लगी।

"उसी साल पटना की गंगा नदी में बाढ़ आई। ऐसी बाढ़ न पहले कभी आई थी, न कभी बाद में आई। अन्दर-ही-अन्दर आधा गोलघर पानी में डूब गया। चावल-गेहूँ के बोरों का अम्बार अन्दर-ही-अन्दर भीगता रहा। बाहर पुलिस पहरा देती रही। किसी ने गोदाम खोलकर अनाज की हालत देखने की कोशिश नहीं की। अनाज अन्दर-ही-अन्दर सड़ता रहा," जयदेव ने गम्भीर होकर कहा, फिर वह चुप हो गया।

उसने रूपा को बताया नहीं कि उसी साल, 1943 में बंगाल में भयानक अकाल पड़ा और ब्रिटिश-गवर्नमेंट ने 'गोलघर' का सड़ा हुआ चावल जन-साधारण को खिला-खिलाकर, अनाहार के साथ-साथ, हैजा-महामारी और ऐसी ही कई बीमारियों का शिकार बना दिया और इस प्रकार, देश की जनसंख्या कम करने में, इस स्तूपाकार 'गोलघर' ने भी अपनी क्षमता के अनुसार उचित सहयोग किया है।...जयदेव ने यह सब बताया नहीं। वह चुप हो गया। वह चुप होकर रूपा की तरफ देखने लगा।

रूपा ताजा और हलकी होकर आई थी। उसने ताजा और हलके स्वर में जयदेव से पूछा, "मुझे कहाँ जाना होगा?...मुझे एक जरूरी काम है।"

"जयभारत फिल्म-कम्पनी का मालिक आया है क्या? उसी के पास जाना है।" जयदेव ने इस सवाल पर थोड़ा-सा सख्त होते हुए कहा।

रूपा ढीली पड़ गई। वह इतने साफ-सुथरे जवाब की आशा नहीं करती थी।

"नहीं, उसके यहाँ नहीं जाऊँगी। आप नहीं चाहते हैं, तो नहीं जा सकूँगी।"

"फिर कहाँ जाना है?"

"ललित-स्टूडियो।"

"क्यों?"

"कुछ तस्वीरें बनने दी हैं...वही लूँगी।"

"फिर, ऐसा करो...अपनी गाड़ी है। साथ चलेंगे।...तुम रास्ते में ललित-स्टूडियो से तस्वीरें ले लोगी।...मगर तुम्हें मेरे साथ चलना है...जाना ही होगा तुम्हें।"

"चलूँगी। मगर कहाँ?"

"मेरे घर!"

"आपके घर?"

"जी हाँ।"

10

गुलूबन्द मियाँ 'स्टेनलेस' की तश्तरी में पान और जर्दा-सुपारी दे गया। रूपा झुकी हुई निगाहों से जयदेव गोस्वामी को देखती रही। यह आदमी किस तरह पान की गिलौरी उठाता है, किस तरह सँभालकर उसे अपने बाएँ गाल के अन्दर दबाता है...।

जयदेव ने बड़े इत्मीनान के साथ अपने बुश्शर्ट की जेब से दस रुपये का एक नोट निकाला और तश्तरी में डाल दिया। पैसे वापस आने पर रेजगारी उसने नहीं उठाया, सिर्फ पाँच का एक नोट अपनी जेब में रख लिया, फिर उसने गुलूबन्द मियाँ से कहा, "मैं दस बजे के बाद आऊँगा। मेरी टेबल रिजर्व रखोगे..."

मोहनलाल सर्राफ की गाड़ी, जिसमें पिछली सीट पर रूपा और जयदेव बैठे हुए थे और जिसकी पिछली सीट के धुँधलके में रूपा बहुत बड़ी औरत हो गई थी और जयदेव बहुत छोटा–अँगूठे से थोड़ा-सा बड़ा, कुल छः-सात इंच लम्बा आदमी, 'ललित स्टूडियो' के सामने फुटपाथ के किनारे रुक गई।

रूपा ने दरवाजा खोलते हुए कहा, "आप यहीं बैठिए, मैं दो मिनट में आ जाऊँगी। आप रुकिए।"

11

जब जयदेव, रूपा के चले जाने के बाद, गाड़ी में बैठा हुआ चुपचाप और कई बातें एक साथ सोचता हुआ रूपा का इन्तजार कर रहा था, तो उसे लगा कि वह गलत चौराहे पर आ गया है। यहाँ उसे आना नहीं था। उसे 'गोलघर'-रेस्तराँ से गाड़ी निकालकर सीधे वृंदावन-गली का रास्ता लेना चाहिए था। रूपा तेज लड़की है। नहीं होती, तो अकेली नहीं आ सकती थी। तेज है और मामले की बारीकियाँ समझती है।

...वक्त काटने के लिये, उसने 'डेट'-कम्पनी की डायरी निकाली। ड्राइवर ने पिछली सीट की रोशनी जला दी।...इक्कीस अक्तूबर से तीस अक्तूबर तक डायरी इस तरह लिखी गई है :

22 अक्तूबर, 1965 : बापू जी कल सारी रात घर नहीं लौटे। पी.एन. ने आज मुझसे कहा, 'शीतलबाबू चाहें तो तुमको सीमेंट की परमिट दिलवा सकते हैं।' पी.एन. ठीक कहता है।...गगन आज भी आया था। उसका तीन सौ रुपये हमारे यहाँ बाकी है।

24 अक्तूबर : हम शीतल बाबू के साथ कल शाम को बिहटा-डाकबँगला गए थे। उनके एक रिश्तेदार से मिलने के लिए।

21 अक्तूबर : अगले महीने पहली तारीख तक तीन सौ रुपये चाहिए। राशन : 45 रुपये। सेठ जी का बाकी : 120 रुपये। धोबी : 5 रुपये। सब्जीवाला : 25 रुपये, दो साड़ियाँ खरीदूँगी : 40 रुपये। मेकअप के सामान : 25 रुपये। रिक्शा-भाड़ा : 15 रुपये, ग्वाला : 15 रुपये। नौकरानी : 10 रुपये...

25 अक्तूबर : कल रात नीचेवाली 'मिड-वाइफ' मिसेज डी. सिंह के यहाँ एक साथ दो बहनें आई थीं, दोनों सगी बहनें।...दोनों का 'ऑपरेशन' होगा। होना ही चाहिए। जो आदमी सँभल के नहीं चलेगा गड्ढे में गिरेगा।

30 अक्तूबर : कल चार बजे शाम को जयदेव गोस्वामी के पास जाना होगा। जाऊँगी। वह आदमी नहीं है, कुत्ता है—पुष्पा दीदी कह रही थीं।

30 अक्तूबर की रात में लिखी गई डायरी पढ़कर जयदेव ने डायरी बन्द करके अपनी जेब में रख ली, फिर उसने माचिस की एक तीली निकाली और दाँत खोदने लगा। जब भी वह अपमानित होता है, वह तीली निकालकर दाँत खोदने लगता है।...यह बीमारी है उसे। एक-एक मसूढ़े में तीली घुमाकर वह काफी देर तक अपने दाँतों से पान और सुपारी के टुकड़े निकालता रहता है—काफी देर-देर तक! मसूढ़ों से कीचड़ और काई की परतों को साफ करता हुआ वह सोचता रहता है।

वह रूपा अवस्थी की बातें सोचता रहा। यह लड़की पहली बार के इस परिचय में इतनी खुल क्यों गई है? जयदेव के घर जाने में उसे कोई एतराज क्यों नहीं है? पी.एन. दोस्त ने बताया है, रूपा अच्छी लड़की है। साथ देती है। साथ देना जानती है। लेकिन वह 'ललित-स्टूडियो' क्यों गई है? लगता है, हंसराज भाटिया ने उसका पीछा नहीं छोड़ा है। खुद रूपा अवस्थी का चस्का नहीं छूटा है, अब तक!

जयदेव गोस्वामी ने दाँत खोदना बन्द कर दिया और ड्राइवर से बोला, "सामने दुकान से जाकर सिगरेट ले आओ।"

ड्राइवर अपनी सीट से नीचे उतरा और पान की दुकान पर चला गया।...

जयदेव ने महसूस किया, 'ललित-स्टूडियो' के अन्दर लम्बे काउंटर पर खड़े लोग, पीछे घूमकर उसी की ओर देख रहे थे। स्टूडियो का मालिक, हंसराज भाटिया;

पटना-विश्वविद्यालय का छात्र गगन बिहारी दास, रंगमंच-निर्देशक जयगणेश प्रसाद और बैरिस्टर रहमान!—जयदेव इनमें एक-एक आदमी को पहचानता है...।

12

रूपा स्टूडियो के अन्दर गई, तो ये सारे लोग उसी का इन्तजार कर रहे थे। उसने हकलाते हुए कहा, "क्या करूँ...मुझे आने में...बहुत-बहुत देर हो गई।"

हंसराज का छोटा भाई वंशराज स्त्री-ग्राहकों के एक झुंड से उलझा हुआ था। हंसराज स्वयं काउंटर के अन्दर था, लेकिन वह ग्राहकों से नहीं, इन्हीं दोस्तों से बातचीत कर रहा था। शायद, रूपा के बारे में...। हंसराज ने पूछा, "आज कोई रिहर्सल थी?"

"नहीं, रिहर्सल नहीं थी...नाटक ही था," बहुत धीमी आवाज में यह कहते हुए रूपा ने बाहर की ओर इशारा किया।

हंसराज ने देखा—सामने फुटपाथ के किनारे जयदेव गोस्वामी गाड़ी में बैठा हुआ कोई किताब पढ़ रहा है।...

"तुम जयदेव की गाड़ी में आई हो?" हंसराज भाटिया चौंक पड़ा, जैसे उसने दिन-दोपहर में ही भूत देख लिया हो!...

बैरिस्टर रहमान ने बाहर झाँककर देखा—वहाँ, वही है! 'मगध-समाचार' का सम्पादक- प्रकाशक-मुद्रक जयदेव गोस्वामी!

जयदेव गोस्वामी का हुलिया :

उम्र	:	36 से 40 के बीच, कहीं भी।
कद	:	छोटा-सा आदमी, छः-सात इंच से बड़ा नहीं दिखता है।
रंग	:	गेहूँ के रंग का।
मूँछें	:	नहीं हैं।
दाढ़ी	:	ठुड्डी के पास आठ-दस बाल एक साथ, एक जगह पक गए हैं, फिर भी वह रोज 'शेव' नहीं करता है।
जख्म के निशान	:	पीठ पर दाईं ओर भाले-बर्छे की चोट का लम्बा दाग। ऐसा ही दाग दाएँ पाँव में घुटने पर है।
परिवार	:	पत्नी; दो बच्चे, एक लड़की और एक लड़का। छोटा भाई, बी.ए. का विद्यार्थी, साथ ही रहता है।
जन्म-स्थान	:	कमलपुर, जिला गया।
जाति	:	हिन्दू, ब्राह्मण (महापात्र)
शिक्षा	:	एम.ए. की परीक्षा नहीं दी। जर्नलिज्म में डिप्लोमा।
सम्पर्क-सूत्र	:	देशभर के ब्राह्मण-नेताओं और मंत्रियों से हेल-मेल।

रोग	:	'डाइबिटीज' और 'अधकपारी'।
अभिन्न मित्र	:	कोई नहीं।
वजन	:	एक मन, बयालिस सेर। सर्दियों में दो सेर वजन बढ़ जाता है।
जीवन-बीमा	:	नहीं है।
कर्ज	:	दस्तावेज बनाकर कुल ग्यारह हजार रुपये कर्ज लिये हैं। बिना दस्तावेज बनाए जिसका जो लिया, उसका हिसाब नहीं रखते हैं।
शराब का खर्च	:	चार सौ रुपये।
ऐश-पानी	:	नहीं करते।
मुकदमेबाजी	:	हर साल दो-चार केस लड़ते हैं। वकीलों से दोस्ती रखते हैं।
जेल	:	जब भी गए, राजनीतिक बन्दी होकर गए। कांग्रेसी सरकार इतनी मेहरबानी जानती है।
शत्रु-संख्या	:	गिन लेना मुश्किल काम है।
व्यक्तित्व	:	व्यक्तित्व नहीं है।

13

"तुम इस आदमी के साथ क्यों आईं? कहाँ मिल गया?...उफ!" रहमान साहब ने परेशान होते हुए पूछा।

गगन बिहारी अब तक चुप था। रूपा का चेहरा देखकर वह समझ गया था कि रूपा मुसीबत में है।...

हंसराज भाटिया काउंटर से बाहर आ गया। बोला, "चलिए, अन्दर स्टूडियो में बैठते हैं।"

रूपा एक क्षण रुकी। एक बार उसने जयदेव की तरफ देखा, फिर बगल के दरवाजे से अन्दर चली गई।

'डार्करूम' और स्टूडियो के बीच में एक छोटा-सा कमरा है—कार्डबोर्ड का पार्टीशन डालकर बनाया गया कमरा। भाटिया के अपने दोस्त लोग इसी कमरे में बैठते हैं।

डॉक्टर रहमान	:	"रूपा, तुम क्यों आईं, इस आदमी के साथ?"
गगन	:	"जयदेव ने तुम्हारे खिलाफ 'न्यूज' छापा है न?"
रूपा	:	"यही तो मैं कहना चाहती हूँ। उसने 'न्यूज' छापा है..."
भाटिया	:	"अजीब बात है!"

रहमान : "अजीबो-गरीब!"

रूपा : "मैं तीन बजे से उसके पास हूँ। मुझे अपने गोलघर-रेस्तराँ में बुलाया था।...मैं क्या करती...चली गई।"

भाटिया : "यह आदमी तुम्हें ब्लैकमेल करेगा, देख लेना तुम!"

रूपा : "सो तो कर ही रहा है..."

गगन : "क्या मतलब?"

रहमान : "उसको जयभारत-कम्पनीवाली सारी बात मालूम है?"

रूपा : "मालूम है। कुछ फोटोग्राफ भी उसके पास हैं...वह जो चाहे कर सकता है। चाहे तो मेरी नौकरी छुड़वा देगा, चाहे तो मुझे कहीं मुँह दिखाने लायक नहीं रखेगा।.. .जो उसकी मर्जी होगी!"

भाटिया : "अजीब बात है!"

रहमान : "अजीबो-गरीब!"

गगन : "उफ!"

रूपा : "मैं क्या करूँ?"

गगन : "कुछ नहीं।"

रहमान : "कुछ नहीं?"

भाटिया : "कुछ नहीं!"

जयगणेश : "मैं उसे कह आऊँ!"

रूपा : "क्या कहोगे?"

जयगणेश : "यही कि वह चला जाए। यही कि तुम उसके साथ नहीं जाओगी, और क्या?"

भाटिया : "बेहतर हो..."

रहमान : "क्या?"

'क्या' कहने के लिए बैरिस्टर रहमान ने मुँह खोला ही था कि जयदेव कमरे का पर्दा सरकाकर अन्दर चला आया।

कुर्सियों पर बैठे हुए सारे लोग उठ खड़े हुए। बैठी ही रह गई रूपा। उससे उठा नहीं गया। उसके पाँव जम गए हैं। वह हिल भी नहीं सकती।...

मगर जयदेव कमरे में खड़े और किसी आदमी को नहीं, सिर्फ एक रूपा को देख रहा था। रहमान, भाटिया, गगन, जयगणेश सभी चुप हैं और समझ नहीं पा रहे हैं कि अब क्या होगा।

जयदेव ने किसी को नमस्ते नहीं की, किसी को नमस्ते का जवाब नहीं दिया, मगर उसने धीमी और मजबूत आवाज में रूपा से कहा, "काम हो गया तुम्हारा? चलो, देर हो रही है।...तुमने अपनी तस्वीरें ले लीं? चलो अब। लेट अस गो।"

रूपा उठकर खड़ी हो गई।

रूपा ने अपना पर्स खोला। भाटिया से बोली, "एक गिलास पानी मँगवा दीजिए।" और, वह 'सारिडन' की टिकिया निकालने लगी।

भाटिया पानी लाने चला गया। वह इस कमरे से बाहर भागना भी चाहता था।...

रूपा ने देखा...उसने महसूस किया कि मनीबैग में रुपये नहीं हैं, डायरी भी नहीं है, चालीस बोरे सीमेंट का परमिट भी गायब है।

जयदेव समझ गया। उसने पर्स के अन्दर रुका हुआ रूपा का दायाँ हाथ देखा और समझ लिया। समझकर उसने उसी तरह मोटी और ताकतवर आवाज में कहा, "मुझे देर हो रही है।"

रूपा ने नफरत और गुस्से से भरी निगाहें ऊपर उठाकर उसका शान्त, कठिन चेहरा देखा।

स्त्रियाँ निर्णय लेने में जरा भी देर नहीं करती हैं। रूपा ने 'सारिडन' की टिकिया अपने पर्स में वापस रख ली और पर्स बन्द करते हुए जयदेव से कहा, "चलिए!"

14

रूपा गाड़ी में आकर एक कोने में सिकुड़ गई।

जयदेव ने ड्राइवर से कहा, "अब मेरे घर चलो!"

कुछ देर के बाद, जब मोहनलाल की 'फिएट' कार गांधी मैदान पार करके मुरादपुर में आ गई, उसने रूपा से कहा, "मेरे पास अपना कोई घर नहीं है, वैसे घर तुम्हारा भी कहीं नहीं है! हम सभी लोग बेघर-बार हैं!"

रूपा हँसने लगी।

[नई धारा, दिसम्बर, 1965]

फुटपाथ से फुटपाथ

रूम का पर्दा हटाकर बोनी कमरे में घुसी तो बजरंग खिड़की के पास खड़ा, नीचे की भीड़ देख रहा था। मिसेज बजरंग 'इलस्ट्रेटेड वीकली' के किसी पुराने अंक में नवविवाहित दम्पतियों की तस्वीरों से दिल बहला रही थी और बनवारी लाल तिपाई पर चढ़कर रैक पर रखे विज्ञापनों के ब्लॉकों में से कोई ब्लॉक ढूँढ़ रहा था।

"कितनी धूल जमी है, उफ!...अखबार का दफ्तर जैसे कबाड़ीखाना...बजरंग, टी-बोर्ड वाला ब्लॉक नहीं मिल रहा है। कहाँ घुसा दिया है, पता नहीं!" बनवारी लाल मिसेज बजरंग की ओर देखते हुए झुँझलाया, जैसे घुसानेवाली क्रिया से उसका, यानी मिसेज बजरंग का कोई प्रत्यक्ष-अप्रत्यक्ष सम्बन्ध हो। उसने शरमाने का उपक्रम किया। काजल में बँधी हुई अपनी मादक आँखों की पलकों को ऊपर उठाकर बोनी को देखा, हलके से 'हलो बोनी' कहा और विज्ञापनों में डूब गया।

बोनी ने अपना ब्रीफकेस टेबल पर पटका और कुर्सी पर बैठकर हाँफने लगी। तह किए हुए धुले रूमाल से पसीना सुखाने लगी। पीठ पर पसीने से चिपकी हुई ब्लाउज की गर्दन पकड़कर सीलिंग फैन की हवा अन्दर लेने की चेष्टा की। पाँच-पाँच मंजिलों की सीढ़ियाँ चढ़ आना आसान काम नहीं है। पसीना सूख जाए, मगर पाउडर की तह चूर नहीं हो, चेहरे पर इस तरह रूमाल चलाना आसान काम नहीं है। दोनों काम मगर, बोनी को दिन में दस दफा करने पड़ते हैं।

"इस पेज पर मैंने आज एक भी सुन्दर जोड़ी नहीं देखी है। हसबैंड खूबसूरत होता है तो बीवी के मुखड़े पर नाक ही नहीं होती है। नाक होती है तो सीना फ्लैट होता है और बदकिस्मती से वाइफ मजेदार होती है, तो पति देवता की शक्ल पूरी-पूरी कोशिश करती है कि डार्विन की थ्योरी सच हो जाए...क्यों बोनी, तू अपनी और विजय सिंह की तस्वीर क्यों नहीं भेज देती है? क्या हुआ, चार-पाँच महीने ही तो शादी के हुए हैं. ..भेज दे न!" मिसेज बजरंग ने पूछा।

"अभी नहीं, डाइवोर्स करूँगी, उसके बाद भेजूँगी...शादी की न सही, तलाक की तस्वीर...बात एक ही है। क्यों, बनवारी साहब?" बोनी ने बनवारी लाल की आँखों में देखा।

उसकी आँखें टी-बोर्ड के ब्लॉक में व्यस्त थीं। उसने उत्तर नहीं दिया।

तब बोनी ने बजरंग से पूछा, ''एडिटर साहब, सिंह आया था?''

बोनी के सवाल पर बजरंग 'एबाउट टर्न' हो गया। बोला, ''क्यों? विजय सिंह आज भी घर नहीं लौटा?''

''लौट आता तो मैं तुमसे पूछती क्यों? आज तेरहवाँ दिन है, मैंने उसका चेहरा नहीं देखा है। उस दिन टैक्सी पर उसके दोस्त उसे घर पहुँचा गए थे। पीकर बेहोश था। कपड़े और जूते पहने ही सो गया। खाना तक नहीं खाया। सुबह कुत्ते को खाना डालना पड़ा। सुबह सिंह की नींद खुली, तो नहा-धोकर तैयार हुआ। बोला, 'तुम कपड़े बदलकर तैयार रहो, मैं टैक्सी लेकर आता हूँ। संडे है, न्यू एम्पायर में थिएटर देखने चलते हैं' और एडिटर, उसको गए आज तेरह दिन हो गए हैं, मैं सुबह आठ से दो बजे दिन तक कपड़े पहने, सजी-धजी बैठी रही कि मेरे पति देवता टैक्सी लेकर आ रहे हैं, हम लोग थिएटर जाएँगे, कैती में बैठकर खाना खाएँगे, शाम को विक्टोरिया में घूमेंगे, हँसेंगे, बातें करेंगे, प्यार की बातें करेंगे...''

''विजय तुम्हें प्यार करता है! मैं जानता हूँ, विजय तुम्हें प्यार करता है। जब तुम पहली बार मेरे दफ्तर में मिसेज बजरंग से मिलने आई थीं और बोली थीं कि तुम्हें कोई भी, किसी तरह की भी नौकरी चाहिए और तुम्हारी ब्लाउज बाँह के नीचे फटी हुई थी जिसे तुम छिपाने की कोशिश करती थीं और मैं और बनवारी मुस्कुराते थे! (बजरंग ने एक खाली कुर्सी पर बायाँ पाँव डाल दिया था और बीच-बीच में रुककर सिगरेट के कश खींचता जाता था) तो विजय सिंह यहीं था, इसी कुर्सी पर बैठा था। तुम्हारे जाते ही उसने कहा था—'मिसेज बजरंग, मैं इस लड़की से शादी करूँगा, आप इसे कैसे जानती हैं? क्या नाम है? कहाँ रहती है?' 'लव एट फर्स्ट साइट' इसे ही कहते हैं...''

बोनी का पसीना सूख चुका था। वह बजरंग कुमार मिश्र, एडिटर-प्रोपराइटर, 'प्रेमवाणी' हिन्दी मासिक-पत्र की बातें सुन रही थी। मगर 'लव एट फर्स्ट साइट' वाली बात उसे बर्दाश्त नहीं हुई। बोली, "लव नहीं, घोड़े का अंडा! विजय सिंह को 'लव' की स्पेलिंग तक मालूम नहीं है।"

'घोड़े का अंडा' बँगला भाषा का चालू मुहावरा है। 'घोड़ा डीम'। मुहावरे का हिन्दी अनुवाद सुनकर मिसेज बजरंग को हँसी आ गई।

मिसेज बजरंग बंगाली भद्र महिला हैं। पहले बजरंग की पत्रिका के लिए विज्ञापन लाने का काम करती थी। बाद में बजरंग कुमार मिश्र ने देखा, बसन्ती को प्रति विज्ञापन चालीस प्रतिशत कमीशन देना उचित नहीं है, तो उसने बसन्ती को मिसेज बजरंग बना लिया। अब मिसेज बजरंग जरूरत से ज्यादा मोटी हो गई है। आधे दर्जन बच्चे हैं; शामबाजार में किराए के दो कमरे हैं और कॉलेज स्ट्रीट में दफ्तर का यह कमरा है, आर्ट पेपर पर मासिक पत्र छपता है। फिल्मी अभिनेत्रियों के जीवन-चरित्र और बड़ी-बड़ी कम्पनियों के बड़े-बड़े डायरेक्टरों की तस्वीरें और मिनिस्टरों के लेख छपते हैं। कभी-कभी साहित्य और कला पर भी एकाध लेख छप जाता है। धन्धा बुरा नहीं है; जिन्दगी शान्त

भाव से बीती जा रही है। कभी बजरंग किसी बूढ़ी लड़की के साथ बार-हाउसों में शराब पी आता है। कभी बसन्ती किसी जवान बूढ़े के साथ किसी होटल में शाम काट लेती है। दोनों को दोनों से कोई शिकायत नहीं है। शादी के पहले थी, अब नहीं है। शिकायत क्यों हो? बच्चे खूबसूरत और आज्ञाकारी हैं, गोदरेज की अलमारी में गहने-कपड़े रखे जाते हैं, पति-पत्नी दोनों के अलग-अलग एकाउंट हैं, अलग-अलग दोस्त हैं। बजरंग की विधवा बहन साथ रहती है, तो बसन्ती की विधवा मौसी भी साथ रहती है। किसी को किसी से कोई शिकायत नहीं है। शिकायत करने का अवसर नहीं है, बजरंग जानता है। शिकायत करने की फुर्सत नहीं है, मिसेज बजरंग को पता है।

'घोड़ा डीम' बँगला भाषा का मुहावरा है। प्रेम के लिए घोड़े के अंडे की उपमा सुनकर मिसेज बजरंग हँसने लगी। दरवाजे के बाहर, बगल के दफ्तर, 'विवाह-बन्धन कार्यालय' की दाई से बात करते हुए अपने बेयरे रामरतन को पुकारकर बोली, "नीचे चाय के लिए बोल आओ, रामरतन!"

रामरतन ने खस के पर्दे में सिर घुसाया, चार आदमी हैं। चाय का ऑर्डर देने नीचे के मद्रासी होटल में चला गया।

लिफ्ट नहीं है। पाँचवीं मंजिल तक पहुँचते-पहुँचते चाय ठंडी हो जाती है। मगर, उपाय नहीं है। मिसेज बजरंग चाय के बिना जी भर भी नहीं रह सकती है। बजरंग का भी यही हाल है।

बनवारी लाल बजरंग का पार्टनर है। विज्ञापन के बाजार का नामी-गिरामी आदमी है। किसी भी पब्लिसिटी एजेंसी के दफ्तर में पहुँचता है, तो बेयरे पहले ही समझ जाते हैं, बड़े साहब चाय मँगाएँगे। चाय, गोल्डफ्लेक सिगरेट! बनवारी लाल गोल्डफ्लेक सिगरेट पीता है और हर शुक्रवार को रेसकोर्स जाता है। गोल्डफ्लेक और रेसकोर्स में कोई सम्बन्ध नहीं है, मगर बनवारी लाल के किसी भी दो काम में कोई सम्बन्ध नहीं है। उम्र पचास से ऊपर हो चुकी है, सिर का आधे से ज्यादा हिस्सा चाँद बन चुका है तथा मुँह में एक भी असली दाँत नहीं है, मगर अभी भी अविवाहित है और लोग पूछते हैं तो कहता है, दूध पीता हूँ, बकरी नहीं पालता।

मगर बसन्ती पूछती है तो कहता है, 'तुम बजरंग को डाइवोर्स करोगी तब सोचूँगा।' बसन्ती बार-बार पूछती है, बनवारी लाल बार-बार यही उत्तर देता है। तब हारकर बसन्ती कहती है, 'तलाक की क्या जरूरत है, तुम दोनों तो हर बात में पार्टनर हो!' मगर बनवारी लाल कभी किसी दिन भी मिसेज बजरंग के साथ किसी होटल में नहीं गया है। कहता है, 'मैं नियम-पाबन्दी वाला आदमी हूँ!'

इसीलिए बनवारी लाल ने कहा, "विजय सिंह तुम्हें वाकई प्यार करता है, बोनी! तुमसे मिलने के पहले उसने कभी किसी औरत पर आँख भी नहीं उठाई थी। ड्रिंक करता था, मेरे साथ रेसकोर्स जाता था, फ्लश-रम्मी के अड्डों पर बैठता था, ज्यादा पी लेता था तो मिसेज मेकलॉर्ड के यहाँ की चाइनीज लड़कियों को तमाचे भी लगा देता था, मगर

इससे ज्यादा नहीं, कभी नहीं। बस, तमाचे तक ही। लड़कियाँ कहती थीं, मिस्टर सिंह मर्द नहीं, औरत है। मिस्टर सिंह कहता था, तुम लोग औरत नहीं हो, गन्दे बिस्तरे की और भी गन्दी चादर हो और जब तुम यहाँ आईं तो उसे उसकी औरत मिल गई। तुमने उसकी बीवी होकर भी उसे पहचाना नहीं।'' एक साँस में इतनी बात बोलने से वह थक गया। चुप हो गया।

मगर बोनी ने उसकी बात सुनी ही नहीं। वह सोच रही थी, वह इस वक्त कहाँ होगा? क्या कर रहा होगा? कहीं पुलिस तो नहीं ले गई...एक्सीडेंट तो नहीं हो गया. ..किसी दूसरी औरत के साथ...?

''जानते हो एडिटर, मुझे क्या लगता है?'' बोनी ने बजरंग से कहा, ''मुझे लगता है, वह अपने देश वापस चला गया है। अपने देश...देहरादून के आसपास का कोई गाँव! काश, मुझे पता होता, उसके गाँव का नाम क्या है...''

''नहीं, विजय ऐसा नहीं कर सकता। उसे गाँव जाना होता, तो तुम्हें बताकर जाता। तुम्हें नहीं तो मुझे कहता। मुझे भी नहीं कहता, मगर बसन्ती को कहे बगैर वह शहर नहीं छोड़ सकता है,'' बजरंग ने उसे सान्त्वना देनी चाही।

वह जानता है, बोनी दुख में है। आर्थिक दुख में नहीं, मानसिक पीड़ा में। यह पीड़ा उसकी जानी-पहचानी है। एक बार बसन्ती फिल्म-एक्ट्रेस होने के लिए बम्बई चली गई थी।

''वह कुछ भी कर सकता है। कुछ भी कर सकता है,'' बोनी तो जैसे रोने लगी, ''काश, मैं उसके गाँव का नाम जानती होती! कितनी बुद्धू हूँ मैं! कभी उससे पूछा नहीं। कुछ भी नहीं पूछा। गाँव का नाम क्या है, परिवार में कौन-कौन है, माँ-बाप क्या करते हैं—कुछ नहीं पूछा। जानते हो एडिटर साहब, मुझे लगता है, उसके गाँव में उसकी पहली बीवी है। वह उसी पहाड़िन के पास चला गया है। अब नहीं आएगा, कभी नहीं आएगा!''

रामरतन चाय ले आया। मिसेज बजरंग ने कतार में प्याले सजाकर चाय डालना शुरू किया।

रामरतन बोला, ''लिकर चार कप से ज्यादा है। दूध भी ज्यादा होगा। बगल के दफ्तर की मेमसाब को एक कप दे आऊँ? सुबह से उन्होंने चाय नहीं मँगवाई है।''

''बहुत उस्ताद हो गए हो, रामरतन? रिफ्यूजी कैम्प से पकड़ लाई थी, तो नीचे से ऊपर आते-आते यह कमरा भी भूल जाता था तुम्हें। पूरी बिल्डिंग के लोगों से अब तुम्हारी दोस्ती हो गई है। विवाह-बन्धनवाली बुढ़िया तुम्हारी शादी कराएगी क्या? बड़ा खयाल रखते हो उसका?''

चौदह-पन्द्रह साल का लड़का मिसेज बजरंग की बात पर शरमा गया।

मेमसाब यानी श्रीमती मणिमाला देवी महीने में बीस दिन दफ्तर में चाय पीने की

हालत में नहीं रहती है। पैसे नहीं रहते हैं। ज्यादातर पचहत्तर रुपये का ग्रेड पानेवाले किरानी लोग 'विवाह-बन्धन कार्यालय' में नाम दर्ज करवाने आते हैं। नाम दर्ज करने की फीस है दस रुपया। इसके अलावा आते हैं आवारा या बदसूरत लड़कियों के पिता या मामा या भाई। लड़कियों की फीस है पन्द्रह रुपया। फीस के इन रुपयों से दफ्तर का किराया, दाई का वेतन और रोज ट्राम में बैठकर आने-जाने का खर्च भी मुश्किल से पूरा होता है।

मणिमाला देवी विधवा है। बड़ा लड़का अपने बीवी-बच्चों सहित अलग रहता है। पर्व-त्योहार के दिन ही माँ से मिलने आता है। दो कुँवारी लड़कियाँ हैं। बड़ी हिरनघाटा डेयरीफार्म के मिल्क-सेंटर में काम करती है और हर महीने पचपन रुपये दस आने घर लाती है। छोटी लड़की आर्ट-स्कूल में पढ़ती है और अपना सारा खर्च खुद ही चलाती है। कैसे चलाती है, पिछले तीन-चार वर्षों से यह पूछने का साहस माँ को नहीं हो सका है। सुबह आठ बजे नहा-धोकर निकलती है और रात में दस-ग्यारह बजे वापस आती है। बड़ी लड़की का भी हाल यही है।

यह हाल कब तक चलेगा, कैसे चलेगा, मणिमाला देवी सोचती है और विवाह-इच्छुक लड़कों का रजिस्टर पलटती रहती है। अपनी लड़कियों के लायक कोई वर नहीं मिलता। अधिकांश लड़के सुन्दर और कुलीन लड़की नहीं चाहते हैं। कई लड़कों ने तो फरमाइश के खाने में साफ लिखा है, लड़की अन्धी-बहरी भी हो तो चलेगा, मगर मुझे व्यापार शुरू करने के लिए या विलायत जाने के लिए या अपना मकान बनाने के लिए रुपये चाहिए। मणिमाला देवी सोचती है और चाय पीना चाहती है, मगर पर्स में सिर्फ ट्रामभाड़ा के पैसे होते हैं।

बहुत कोशिश करने पर भी महीने में दो-तीन शादियों से ज्यादा तय नहीं होती हैं। शादी की रजिस्ट्री हो जाने पर मणिमाला देवी को कन्या की ओर से पचीस रुपये मिलते हैं। कभी-कभी वर पक्ष भी प्रसन्न होकर दस-बीस रुपये दे देता है। मगर, कभी-कभी तो कन्या पक्ष वाले भी टल्ली मारकर निकल जाते हैं। चाय पीने की इच्छा होती है, मगर बड़ी बेटी की याद आती है, छोटी बेटी की याद आती है। अपने बड़े बेटे की याद आती है, जो पर्व-त्योहार पर ही मिलने आता है। आता भी है, तो दोनों बहनें उससे बातें नहीं करती हैं, बरामदे में फुसफुसाकर कहती हैं, 'ताश की बीबी का गुलाम!'

इसीलिए रामरतन बगल के कमरे की मेमसाब को चाय दे आता है; कहता है, 'बसन्ती दीदी ने भेजी है।'

मेमसाब बाहर बाथरूम में जाकर हाथ-मुँह धो आती है और बहुत सलीके से प्लेट-सहित कप उठाकर देर तक चाय पीती रहती है। चाय ठंडी है, फिर भी चाय है।

''हो सकता है,'' बजरंग ने कहा, ''किसी बॉर हाल में किसी से लड़ाई हो गई

हो और विजय को पकड़कर ले गए हों...''

''सिंह लड़ाई करेगा? उसमें इतनी हिम्मत है? उसने तो कभी मुझे भी हाथ नहीं लगाया...वह बार में झगड़ा कर सकेगा? वह तो किसी को गाली भी नहीं दे पाता है। मुझे भी नहीं। शराब पीकर भी नहीं,'' बोनी हँसने लगी। हँसती-हँसती बोली, ''वह तो रात में उठता था, तो अकेले बाथरूम भी नहीं जाता था। मैं साथ जाती थी...''

''ऐसी बातें मत कहो, बोनी, विजय सिंह सुनेगा तो गुस्सा करेगा। यह मत सोचो, वह चला गया है, जो कभी आएगा नहीं। मुझे लगता है, वह किसी दोस्त के यहाँ चला गया है, आराम कर रहा है। कभी-कभी ऐसा होता है, आदमी अपनी औरत से ऊब जाता है। यूँ भी ऊब जाता है। ही वांट्स ए चेंज! यहाँ तो तुम उसे किसी भी दूसरी औरत से मिलने नहीं देती थीं। मेरे साथ भी कहीं आता-जाता था तो तुम्हें शक होने लगता था। इसीलिए वह चला गया है। दो-दस दिनों में वापस आ जाएगा,'' मिसेज बजरंग ने अपने अनुभव की बात कही और बजरंग की ओर देखने लगी।

चाय पीने के बाद बनवारी लाल ब्लॉक और प्रूफ लेकर प्रेस चला गया। जाते वक्त कहता गया, ''किसी चीज की जरूरत हो, तो मुझे कहोगी, बोनी। जब तक सिंह वापस नहीं आता है, तुम हम लोगों की जिम्मेदारी हो।''

थोड़ी देर बाद बजरंग भी चला गया। मिसेज 'इलस्ट्रेटेड वीकली' के पन्ने पलटती रही। फिर बनवारी लाल के ड्राअर से गोल्डफ्लेक का टिन निकालकर बोलीं, ''लो, पिओ!''

शान्त और उदास कमरा। सीलिंग फैन की घर्र-घर्र और सिगरेट पीती हुई दो औरतें! तभी एक बहुत ही बूढ़े और बहुत ही नाटे आदमी ने दफ्तर में प्रवेश किया।

मिसेज बजरंग उसे देखते ही चीखी, ''अरे, अवध बाबू, आप? कब आए? क्या हाल है?''

''मैं कह रहा था न, उस कमीने से शादी नहीं करो? बार-बार कह रहा था न? मगर, तुम्हारी जिद थी, मैं कर भी क्या सकता था। लो, अब भुगतो!'' अवध बाबू ने बोनी की ओर चिन्तित निगाहों से देखते हुए कहा और हाथी-दाँत की मूठवाली अपनी छड़ी टेबल के सहारे रखकर बजरंग की बड़ी कुर्सी पर बैठ गए।

इस कुर्सी पर बजरंग के अलावा सिर्फ अवध बाबू बैठते हैं, क्योंकि अवध बाबू 'आल्प्स पब्लिसिटी सर्विस' के मालिक हैं और 'गीत-रंग' के हर अंक में इनका दो पेज विज्ञापन छपता है। दो पेज विज्ञापन, यानी पाँच सौ रुपया। पाँच सौ रुपया यानी अवध बाबू पर बजरंग पिता की तरह श्रद्धा रखता है। बजरंग ही नहीं, बसन्ती भी और बनवारी लाल भी और बोनी भी।

विजय सिंह से शादी करने के पहले बोनी 'आल्प्स पब्लिसिटी' में टेलीफोन-ऑपरेटर थी। बजरंग बोनी को साथ लेकर अवध बाबू के पास गया था। अवध बाबू बोनी को साथ लेकर 'मेट्रो' में फिल्म देखने गए थे। उसी दिन बोनी को नौकरी मिल गई और

बोनी अवध बाबू की पिता की तरह भक्ति करने लगी। फिर अवध बाबू बोनी को कई बार फिल्म देखने ले गए। एक दिन अपनी कार में बोनी के साथ डायमंड-हार्बर जाते हुए ड्राइवर का कान बचाकर यह भी बोले—'घर में बीवी है, बच्चे हैं, अपनी गाड़ी है, दो-दो बार अमेरिका हो आया हूँ, फिर भी जीवन में शान्ति नहीं है। साठ से ज्यादा उम्र हो चुकी है, शान्ति चाहता हूँ। बोनी, तुम मेरी बात समझ रही हो?'

बोनी समझ रही थी। अवध बाबू की दाईं बाँह बोनी की पीठ पर थी और बोनी समझ रही थी। मगर, वह बोली—'आपको स्वर्ग में ही शान्ति मिलेगी, अवध बाबू, मैं विजय सिंह से शादी करने जा रही हूँ।'

और, हफ्ते-भर बाद ही वह विजय सिंह के फ्लैट में चली आई। 'आल्प्स पब्लिसिटी' वालों ने दूसरी लड़की अपने टेलीफोन बूथ पर बिठा ली।

"क्या भुगतना पड़ेगा, अवध बाबू?" बोनी ने सतर्क होकर पूछा। अज्ञात भय से वह तन उठी। पता नहीं, क्या किया है सिंह ने! पता नहीं...!

"विजय सिंह जेल में है। दो साथियों के साथ पकड़ा गया है। पन्द्रह सेर अफीम के साथ टैक्सी में सियालदह से शाम बाजार की तरफ जा रहा था। पुलिस ने पीछा किया, बेलगछिया ब्रिज के पास पकड़ लिया गया," अवध बाबू ने बड़े ही नाटकीय ढंग से कहा, "अब? विजय सिंह जेल में है और कोई जमानत लेनेवाला भी नहीं है।"

"आपको कैसे पता चला?" जैसे बोनी को विश्वास ही नहीं हो रहा हो!

"क्यों, मैं अखबार नहीं पढ़ता हूँ? 'स्टेट्समैन' और 'अमृत बाजार' दोनों में पूरी रिपोर्ट छपी है," अवध बाबू ने उत्तर दिया।

बोनी अखबार नहीं पढ़ती है। कभी पढ़ती भी है तो यही देखने के लिए कि किस हाउस में कौन-सी पिक्चर चल रही है।

अवध बाबू बहुत शानदार सूट पहने थे। तीखे लाल रंग की जापानी टाई। दाएँ हाथ की चारों उँगलियों में सोने की नगदार अँगूठियाँ। अवध बाबू चश्मा नहीं लगाते हैं। दस्तखत करने की जरूरत होती है तभी रौब से चश्मा निकालकर आँख पर चढ़ाते हैं और दस्तखत करके फिर जेब में रख लेते हैं।

अवध बाबू मिसेज बजरंग की तरफ देखते रहे। मिसेज बजरंग बोनी की तरफ देखती रही। बोनी अपनी तरफ देखती रही।

पिता ने बड़े प्यार से नाम दिया था—वनलता। माँ कहती थी—बोनी! माँ अब कहाँ होगी? और बाबूजी? माँ मरी नहीं, बोनी ने सन्तजोन्स की बस पर बैठकर स्कूल जाना शुरू ही किया था, तभी एक दिन माँ चली गई। बाबूजी खुद उसे स्टेशन तक पहुँचाने गए। माँ फिर कभी लौटकर नहीं आई। स्टेशन पर बाबूजी से बातें कर रहा था और माँ के साथ ट्रेन में बैठकर गया, वह आदमी कौन था? माँ चली गई। बाबूजी खुद उसे स्टेशन तक पहुँचाने गए थे। इसके बाद बीमार रहने लगे। हाईकोर्ट जाना बन्द कर दिया। शराब पीने लगे।

बोनी किंडरगार्टन से सीनियर केम्ब्रिज में आई। इतने बड़े मकान में नौकरों के अलावा दो ही व्यक्ति रहते थे–बोनी और बैरिस्टर रामस्वरूप मल्लिक। बैरिस्टर साहब और बोनी की मुलाकात सिर्फ खाने की मेज पर होती थी। मुलाकात होती थी। बातें नहीं होती थीं।

एक दिन बोनी अपनी क्लास की एक लड़की के साथ कोई नाटक देखने गई थी और ग्यारह बजे रात में वापस लौटी थी। बाबूजी आठ बजे से ही खाने की मेज पर बोनी का इन्तजार कर रहे थे। बोनी पूछकर नहीं गई थी, वे कुर्सी पर बैठे थे और खाने की थाली और तश्तरियाँ सामने रखी थीं। गिलास में ह्विस्की पड़ी थी। बोनी ने पहली बार बाबूजी को शराब पीते देखा। दरवाजे के बाहर ही बूढ़ी आया ने बोनी को रोका...'बेबी अभी मत जाओ, पापा अभी गुस्से में हैं।'

मगर बोनी सामने की कुर्सी पर जाकर बैठ गई। जब बोनी ने खा लिया और अपने कमरे में जाने लगी, तो वे बोले...'वनलता, तू भी अपनी माँ की तरह बनना चाहती है?'

वनलता उस दिन नहीं समझी थी। माँ उसकी क्या थी? वह कैसे माँ की तरह बनना चाहती है? मगर एक दिन उसने अखबारों में अपनी माँ की तस्वीर देखी। नृत्य की विभिन्न मुद्राओं और वेशभूषा में कितनी ही तस्वीरें! उसकी माँ किसी नृत्य-पार्टी के साथ यूरोप से अमेरिका घूम रही थी। उसकी माँ ने अपना नाम और अपनी टाइटिल बदल ली थी। बोनी ने तय कर लिया कि उसकी माँ मर गई। माँ मरी नहीं, मगर बाबूजी मर गए। ड्राइवर और खानसामे और बेयरों के बीच मिस बोनी को बहुत डर लग रहा था। पिताजी की लाश के साथ श्मशान-घाट जाते बहुत डर लगा था। घर वापस लौटते बहुत डर लगा था। तब उसकी उम्र पन्द्रह-सोलह से ज्यादा नहीं थी।

आज उसकी उम्र दस साल ज्यादा हो गई, मगर डर कम नहीं हुआ है। सिंह जेल में है और जेल के बाहर अवध बाबू हैं, बसन्ती दीदी हैं और बनवारी लाल और एडिटर साहब हैं।

रामरतन नीचे जाकर 'अमृत बाजार' पत्रिका ले आया। अवध बाबू ने एक शब्द भी झूठ नहीं कहा है। सिंह जेल में है। सिंह और उसके दो साथी। अब...?

"मैंने अपने वकील से पता लगवाया था," अवध बाबू ने कहा, "तीस हजार से कम की जमानत नहीं होगी। सो भी सिक्योरिटी नहीं, हार्ड कैश..."

"बोनी तीस हजार रुपये कहाँ से लाएगी, अवध बाबू?" मिसेज बजरंग सहानुभूति में डूबती हुई बोली, "आप ही चाहें तो विजय सिंह बाहर आ सकता है!"

"मैं क्यों चाहूँ?" सत्तर साल के बूढ़े व्यापारी ने उत्तर दिया और उत्तर में ही एक सवाल किया। मिसेज बजरंग के जी में आया कि कह दे, जरूर कह दे कि तुम्हें इसलिए बोनी की मदद करनी होगी कि तुम सैकड़ों बार इसके साथ फिल्में देखने गए हो। विक्टोरिया मेमोरियल, लेक, डायमंड हार्बर, नाइट क्लार्क और बॉर-हाउस में...और आज

बोनी मुसीबत में है। मिसेज बजरंग कहना चाहती थी, मगर चुप लगा गई। पाँच सौ रुपया महीना देनेवाले महाजन से रिलेशंस क्यों बिगाड़ा जाए?

“आप बोनी को अपनी बेटी की तरह मानते हैं, इसलिए आप मदद कीजिए,” अन्ततः मिसेज बजरंग ने कहा।

बूढ़ा आदमी समझ गया कि उसके कहने का मतलब क्या है। समझ गया और मुस्कुराया। मुस्कुराया और बोला, “क्यों बोनी, जमानत करवा दूँ? चलो, वकील के यहाँ चलते हैं।”

“मैं सिंह की जमानत नहीं चाहती, अफीम की स्मगलिंग करता है, तो जेल में पड़ा रहे। मुझे क्या है? फिर कहीं-न-कहीं टेलीफोन-ऑपरेटर हो जाऊँगी। मेरा क्या है?” बोनी ने कहा और उठी और कमरे से बाहर चली गई। बाथरूम में पानी का टैप खोलकर चेहरे पर, सीने पर पानी डालने लगी। वह जल रही थी। वह ज्वालामुखी हो रही थी।

‘प्रेमवाणी’ मासिक पत्र के दफ्तर में अवध बाबू और मिसेज बजरंग इन्तजार करते रहे—वनलता सिंह के आने का इन्तजार करते रहे।

[ज्योत्स्ना]

तब तीसरी लड़की ने कहा

Two ladies go up the lower street.

One is dressed in black, the other in black; the third is undressed.

These ladies have been told to go up the low street. The street is so low that it takes, at this rate, four ladies to get up it.

After having climbed up the lower street, the five ladies go back down again. It would seem that the aim of the half-dozen dressed ladies is to wear out the lower street.

–Paul Colinet

(New Directions—XIV, pp. 367)

सबसे सही और ईमानदार बात यही है और इतनी ही है कि मैं अपने मकान के नीचे (यानी, बगल में) बहती हुई नदी के किनारे, घास पर अकेला लेटा हुआ था और 'न्यू डाइरेक्शन' में छपी यह कविता पढ़ रहा था। कविता पढ़ रहा था और बहुत दूर, मैदानों के उस पार फैक्टरियों की चिमनियों से फैलता हुआ, मिटता हुआ धुआँ देख रहा था। चिमनियाँ थीं, धुआँ था और ऊपर अनजाने पक्षियों की कतारें उड़ रही थीं। कतारों में और अकेले पक्षी। पक्षी कबूतर भी हो सकते हैं, बाज भी। कबूतर आपकी तरफ अपना गाल भी बढ़ा सकते हैं और अल्लामा इकबाल की वह मशहूर पंक्ति भी दुहरा सकते हैं, 'जो मजा कबूतर से झपटने में है, ऐ पिसर, वो मजा कबूतर के लहू में भी नहीं।' कबूतर नहीं दुहराएँगे, तो बाज दुहराएगा। बात एक ही है। कबूतर न सही, बाज सही। बाज न सही, कोई और पक्षी सही। कोई और पक्षी न सही, फैक्टरियों की चिमनियों से निकलता धुआँ सही। वह मजा कबूतर के लहू में भी नहीं। सबसे सही और सबसे ईमानदार बात यही है कि मैं इकबाल की यह पंक्ति बार-बार दुहरा रहा था और सोच रहा था कि मेरी बीबी (जो अब बीमार तो नहीं है, मगर कमजोर

है और मुहल्ले की औरतें उसे कई बातें कहती हैं और मुझे देखकर मुस्कुराती हैं।) अगर, अगले पाँच मिनट के अन्दर चाय नहीं लाती है, तो मुझे यहाँ से उठना चाहिए और उसे एक भद्दी-सी गाली देनी चाहिए।

मगर, सही और ईमानदार बात अक्सर गालियों में शुमार हो जाती है—लोग कहते हैं, यह आदमी 'वल्गर' है, अश्लील है, कुंठाग्रस्त है, समाज के लाल झंडे के बीच में एक स्याह सितारा है, स्याह नहीं तो नीला सितारा।

मैं 'वल्गरिटी' में नहीं जाऊँगा, इसीलिए सही और ईमानदार बात नहीं कहूँगा—मैं यथार्थ को सामाजिक यथार्थ (सोशल रियलिज्म) या अधिक सही समाजवादी यथार्थ (सोशलिस्ट रियलिज्म) बनाकर पेश करूँगा—यही तय किया है। अतएव, घर के नीचे बहती हुई नदी के किनारे से मैं उठा और पैंट और अमेरिकन शर्ट और जापानी टाई लगाकर घर से बाहर निकल आया। बीबी ने पूछा, "कब तक लौटोगे?"

"मीटिंग में जा रहा हूँ। कोई ठीक नहीं, कब लौट सकूँगा, पर लौटूँगा जरूर," मैंने कहा और मुस्कुराता हुआ बाहर निकल आया।

शाम हो रही थी और बस-स्टैंड पर बड़ी भीड़ थी। महीने का आखिरी हफ्ता था, मगर मेरी जेब में रुपये थे और मैंने टैक्सी को रुकने का इशारा किया।

टालीगंज। रासबिहारी एवेन्यू। लैंसडाउन रोड। थिएटर रोड। पार्क स्ट्रीट। धर्मतल्ले की एक बिल्डिंग के सामने टैक्सी रुकी। तीसरी मंजिल के एक बड़े कमरे में पार्टी का यूनिटी सेंटर है। यूनिटी सेंटर या स्टडी सेंटर। जो भी कहिए, बात एक ही है। स्टडी सेंटर भी नहीं कहकर, रिक्रियेशन क्लब कह सकते हैं। इसलिए कि यहाँ शाम को पार्टी के चन्द बुद्धिजीवी जमा होते हैं। बातें होती हैं, बहसें होती हैं, ट्राट्स्की द्वारा सम्पादित मार्क्स की रचनावली से लेकर 1959 के सोवियत लेखक सम्मेलन में दिए गए निकिता ख्रुश्चेव के भाषण तक के उद्धरण दिए जाते हैं।

नीहार बाबू इस यूनिटी सेंटर के अधिकारी बुद्धिजीवी हैं। अधिकारी इसलिए कि पार्टी के किसी सशक्त ब्यूरो या कमेटी के अधिकारी हैं। नीहार बाबू के बाद माधवी मदन मोहन का नम्बर आता है। माधवी जी के पति मदन मोहन जी कलकत्ता पोर्ट वर्कर्स यूनियन के पार्टी ग्रुप के प्रधान नेता हैं। वे यहाँ नहीं आते हैं। माधवी जी आती हैं, बाकायदा आती हैं। मैं आता हूँ, क्योंकि मैं यहाँ सुनाए गए, सिखाए गए, रटाए गए सिद्धान्तों को अपनी रचनाओं में तर्जुमा करता हूँ। बहुत से लोग आते हैं। कॉलेजों के नए-नए प्रोफेसर, कॉलेजों की पुरानी-पुरानी लड़कियाँ और ऐसे लोग जिन्हें शाम को और कोई काम नहीं रहता है। अस्तु।

तीसरी मंजिल के ग्यारह नम्बर कमरे में पहुँचा, तो माधवी जी कमरे में बिछी कालीन के एक किनारे, दीवार के सहारे लेटी हुई, कॉमरेड हॉवर्ड फास्ट की किताब 'पीकस्किल : अमेरिका' पढ़ रही थीं। बगल में एक टेबलफैन चल रहा था, माथे के ऊपर सीलिंग फैन। दोनों पंखे शोर मचा रहे थे। माधवी जी लेटी थीं, साड़ी की पाटली

ऊपर सरक गई थी। सुर्ख तलवे, सुडौल, गोरी रानें और पिंडलियाँ, नीली और हलकी लाल नसें। माधवी जी मुझे बहुत अच्छी औरत लगीं। कितनी अच्छी हैं! कितना अच्छा स्वभाव है! कितना अध्ययन करती रहती हैं! पार्टी का कितना काम करती हैं और...और, सुर्ख तलवे, सुडौल, गोरी रानें।

मुझे पसीना आ गया। मैं सीलिंग फैन के नीचे खड़ा होकर पसीना सुखाने लगा। माधवी जी ने कहा, "हलो, कमल बाबू!"

वे मुझे 'कमल बाबू' ही कहती हैं, कॉमरेड कमल नहीं। मुझे यही अच्छा लगता है। मुझे माधवी जी अच्छी लगती हैं। सबको माधवी जी अच्छी लगती हैं।

अरे, आप हॉवर्ड फास्ट की किताब पढ़ रही हैं? वह तो हंगरीवाली घटना के बाद से अमेरिकन पूँजीपतियों के हाथ का खिलौना बन गया है। बाप रे, आप हॉवर्ड फास्ट पढ़ती हैं—मैंने बहुत-बहुत-बहुत घबराते हुए कहा। मुझे वाकई माधवी जी पर दया आ रही थी। मेरी बात सुनकर वे भी घबरा गईं। होश में आ गईं। पिंडलियों तक फिसल आई हुई साड़ी सँभालती हुई उठ बैठीं और बोलीं, "मैं तो ऐसे ही देख रही थी। पढ़ नहीं रही थी। कमल बाबू, तुम कॉमरेड नीहार से मत कहना। मैं नहीं जानती थी कि हॉवर्ड फास्ट नहीं पढ़ना चाहिए। कमल बाबू, प्लीज, कीप इट टु यू..."

'पीकस्किल' बन्द करके उन्होंने अपने बैग में रख लिया, फिर बहुत ही मधुर-मनोहारिणी दृष्टि से मेरी ओर देखने लगीं।

मैं बोला, "और लोग आए नहीं?"

"नहीं आएँगे। कॉमरेड सिद्दीकी की बहन का निकाह है। सभी लोग वहीं गए हैं। मेरी तबीयत ठीक नहीं है, फिर मैं यहाँ-वहाँ हर चीज का मांस नहीं खाती, सो नहीं गई। तुम हफ्ते-भर से आए नहीं, तुमको क्या पता! जाओगे?"

"नहीं, आपसे बातें करूँगा और कॉफी पिऊँगा, क्यों?" मैं जूते उतारकर कालीन पर बैठ गया। माधवी जी ने पर्स से सिगरेट का पैकेट निकाला, एक सिगरेट मुझे देकर पूछा, "माचिस है?"

मैंने अपनी सिगरेट जलाकर, उनकी सिगरेट जलाई। मेरी उँगलियों में उनके केश की एक लट उलझ गई। उनका चेहरा मेरे चेहरे के नजदीक आ गया। उनकी साँसों और पसीने की गंध से मैं सिहर-सा उठा। वे सिहर-सी उठीं। 'पीकस्किल' में हॉवर्ड फास्ट ने कुलकुलस्कक्लान के बर्बरों द्वारा असहाय नीग्रो जाति के लोगों पर किए गए अत्याचार का वर्णन किया है। किस तरह उनके संगीत-आयोजन को, उत्सव को, जन-समारोह को वे लोग गोलियों से भून देना चाहते हैं। लेफ्ट-राइट, लेफ्ट-राइट, लेफ्ट-राइट, लेफ्ट; फोर्ट विलियम्ज के मैदान में एन.सी.सी. के स्कूली लड़के कवायद करते हैं, राइफल चलाना सीखते हैं और राष्ट्र-गीत गाते हैं—जय हे, जय हे, जय हे, जय जय जय जय हे, भारत भाग्य विधाता। कुलकुलस्कक्लान नीग्रो और रेड इंडियन लोगों को स्टेनगन से भूनता रहता है। एक, दो, तीन, चार, एक; एक, दो, तीन, चार, एक; एक दो; एक दो; बगल

के कमरे में लड़कियाँ नाच सीख रही हैं और रवीन्द्र संगीत को अपने पाँवों में, अपनी कमर में, अपनी बाँहों और आँखों और भौंहों में बाँध रही हैं। अगले साल रवीन्द्र-जन्म-शताब्दी है, पार्टी की कला-संस्था भी जोरों से तैयारी कर रही है।

माधवी जी की साँसों और पसीने की गंध से मैं सिहर-सा उठा। वे मोटी नहीं हैं, मगर जरूरत से ज्यादा तन्दुरुस्त हैं। दो-तीन मिनट से ज्यादा उनकी तरफ देखा नहीं जाता है, डर लगता है।

उन्होंने पूछा, "कमल बाबू, तुम्हारी शादी हो गई है?"

शादी के बारे में पूछे जाने पर मुझे गुस्सा आ जाता है। गुस्सा आ जाता है तो सच बोलने की ख्वाहिश नहीं रह जाती। मैं कहता हूँ, ''नहीं।''

''यू आर फॉर्च्युनेट! तुम अकेले हो, यू आर लकी। काश, मैं भी तुम्हारी तरह होती!...तब तो इस स्टडी सेंटर में बैठना नहीं पड़ता, किसी क्लब में बैठती, किसी फर्स्ट क्लास रेस्तराँ में, किसी एयर कंडीशंड बार-हाउस में। मैं तो फँस गई, कमल!''

कमल बाबू से कमल पर उतरने में माधवी को देर नहीं लगती है। मैं भी देर नहीं लगाता हूँ। राम के संन्यास जीवन से बँधी हुई इस सीता का मैं उद्धार करना चाहता हूँ, पार्टी-लाइन की लक्ष्मण रेखा से बाहर खींच लाना चाहता हूँ। इसीलिए कहता हूँ, ''हीरे का टुकड़ा धूल में रहे या बादशाह के मुकुट में, उनके महत्त्व में फर्क नहीं पड़ता है, माधवी; बात इतनी ही है कि उसे धूल से उठाकर, बारीकी से तराशकर, मुकुट में जड़ दिया जाए।''

माधवी हँसती है। मैं भी हँसता हूँ। हम दोनों तय करते हैं कि पहले वह बाहर जाएगी और मेट्रो सिनेमा हाउस के बरामदे में मेरा इन्तजार करेगी। फिर, मैं बाहर जाऊँगा और मेट्रो सिनेमा हाउस के बरामदे में उसे मिलूँगा। इसके बाद हम दोनों मिलकर कोई मुकुट खोज लेंगे, जहाँ हम क्षण-भर के लिए ही सही, जड़ दिए जा सकें। एतदर्थ, जब नीहार बाबू और दूसरे लोग आ गए तो पहले माधवी ने कहा, "अब जाती हूँ। मुझे टालीगंज जाना है, वहाँ नाइट-स्कूल खोलने की बात चल रही है, कॉमरेड रसिक बिहारी मेरा रास्ता देखते होंगे।"

माधवी चली गई। नीहार बाबू ने जोरों से उसकी पीठ थपथपाई थी, मुझे गुस्सा आ रहा था। माधवी चली गई। फिर, मैंने कहा, "पटने से एक कॉमरेड आए हैं। उनकी पत्नी को पी.जी. हॉस्पिटल में भर्ती करवाना है। चलता हूँ।"

मेट्रो सिनेमा हाउस के पोस्टरों में चन्द औरतें बर्फ पर दौड़ रही थीं और माधवी घूम-घूमकर पोस्टर देख रही थी। माधवी और एक और लड़की। मैं पहचानता हूँ। सिक्स्थ इयर में पढ़ती है। अंग्रेजी पढ़ती है। अंग्रेजी पढ़ती है, अंग्रेजी बोलती है, बीच-बीच में फ्रेंच और रूसी शब्द भी जोड़ती चलती है। कितनी ही बार नेशनल लाइब्रेरी में मिली है। मिलते ही कहेगी–'हल्लो, कमल, आई वाज फिगरिंग यू आउट इन द लाइब्रेरी ...लेट्स हैव ए कप ऑफ कॉफी...'

नेशनल लाइब्रेरी के कैंटीन में कॉफी नहीं मिलती है, चाय मिलती है। लीलावती जानती है, फिर भी कॉफी माँगती है। यानी लाइब्रेरी से बाहर जाकर, जूलॉजिकल गार्डेन में जाइए, वहाँ 'मैग्नोलिया' में बैठिए। यानी आप लाइब्रेरी पढ़ने आए हैं, तो आपका दिन बीत गया। आप पढ़ नहीं सकेंगे, लेकिन; घंटे-भर भी लीलावती के साथ रहे तो ज्ञात हो जाएगा कि फ्रांसीसी बुद्धिजीवी कॉफी के प्याले में कितनी बियर डालते हैं और रूसी वोदका में किस तरह का नशा होता है और डॉक्टर जिवागो की वह कविता :

आवाजें थरथराकर गुम हो रही हैं। मैं
बाहर स्टेज पर आता हूँ...
दरवाजे पर बाँहें रखकर झुका हुआ
(कुछ कहने को उत्सुक, पर, रुका हुआ)
खड़ा रहता हूँ
दूर से आती हुई प्रतिध्वनियों में
अड़ा रहता हूँ
कि सुनूँ
मेरे जीवनकाल में क्या-क्या होगा।

तरकश के छूटे हुए तीर की तरह रात का अँधेरा
मेरी तरफ आता है
हजारों-हजारों आँखों की विकट, विकल दृष्टि
मेरी तरफ साथ लाता है
अब्बा, अगर सम्भव हो
हटा लो मेरे आगे से यह खाली प्याला।

मैं तुम्हारे खुदगर्ज मकसद से वाकिफ हूँ
मुझे मंजूर है अपना हर रोल अदा करना
लेकिन,
यह नया नाटक है बहुत कठिन
(लगती है मुझे अपने गलत रूप से कितनी घिन!)
इस बार मुझे 'मैं' ही रहने दो।

और, प्रत्येक दृश्य का अभिनय पहले ही से तय है
अन्त वही होगा, निश्चय है
और अन्त से मैं बच नहीं पाऊँगा
कहाँ जाऊँगा...
अकेला हूँ...अकेला हूँ...

डॉक्टर जिवागो की यह कविता लीलावती बड़े प्रेम से सुनाती है, फिर कहती है, ''कमल, यह तो रियली, वाक्‌स्वातन्त्र्य ही था, जिसके कारण सोवियत सरकार ने बोरिस पास्तरनाक को फाँसी पर नहीं चढ़ा दिया। कहो तो, कितनी गन्दी बात है! इतनी बड़ी आबादीवाले देश का कवि गाता है, मैं अकेला हूँ और कम्युनिस्ट शासन पद्धति को नाटक कहता है। पास्तरनाक को गैस-चैम्बर में बिठा देना चाहिए...''

और, लीलावती कॉफी की टेबल पर हाथ पटकती है और उसके दुबले-दुबले ढाँचे से स्तनों के गोले उछल आते हैं और तब लगता है कि लीलावती लड़का नहीं है, लड़की है। हाथों में चूड़ियाँ नहीं हैं। आँखों में काजल न सही, बालों में शालीमार कम्पनी का सस्ता कोकोनट तेल भी नहीं है। सफेद रिबन से बालों को जड़ में ही कसकर बाँध दिया गया है और सूखे-टटाये केश हवा में फैलते रहते हैं। बालों के नीचे लो-कट ब्लाउज और ब्लाउज के नीचे सफेद साड़ी। लोग कहते हैं, लीलावती 'क्रैक' है। नीहार बाबू कहते हैं, लीलावती 'इंटेलेक्चुअल' है। मैं कहता हूँ, लीलावती पिछले महायुद्ध और मार्क्स ग्रन्थावली की मिली-जुली पैदावार है (मगर, सबके सामने नहीं कहता हूँ।) और, शायद सही कहता हूँ। मगर, सच कहने का मुझे कोई हक नहीं है। जो है, उसे कहना पाप है। जो होना चाहिए, वही है, ऐसा कहना ही पुण्य है। मैं पाप नहीं करना चाहता, इसलिए नहीं कहता हूँ कि लीलावती ऐसे महायुद्ध की पैदावार है, जो हिन्दुस्तान में नहीं लड़ा गया। नहीं कहता हूँ कि लीलावती ऐसी ग्रन्थावली की पैदावार है, जो हिन्दुस्तान में लिखी गई। नहीं कहता हूँ। डॉक्टर जिवागो की तरह नहीं कहता हूँ कि मैं अकेला हूँ, हम सभी अकेले हैं और सड़कों पर लोगों की भीड़ नहीं है, अँधेरे और भयानक जंगल में खड़े भूखे भेड़ियों की भीड़ है। नहीं कहता हूँ। नहीं कहूँगा। डर से, भय से, आतंक से नहीं कहूँगा।

''हल्लो कमल!'' देखते ही लीलावती चीखी और माधवी की परवाह नहीं करती हुई, मेरी तरफ दौड़ पड़ी। हम लोग लगभग आपस में लिपट ही गए। वह बोली, "लाइब्रेरी आता नहीं? क्यों नहीं आता है?"

मैंने कहा, "माधवी भी हमारे साथ है। चलो, कहीं बैठकर बातें करेंगे।"

"पैसे हैं?" उसने पूछा।

"हैं," मैंने उत्तर दिया।

"कितने हैं?" उसने पूछा।

"कितने चाहिए?" मैंने पूछा।

''चलो, लाइट-हाउस में बैठकर बियर पिएँगे। कॉफी पिएँगे। बातें करेंगे...'' लीलावती ने अपने सूखे होंठों पर अपनी सूखी जीभ फेरते हुए कहा।

माधवी नहीं चाहती थी; मगर, माधवी जानती थी, लीलावती साथ हो गई है, साथ छोड़ेगी नहीं।

रास्ते में, यू.एस.आई.एस. लाइब्रेरी के कॉरीडोर में खड़ी होकर, लीलावती ने साड़ी

की गिरह कसी। ब्लाउज साड़ी के अन्दर घुसाई। अपनी किताबें मुझे पकड़ाती हुई बोली, "जानते हो कमल, अगले हफ्ते मैं हिच-हाइकिंग में जा रही हूँ। जानते हो, हिच-हाइकिंग किसे कहते हैं?"

"नहीं जानता, बताओ," मैं माधवी की बगल में चल रहा था। माधवी की बगल में चलना अच्छा लगता है। लगता है कि आसपास वाले देख रहे हैं और ईर्ष्या कर रहे हैं। लगता है कि लोग ईर्ष्या कर रहे हैं और सुख मिलता है—दूसरों की ईर्ष्या का सुख।

माधवी बोली, "लीलू, तू हिच-हाइकिंग पर जाएगी कहाँ? अपना देश या अमेरिका है कि लोग तुम्हारा 'इंटेलेक्चुअल' चेहरा देखेंगे और सेडान या ब्यूक रोककर आदर से बिठा लेंगे?"

लीलू का चेहरा 'इंटेलेक्चुअल' है। कॉमरेड सिराजुद्दौला कहते हैं, असली खूबसूरती तो ऐसे ही चेहरे में होती है। माइनस-सिक्स पावर का मोटा, लाइब्रेरी फ्रेम का चश्मा, ग्रीक मूर्तियों जैसी लम्बी, नुकीली नाक, खजुराहो की यक्षिणियों जैसे मोटे-मोटे होंठ, स्टेनलेस स्टील जैसा तेज, धारदार रंग और हरदम छाई हुई लापरवाही, वहशत जैसी लापरवाही। कोई कत्ल हो रहा है और इन्हें अपनी नजर के खंजर का पता ही नहीं।

पार्टी की नाटक-संस्था खान-मजदूरों के जीवन पर नाटक खेलती है, तो लीलावती आदिवासी मजदूरिन बनती है। 'छई' नाच नाचती है, इन्कलाब के गीत गाती है और मोटे केराला सिल्क की साड़ी घुटनों तक बाँधकर जुलूस का नेतृत्व करती है, तो यकीन हो जाता है कि मुझे लीलावती से 'इंटेलेक्चुअल' पैमाने पर इश्क हो गया है। मुझे ही नहीं, हर तमाशबीन को।

"हाय, मधु भाभी, तू तो दूध पीती बच्ची की तरह मासूम है, हिच-हाइकिंग के मजे जानती ही नहीं! तुझे पता है, पिछले साल मैं अकेली सिंगापुर चली गई थी। ग्वालन्दो, नारायणगंज, ढाका, चटगाँव होती हुई, एक मर्केंटाइल जहाज में बैठकर रंगून पहुँच गई। फिर वहाँ से मलाया। क्वालालम्पुर का नाम सुना है तूने? और जानती है, मैं गर्ल्स होस्टल से अटैची लेकर उतरी थी तो मेरे पास टैक्सी से सिआलदह जाने के पैसे भी नहीं थे? और जानती है, मेरी उस यात्रा की डायरी एशिया पब्लिशिंग हाउस छाप रहा है?"—लीलावती ने गर्दन को झटका दिया और 'लाइट-हाउस' की लिफ्ट में घुस गई।

माधवी जानती है, मैं भी जानता हूँ कि लीलावती पिछले चार साल से एक घंटे के लिए भी कलकत्ता के बाहर नहीं गई है। चार साल पहले, सिराजुद्दौला के साथ पार्टी कान्फ्रेंस में शिमला गई थी। वहीं सिराजुद्दौला और लीलावती की शादी भी हुई थी और दिल्ली आते-आते दोनों ने आपस में समझौता करके एक-दूसरे से तलाक ले लिया। शादी भी जुबानी हुई थी, तलाक भी जुबानी ही हो गई। सिराजुद्दौला उन दो-तीन...*

[लहर, जुलाई, 1960]

---

* यह कहानी अधूरी है।

प्रेयसी

मधुसूदन हँसता है, तो जैसे कमरे की दीवारें हिलने लगती हैं। दीवारें हिलने लगती हैं और अपने फ्लैट के ड्राइंगरूम में टेबल-लैम्प के सामने शेक्सपियर का कोई नाटक खोले हुए बैठी हन्सी डर से काँप जाती है। फिर उठकर देखती है, बाहर का दरवाजा बन्द है या नहीं।

मधुसूदन अपने फ्लैट का दरवाजा शायद ही कभी बन्द करता है। दरवाजा खुला रहता है और हन्सी जब कभी कॉलेज जाने के लिए या बाजार जाने के लिए बाहर निकलती है, तो देखती है, मधुसूदन के ड्राइंगरूम में टेबल पर, कुर्सियों पर, मोढ़े पर कई लोग बैठे हुए हैं। सिगरेट पी रहे हैं, सीटी बजा रहे हैं, गाने गा रहे हैं, जोर-जोर से कोई ड्रामा पढ़ रहे हैं और नहीं तो बात-बात पर ठहाके लगा रहे हैं। हन्सी क्षण-भर भी नहीं रुकती, तेजी से सीढ़ियाँ उतरने लगती है। फ्लैट चौथी मंजिल पर है। मधुसूदन के ठहाके उसका पीछा कर रहे हैं और हन्सी एक बार में दो-दो सीढ़ियाँ उतरती नीचे भागी जा रही है। ऐसा न हो, मधुसूदन की आवाज उसकी ओढ़नी पीछे से खींच ले और वह नंगी हो जाए। ओढ़नी न रहे, तो हन्सी को लगता है, वह नंगी है और सलवार या कमीज उसके नंगेपन को ढकने में जरा भी सहायता नहीं कर रही हैं।

हन्सी और मधुसूदन के फ्लैट का दरवाजा आमने-सामने है और दोनों की सीढ़ियाँ एक ही हैं। हन्सी अपने अब्बा और अपनी मौसी के साथ रहती है। माँ नहीं है और बेवा मौसी ने ही पाल-पोसकर उसे इतना बड़ा किया है। वह बहुत बड़ी नहीं है। बी. ए. में पढ़ती है और टेबल-टेनिस में कॉलेज की चैम्पियन है, फिर भी बहुत बड़ी नहीं है। उसे लगता है कि घर की पालतू बिल्ली से वह जरा भी बड़ी नहीं है। यह बिल्ली उसे बड़ी प्यारी है और उसके साथ ही बिस्तरे में सोती है। बिल्ली साथ सोई रहती है, तो हन्सी अपने को एकदम सुरक्षित महसूस करती है। उसके अब्बा हाईकोर्ट में नौकर हैं और उनका मिजाज बहुत तेज है और वह हन्सी का मजाक उड़ाते हैं कि इतनी बड़ी हो गई है, मगर न ठीक से कपड़े पहनती है, न पढ़ने-लिखने में मेहनत करती है और जब देखो तब बिल्ली से खेलती रहती है।

हन्सी को अपने अब्बा से जरा भी डर नहीं लगता। वह शराब पीकर घर लौटते हैं और मौसी को अपने कमरे में बुलाकर डाँटने-फटकारने लगते हैं, फिर भी नहीं।

हन्सी को डर लगता है सामने के फ्लैट के मधुसूदन के ठहाके से। मधुसूदन हँसता है, तो जैसे कमरे की दीवारें हिलने लगती हैं।

उस रात कॉलेज में ड्रामा था और हन्सी अपनी एक सहेली के साथ देर से घर लौट रही थी। गोल-पार्क के पास रिक्शा रोककर हन्सी उतर गई और सहेली से बोली, “तुम जाओ, जमीला, मैं अब पैदल चली जाऊँगी।”

रिक्शा चला गया और बिजली के लैम्पपोस्ट गिनती हुई हन्सी तेजी से अपने घर की तरफ चलने लगी। आखिरी चौराहे पर टी-स्टाल के सामने मधुसूदन अपने कुछ दोस्तों के साथ खड़ा चाय पी रहा था। हन्सी दूसरे फुटपाथ से होकर जैसे भागने लगी। मगर मधुसूदन ने पुकार ही लिया, “हन्सी जी, आपका ड्रामा कैसा रहा? मैं तो जा ही नहीं सका। आपने इनवाइट भी तो नहीं किया...!”

और इसके बाद वही वहशी ठहाका। हन्सी को लगा, जैसे यह ठहाका बड़ा-सा बैलून है, जिस पर वह जबर्दस्ती बिठा दी गई है और बैलून आकाश में उड़ता जा रहा है, फूलकर बड़ा होता जा रहा है, बड़ा होता जा रहा है और दो क्षण के बाद ही फूट जाएगा। वह अपने मकान तक लगभग दौड़ती हुई आई और सीढ़ियाँ चढ़ गई और फ्लैट में घुसकर उसने तड़ाक-तड़ाक दरवाजा बन्द कर लिया। अब्बाजान अब तक लौटे नहीं थे। मौसी ने किचन से बाहर आकर कहा, “क्या हुआ हन्सी, इतनी बदहवास क्यों दिखती है?”

“नहीं, कुछ नहीं। मैं खाना नहीं खाऊँगी, हॉस्टल की लड़कियों के साथ खा चुकी हूँ। अब्बा आएँ, तो कह देना, हन्सी सात ही बजे लौट आई थी और खाना खाकर सो गई है,” हन्सी ने अपने कमरे में घुसते हुए कहा। उसकी बिल्ली रजाई में दुबकी हुई सो रही थी। उसके मुलायम रोयें पर उँगलियाँ फेरकर उसे बड़ी शान्ति मिली। शान्ति और सुरक्षा। आदमी इसीलिए पालतू पशुओं से प्यार करता है। जब आदमी की सहानुभूति नहीं मिलती है, तो पशु-पक्षी ही उसे स्नेह और अपनापन देते हैं।

लेकिन रजाई में डूबने के बाद भी हन्सी को नींद नहीं आई। कानों में वही ठहाके गूँजते रहे। कमरे में वही ठहाके तैरते रहे और चन्द टूटे-बिखरे शब्द ‘आपने इनवाइट भी तो नहीं किया...आपने इनवाइट भी तो नहीं...आपने इनवाइट...’

मधुसूदन तीन कमरों के फ्लैट में अकेला ही रहता है। सुबह-शाम एक मोटी-सी महरी आती है। पान से रँगे उसके होंठ और काले पड़ गए दाँत हन्सी को अच्छे नहीं लगते। मधुसूदन नहीं रहता और हन्सी के अब्बा नहीं रहते हैं, तो कभी-कभी वह हन्सी की मौसी के पास आती है और दुख-सुख की बातें सुना जाती है। उसका शौहर किसी सिनेमाघर में गेटकीपर है और उसे बहुत मानता है। कभी-कभी मारपीट भी करता है। मगर उसके काले दाँत हन्सी को अच्छे नहीं लगते हैं और अच्छा नहीं लगता है जब वह मधुसूदन की तारीफ करने लगती है।

मधुसूदन किसी अखबार का रिपोर्टर है और हन्सी के अब्बा से उसकी बहुत अच्छी

बनती है। खाँ साहब ने कई बार मधुसूदन से कहा भी है कि वह हन्सी की पढ़ाई-लिखाई में थोड़ी मदद कर दिया करे। हन्सी अंग्रेजी में कमजोर है। मगर वह किसी दिन भी हन्सी के फ्लैट में नहीं आया है—उसे शायद, फुर्सत ही नहीं रहती है। दोस्तों का ताँता लगा रहता है और ज्यादातर तो वह बाहर ही रहता है।

हन्सी ने सोचा, उसकी नौकरानी बदसूरत है, तो खुद ही कौन शहजादे की तरह दिखता है। शेक्सपियर के ओथेलो की तरह मधुसूदन लम्बा-तगड़ा जवान है, ताकतवर है हिंस्र! जैसे आदमी नहीं हो, जंगली जानवर हो। मगर इसी जंगली जानवर की बातें सोचते-सोचते हन्सी को नींद आ रही है। टेबल-लैम्प जल रहा है और वह मसहरी में बन्द, रजाई में दुबकी हुई, बिल्ली को अपनी छाती में दबाए हुए नाराज हो रही है। 'हन्सी जी, आपका ड्रामा कैसा रहा? मैं तो जा ही नहीं सका...'

जैसे आप नहीं जा सके, तो कोई बड़ी बात हो गई! आपको हमारे ड्रामे से मतलब? और, आपने मुझे इतने दोस्तों के बीच टोका ही क्यों? और, मैं जवाब दिए बगैर आगे बढ़ गई, तो आप ठहाके क्यों लगाने लगे? क्या इसी को कल्चर कहते हैं? मगर, तभी हन्सी को लगा कि उसके अब्बा सीढ़ियाँ चढ़ रहे हैं। उसने बेड स्विच दबा दी और कमरे में अँधेरा फैल गया। दरवाजे के पास रुककर खाँ साहब बोले, "सुबह तुम मेरे साथ ही चाय पिओगे, मधु साहब, भूलोगे नहीं।"

"आपके दफ्तर जाने के पहले नींद खुल गई, तो जरूर आ जाऊँगा," मधुसूदन ने अपने फ्लैट का ताला खोलते हुए कहा।

मगर, जब खाँ साहब ने हन्सी को कहा कि जरा मधु की नौकरानी को पुकारकर पूछ ले कि मधु सोकर उठा है या नहीं, तो मौसी ने बताया कि फ्लैट का ताला बन्द है, यानी वह सवेरे-सवेरे ही कहीं चला गया है। चाय पर अकेले बैठते हुए खाँ साहब ने कहा, "आजाद तबीयत का लड़का है! मगर वाह, क्या अंग्रेजी लिखता है! संडे मैगजीन में मधु का आर्टिकल छपा है। तुमने देखा है हन्सी?"

"नहीं, अब्बा! मुझे कोर्स की किताबें पढ़ने से फुर्सत ही कहाँ मिलती है! आपने फिलॉसफी में आनर्स दिला रखा है—मैं तो नीत्शे और कांट में ही पागल रहती हूँ।" हन्सी ने ऐसे कहा, जैसे उससे पढ़ाकू पूरी यूनिवर्सिटी में नहीं हो और खाँ साहब खुश हो गए। फिलॉसफी में लड़की को फर्स्ट क्लास मिल जाए, तो उनकी प्रसन्नता की सीमा नहीं रहेगी। मगर, हमारी हन्सी फर्स्ट क्लास क्या लाएगी, यह तो किसी से बातें करने में भी शरमाती है।

सूट पहनकर खाँ साहब दफ्तर चले गए। उनके जाने के दस ही मिनट बाद मधुसूदन की नौकरानी आ गई। मौसी ने पूछा, "तुम्हारे मधु साहब इतने सवेरे कहाँ चले गए?"

"जाएँगे कहाँ! अभी तक तो सोकर भी नहीं उठे हैं! रात-रात भर पढ़ते रहते हैं, तो सुबह नींद कैसे खुले!" पान थूककर महरी ने उत्तर दिया और हन्सी गुस्से से तर

हो गई, "सोए हुए हैं, तो बाहर ताला कैसे लगा था?"

"जब उन्हें सोना रहता है, तो दोस्तों के डर से ऐसा ही करते हैं। दरवाजे की फाँक से उँगलियाँ बाहर निकालकर ताला टीप देना कौन-सा मुश्किल काम है। दोस्त लोग समझते हैं, साहब घर में नहीं हैं! लौट जाते हैं," महरी ने अपने साहब की चालाकी पर खुश होते हुए कहा।

हन्सी गुस्से में भीगती हुई अपने कमरे में चली गई। उसकी बिल्ली ने टेबल-लैम्प नीचे गिराकर बल्ब तोड़ दिया था और अब चुपचाप एक कोने में लेटी थी। हन्सी ने पाँव का सारा जोर लगाकर उसे कमरे से बाहर उछाल फेंका। बिल्ली बरामदे में गिरी और आश्चर्यचकित होकर हन्सी की तरफ देखने लगी—मुझी से ऐसा अपमानजनक व्यवहार! अच्छा, देखा जाएगा...!

हन्सी कॉलेज नहीं गई। नौकरानी चली गई और खाना खाने के बाद मौसी सोने चली गई। हन्सी ने सोचा, यही सुनहरा मौका है। बिल्ली की तरह पाँव दबाकर कमरे से बाहर निकली और दरवाजा खोलकर मधुसूदन के फ्लैट के सामने चली आई।

उसके फ्लैट का दरवाजा खुला था और भीतर से कोई आवाज नहीं आ रही थी। हिम्मत करके वह अन्दर चली गई। ड्राइंगरूम में ईजी चेयर पर पाँव फैलाए वह सिगरेट पी रहा था। हन्सी को देखते हुए उसने पाँव समेट लिए और बोला, "हन्सी जी, आप! आइए, कहिए, क्या बात है?"

हन्सी कुछ नहीं बोली। चुपचाप दीवार पर टँगी एक तस्वीर देखती रही। तस्वीर में दो बच्चे हैं और मधुसूदन है। एक मधुसूदन के कन्धे पर है और दूसरा उसकी गोद में। दोनों बच्चे हँस रहे हैं और मधुसूदन हँस रहा है। तस्वीर बहुत लम्बी-चौड़ी है और ड्राइंग रूम को बेहद खूबसूरत बना रही है। जैसे इस तस्वीर के सामने खड़ा होकर उसे हर हालत में हँसना ही पड़ेगा।

हन्सी मुस्कुराने लगी। फिर अपनी मुस्कुराहट छिपाती हुई बोली, "आप सुबह चाय पीने नहीं आए!"

"रात में देर तक एक पोलिटिकल आर्टिकल लिखता रहा। समझिए, सुबह ही हो गई और आप नहीं जानती हैं, नींद मुझे बहुत प्यारी है। किसी तरह भी सुबह उठना नहीं हो सका," मधुसूदन ने बड़ी लापरवाही से कहा और दूसरी सिगरेट जलाने लगा।

रेडियो पर बड़ी ही रोमांटिक धुन बज रही थी। इस धुन ने हन्सी के विचारों में रंग भरना शुरू किया। वह सोचने लगी कि इस भरी दोपहरी में (जबकि उसकी मौसी नींद में बेखबर है और उसके अब्बाजान दफ्तर चले गए हैं और इतनी धूप में किसी के आने-जाने की सम्भावना नहीं है) वह क्यों मधुसूदन के फ्लैट में चली आई है? शायद वह मधुसूदन की हँसी और ठहाकों को एकदम करीब से सुनना चाहती है। शायद वह मधुसूदन की मजबूत बाँहों को छूना चाहती है।

अब्बाजान कह रहे थे कि मधुसूदन से शहर के सारे बड़े आदमी डरते हैं, क्योंकि

वह सभी की पोल जानता है और नौकरानी कह रही थी कि अगर कोई कुँवारी औरत एक बार हमारे मधु साहब को नंगे बदन देख ले, तो वह दूसरे मर्द से शादी करना शायद ही मंजूर करेगी। शेर की तरह गज-भर की छाती है और देह तो जैसे पत्थर की बनी है—एकदम काला पत्थर!

तब हन्सी ने तस्वीर की ओर देखते हुए पूछा, "ये बच्चे कौन हैं?"

"जो मेरे कन्धे पर है, उसका नाम है विजय और जो गोद में है, वह है संजय। क्यों, प्यारे बच्चे हैं न, हन्सी जी?" मधुसूदन ने कुर्सी से उठते हुए कहा।

अब जैसे हन्सी के पास एक ही सवाल बच गया था। उसने पूछ ही लिया, "ये बच्चे कौन हैं?"

"मेरी भाभी के बच्चे हैं। मेरी भाभी विधवा हैं! मेरे बड़े भाई एक दैनिक पत्र में सम्पादक थे। उन्हें टी.बी. हो गई थी। उन दिनों इस बीमारी का इलाज बड़ा कठिन था। अब मेरी भाभी हैं और विजय और संजय हैं। मैं ज्यादा पैसे नहीं कमाता हूँ, नहीं तो भाभी को यहीं ले आता—दोनों बच्चों को पढ़ाई-लिखाई में सुविधा होती, मगर मजबूरी है। भाभी गाँव में ही रहती हैं। बच्चे धीरे-धीरे बड़े हो रहे हैं। उन्हें स्कूल भेजना पड़ेगा। फीस के लिए और किताबों के लिए रुपये भेजने पड़ेंगे। भाभी बीमार-ही-बीमार रहती हैं। पता नहीं, ज्यादा दिन बचेंगी या नहीं..." मधुसूदन अचानक हन्सी की ओर देखकर चुप हो गया।

वह उसकी कोई बात सुन ही नहीं रही थी। खिड़की के बाहर देख रही थी।

हन्सी मधुसूदन की भाभी और भाभी के बच्चों की बातें सुनना नहीं चाहती थी। वह सुनना चाहती थी मधुसूदन की हँसी और ठहाके कि वह कमरा हिलने लगे और दीवार पर लगी तस्वीर फर्श पर गिरकर चूर-चूर हो जाए।

मगर मधुसूदन मुस्कुराया भी नहीं और हन्सी चुपचाप कमरे से बाहर निकल गई। मधुसूदन नहीं समझ सका कि हन्सी क्यों उसके पास आई थी। उसने तय किया कि वह आज शाम को खाँ साहब के यहाँ चाय पीने जरूर जाएगा।

[सारिका, जून, 1962]

राहतें और भी हैं

चाय का तीसरा दौर खत्म हो चुका है। शनिवार की शाम बीती जा रही है। बगल के बेड-रूम में बैकुंठ बाबू 'अमृतबाजार' पढ़ रहे हैं और रेडियो सीलोन के व्यापार विभाग में किसी रूठे हुए प्रियतम को बुलाया जा रहा है। ड्राइंग में प्रकाशवती है। नरहरिनाथ वैदिक हैं। चन्द्रभूषण हैं। सुकुमार गुप्त। शशिप्रभा। शनिवार की शाम बीती जा रही है। शनिवार की शाम। शाम।

और एक मेरा घर है। सोच रही थी, भूषण बाबू की कविता सुनूँगी। मगर रेडियो का शोर...पड़ी पद्मिनी-प्रकाशवती ने मुहावरा पूरा नहीं किया। चेहरा घुमाकर सुकुमार गुप्त की तरफ देखने लगीं। प्रकाशवती सुकुमार की ही कविता सुनाना चाहती थीं। किन्तु उन्होंने चन्द्रभूषण का नाम लिया। सुकुमार का नाम लेने से शशिप्रभा के ओठों पर व्यंग्य की बड़ी ही कुरूप मुस्कुराहट फैल उठती। शशिप्रभा नरहरिनाथ की पत्नी है। नरहरि सत्यमार्ग-दैनिक के रविवासरीय सम्पादक हैं। सत्यमार्ग में प्रकाशवती की कहानियाँ छपती हैं।

प्रकाशवती के पति बैकुंठ बाबू इन्कम टैक्स विभाग में हैं। सरकारी क्वार्टर। नई एम्बेसडर गाड़ी। एल्सेशियन कुत्ता। मद्रासी आया और बेयरा। सत्यमार्ग में प्रकाशवती की कहानियाँ छपती हैं। जीवन जैसे तिलक कामोद का मन्द्र, मन्थर संगीत है। जैसे तिल्लाने के बोल, ताना दिर तुम द्रिताना देरे ना, ताना देरे ना, ताना देरे ना। शनिवार की शाम बीती जा रही है।

"मेट्रो में 'पिलो टॉक' चल रही है। भाभी, आपने देख लिया है?" बात बदलने के लिए चन्द्रभूषण पूछने लगे। चन्द्रभूषण प्रैक्टिकल आदमी हैं। प्रकाशवती को भाभी कहते हैं और कविता नहीं लिखते, कर्णप्रिय गीत लिखते हैं। रेडियो सीलोन से किसी प्रियतम को बुलाती हुई आधुनिक प्रेमिका के लिए, कर्णप्रिय गीत सुकुमार गुप्त की कविता उनकी समझ में बैठती नहीं। किसी की समझ में नहीं बैठती। प्रकाशवती को सुकुमार का चेहरा समझ में आता है। मुस्कुराहटें आती हैं। दृष्टिभंगी आती है। निगाहों का ठहराव आता है। कविता नहीं आती। समझ आने की जरूरत ही क्या है?

"कल मैटिनी जाऊँगी। वे तो एक फेयरवेल पार्टी में जाएँगे, मैं 'पिलो टॉक' देख आऊँगी," प्रकाशवती ने कहा और गोल्ड फ्लेक सिगरेट की टिन नरहरिनाथ

वैदिक की तरफ बढ़ा दिया, सुकुमार गुप्त मतलब समझ गया। कल दो बजे दिन में मेट्रो के सामने खड़ा रहना पड़ेगा। नहीं रहने से नहीं चलेगा। 'पिलो टॉक' देखना जरूरी है। अनिवार्य है।

पुष्पा दौड़ती हुई आई और प्रकाशवती से लिपटती हुई बोली, "ममी, मैं डांस में फर्स्ट आ गई। मुझे गोल्ड मेडल मिला है। ममी, गवर्नर ने मेरे साथ हाथ मिलाया...।"

पुष्पा बारह-तेरह साल की है। पाँवों में अभी तक घुँघरू बँधे हैं। मनीपुरी नाच के वस्त्र में अभी तक छोटी-सी राधारानी की तरह लगती है। ओठों पर तेज लिपस्टिक है। चेहरे पर पाउडर की तहों पर तहें। पेंसिल से भौंहें बनाई गई हैं। ममी बहुत खुश होती है। वैदिक, शशिप्रभा और चन्द्रभूषण बारी-बारी से उसे प्यार करते हैं। उनकी बाँहों से छूटकर वह किनारे की कुर्सी पर बैठे सुकुमार के पास चली जाती है।

"मामा जी, आप कैमरा नहीं लाए? इसी पोज में मेरी एक तस्वीर खींच देते। आपने वादा किया था, कि मैं फर्स्ट आई, तो आप खींच देंगे," पुष्पा ने मचलते हुए कहा।

सुकुमार मुस्कुराया भी नहीं। उसी तरह अनासक्त भाव से बोला, "ममी से पूछ लो और चलो, 'फिनिश स्टूडियो' में तुम्हारी तस्वीरें खिंचवा दूँ। फ्लैश लाइट से अच्छी तस्वीर नहीं आएगी। चलती हो?"

पुष्पा ममी की तरफ देखती है। ममी सुकुमार की तरफ देखती है। बाकी लोग एक-दूसरे की तरफ देखते हैं। शनिवार की शाम बीती जा रही है। पुष्पा बारह-तेरह साल की है। चौदह की भी हो सकती है। प्रकाशवती कहती है, अभी ग्यारहवाँ पूरा नहीं हुआ है, हेल्थ बहुत अच्छी है। हेल्थ स्वयं प्रकाशवती की ज्यादा अच्छी है। पहली बार सुकुमार आया था, तो बोला था, आश्चर्य प्रकट करता हुआ बोला था, 'अच्छा? पुष्पा आपकी लड़की है? मैं तो समझ रहा था, आपकी छोटी बहन है।'

प्रकाशवती को सुकुमार की यह बात कितनी प्यारी लगी थी! सुकुमार बड़ी प्यारी बातें कहता है। सुकुमार कवि है।

''ठीक तो है, पास ही स्टूडियो है, हो आओ। देर मत करना,'' प्रकाशवती ने कहा।

सुकुमार और पुष्पा जब तक वापस आएँगे, शनिवार की शाम बीत जाएगी। बैकुंठ बाबू का अखबार पढ़ना पूरा हो जाएगा। बेडरूम से आवाज आएगी–'बेयरा, डिनर में कितनी देर है?'

"प्रकाश जी, मैं अब जाऊँगा। रेडियो पर जाना है। आठ बजे कवि-सम्मेलन है," चन्द्रभूषण ने कहा। वैसे अभी सात ही बजे थे और उन्हें तुरन्त जाने की इच्छा नहीं थी। वे चाहते थे, वैदिक दम्पति के जाने के बाद ही जाएँ। मगर, दम्पति जमकर बैठे थे। चन्द्रभूषण अपने गीतों की कॉपी झोले में रखने लगे। प्रकाशवती ने अँगड़ाई ली। वैदिक की आँखों में नशा चढ़ आया। बोले, "आठ-दस साल पहले हम लोग भी कविता लिखते

थे। अब तो साहस ही नहीं होता। रूप-रंग ही बदल गया है। चन्द्रभूषण तो खैर, सुनने में अच्छे लगते हैं। मगर, सुकुमार की कविता से तो मैं घबराने लगता हूँ... ।"

"सुकुमार बाबू की कविता आपके बस की चीज नहीं है। उसे तो रसमर्मज्ञ लोग ही समझ सकते हैं।" शशिप्रभा ने हलका और सस्ता व्यंग्य किया। पता नहीं क्यों, वे सुकुमार गुप्त से चिढ़ी रहती हैं!

मगर नरहरिनाथ ने पत्नी को चुप रहने का इशारा किया और कहा, "वाकई हमारे बस की चीज नहीं है। अंग्रेजी के इलियट और पाउंड को ही क्या हम समझ पाते हैं? सुकुमार बाबू भारतेन्दु के युग के नहीं, अज्ञेय के युग के कवि हैं... ।"

प्रकाशवती प्रसन्न हो गई। सोफे से उठी। चन्द्रभूषण भी उठे और दरवाजे से बाहर आ गए। सीढ़ियों के पास आकर प्रकाशवती ने कहा, "आप चिन्ता नहीं करेंगे। मैंने बनर्जी को फोन कर दिया है। आपके लड़के को नौकरी जरूर हो जाएगी। मैं भूली नहीं हूँ।"

कमरे में वैदिक बैठे हैं। शशिप्रभा बैठी है। पति-पत्नी रोज नहीं आते हैं। शनिवार-रविवार आते हैं। प्रकाशवती की कहानी ले जाते हैं। रविवार के 'सत्यमार्ग' का अंक दे जाते हैं। बैकुंठ बाबू से भी इनका परिचय है। मगर, बैकुंठ बाबू इस घर में व्याकरण के तृतीय पुरुष की तरह रहते हैं। प्रथम पुरुष है प्रकाशवती, तृतीय हैं बैकुंठ बाबू। सत्रह-अठारह सौ रुपये पाते हैं और अर्ल स्टेनली गार्डनर का पैरी मैसन सीरीज पढ़ते-पढ़ते सो जाते हैं।

प्रकाशवती लौट आती है और एक सिगरेट जलाकर पीने लगती है। ज्यादातर नहीं पीती। उदास होती है तो सिगरेट पीती है। ज्यादा उदास होती है तो पोर्ट या जिन पीती है और भी ज्यादा उदास होती है तो बैकुंठ बाबू से झगड़ा करती है। कहती है, 'तुमने मेरी जिन्दगी बर्बाद कर दी। कैदखाने में बन्द करके रख दिया... ।'

"मैंने उनसे कहा था। उन्होंने कहा कि केस उनके हाथ में नहीं है और सिन्हा साहब किसी की सिफारिश नहीं सुनते। आई एम रियली सॉरी, वैदिक जी, आपके दोस्त के लिए कुछ नहीं कर सकी मैं!" प्रकाशवती आँखें बन्द करके सिगरेट का मजा लेने लगी और सोचने लगी कि सुकुमार और पुष्पा अब तक क्यों नहीं लौटे हैं।

वयोवृद्ध सम्पादक नरहरिनाथ की समझ में आ जाता है कि प्रकाशवती ने बैकुंठ बाबू से कहा ही नहीं है। कहने से पति देवता टाल नहीं सकते थे क्योंकि केस उन्हीं के हाथ में है। असल में, प्रकाशवती स्वयं टाल रही है, क्योंकि, शशिप्रभा पर नाराज है। शशिप्रभा व्यंग्य करती है। शशिप्रभा वैदिक की दूसरी पत्नी है। रूप में और यौवन में प्रकाशवती से बीस-इक्कीस ही है, उन्नीस-अठारह नहीं। मगर, प्रकाशवती की तरह अपने को प्रेम करना नहीं जानती है। दैनिक पत्र के तीन सौ रुपयों में अपने को किसी तरह भी पेश नहीं किया जा सकता है।

नरहरि पत्नी पर बहुत नाराज हुए। हजार रुपयों का सौदा खराब हो गया। सेठ को वादा करके आए थे। प्रकाशवती ड्राइंगरूम में अकेली रह गई। वह वैदिक को नाराज नहीं करना चाहती थी। नाराज होकर वे तरह-तरह की बातें फैलाएँगे। मगर, प्रकाशवती यह भी नहीं चाहती थी कि बैकुंठ बाबू उसके लिए कोई रिस्क उठाएँ।

प्रकाशवती अपने पति से किसी की भी सिफारिश नहीं करती है। आखिर करे भी क्यों? नौकरी की बातों में पड़ने का उसे अधिकार ही क्या है? फिर, आदमी गैर ईमानदार क्यों बने? बेफायदा रिस्क क्यों उठाए? प्रकाशवती सोचती है और नई सिगरेट जलाती है। धुएँ की कुंडलियाँ फैलती हैं। विचारों की कुंडलियाँ फैलती हैं। सुकुमार वापस नहीं आ रहा है। शनिवार की शाम बीती जा रही है।

तभी बैकुंठ बाबू ड्राइंग में आते हैं। सामने के सोफे पर बैठते हैं। हाथों में मोड़ा हुआ एक कागज है। चुपचाप बैठे रहते हैं। प्रकाशवती जल्दी से सिगरेट फर्श पर डालकर पाँव से कुचल देती है। मगर धुआँ उड़ता रहता है। आग छिप जाती है, धुआँ छिपता नहीं। शनिवार की शाम बीतती जा रही है। सुकुमार और पुष्पा अभी तक नहीं लौटे हैं। पुष्पा की उम्र पन्द्रह-सोलह है। सुकुमार की उम्र? सुकुमार प्रकाशवती से बहुत छोटा है और प्रकाशवती अपनी उम्र से बहुत छोटी है। उम्र से क्या होता है? उम्र का क्या है?

इच्छाओं की उम्र नहीं होती। पिपासाओं की उम्र नहीं होती। फिर आदमी की उम्र क्यों हो। बैकुंठ बाबू के बाल कनपटियों पर सफेद हो गए हैं। इन्कम टैक्स की मोटी-मोटी फाइल...बड़ी-बड़ी कम्पनियों के ऑडिट-रिपोर्ट...स्टेटमेंट...काउंटर-स्टेटमेंट...ऐसेसमेंट...बैकुंठ बाबू आदमी नहीं हैं, मशीन हैं। इतनी विराट व्यवस्था की मशीनरी के एक छोटे से स्क्रू! एक स्क्रू ढीली होने से पूरी-की-पूरी मशीन बिगड़ सकती है।

बेबी कहाँ गई? सुकुमार के साथ स्टूडियो गई है, यह उन्हें पता है फिर भी पूछते हैं, क्योंकि बात शुरू करने के लिए कुछ तो पूछना ही होगा। प्रकाशवती से बातें करने के लिए कुछ बहाना जरूर चाहिए। नहीं तो आखिर बात भी क्या की जाए। घर-बाजार की बातें नौकर और आया के सुपुर्द हैं। पुष्पा अपने स्कूल की बातें खुद सँभालती हैं। दफ्तर और दफ्तर की फाइलों की बातों में प्रकाशवती को इंटरेस्ट नहीं है। प्रकाशवती को इंटरेस्ट है कविता में। इंटरेस्ट है थिएटर में, सांस्कृतिक कार्यक्रमों में, साहित्य में, फैशन में, जीवन की सुन्दरताओं में, कोमलताओं में। बैकुंठ बाबू के पास अपनी शिक्षित सुसंस्कृत, मॉर्डन पत्नी से बातें करने के लिए विषय नहीं है।

बेबी स्टूडियो गई है। अभी आती होगी, प्रकाशवती ने नहीं कहा कि बेबी सुकुमार के साथ गई है। नहीं कहा। यों ही नहीं कहा और अपने पति से पूछा, "अखबार पढ़ना हो गया? अभी शायद खाना तैयार नहीं हुआ है। बेयरा से पूछें?"

"नहीं, मैं यों ही चला आया। यों ही नहीं, एक बात है," बैकुंठ बाबू अपनी

उँगलियों में पड़े कागज के पन्ने को मोड़ने लगे।

''क्या बात है? मुझसे कुछ कहना है? तुम्हारे किसी ऊँचे अफसर के यहाँ पार्टी में जाना है, किसी कॉकटेल में शामिल होना है? क्या बात है?'' प्रकाशवती ने पूछा। उसकी निगाहें कड़ी हो गईं। बैकुंठ बाबू के चेहरे पर जम गईं। उसकी कोई नफरत-भरी याद।

"नहीं, दूसरी बात है।"

"दूसरी बात क्या होगी, वही बात होगी। मैं नहीं जाती तुम्हारे किसी अफसर के जलसे में। मैंने ड्रिंक करना छोड़ दिया है।"

"नहीं, दूसरी बात है।"

"दूसरी बात क्या है, बोलो? मुझे डाइवोर्स करना चाहते हो? नई शादी करना चाहते हो?"

"नहीं!"

बैकुंठ बाबू चुप हो गए। चुपचाप छत की ओर देखते रहे। सामने की दीवार की ओर देखते रहे। खुली हुई खिड़की से बाहर की सड़क को देखते रहे। सतरंगी फ्रॉकों में लड़कियाँ, प्रेम धकेलती हुई माँएँ, बातें करते हुए हँसते हुए दम्पति। खिड़की के बाहर की जिन्दगी तस्वीर-सी दिखती है। खिड़की के अन्दर की जिन्दगी किसी बदसूरत सपने-सी दिखती है। बैकुंठ बाबू तस्वीर आँकना चाहते हैं। बैकुंठ बाबू नया सपना गढ़ना चाहते हैं।

लगभग दस मिनट तक कमरा चुप रहा। कमरे की हर चीज चुप रही। तब बैकुंठ बाबू ने कागज का पन्ना प्रकाशवती की ओर बढ़ाते हुए कहा, "प्रकाश, मैंने एक कविता लिखी है। वही तुम्हें दिखाने आया था, तुम साहित्यिक हो..."

"तुमने कविता लिखी है? तुमने? तुमने कविता लिखी है," प्रकाशवती ने पूछा। आश्चर्य से, विस्मय से, भय से, आतंक से भरकर प्रकाशवती ने पूछा और पागलों की तरह हँसने लगी।

कागज का पन्ना बैकुंठ बाबू के हाथों से छूट गया और प्रकाशवती के पाँवों के पास फड़फड़ाने लगा। प्रकाशवती हँसने लगी। प्रकाशवती हँसती रही।

प्रकाशवती के पागल कहकहे से ड्राइंगरूम गूँज रहा है। बैकुंठ बाबू अपराधी की तरह सिर झुकाए बैठे हैं। कागज का पन्ना फड़फड़ाकर शान्त हो गया। शनिवार की शाम बीती जा रही है।

[वासन्ती, सितम्बर, 1960]

श्मशान में पुष्पवृक्ष

विकास, एम.ए., एम.एस-सी., एल-एल.बी.। उनसे मुलाकात करके आप लौटेंगे तो उम्र भर यही सोचते रहेंगे, उनसे मुलाकात क्यों हुई। मल्लिक साहब तो यहाँ तक कह लेते हैं, विकास एम.ए. जिस दिन मुस्कुराते हैं, बादल नहीं होने पर भी पानी जरूर बरसता है। यानी, उन्हें किसी न किसी बात पर कभी भी मुस्कुराते नहीं देखा है। उन्हें दूसरों की भी हँसी पसन्द नहीं है, गवारा नहीं है।

रामधन 'पल्लव' मासिक पत्र के दफ्तर में बेयरा था और उसे विकास, एम.ए. ने सिर्फ इसी बात पर बर्खास्त कर दिया, कि उनके कमरे में एक बिल्ली को घुसते देखकर उसे हँसी आ गई थी। वे प्रधान सम्पादक हैं, बेयरा नहीं भी हँसे, तो भी वे उसे निकाल सकते हैं, मगर बिल्ली को देखकर आदमी को हँसी नहीं आए, यह कानून तो औरंगजेब के राज में भी नहीं था। असिस्टेंट-एडिटर सुभाष चन्द्र और सरक्युलेशन मैनेजर चन्द्रभान ने रामधन के हटाए जाने का विरोध करना चाहा, मगर यह सोचकर चुप लगा गए कि विकास, एम.ए. को नाराज करना ठीक नहीं है। वे 'पल्लव' प्रकाशन प्राइवेट लिमिटेड के साहित्य-प्रेमी मालिक, पटेल ब्रदर्स (जिन्होंने इस साल रूस जूता और चमड़ा सप्लाई करके करोड़ों रुपया कमाया है, और जिनके नाम से 'पल्लव' में साहित्य और संस्कृति और दर्शन पर लेख भी छपते हैं।) के खास आदमी हैं। दयाभाई पटेल के लिए चेम्बर ऑफ कॉमर्स की स्पीचें विकास, एम.ए. ही लिखते हैं। जसु भाई पटेल के साथ गर्मियों में शिमला-नैनीताल विकास, एम.ए. ही जाते हैं।

सुभाषचन्द्र टेबल पर घूँसा पटककर कहता है, "यह शैतान बुड्ढा और जसु भाई शिमला-नैनीताल में क्या करते हैं और यहाँ भी हर रविवार की शाम को अस्सी हजार की गाड़ी में बैठकर कहाँ जाते हैं, मुझे सब मालूम है।"

यह शैतान बुड्ढा, यानी विकास, एम.ए.। उम्र साठ के आसपास है, पचास के पार तो जरूर ही हो गई होगी। मगर, दाँत सभी कायम हैं, जो भी बाल सिर पर बचे हैं, वे ज्यादातर स्याह ही हैं। चेहरे का तरीका छायावादी कवियों की तरह है और वे अपने को पुराने ग्रीक दार्शनिकों की तरह पेश करना चाहते हैं। गांधी टोपी पहनते हैं, मगर सिर्फ लिफ्ट से अपने चेम्बर तक आने के वक्त और सिर्फ अपने चेम्बर से लिफ्ट तक जाने के वक्त। बाकी वक्त टोपी फोलियो बैग के एक कोने में चिपकी रहती है।

ठीक सवा नौ बजे विकास, एम.ए. के चेम्बर का कॉलबेल बुज्ज-बुज्ज बजता है। धड़कते हुए सीने से एडिटोरियल डिपार्टमेंट का सीनियर क्लर्क चेम्बर में घुसता है, सहमते हुए स्वर में कहता है—''सभी लोग आ गए सर, केवल सुभाषचन्द्र नहीं आए हैं।''

''हाजिरी-बही अन्दर रख आइए,'' विकास, एम.ए. निगाहें ऊपर नहीं करते हैं, मनोयोग से स्केल और ब्लेड उँगलियों में दबाए 'मार्ग' या 'सुन्दरम्' या 'कंटेम्पोरैरी आर्ट' से कोई तस्वीर काटते रहते हैं।

सीनियर क्लर्क बाहर निकल आता है। विज्ञापन-मैनेजर मल्लिक साहब के लिए कॉलबेल बुज्ज-बुज्ज करता है।

''पिछले महीने कुल पचपन पेज थे। इस बार बासठ पेज एडवर्टिजमेंट है। केश-कुन्तल कम्पनी का विज्ञापन तो आपने ही रिजेक्ट कर दिया है, नहीं तो तिरसठ पेज हो जाता,'' मल्लिक साहब कहते हैं और उनकी ओर देखते रहते हैं। सफेद कुर्ता, हाथी दाँत की बटनें, पेलिकन फाउंटेन पेन, लाइब्रेरी फ्रेम का मोटा चश्मा, क्लीनशेव चेहरा और भावहीन दृष्टि।

''केश-कुन्तल के विज्ञापन का ब्लॉक आपने देखा था? इतनी भद्दी तस्वीर 'पल्लव' में कैसे छापी जा सकती? मैं सुरुचि और सौन्दर्य चाहता हूँ, कुरुचि और अश्लीलता नहीं। अपने विज्ञापनों में भी इसका खयाल रखेंगे।'' विकास, एम.ए. ने उत्तर दिया और अपने काम में डूब गए।

सवा नौ बजे की सुई सवा छः बजे पर चली गई। वह चली जाती रही, हर रोज जाती रहेगी।

मगर एक दिन घड़ी की सुई ठीक दो बजे दिन में रुक गई। विकास, एम.ए. टाइपिस्ट को समझा रहे थे, कि उनके नाम की जगह विकास, एम.ए., प्रधान 'सम्पादक' टाइप करना चाहिए, सिर्फ विकास 'प्रधान-सम्पादक' नहीं। सुभाषचन्द्र बोरिस पास्तरनाक से सम्बन्धित लेख तैयार करके प्रधान-सम्पादक को दे आया था और अब चन्द्रभान की टेबल पर बैठकर उसे बता रहा था कि अमुक लेखक अपनी प्रेमिका को महान लेखिका बनाकर अमर करने के लिए क्या-क्या प्रयत्न कर रहे हैं। दूर के कोने में एकाउंटेंट और कैशियर बहस कर रहे थे कि हिसाब में एक रुपये चौदह नए पैसे की गड़बड़ी दूसरे ने की है, उसने नहीं की। नया अंक आ गया। बेयरे और दफ्तरी मिलकर अंकों के पैकेट बाँध रहे थे।

प्रेस का दरवाजा खुला और सुभाषचन्द्र की आँखें खुली-की-खुली रह गईं। एडिटर साहब ने चन्द्रभान की तरफ देखते हुए मीठे सुर में कहा, ''हाय, हम भी खुदा के बन्दे हैं!''

दफ्तर भर में विकास, एम.ए. के बाद सबसे अधिक उम्र के हैं, असिस्टेंट-एडिटर धैर्यनाथ सहाय। बिहार के खानदानी कायस्थ हैं। पूरा एक शेर ही बोल गए :

हमें बीमार रहने दो, कि शायद इस बहाने भी। बहाना करके वो आएँगे मुझ पर मुस्कुराने भी!

पर, उसने सहाय के शेर का एक शब्द भी नहीं सुना, किसी की टेबल के पास पल भर को नहीं रुकी, सीधे प्रधान-सम्पादक के चेम्बर में घुस गई, जैसे यहाँ वह कई बार आ चुकी हो! जबकि सच्चाई यह थी कि 'पल्लव' पत्रिका के इतिहास में पहली बार इतनी सुन्दरी युवती ने दफ्तर में प्रवेश किया था। ज्यादातर लेखिकाएँ ही थीं और सुभाषचन्द्र का कहना है कि हिन्दी साहित्य का सबसे बड़ा दुर्भाग्य है कि हिन्दी की अक्सर लेखिकाएँ देखने-सुनने में 'प्लीजिंग' नहीं होती हैं।

विकास, एम.ए. किसी काल्पनिक महिला के नाम से 'पल्लव-सम्पादक' को पत्र लिख रहे थे कि 'पल्लव' हिन्दी की सर्वश्रेष्ठ पत्रिका है। एक-एक शब्द सोचकर लिख रहे थे। अकस्मात् उन्हें लगा कि कोई व्यक्ति चेम्बर के भीतर आ गया है। मगर, विश्वास नहीं हुआ। बिना दरवाजा खटखटाए कोई अन्दर नहीं आ सकता। जब किसी कीमती सेंट की मोटी सुगंध उनके नासिका-रन्ध्रों में बलपूर्वक प्रवेश करने लगी, तो उन्होंने पेलिकन फाउंटेनपेन बन्द किया, आँखों पर चश्मा दुरुस्त किया और निगाहें सामने उठाकर अतिथि को देखने लगे। वे एक ही वाक्य कहने को थे, 'प्लीज, गेट आउट, आस्क पर्मिशन, एंड देन कम इन!'

किन्तु, सामने एक भरी-पूरी युवती का चेहरा था। चेहरा था, जिसमें आँखें थीं और ओठ थे और आँखें मुस्कुरा रही थीं और ओठ मुस्कुरा रहे थे और विकास, एम.ए. ने इतना दुर्दान्त आकर्षक चेहरा या आँखें या ओठ कभी तस्वीरों में भी नहीं देखा था। पता नहीं, क्यों और कैसे, मगर उनके शरीर में और मन में एक केमिकल रिएक्शन हुआ। शरीर के तन्तु ढीले और हलके हो गए। मन पर हरदम कसा हुआ तनाव टूट गया, गाँठें खुल गईं। अचानक वे मुस्कुराने लगे। अचानक उन्होंने कहा, "यह एक साहित्यिक-पत्रिका का दफ्तर है, लेडीज ब्यूटी सैलून नहीं है। आप यहाँ कैसे आ गईं?"

उसने काफी आधुनिक मेकअप कर रखा था। ब्लाउज में बाँहें नहीं थीं, पीठ का भी बहुत सारा हिस्सा गायब था। बाल खुले थे और कन्धों के ऊपर तक ही छतनार थे। लिपस्टिक का रंग जरूरत से बहुत ज्यादा सुर्ख था। मगर, उसने विकास, एम.ए. के हलके और तेज मजाक का कोई माकूल-गैरमाकूल जवाब नहीं दिया। वह मुस्कुराती हुई आई थी, बिना कुछ पूछे सामने की कुर्सी पर जम गई और मुस्कुराती रही।

वे हतप्रभ हो गए। ब्लेड और स्केल और अंग्रेजी की मैगजीन और किताबें ड्राअर के हवाले करते रहे। फिर अपनी कुर्सी की पीठ पर टँगे थर्मस से खुद ही डालकर पानी पीने लगे। तब उसने मुस्कुराना रोका और बोली, "बम्बई में थी तो स्टाल पर आपकी मैगजीन देखी थी। अच्छा निकाल लेते हैं। एकाध आर्टिकिल पढ़ने लायक जरूर होता है। मगर बहुत कमर्शियल गेटअप-मेकअप करते हैं। इलस्ट्रेशंस बहुत चीप होते हैं। तस्वीरों में आर्ट नहीं होता, सिर्फ डेकोरेशन होता है।"

‘‘आप तस्वीरें समझती हैं? मॉर्डन आर्ट का पता है आपको?’’ विकास, एम. ए. के प्रश्न में हास्य नहीं था, व्यंग्य भी नहीं, सीधा हमला था, गुस्सा था। वे वहीं लौट आए थे, जहाँ इस कीमती मुस्कुराहट वाली औरत के आने के पहले थे। जहाँ हर रोज थे, हर वक्त थे।

वह और भी चौड़ी होकर मुस्कुराई। उसकी निगाहों में और भी मिठास फैल गई। उसने किसी को भी पागल बना लेनेवाले उसी लहजे में कहा, ‘‘आपको अपनी समझदारी पर यकीन है, जरूरत से ज्यादा यकीन है, मुझे इस बात की खुशी है। आप चाहेंगे तो मैं आर्ट के बारे में अपनी समझदारी का सबूत आपको पेश कर सकूँगी। आर्ट मेरा पेशा है, मैं तस्वीरें आँकती हूँ।’’

विकास, एम.ए. को इस उत्तर की आशा नहीं थी। वे सोचने लगे थे कि यह लड़की उच्चवर्गीय सिन्धी या गुजराती या महाराष्ट्रीय परिवार की लड़की है और यूनिवर्सिटी के किसी फिल्मी हीरो दिखते हुए लड़के से प्रेम करने लगी है और विरह की कविता लिखने लगी है और यहाँ आई है कि ‘पल्लव’ में उसकी एकाध कविता छप जाए।

“मैं अभी जा रही हूँ। अगले रविवार से मेरी तस्वीरों की एक्जिबिशन हो रही है। उसी सिलसिले में ओवर बिजी हूँ। फिर कभी आऊँगी...अच्छा, जा रही हूँ,” वह कुर्सी से ऊपर उठी।

“कॉफी पीकर जाइए। कहिए तो कोकाकोला मँगवाऊँ...इससे ज्यादा गर्म चीज दफ्तर में मँगवाई नहीं जा सकती, बियर तक नहीं,” विकास, एम.ए. ने पूछा और इस तरह अचानक यह खूबसूरत तस्वीर कुर्सी से उठ खड़ी होगी, इतनी जल्दी जाने लगेगी, यह सोचकर दुःखी होने लगे।

“मुझे बहुत अच्छा लगता आपकी बातें सुनते हुए और कॉफी पीते हुए यहाँ बैठना बहुत अच्छा लगता। आपका कमरा एयरकंडिशंड है और बाहर बड़ी तेज धूप है। मगर दस मिनट में मुझे चौरंगी पहुँचना ही पड़ेगा। म्यूजियम के पास फुटपाथ पर मेरा कोई इन्तजार कर रहा होगा,” उसने उत्तर दिया और सीधी तरह उठ खड़ी हुई। उठ खड़ी हुई और मुस्कुराई। मुस्कुराई और विकास, एम.ए. ने पूरी तरह समझ लिया कि मुस्कुराहट उनके लिए है।

“फिर कभी आइए।”

“आऊँगी।”

“कब?”

“जब बुलाएँ। आप बुलाएँ और मैं न आऊँ? आप सम्पादक हैं, मैं आपकी पत्रिका में अपनी तस्वीरें छपाना चाहती हूँ।”

“कब आ रही हैं?”

“इसी दिन अगले सप्ताह।”

“जरूर?”

"अगर बीच में मर न गई," वह खिलखिलाई और कमरा संगीत की हलकी तरंग में दिन-भर डूबा रहा और वह चली गई।

सुभाषचन्द्र दरवाजे से सटा खड़ा था, अन्दर की बातें सुनने की कोशिश कर रहा था। उसे बाहर निकलती देखकर अपनी सीट पर आ जमा। मल्लिक साहब ने एक शेर कहा, ''रेगिस्तान में क्यों आए हैं ये दिन बहार के...'' मगर, शेर आधा ही रहा और वह लिफ्ट में चली गई।

दरवाजे के बाहर खड़ा रहकर सुभाषचन्द्र विकास, एम.ए. और अपरिचिता भद्र महिला की बातें नहीं सुन सका था, खिलखिलाहटें सुनी थीं, चन्द अल्फाज सुने थे। वह सुनना चाहता था। जानना चाहता था। प्रेस से आए हुए प्रूफ लेकर वह चेम्बर में घुसा। विकास, एम.ए. चुपचाप बैठे थे और सामने की खाली कुर्सी की ओर देख रहे थे।

''बहुत अच्छी आर्टिस्ट है। बम्बई से हाल ही में यहाँ आई है, इत्ती बड़ी थी, तभी से जानता हूँ। इसके पिता मेरे अजीजों में हैं। यहाँ संडे से उसकी तस्वीरों का शो होनेवाला है। मुझसे कहने आई थी कि जसु भाई से शो का उद्घाटन करवा दूँ। मगर, वे तो इटली गए हुए हैं,'' विकास, एम.ए. एक ही साँस में कह गए।

सुभाषचन्द्र ने जो बातें बाहर खड़े होकर सुनी थीं, उनसे इसे इतना तो पता हो ही गया था कि वह इनकी पूर्व परिचिता नहीं है। इसीलिए ये बातें सुनकर वह मुस्कुराया। विकास, एम.ए. जल्दी झूठ नहीं बोलते हैं।

''सुभाष, बेयरे को कहो, कॉफी ले आएगा। तुम अपने लिए सिगरेट भी मँगवा लोगे, मेरे लिए पान।''

विकास, एम.ए. ने 'पल्लव' के इतिहास में पहली बार दफ्तर में कॉफी मँगवाई है। कोई खास गेस्ट आता है, तो सुभाषचन्द्र या चन्द्रभान या मल्लिक साहब ही चाय-कॉफी मँगवाते हैं, विकास, एम.ए. नहीं। मगर आज की बात ही कुछ और है। शायद इतिहास नए सिरे से लिखा जा रहा है। वह फिर आने का वादा करके जा चुकी है और कमरे में कीमती सेंट की सुगन्धि अब तक तैर रही है। वह चली जा चुकी है और अपनी बेशकीमती मुस्कुराहटें विकास, एम.ए. के ओठों पर चुपड़ गई है।

"भाई साहब, वह तस्वीर आँकती है। 'पल्लव' में उनकी एकाध तस्वीरें छापिए न! जरूर अच्छी आर्टिस्ट होगी," सुभाषचन्द्र ने कहा और आदतन व्यंग्य-भरी मुस्कुराहट में ओठ सिकोड़ने लगा।

मगर उन्होंने बुरा नहीं माना। बुरा मानने की भला बात ही क्या है! बोले, "वह अपनी तस्वीरें लेकर आएगी, देखें, अपने स्टैंडर्ड लायक होती हैं या नहीं, यह तो 'पल्लव' की बेतरह प्रशंसा कर रही थी। कह रही थी, हिन्दी में इतनी महान पत्रिका निकालना बहुत ही महान कार्य है।"

कॉफी पीते-पीते शाम के चार बज गए। सुभाषचन्द्र अपनी सीट पर चला गया

और एक साहित्यिक मित्र के नाम पत्र लिखने लगा। पत्र में उसने यह लिख ही दिया कि आज उसने विकास, एम.ए. को मुस्कुराते देखा है, मजाक का बुरा नहीं मानते देखा है, लगातार झूठ बोलते देखा है...। क्षण-भर में समूचे दफ्तर का रंग बदल गया। दलीप सिंह टाइपिस्ट चार-पाँच दिन की छुट्टी की दरख्वास्त लेकर गया और विकास, एम.ए. ने छुट्टी मंजूर कर दी, यह भी नहीं पूछा कि छुट्टी क्यों चाहिए, दरख्वास्त तक नहीं पढ़ी। मल्लिक साहब के किसी चुटकुले पर चन्द्रभान ने जोरों का ठहाका लगाया, अपने चेम्बर से निकलते हुए विकास, एम.ए. ने यह नहीं कहा था–'यह दफ्तर है, फिश-मार्केट नहीं है।'

चेम्बर से लिफ्ट की ओर जाते हुए आज वे टोपी चढ़ाना भी भूल गए।

तीन-चार दिनों के बाद ही वह आ गई। विकास, एम.ए. प्रस्तुत नहीं थे। इतनी जल्दी वह आ जाएगी, उन्हें विश्वास नहीं था। कुर्सी पर बैठते हुए उसने कहा, "विकास जी, चाय मँगवाइए। मुझे बहुत प्यास लगी है। सीधी डाइमंड हार्बर से आ रही हूँ। एक लैंडस्केप करने गई थी। सुबह से लगी रही, अभी जाकर पूरा हुआ है..."

बुज्ज, बुज्ज, बुज्ज, कॉलबेल बजा। बेयरे ने आकर सलाम किया। विकास, एम.ए. ने कहा, "कैफेटेरिया चले जाओ। एक पॉट चाय और थोड़ी मिठाइयाँ और नमकीन ले आओ।"

"मैं मिठाई, नमकीन कुछ नहीं लेती। बस, चाय चाहिए और नहीं," उसने मना कर दिया। उसने मना कर दिया और उनकी तरफ देखती हुई, मुस्कुराती रही। बेयरे के जाने के बाद बोली, "आपके पास आना नहीं था। 'एब्स्ट्रैक्ट' के सम्पादक को टाइम दिया था। वे मेरी कुछ तस्वीरें और मुझ पर एक लेख छापना चाहते हैं। मगर नीचे से जा रही थी, तो आपकी तरफ चली आई। आपकी मैगजीन बड़ी वल्गर है, मगर आप बहुत अच्छे हैं। यू आर सो नाइस..."

विकास, एम.ए. को पसीना आ गया। एयरकंडीशंड कमरे में पसीना आ गया और कोई चारा नहीं था। 'पल्लव' वल्गर है और वे रिफाइंड हैं, यह कैसे सम्भव है? जो वे हैं, वही 'पल्लव' है। मगर उसने कहा, तो उन्हें विश्वास होने लगा, कि जो वे हैं, उतना सुन्दर वे 'पल्लव' को नहीं बना सके हैं। शायद अब बना ले सकें...।

"देखिए, अभी तक मैंने आपका शुभ नाम नहीं पूछा है। उस दिन आपके जाने के बाद मैं कितनी देर तक सोचता रहा, कितनी देर तक सोचता रहा कि आपका नाम क्या हो सकता है। अन्त में लगा कि आपका नाम...आपका नाम जरूर कोई ऐसा शब्द है, जिसका अर्थ कमल का फूल है, जैसे नीरजा या सरोज या पद्मिनी, या..."

"मेरा नाम पद्मिनी है–पद्मिनी मेहता। मगर, आपने यह कैसे समझा कि मेरा नाम कमल के अर्थ का ही हो सकता है?" पद्मिनी ने पूछा, हालाँकि वह समझ रही थी कि उस दिन वह पोर्टबुल ट्रैवेल बैग लेकर आई थी और बैग पर सफेद अक्षरों में उसका पूरा नाम लिखा था।

"इसलिए कि कमल के अलावा कोई भी नाम आपके व्यक्तित्व का परिचायक नहीं हो सकता है," विकास, एम.ए. ने कह तो दिया, मगर अचानक उन्हें याद आ गया कि उनकी उम्र साठ के लगभग हो चुकी है और उनके सिर के इर्द-गिर्द बहुत थोड़े से बाल बच गए हैं और उनकी बड़ी लड़की की बड़ी लड़की की शादी हो चुकी है।

मगर, पद्मिनी ने बुरा नहीं माना, हँसती हुई बोली, "यू आर इंटरेस्टिंग!"

"यू आर वेरी इंटरेस्टिंग," पद्मिनी ने दोबारा कहा और कुर्सी पर इस तरह तनकर बैठ गई कि विकास, एम.ए. का समूचा शरीर झनझना उठा। फिर, चाय पी गई। फिर विकास, एम.ए. ने 'पल्लव' के नए-पुराने चार-पाँच अंक पद्मिनी के सामने रख दिए, और कहा, "आप सजेस्ट कीजिए, इसे किस तरह और भी सुन्दर बनाया जाए?"

पद्मिनी मेहता ने सजेस्ट करना शुरू किया। शाम हो आई, दफ्तर के सारे लोग एक-एक कर आने लगे, छुट्टी माँगकर चले जाने लगे। तय हुआ कि इस बार 'पल्लव' का पूरा मेकअप पद्मिनी करेंगी, सारे इलस्ट्रेशंस खुद बनाएँगी, विकास, एम.ए. कोई दखल नहीं देंगे।

लिफ्ट से दोनों साथ उतरे। चौरंगी रोड पर आकर पद्मिनी ने कहा, "म्यूजियम के पास मेरे लिए गाड़ी खड़ी होगी। आप भी तो बालीगंज रहते हैं न? चलिए, आपको आपके बँगले तक छोड़ आऊँ।"

"चलिए," विकास, एम.ए. ने उत्तर दिया और अगल-बगल देखने लगे कि कहीं कोई परिचित मित्र तो नहीं देख रहा है। देखता तो उन्हें लज्जा नहीं होती, वे गौरव महसूस करते।

म्यूजियम के सामने फुटपाथ के किनारे एक काली एम्बेसडर खड़ी थी। पद्मिनी मेहता ने कहा, "ड्राइवर साहब, हमें बालीगंज की तरफ ले चलो। तेज मत चलना, हमें जल्दी नहीं है।"

कार चलने लगी और खिड़की से तेज और ताजा हवा विकास, एम.ए. को छूने लगी, तो उन्हें ख्वाहिश हुई कि वे एक सिगरेट पिएँ। ख्वाहिश हुई कि वे एक पेग ह्विस्की पिएँ। ख्वाहिश हुई कि वे पद्मिनी से कह दें कि वे जिन्दगी में कभी मुस्कुराए नहीं थे, खुश नहीं हुए थे।

कार रासबिहारी एवेन्यू से मुड़ी नहीं, सीधी सदर्न एवेन्यू के रास्ते पर बढ़ गई। सदर्न एवेन्यू के बाद बालीगंज लेकर झील के किनारे-किनारे चलती हुई कार और अपने घुटनों में बाँहें बाँधकर बैठी हुई पद्मिनी मेहता और शाम का अँधेरा बढ़ता जा रहा है। एक पेड़ के नीचे दो व्यक्ति खड़े हैं। एक स्त्री और एक पुरुष और दोनों बुत की तरह खड़े हैं और झील की तरफ निहार रहे हैं। एक बेंच पर दो व्यक्ति बैठे हैं, एक स्त्री और एक पुरुष और दोनों एक-दूसरे की बाँहों में बँधे हैं और झील की तरफ निहार रहे हैं और झील के किनारे-किनारे लोगों की भीड़ बढ़ती जा रही है। विकास, एम.

ए. ने बहुत ही कोमलता से पद्मिनी मेहता का बायाँ हाथ अपने दोनों हाथों में थाम लिया। वह मुस्कुराती रही, कई मिनटों तक मुस्कुराती रही। फिर बोली, ''इतने जोरों से न दबाइए। मेरे हाथ बहुत कमजोर हैं।''

भय से आतंकित होकर विकास, एम.ए. ने उसका हाथ छोड़ दिया और शरमाकर खिड़की से बाहर देखने लगे। बालीगंज आ गया।

विकास, एम.ए. कार से नीचे उतर आए, तो उसने कहा, ''हफ्ते भर बाद आऊँगी। शायद, शनिवार को आ सकूँगी।''

शनिवार को विकास, एम.ए. शेरवानी और चूड़ीदार पहनकर आए। दफ्तर के सभी लोगों को अन्दाज से ही पता चल गया कि वह आएगी।

''सुभाष भाई, उसका नाम आपको मालूम है?''

दलीप सिंह टाइपिस्ट ने पूछा, तो उसने बनावटी गुस्सा दिखाते हुए कहा, ''दलीप बाबू, कुल एक सौ बीस रुपये पाते हो और पद्मिनी बाई का नाम पूछते हो? दो सौ रुपया तो वह महीने-भर के स्नो-पाउडर में खर्च करती होगी!''

''दो सौ का स्नो पाउडर!'' चन्द्रभान ने आश्चर्य से चीखकर कहा और अपनी बीवी के बारे में सोचने लगा, अफगान स्नो का एक डिब्बा लगभग साल-भर चला लेती है।

और सभी लोग मन-ही-मन पद्मिनी मेहता की प्रतीक्षा करने लगे। काम करते रहे और प्रतीक्षा करते रहे। प्रूफ देखते रहे, नए ग्राहकों को अंक डिस्पैच करते रहे, बी.पी. के फार्म भरते रहे, बैलेंसशीट मिलाते रहे, विज्ञापन-पार्टियों को पत्र लिखते रहे, टाइप करते रहे, चाय पीते रहे और पद्मिनी की प्रतीक्षा करते रहे।

पद्मिनी सवा पाँच बजे आई। विकास, एम.ए. को अपने साथ लेकर चली गई।

चौरंगी के किसी आभिजात्य-रेस्तराँ में आइसक्रीम खाते हुए, विकास, एम.ए. ने अपनी बगल में बैठी पद्मिनी से पूछा, "आपकी शादी हो चुकी है?"

"आपकी?"

"हुई थी। उनका देहान्त हुए भी दस-बारह साल हो गए। मैं भी तो बूढ़ा हो चुका हूँ।"

"आपकी उम्र तो चालीस-बयालीस से ज्यादा नहीं है। मुझे कम उम्र के पुरुष अच्छे नहीं लगते हैं। मेरी शादी नहीं हुई है।"

"आपकी उम्र क्या होगी?"

"औरतों की उम्र नहीं पूछते, विकास बाबू! मैं तीस-बत्तीस की हूँ। आपको यकीन नहीं होता है? मैं कपड़े पहनना जानती हूँ, मेकअप करना मुझे आता है, इसीलिए कम उम्र दिखती हूँ।

इसके बाद 'पल्लव' की बातें होने लगीं। पद्मिनी ने कवर के लिए और भीतर के इलस्ट्रेशन और डेकोरेशन के लिए अपनी तस्वीरें उन्हें दे दीं। तस्वीर विकास, एम. ए.

को पसन्द नहीं आईं, मगर एक बार भी वे अपनी नापसन्दगी जाहिर नहीं कर सके। पद्मिनी ने मुस्कुराते हुए कहा था कि उसे ज्यादा उम्रवाले लोग ज्यादा पसन्द हैं।

पद्मिनी रिफाइंड टेस्ट की औरत है। सुन्दरी है। कपड़े पहनकर भी अपने शरीर का हर अंग दिखाना जानती है। आर्ट और साहित्य, फिलॉसफी और समाजशास्त्र पर बहस कर लेती है! फ्रायड से लेकर हेवेलाक एलिस तक उसने पढ़ा है। नहीं पढ़ा हो, मगर किसी भी सोसाइटी में बैठकर किसी भी विषय पर बातें कर सकती है।

''आपका साथ मिलता रहे, तो 'पल्लव' देश की सबसे अच्छी पत्रिका बनाई जा सकती है। आई मीन, आप मुझे सहयोग दें तो...'' विकास, एम.ए. ने कहा।

आइसक्रीम खाने की आदत नहीं थी, दाँतों की जड़ों में हलका-सा दर्द उभरने लगा था।

''चलिए, आज विक्टोरिया मेमोरियल में चलकर शाम बिताएँ,'' पद्मिनी ने कहा।

विकास, एम.ए. ने नवयुवक बनते हुए कहा, ''मुझे क्या एतराज हो सकता है! आप जिधर कहेंगी, चलूँगा...मेरा क्या है?''

दूसरे दिन, विकास, एम.ए. ठीक सवा नौ बजे दफ्तर आ गए। किसी की तरफ भी बिना देखे अपने चेम्बर में घुस गए। कॉलबेल बुज्ज-बुज्ज-बुज्ज बजने लगा। सम्पादकीय विभाग का सीनियर क्लर्क अन्दर घुसा।

"सभी लोग आ गए?"

"जी, सिर्फ सुभाषचन्द्र नहीं आए हैं।"

"नहीं आए हैं?"

"जी नहीं!"

''सुभाषचन्द्र आएँ, तो उनसे कहिएगा कि इस दफ्तर में उनकी जरूरत नहीं है। रोज लेट आते हैं, रोज सवेरे भाग जाते हैं। मेरा मुँह क्या देख रहे हैं, जाइए, अपना काम कीजिए!'' विकास, एम.ए. शेर की तरह गरजने लगे। फिर, सिर झुकाकर ब्लेड और स्केल पकड़कर पत्रिकाओं से तस्वीर काटने लगे।

[वासन्ती, नवम्बर, 1960]

बीच का आदमी

श्यामल बहुत देर तक पार्क स्ट्रीट के बस-स्टॉप पर खड़ा रहता है। बसें आती हैं। पार्क स्ट्रीट की शाम के मुसाफिर उतरते हैं। घर लौटनेवाली कामगार औरतें चढ़ती हैं। बसें चली जाती हैं। श्यामल रुका रहता है। सिगरेट पीना चाहता है। फिर रुक जाता है। प्रभात आएगा, तो साथ चाय पीएँगे और चाय के साथ सिगरेट। बेकार एक कैप्स्टन बरबाद करने का फायदा ही क्या है!

किसी की पत्नी दिखती हुई एक दुबली-सी लड़की उसके पास सरककर पूछती है, "आपकी घड़ी में क्या बजा है?"

श्यामल आतंकित होकर दो-तीन कदम पीछे हट जाता है। "नहीं, नहीं, मैं नहीं...मैं तो आर्टिस्ट हूँ...पिछले महीने अपनी विधवा दीदी से सौ रुपये कर्ज लेकर आर्ट हाउस में अपने चित्रों की प्रदर्शनी की थी...एक भी तस्वीर नहीं बिकी...एक भी नहीं...मैं नहीं, मैं तो मामूली आदमी हूँ।"

वक्त का भाव पूछनेवाली लड़की शरमा जाती है और श्यामल लम्बे दरख्तों की कतारों से ऊपर उगे हुए, विक्टोरिया मेमोरियल के संगमरमरी गोल गुम्बद को देखने लगता है। यह गुम्बद ऊपर नहीं उठ सकता है। यह जिन्दगी ऊपर नहीं उठ सकती है...यह रात...अँधेरा...यह भूख...आग की यह नदी...श्यामल फिर उदास हो गया।

लेकिन, प्रभात रंजन आ गया और मुस्कुराता हुआ बोला, "देर हो ही गई! शारदा से जब मिलता हूँ, जरूरत से ज्यादा देर हो जाती है। मगर हाय, बड़ी प्यारी लड़की है, जैसे लड़की नहीं है, अलीपुर का चिड़ियाखाना हो...रायल बंगाल टाइगर जैसी आँखें... हिप्पोपोटैमस जैसी त्वचा...मयूर जैसे पाँव..."

वैसे प्रभात कवि है। बी.ए. में दो बार फेल करने के बाद कवि हो गया। लेकिन कविता और जीविका में उपमा क्या, प्रतीक का भी रिश्ता नहीं है, यह जानने के बाद बालोपयोगी पुस्तकें लिखने लगा। नौकरी नहीं मिलती है, प्रभात को भी नहीं मिली। माता-पिता नहीं हैं। एक शारदा है। प्राइमरी स्कूल में पढ़ाती है। दो साल पहले दोनों चुपचाप कालीघाट में एक-दूसरे को माला पहना चुके हैं, पुरोहित को दो रुपया पाँच आने दे चुके हैं। मगर चुपचाप। शारदा अपने पिता के यहाँ रहती है और सिन्दूर तक नहीं लगाती। प्रभात कहीं लग जाए, एक कमरे का किराया चुकाने भर का भी पराक्रम

पैदा कर ले, तब सोचा जाएगा। फिलहाल, दाम्पत्य की स्थिर, अचंचल, स्वस्ति और अवैध अभिसार के भावुक उन्माद दोनों का ही स्वाद लिया जाए।

''चाय पिलाओगे? खड़े-खड़े सिर-दर्द होने लगा है,'' श्यामल ने कहा।

श्यामल गम्भीर व्यक्ति है। अविवाहित है किन्तु बहुत बूढ़ा हो गया है। उम्र की बात नहीं है, मन पक गया है। दुःख के सारे बादल जैसे श्यामल के ही आँगन में बरसते हैं। आँगन नहीं है, अनवर शाह रोड की एक बिल्डिंग का गराज है, तीस रुपये महीने पर श्यामल को लगा दिया गया है। गराज का फर्श सड़क के बराबर है, लगातार पानी बरसता, तो कार्डबोर्ड और कैनवास पर बनी तस्वीरें नाव बन जाती हैं। श्यामल इन नावों के साथ डूबने लगता है।

''चलो, आज 'क्लारा' में चाय पिएँगे। सिर्फ आज भर, जरूरी बातें करनी हैं। शारदा के बैग से पाँच रुपये उड़ा लाया हूँ। बस, आज भर 'क्लारा', कल से तो फुथपाथ-होटल की दस नए पैसेवाली चाय किस्मत में लिखी ही है। प्रभात ने श्यामल के उत्तर की प्रतीक्षा नहीं की। जानता है, श्यामल को अच्छी जगहों में बैठना अच्छा लगता है। सर्वहारा नहीं बन सका है, अभिजात प्रवृत्तियाँ कायम हैं। धुले कपड़े पहनता है। कैप्स्टन पीता है। दस बार सिनेमा नहीं जाकर, एक बार 'चन्द्रमहल' थिएटर की अगली सीट पर बैठता है। आहा, प्लाइउड के बने अपने महल की खिड़की से जब रानी पद्मिनी नीचे झाँकती है...जब सम्राट राजसिंह कार्डबोर्ड की पालकी पर बैठकर महल के पास से गुजरते हैं...

श्यामल और प्रभात रंजन, दोनों ही पैसों की तंगी में हैं। हँसते-मुस्कुराते हैं, क्योंकि रोने-धोने की उम्र नहीं रही। लेकिन गुस्सा तो आता ही रहता है। 'क्लारा' में चाय का पैसा चुकाते वक्त, तस्वीर बनाने के लिए ड्राइंग पेपर खरीदते वक्त, बाल साहित्य के पुस्तक-प्रकाशकों और न्यूजप्रिंट पर छपनेवाली पत्रिकाओं के सम्पादकों से पारिश्रमिक के लिए बहस करते वक्त, गुस्सा तो हर वक्त आता है। गुस्सा आता है और पैसे बनाना चाहते हैं और पैसा तो पैसे से बनता है। शारदा के प्यार से या नए शिल्प के चित्रों से या कविताओं से तो आज तक किसी ने पैसे नहीं बनाए हैं।

यही सब सोच-विचार करने के बाद, दोनों दोस्त तय करते हैं कि एक धन्धा शुरू किया जाए। कोई भी धन्धा। ग्रीटिंग्स कार्ड और कैलेंडर छापे जाएँ। कला पत्रिका प्रकाशित की जाए। संगीत सम्मेलन किया जाए। फोटोग्राफी की दुकान खोली जाए। चाय का रेस्तराँ। पान-सिगरेट की दुकान। कुछ भी कहीं भी। किसी तरह भी। कोई धन्धा किया जाए, जिसमें पूँजी नहीं लगे और मुनाफा काफी हो और जल्दी-से-जल्दी इतने पैसे आ जाएँ कि सौ रुपये किराए का एक फ्लैट लिया जाए और दो दोस्त और एक दोस्त की पत्नी के साथ रह सकें और हफ्ते में एक बार 'क्लारा' में बैठकर डिनर खा सकें।

बड़े-बड़े दफ्तरों को स्टेशनरी सामान सप्लाई करने का काम शुरू किया जाए,

चाय पीते-पीते दोस्तों ने यही फैसला किया। कागज, पेंसिल, रोशनाई, पिन, ऐश-ट्रे, गोंद की शीशियाँ, पेपरवेट, फाइल बोर्ड, फूलदान, गिलास, डस्टबास्केट, रबर-स्टाम्प, पैड, रजिस्टर, लेटरपैड, ऐसी ही छोटी-छोटी चीजें। चाइना बाजार से खरीदी जाएँ, डलहौजी और धर्मतल्ले और पार्क स्ट्रीट में सप्लाई की जाए। दो-चार बड़े दफ्तर भी स्थायी ग्राहक बन गए तो चार-छः सौ रुपये प्रतिमास का लाभ तो हँसी-हँसी में हो जाएगा। इसी 'क्लारा' रेस्तराँ के छः-पाँच ब्रांच शहर में हैं। मैनेजर एक दिन कह रहा था कि दो हजार रुपये का तो वे लोग हर महीने कैशमेमो और बिल-कार्ड छपवाते हैं। दो हजार रुपयों के कागज और छपाई में तीन-साढ़े तीन सौ रुपयों का मुनाफा निश्चित है।

बात पक्की हो गई। फर्म का नाम रखा गया, 'श्यामल, प्रभात एंड पार्टनर्स प्रिंटर्स एंड सप्लायर्स।' लेटरपैड और विजिटिंग कार्ड उधार छपवा लिए गए। कागज का दाम शारदा ने दिया। बात शुरू हो गई। लेटरपैड पर श्यामल के गराज का पता दिया गया और शारदा के स्कूल का फोन नम्बर। स्कूल में एक ही कमरा है और शारदा फोन के पास ही बैठती है, क्योंकि प्रभात रंजन फोन पर कविताएँ सुनाने का शौकीन है और किसी दोस्त के दफ्तर में पहुँचते ही कहता है—'जरा मैं एक जरूरी फोन कर लूँ, एतराज तो नहीं है?'

बात चल निकली। हफ्ते-भर दौड़-धूप करने के बाद, एक नए साप्ताहिक पत्र ने न्यूजप्रिंट कागज सप्लाई करने का भार दिया। न्यूजप्रिंट काले बाजार में मिलता है। काले बाजार में जाना श्यामल की नैतिकता के विरुद्ध है। वह सिनेमा के टिकट तक ब्लैक से नहीं खरीदता है। कहता है, यह देश-द्रोह है। देश के अर्थतंत्र पर हथौड़ा चलाने जैसा है, "प्रभात भाई, तुम जो भी हो, मैं न्यूजप्रिंट ब्लैक से खरीदकर सप्लाई नहीं करूँगा।"

"देखो श्यामल, मूर्ख मत बनो। हमारी कम्पनी को पहला ऑर्डर मिला है। चाहे चोरी ही क्यों न करनी पड़े, यह ऑर्डर पूरा करना ही होगा। तुम किस देश के लिए, किस समाज के लिए नैतिकता की बातें करते हो?" प्रभात गुस्से में तड़पने लगता है, "सुबह से चाय नहीं पी है और हजरत नैतिकता का सवाल खड़ा करते हैं! नैतिकता आदमी के कुसंस्कार के सिवा है ही क्या? और, यह कुसंस्कार अमीर आदमी पाल सकता है, गरीब नहीं! गीता में कहा गया है—आत्मानं सततं रक्षेत! किसी प्रकार भी प्राणों की रक्षा करनी चाहिए—किसी प्रकार भी! जानवरों की कोई नैतिकता नहीं होती, कोई धर्म नहीं होता है और हम सभी जानवर हैं। हर भूखा आदमी जानवर है। क्योंकि रोटी के सिवा कोई भी सवाल उसके सामने नहीं है। और नैतिकता सिर्फ हमारे लिए ही क्यों हो? उसके लिए क्यों नहीं हो, जो ब्लैक से न्यूजप्रिंट खरीदता है और जो ब्लैक से न्यूजप्रिंट बेचता है? हम तो अपने लिए नहीं खरीदेंगे। अपने लिए नहीं बेचेंगे। पेपर सप्लाई कम्पनी न्यूजप्रिंट बेचेगी। 'जनजीवन' साप्ताहिक न्यूजप्रिंट खरीदेगा। हम तो सिर्फ यहाँ से कागज उठाकर वहाँ दे आएँगे। बीस रुपये रीम के भाव से खरीदेंगे,

बाईस रुपये में बेच देंगे। रीम में दो रुपये। कुल दो रुपये।''

श्यामल ने स्वीकृति दे दी और 'श्यामल, प्रभात एंड पार्टनर्स प्रिंटर्स एंड सप्लायर्स' को इस सप्लाई से चालीस रुपये मिले। शारदा को बुलाया गया और तीनों व्यक्ति एक रुपये चौदह आनेवाली सीट पर बैठकर एक अमेरिकन फिल्म देख आए, जिसमें एक गरीब अपनी गर्भवती प्रेमिका को छोड़कर भाग जाता है और अपनी कम्पनी के मालिक की लड़की से शादी करके लखपति हो जाता है और उसकी प्रेमिका शराब पीकर सड़कों पर भटकने लगती है और अपने प्रेमी की नई मोटरकार से कुचलकर मर जाती है।

फिल्म के बाद, पैदल रास्ता तय करते हुए, वे आपस में बातें करने लगे कि अगले ऑर्डर के लिए कहाँ सिर मारा जाए।

शारदा ने कहा, ''तुम लोग 'क्लारा' रेस्तराँ की मालकिन से क्यों नहीं मिलते हो? अत्यन्त दयालु स्वभाव की महिला है। गत वर्ष दयानन्द कॉलेज के वार्षिक उत्सव में उद्घाटन करने आई थीं। मुझसे दो-तीन मिनट बातें भी हुई थीं। मैं तो मुग्ध रह गई। इतनी अमीर है, समाज में इतनी प्रतिष्ठा है, फिर भी इतनी नम्रता! कॉलेज को पच्चीस हजार रुपये देकर गईं।''

श्रीमती जगतरानी देवी को श्यामल जानता है। प्रभात भी जानता है। पति नहीं है। स्वयं ही इतना बड़ा कारोबार सँभालती हैं। कलकत्ते में और देश के सभी बड़े शहरों में 'क्लारा' की शाखाएँ हैं। एक जूट मिल है। एक बैंक के डाइरेक्टर बोर्ड की मेम्बर हैं। अंग्रेजी में एम.ए. हैं। प्रादेशिक महिला समिति की अध्यक्षा हैं। वैसे अमीर औरतों के बारे में तरह-तरह की अफवाहें फैली रहती ही हैं, मगर जगतरानी देवी ह्विस्की पीकर अपनी कोठी के बरामदे में सोई पड़ी नहीं रहती हैं। पार्क-एवेन्यू की अपनी कोठी को भी दफ्तर बना रखा है। 'क्लारा' रेस्तराँ का दफ्तर कोठी में ही है और, कोठी में ही रहते हैं श्रीमती जगतरानी देवी के प्राइवेट सेक्रेटरी—श्री लक्ष्मीचन्द्र मेहता।

मगर 'श्यामल एंड प्रभात एंड पार्टनर्स...' के दोनों हिस्सेदार मेहता साहब से नहीं मिले। सीधे 'क्लारा' के मैनेजर सनत कुमार के पास चले गए। सनत अभी नवयुवक ही हैं और शर्मीले स्वभाव के व्यक्ति हैं। कलाकार श्यामल और कवि प्रभात को देखते ही कुर्सियाँ मँगवाते हैं और बेयरे से कहते हैं, ''कॉफी और सैंडविच दे जाओ। मेरे लिए पनामा सिगरेट ले आना। आप लोग?''

''हम लोग कैप्स्टन पी लेंगे,'' प्रभात जल्दी से कह देता है। नहीं तो श्यामल सिगरेट के लिए नहीं कर देता। यही उसका स्वभाव है। एकदम 'पुशिंग' आदमी नहीं है। एकदम कलाकार है।

कॉफी के बाद, प्रभात मैनेजर की सेहत की तारीफ करता है। जानता है, सनत कुमार रेस्तराँ की रिसेप्शनिस्ट लड़की के साथ महीने-भर की छुट्टी राँची में काट आए हैं। जगतरानी देवी को इसका पता नहीं है। पता होने पर दोनों की नौकरी चली जाएगी।

प्रभात कहता है, ''राँची बड़ा मजेदार शहर है। चारों ओर पहाड़ियाँ और जंगल... शाम को बड़ी मीठी हवा चलती है। दिल रोमांटिक हो जाता है। सनत बाबू, कोई दोस्त साथ हो, मेरा मतलब है, कोई दोस्त साथ हो, तो आदमी स्वर्ग नहीं जाए, राँची चला जाए...'' और, इतना कहकर प्रभात हँसने लगता है।

श्यामल समझ नहीं पाता है कि प्रभात राँची की बात क्यों ले बैठा है। सनत कुमार और मिस कुसुम मल्होत्रा राँची गए, तो इसमें बुरी बात क्या हुई?

सनत कुमार समझ जाते हैं कि प्रभात किसी स्वार्थ में आया है और वह स्वार्थ पूरा करना ही होगा।

प्रभात रंजन को 'क्लारा' रेस्तराँ का नया मेनू कार्ड छापने का ऑर्डर मिल गया। कॉफी पीकर दोनों दोस्त मैनेजर के कमरे से बाहर चले आए। रेस्तराँ में बैठकर कोकाकोला पीने लगे। प्रभात बहुत खुश था। सनत कुमार जैसे पत्थर को उसने पिघला दिया है। बिजनेस ऐसे ही होता है। जिस पार्टी से काम लेना हो, पहले उसके कर्मों-कुकर्मों का पता चलाओ। फिर उसके पास जाओ। उस पर दबाव डालो। उसे ब्लैकमेल करो। हर सफल व्यापारी यही करता है। बड़े-बड़े व्यापारी तो सरकार तक को ब्लैकमेल कर लेते हैं। पूरे देश की अर्थ-व्यवस्था खरीद लेते हैं। प्रभात बहुत खुश था और श्यामल बहुत उदास था। श्यामल और प्रभात दो व्यक्ति नहीं हैं। एक ही व्यक्ति के दो पहलू हैं। एक ही आत्मा के दो संस्कार हैं। एक ही प्रकाश की दो छाया...!

श्यामल ने कहा, ''राँची वाली बात नहीं चलाते, फिर भी सनत बाबू हमें ऑर्डर दे देते। बहुत अच्छे आदमी हैं।''

''आदमी नहीं हैं, घाघ हैं! कलाकार जी, आपसे तो बिजनेस हो चुका। बिजनेस में आदमी का सूट-बूट और रंग-रूप नहीं, आदमी के आन्तरिक चरित्र को देखना पड़ता है। जो आदमी जितना व्यवहारकुशल और विनम्र दिखता है, वह अन्दर से उतना ही चार सौ बीस होता है! मगर, तुम श्यामल, यह सब नहीं समझोगे। सनत कुमार शरीफ आदमी होता तो अपनी बीबी और बच्चों के साथ राँची जाता। उस मोटी और बेडौल लड़की के साथ नहीं जाता, क्यों?'' प्रभात ने कोकाकोला की बोतल गिलास में डालते हुए कहा।

श्यामल चुप हो गया। सनत बुरे आदमी भी हैं, तो हमें क्या! शाम को शारदा अपनी एक सहेली के साथ श्यामल के गराज में आई। दिन-भर का थका श्यामल मोटी किताबों का तकिया बनाकर फर्श पर सो रहा था। प्रभात दोपहर में प्रेस से मेनू-कार्ड का प्रूफ लाने गया था। अभी तक लौटा नहीं था।

श्यामल को इस तरह सोया देखकर शारदा को बड़ी दया आई। बालों ने अरसे से तेल-कंघी नहीं छुई है। शेव तक नहीं किया गया है। दूध के लिए रोते-रोते सो गए शिशु की तरह ही दिखता है यह श्यामल। शारदा पसीज जाती है। अपनी सहेली को एक तिपाई पर बैठने का इशारा करती है और खड़ी-खड़ी श्यामल को देखती रहती है।

महादेव ऐसे ही सोए होंगे, जब क्रोधोन्मत्त कालिका के चरण उनके शरीर से टकराए थे। मगर क्रोधोन्मत्त होकर भी मैं कालिका नहीं हूँ, प्राइमरी स्कूल की मास्टरनी हूँ। हेडमिस्ट्रेस कहती है—'शारदा, नाम लिखवाने के लिए लड़कियों के गार्जियन आते रहते हैं। उनसे जरा हँस-बोलकर बातें करेगी, तो कलेजे का शीशा थोड़े ही पिघल जाएगा? जरा चीयरफुल रहा करो, जरा गले में मिठास लाओ, जरा आँखों में...तभी तो लोग हमारे स्कूल के प्रति आकर्षित होंगे...नहीं तो, स्कूल तो शहर में सैकड़ों हैं...

मगर, महँगी का भत्ता मिलाकर, सत्तावन रुपये माहवार पाती हूँ। मैं आँखों में नरमी कहाँ से लाऊँ? कहाँ से लाऊँ कलेजे में गर्मी? इच्छा तो होती है कि कालिका बन जाऊँ। धारण करूँ हाथों में कृपाण। पहन लूँ गले में राक्षस-मुंडों की मालाएँ। पृथ्वी को कचकड़े की गेंद की तरह हाथों से उठाऊँ और पटककर फोड़ दूँ, मगर इच्छा ही होती है। मगर, गुस्सा ही होता है, हेडमिस्ट्रेस की जुबान तक बन्द नहीं कर पाती हूँ। ट्राम बसों की भीड़ में केहुनियों से धक्का लगाते हुए मर्दों को तमाचे भी नहीं लगा पाती हूँ। प्रभात का जूता टूट गया है, श्यामल के पास सिगरेट खरीदने के पैसे नहीं हैं, मैं खुद दो ही साड़ियों में काम चला रही हूँ, मगर कुछ कर नहीं पाती हूँ...

शारदा की इच्छा हुई कि श्यामल का सिर अपनी गोद में ले ले और रोने लगे। शारदा प्रभात की प्रेमिका नहीं है। शारदा श्यामल की दोस्त नहीं है। शारदा अर्थचक्र की अदृश्य मशीन में पिसते हुए उन दो युवकों की माँ है। क्योंकि, शारदा स्त्री है और क्योंकि स्त्री पहले माँ होती है फिर पत्नी या प्रेमिका या दोस्त या देह पर तौलिया लपेटकर पाँव फैलानेवाली वेश्या!

श्यामल की नींद खुल जाती है और वह उठकर हाथ जोड़ देता है—नमस्ते! फिर शरमाता रहता है।

शारदा की सहेली कीमती कपड़े पहने है और शहरी ढंग से खूबसूरत भी है। शहरी ढंग से यानी कपड़े बाँधने के तरीके से, घुटनों पर बाँहें बाँधकर बैठने से, होंठों को सिकोड़कर मुस्कुराने से, तौलकर पलकें ऊपर उठाने की अदा से खूबसूरत है।

शारदा बताती है कि मिसेज मजुमदार आर्ट स्कूल में पढ़ती हैं और श्यामल के चित्रों की प्रदर्शनी में गई थीं और इसीलिए, उससे मिलने आई हैं।

श्यामल ऐसी औरतों से परिचित है। आर्ट उनके लिए फैशन है। खुद को आर्टिस्ट कहने में इन्हें गौरव महसूस होता है। ड्राइंगरूम की दीवार पर शानदार फ्रेमों में घटिया तस्वीरें टाँगती हैं और अतिथियों से कहती हैं—यह नौका-विहारवाली पेंटिंग मैंने नैनीताल में बनाई थी। आर्ट गैलरीवाले हजार रुपये दे रहे थे, मैंने दिया नहीं'। इस तस्वीर का एक इतिहास है...और यह मछियारिनोंवाली तस्वीर मैंने नेशनल आर्ट एग्जिबिशन में खरीदी थी। आठ सौ रुपयों में आई। जी हाँ, आठ सौ रुपयों में... और यह न्यूड...।

श्यामल गली की एक दुकान से चाय और चीनी उधार ले आया और शारदा ने जनता स्टोव पर पानी बिठा दिया। बातें होने लगीं।

श्यामल ने बताया कि 'क्लारा' के मेनू-कार्ड से तीन सौ रुपये जरूर बन जाएँगे। सौ रुपये आर्ट पेपर में बेचेंगे, डेढ़ सौ रुपये छपाई में और कम-से-कम पचास रुपये बाइंडिंग में।

शारदा ने बताया कि मिसेज मजुमदार उसे पचास रुपये की एक ट्यूशन दिलवा रही हैं। ट्यूशन मिल जाए, तो वह अपनी माँ से शादी की बात कह देगी और प्रभात के साथ रहने आ जाएगी। कहीं सस्ते किराए के दो कमरे लिए जाएँगे। दो सौ रुपयों में तीन व्यक्तियों के परिवार का सारा खर्च आसानी से महीने-भर चल जाएगा। महीने में एक बार सिनेमा जाएँगे, एक बार 'क्लारा' में खाना खाएँगे और जिन्दगी एक ऐसा चमन बन जाएगा, जिसमें पतझड़ कभी नहीं आएगा, बहार होगी और सिर्फ बहार होगी।

मिसेज मजुमदार ने बताया कि सिर्फ बहार ही नहीं होगी, बच्चों की उछलकूद भी होगी। एक बच्चा बैलून का धागा पकड़े सड़कों पर दौड़ता फिरेगा, दूसरा बच्चा खाना पकाने नहीं देगा। तीसरा बच्चा पड़ोस के बच्चों से मारपीट करेगा और चौथा बच्चा...।

और तीनों व्यक्ति ठहाके मारकर हँसने लगे। श्यामल को ब्रश रखनेवाले डिब्बे में एक सिगरेट मिल गई। उसने बड़े प्यार से सिगरेट जलाई और मिसेज मजुमदार को अपनी तस्वीरें दिखाने लगा। श्यामल की तस्वीरों का कोई विषय नहीं है। रंगों के लगातार धब्बे हैं। अधबनी आकृतियाँ हैं। खजुराहो की यक्षिणियों के नितम्ब। डांसफ्लोर पर फाक्सट्रोट करनेवाले जोड़ों की बाँहें। टूटे हुए मुखड़े। लाल रंग की मोटी पट्टियाँ। काले रंग का चाँद। सफेद दरख्त। रात। सड़कें। नींद। अँधेरा। मौत।

और, इसी वक्त श्यामल के मकान-मालिक का बड़ा लड़का आया। बोला, "कैम्पबेल हॉस्पिटल से आपका फोन आया है। आपके किसी दोस्त का एक्सीडेंट हो गया है। इमर्जेंसी वार्ड का फोन है...।"

यानी, प्रभात रंजन! शारदा का चेहरा सफेद हो गया। यानी, अँधेरा। यानी, अँधेरा और रात और सफेद दरख्त और काले रंग का चाँद और लाल रंग की मोटी पट्टियाँ। यानी, रंगों के लगातार धब्बे!

दस मिनट बाद श्यामल लौटकर आया, तो श्यामल मर चुका था। मरे हुए आदमी ने शारदा से कहा, "प्रभात की जेब में हमारी फर्म का विजिटिंग कार्ड था। कार्ड में यहीं का पता था। हाउस सर्जन ने पहले तुम्हारे स्कूल में फोन किया। स्कूल बन्द था। फिर टेलीफोन इन्क्वायरी से पता लगाकर यहाँ फोन किया। हाउस सर्जन बहुत शरीफ आदमी मालूम होता है।"

"प्रभात को क्या हुआ है? कहाँ चोट आई है? कैसी हालत है?" शारदा चीख पड़ी।

शारदा की चीख से श्यामल को होश आया। बोला, "आँखों पर और सिर में चोट आई है। बेहोश है। चलो हॉस्पिटल जाना होगा।"

मिसेज मजुमदार के पास कुल दस रुपये थे। रुपये देकर वह चली गई।

शारदा ने टैक्सी की और रास्ते-भर श्यामल से एक शब्द नहीं बोली। श्यामल की

आँखों के सामने लाल, नीले और पीले रंगों के धब्बे तैरते रहे। उसने आँखें बन्द कर लीं, मगर धब्बों की दौड़ बन्द नहीं हुई।

ऑपरेशन-थिएटर से निकलती हुई नर्स ने बताया, ‘‘आँखों पर ज्यादा चोट आई है। बस से नीचे गिर पड़ा था, सिर फट गया। तुरन्त नहीं लाया जाता तो वहीं सड़क पर ही प्राण निकल जाते। माथे का जख्म स्टिच कर दिया गया है। आँखों का डैमे्रज रोकने की कोशिश की जा रही है।’’

शारदा वेटिंगरूम में बैठी-बैठी सिसकती रही। श्यामल सफेद गाउन पहने गुजरती हुई नर्सों और डॉक्टरों को खाली निगाहों से देखता रहा। घंटे भर बाद, स्ट्रेचर पर लादकर प्रभात को वार्ड में पहुँचाया गया। प्रभात रंजन, बेड नम्बर पच्चीस, सर्जरी वार्ड, कैम्पबेल हॉस्पिटल, कलकत्ता। प्रभात बेहोश था। सारा चेहरा सफेद पट्टियों की नकाब में कैद था। नर्स ने श्यामल के हाथ में दो-तीन प्रेस्क्रिप्शन थमा दिए और बोली, ‘‘अभी तो पेशेंट सोया है। सुबह से इंजेक्शन और दवाओं की जरूरत होगी। आप सुबह ये सारी दवाएँ ले आएँगे।’’

मगर, रुपये नहीं हैं। महीने का आखिरी हफ्ता चल रहा है, शारदा के पास रुपये-दो रुपये से ज्यादा नहीं है। श्यामल सीधे ‘क्लारा रेस्तराँ’ चला गया। शारदा अपने घर गई, कि पिता जी से सारी बातें बता देगी और रुपये माँगेगी। किसी भी तरह प्रभात की आँखें बचानी ही पड़ेंगी।

सनत कुमार और मिस मल्होत्रा कॉफी पी रहे हैं और बहस कर रहे हैं कि दिलीप कुमार बड़ा एक्टर है, या राजकपूर। श्यामल को देखकर सनत कुमार मन-ही-मन नाराज होते हैं, मगर मुस्कुराते हुए कहते हैं, ‘‘आओ भाई! कैसे हो? सोमवार तक मेनू-कार्ड की डिलिवरी दे रहे हो न?’’

श्यामल संक्षेप में प्रभात के एक्सीडेंट की बात बताता है, फिर कहता है, ‘‘सनत बाबू, मुझे दो सौ रुपये एडवांस चाहिए। ग्यारह सौ रुपयों का बिल है। आप दो सौ रुपये एडवांस करवा दीजिए। मैं रेवेन्यू स्टाम्प ले आया हूँ। रसीद बना देता हूँ।’’

मिस मल्होत्रा बाहर चली जाती है और सनत कुमार के चेहरे का रंग बदल जाता है। रुपयों की बात आ जाने से ही रंग बदल जाता है। वैसे वे चाहते थे कि श्यामल से श्रीमती जगतरानी देवी का एक पोर्ट्रेट बनवाएँ और उनके जन्मदिन पर उपहार दे आएँ। वे प्रसन्न हो गईं, तो रेस्तराँ से उठाकर किसी जूट मिल का मैनेजर बना दे सकती हैं। मगर श्यामल तो अभी से रुपये माँगने चला आया। सनत कुमार ने सुनहरी फ्रेम का चश्मा आँखों पर चढ़ाया और बोले, ‘‘भाई, एडवांस के मामले में मैं कुछ नहीं कर सकता। आप सीधे मेहता साहब के पास चले जाइए। वही जो कुछ कर सकते हैं! हमारी हालत तो रेस्तराँ के बेयरों से भी बदतर है। मुझे खुद ही एडवांस नहीं मिलता है, आपको कहाँ से दूँगा? मगर आप हफ्ते भर रुक जाइए न! कार्ड छपवाकर दे जाइए,

बिल दे जाइए, मैं जल्दी ही पेमेंट करवा दूँगा।''

श्यामल की समझ में आ गया कि यह आदमी, आदमी नहीं है, नौकर है और नौकर आदमी नहीं होता है, मशीन होता है और मशीन में जान नहीं होती है। मशीन होटल चला सकती है, मशीन अपनी मजबूरियाँ दिखला सकती है। मगर मशीन हॉस्पिटल के लोहे के पलंग पर मरते हुए आदमी की दवा के लिए रुपये नहीं दे सकती है। मशीन मशीन है, नौकर नौकर है और आदमी आदमी है।

रात के आठ बज चुके थे। श्यामल ट्राम के दूसरे दर्जे में बैठकर पार्क एवेन्यू पहुँचा और जगतरानी पैलेस के फाटक में घुस गया। लक्ष्मीचन्द्र मेहता कोठी के पिछले हिस्से के एक शानदार फ्लैट में रहते हैं। अकेले रहते हैं। पत्नी बंगाल ड्रामेटिक एसोसिएशन की सेक्रेटरी हैं और अपने बच्चों के साथ शामबाजार में रहती हैं। लोग कहते हैं, पति-पत्नी में बात नहीं बनती है। पत्नी नाटक पसन्द करती हैं। पति कभी दार्शनिक बन जाते हैं, कभी पक्के व्यापारी। इसीलिए अलग रहते हैं और अलग-अलग दोस्तों में रहते हैं। श्यामल मेहता साहब से पहले भी दो-एक बार टकरा चुका है। देखने में दार्शनिक नहीं लगते, चोर बाजार के एजेंट लगते हैं। कन्धों पर छोटा-सा सर है और बीच में गर्दन नहीं है। मोटे शीशे का चश्मा पहनते हैं, सर्ज का इंग्लिश सूट। बड़े मिलनसार हैं और अखबारों में कभी-कभी राजनीतिक लेख छपवा लेते हैं।

मेहता साहब अपने कमरे में बैठे, जगतरानी देवी के लिए एक भाषण लिख रहे हैं। एक धार्मिक सम्मेलन का भाषण। पच्चीसों किताबें आसपास बिखरी हैं। कई छपे-छपाए भाषण पड़े हैं। गर्दन नहीं है। सिर टेढ़ा होकर झुका है। सोफे पर बैठे हैं, घुटनों पर काठ का राइटिंग बोर्ड है, चश्मा आगे सरक आया है। कोई शब्द है, जो सूझ नहीं रहा है। कोई वाक्य है, जो बन नहीं रहा है। कोई भाव है, जो भाषा में उतर नहीं रहा है और मेहता साहब सोच रहे हैं। भाषण की बात नहीं, अपनी एम्बेसेडर कार की बात सोच रहे हैं। सेठ चतुर्भुज लाल के सेक्रेटरी के पास लम्बी-सी पेकार्ड गाड़ी है। मुझे पेकार्ड नहीं चाहिए, कोई भी अमेरिकन गाड़ी मिलने से चल जाएगा। मगर जगतरानी से कैसे कहूँ, क्या कहूँ? आजकल उनका मूड ठीक नहीं रहता है। मगर नई गाड़ी तो चाहिए ही। किसी तरह भी चाहिए। मगर, गाड़ी होने से ही क्या होता है? शर्मिष्ठा (यानी, मेहता साहब की पत्नी) नाराज रहती है, अलग रहती है। मेरे रुपयों के सिवा उसे मेरी किसी चीज से मतलब नहीं है और मैं तो उसे तलाक भी नहीं दे सकता। जगतरानी पुराने खयालों की औरत हैं, बुरा मान जाएँगी। फिर बच्चे इतने बड़े-बड़े हो गए हैं...

''साहब, एक आदमी मिलने आया है,'' बेयरे ने अन्दर आकर कहा।

श्यामल मेहता साहब की आज्ञा के लिए बाहर रुका नहीं रहा। अन्दर आकर, मेहता साहब के सामने की कुर्सी पर बैठ गया। बोला, ''बहुत जरूरी काम आ पड़ा है। नहीं तो इतनी रात को तकलीफ नहीं देता।''

बेयरा वापस लौट गया। मेहता साहब दो मिनट तक पूर्वकालिक मुद्रा में ही टिके रहे। उँगलियों में खुली कलम, आँखों में ध्यानावस्थित गौतम बुद्ध का भाव, चेहरे पर गहरी-गहरी रेखाएँ। फिर, सिर सीधा करके मुस्कुराए। फिर बोले, ''अहा, आप? श्यामल जी? इतनी रात को? सब कुशल तो है?...कितने बजे होंगे? मुझे नौ बजे एक पार्टी में जाना है...आपका कैसे चल रहा है?''

श्यामल मेनू-कार्ड का ऑर्डर मिलने से लेकर सनत कुमार के साथ एडवांस के सम्बन्ध में हुई बातचीत तक विस्तार से सुना गया। मेहता साहब सोफे पर अधलेटे रहे और सुनते रहे। या शायद, वे सुन भी रहे थे और पेकार्ड गाड़ी की बात सोच भी रहे थे या, शायद वे सुन नहीं रहे थे और शर्मिष्ठा देवी और तलाक लेने की नैतिकता के बारे में तय-तमन्ना कर रहे थे। फिर भी, प्रभात रंजन के बस-एक्सीडेंट की बात सुनकर उनके चेहरे पर करुणा और पीड़ा की रेखाएँ उभर आईं। आँखें बन्द करके, भौंहें सिकोड़कर बोले, ''समझ में नहीं आता है, समाज को क्या हो गया है? नगर-सभ्यता को क्या हो गया है? आदमी को क्या हो गया है?...आदमी यंत्र-जीवन का दास बन गया है। बसें, ट्राम, कारें, टैक्सियाँ और रात-दिन इनके नीचे कुचलते हुए मनु-पुत्र! श्यामल बाबू, पहले तो ऐसा नहीं था। लेकिन, तब क्या व्यक्ति सुखी नहीं था? हमारे वेदों-उपनिषदों के युग में ट्रेन और हवाई जहाज तो क्या, रिक्शे और ताँगे तक नहीं थे। फिर भी, क्या मानव-समाज सुखी नहीं था? आप कलाकार हैं, आप ही बताइए श्यामल बाबू, आज के मानव को क्या हो गया है? पृथ्वी कहाँ जा रही है?''

''जी, मैं तीन सौ रुपये एडवांस के लिए आया था। अत्यन्त आवश्यक है। सोमवार को मेनू-कार्ड की डिलिवरी दे दूँगा।'' श्यामल ने उतावला होकर कहा।

मगर, मेहता साहब उतावले नहीं हुए। वे कभी चंचल नहीं होते हैं। चंचल होने से काम नहीं चलता है। इसलिए, शान्त-प्रशान्त रहकर कहते हैं, ''हाँ, मैं भी एडवांस की समस्या पर ही विमर्श कर रहा था। अगर, यह यंत्र-सभ्यता नहीं होती, अगर सड़कों पर बसें न चलाई जातीं, अगर आपके मित्र का एक्सीडेंट नहीं होता तो एडवांस का सवाल ही आपकी आत्मा में उपस्थित नहीं होता। श्यामल बाबू, समस्या के मूल में गए बिना समस्या को समझा नहीं जा सकता है। मैं मूल में पहुँच रहा था...''

श्यामल सोचता है, यह आदमी या तो पागल है, या इसने बुरी तरह पी रखी है, या मेरी निरीहता का मजाक उड़ा रहा है। श्यामल जल्दी क्रोधित नहीं होता है, मगर तीन सौ रुपयों के एडवांस का दर्शनशास्त्र सुनकर वह जल-भुन जाता है और तीखी आवाज में कहता है, ''मेहता साहब, समस्या यंत्र-सभ्यता की नहीं है, तीन सौ रुपयों की है।''

''एडवांस देने का कोई नियम नहीं है। मैं नियम कैसे तोड़ सकता हूँ? आज तक किसी पार्टी को एडवांस नहीं दिया गया है। आप एडवांस लेकर, माल सप्लाई नहीं कीजिए, तो हम क्या करेंगे? बुरा मत मानिएगा, मैं कानून की बात कह रहा था। मैं जानता हूँ, आप कष्ट में हैं। मुझे आपसे पूरी सहानुभूति है। दस-बीस रुपये

की बात होती, तो मैं अपनी जेब से दे देता। कलाकारों की सहायता करना मैं अपना व्यक्तिगत धर्म मानता हूँ, लेकिन एडवांस देना सम्भव नहीं है। आप स्थिति को समझने की कोशिश कीजिए,'' लक्ष्मीचन्द्र मेहता ने एक साँस में इतनी बातें कहीं और कॉल बेल दबाकर बेयरे को बुलाया। बेयरा नहीं आया। मेहता साहब बोले, ''जरा झाँककर बाहर देखिए, कोई बेयरा हो तो पुकार लीजिए।''

श्यामल बाहर चला आया। दो-तीन बेयरे बरामदे में खड़े सिगरेट पी रहे थे। उनमें से एक कह रहा था, ''हरदम बेल बजाता रहता है। जैसे कोठी इसी के बाप की हो...''

श्यामल ने बेयरों से कुछ नहीं कहा। चुपचाप नीचे उतर आया और जगतरानी पैलेस के लॉन में टहलता रहा, अब क्या किया जाए? रुपये नहीं हुए तो मैं शारदा से क्या कहूँगा? प्रभात से क्या कहूँगा? अपने आपसे क्या कहूँगा? एडवांस तो हर कम्पनी देती है। हमने कागज खरीद प्रेस में डाल दिया है, मैटर कम्पोज हो गया है, दो दिन छपाई में लगेंगे, एक दिन दफ्तरी के यहाँ! हम चोर नहीं हैं, रुपये खा नहीं जाएँगे...

कोठी के सामनेवाले बरामदे में, टेलीफोन ऑपरेटर के पास बैठकर उसने श्रीमती जगतरानी देवी के नाम एक पत्र लिखा और ऑपरेटर को पत्र देकर ऊपर भेज दिया। ऑपरेटर ने वापस आकर कहा, ''मेम साहब ने आपका पत्र पढ़ लिया है और मेहता साहब से फोन पर बात कर रही हैं।''

श्यामल बैठा रहा। टेलीफोन के स्विच बोर्ड की ओर देखता रहा। घर्र-घर्र-घर्र की आवाज होती है। आवाज बन्द हो जाती है। लोग बातें करते हैं। चुप हो जाते हैं और ऊपर दीवाल घड़ी खट-खट-खट करती रहती है। वक्त नहीं रुकता है। किसी के लिए भी नहीं। वह नहीं रुकता है प्यार के लिए, नहीं रुकता है इंजेक्शन और दवाओं के लिए, नहीं रुकता है मेनू-कार्ड के बिल के भुगतान के लिए। आदमी जरा भी करवट लेता है, एक मामूली-सी हिचकी लेता है, नर्सें फुर्ती दिखाती हैं, डॉक्टर भागते आते हैं व सिरिंज में दवाएँ भरी जाती हैं, नाक में गैस्पिरेटर लगाए जाते हैं, नर्सें फुर्ती दिखाती हैं, डॉक्टर भागते जाते हैं, आदमी जरा-सी करवट लेता है और फिर वक्त किसी के लिए नहीं रुकता है।

श्रीमती जगतरानी और मेहता साहब लम्बी-चौड़ी, घुमावदार, संगमरमरी, सफेद सीढ़ियों से नीचे उतरे। श्यामल ने मेहता साहब की उपेक्षा की और आगे बढ़कर जगतरानी के सामने खड़ा हो गया। नमस्ते हुई। मुस्कुराहटें हुईं। जगतरानी की आँखों में प्रियदर्शन श्यामल के प्रति सहानुभूति का भाव आया और जगतरानी के बोलने के पहले ही मेहता साहब ने कहा, ''श्यामल जी, आप कल सुबह आकर रुपये ले जाइएगा।''

और, जगतरानी पास के एक कमरे में चली गईं। मेहता साहब चले गए। ऑपरेटर ने कहा, ''चलिए, आपका काम हो गया। मेम साहब ने तीन सौ रुपये देने को कह

दिया है। सुबह आ जाइए...''

शारदा जगतरानी पैलेस के बाहर सड़क पर श्यामल का इन्तजार कर रही है। धूप उग आई है। ताजा कपड़ों में सजे बच्चे गाड़ियों में लदकर स्कूल जा रहे हैं। सुबह के अखबार बेचनेवालों की साइकिलें घंटियाँ बजाती हैं। नए मॉडलों की लम्बी कारें गुजरती रहती हैं। पानी बरसेगा, शायद। बादलों के घेरे आकाश में बढ़ रहे हैं।

श्यामल लौट आया। मेहता साहब नहीं हैं। श्रीमती जगतरानी देवी नहीं हैं। सनत कुमार को फोन किया तो बोला, ''मैं क्या करूँ, रुपये तो मेहता साब ही दे सकते हैं।''

शारदा ने अपने बैग से सोने का एक चेन निकालकर श्यामल को दिया और बोली, ''तुम इसे बन्धक रखकर दवाएँ खरीद लो। मैं स्कूल जाती हूँ। हाजिरी देकर सीधे हॉस्पिटल आ जाऊँगी।''

शारदा जगतरानी पैलेस के बाहर सड़क पर श्यामल का इन्तजार कर रही है। अँधेरा फैल गया है। पान की दुकान पर दो-तीन आदमी खड़े हैं और इशारा करते हैं। नौकरानियाँ प्रेम में सोए हुए बच्चों के साथ वापस लौट रही हैं। नए मॉडलों की लम्बी कारें गुजरती रहती हैं। सामने की कोठी की खिड़की में एक बूढ़ी औरत खड़ी है और ऊपर देख रही है, नजरें नीचे नहीं करती। पानी बरसेगा, शायद।

श्यामल लौट आया।

''मेहता साहब कहते हैं, चेक बन गया है। अभी तो दफ्तर के सारे लोग चले गए हैं। आप कल ग्यारह बजे आइए। चेक मिल जाएगा। जरूर मिल जाएगा।''

प्रभात की हालत अब उतनी बुरी नहीं है। डॉक्टर माथुर कहते हैं—आँखें बच गई हैं। सिर की चोट भी भर रही है। महीने-भर आराम करने से कमजोरी भी दूर हो जाएगी। शरीर से काफी रक्त निकल गया है।

मगर, श्यामल निश्चिन्त नहीं है। जब जगतरानी देवी ने रुपयों का ऑर्डर दे दिया है, तो यह मेहता साहब चेक क्यों नहीं देते हैं? टालते हैं क्यों? जगतरानी पैलेस का टेलीफोन ऑपरेटर कहता है, ''श्यामल बाबू, आप मेहता साहब को नहीं जानते हैं। ये ऐसे ही हैं। पहले मेमसाहब के पिता जी के यहाँ प्राइवेट ट्यूटर थे। सौ रुपया मिलता था। फिर, मेमसाहब की शादी हो गई, तो यहाँ आ गए। मेमसाहब ने बहुत बड़े पोस्ट पर रखवा दिया। इनसे चला नहीं। जूट मिल में गए तो वहाँ हड़तालें होने लगीं। बैंक के जनरल मैनेजर बनाए गए, तो बैंक बन्द हो जाने की नौबत आ गई। अब मेमसाहब के सेक्रेटरी हैं। मेमसाहब को अखबार सुनाते हैं। मेमसाहब के स्पीच लिखते हैं। मेमसाहब के लिए प्लेन की टिकटें कटाते हैं। मेमसाहब को खुश रखने की कोशिश में ही रात-दिन काट देते हैं। फिर भी मेमसाहब खुश नहीं रहती हैं।''

कोठी का कोई नौकर बात तक नहीं सुनता है। मगर, इससे क्या होता है! वक्त पर तनख्वाह तो मिल ही जाती है। अठारह सौ रुपये कम नहीं होते हैं। शरीर और

प्राण और आत्मा की कीमत इन दिनों अठारह सौ रुपये भी किसे मिलती है?

दूसरे दिन ग्यारह बजे जगतरानी पैलेस आने पर श्यामल को पता चलता है, मेहता साहब अपनी पत्नी के यहाँ शामबाजार चले गए हैं। शर्मिष्ठा देवी की तबीयत ठीक नहीं है, ऐसा फोन आया था। मकान का नम्बर पूछकर श्यामल शामबाजार पहुँचा। उसने निर्णय किया श्री लक्ष्मीचन्द्र मेहता मरकर स्वर्ग चले गए होंगे, तो वह वहाँ भी चला जाएगा। शारदा के पास ट्राम से स्कूल जाने के पैसे नहीं हैं। श्यामल ने सुबह से चाय तक नहीं पी है। प्रभात के लिए बिस्कुट और फल चाहिए।

प्रभात अब बातें करता है। आँखों की पट्टी नहीं खुली है। मगर, मुस्कुराता है और कहता है, ''श्यामल, मेनू-कार्ड के प्रूफ में एक भी गलती रहेगी, तो मैं तुम्हारी बुरी गत कर दूँगा। कलर स्कीम तुम अपनी रुचि के अनुसार दो। इतना शानदार कार्ड बनना चाहिए, इतना शानदार...''

''चुप रहा करो, प्रभात!'' शारदा डाँटती है और प्रभात की बाँह सहलाती रहती है।

चार ही दिन में शारदा कितनी सूख गई है! चार ही दिन में श्यामल कितना बूढ़ा हो गया है...!

''आइए श्यामल जी, आ जाइए। मुझे तो इधर चला आना पड़ा। पत्नी को बुखार जैसा हो गया है,'' मेहता साहब ने मुस्कुराते हुए कहा।

मेहता साहब मुस्कुराते हैं तो बहुत बदसूरत लगते हैं। मोटे-मोटे होंठ और बेतरह छोटी आँखें। गर्दन नहीं है। गर्दन की जरूरत ही क्या है?

''मेहता साहब, रुपये आप अभी दिलवा दीजिए। मेरे दोस्त की हालत अच्छी नहीं है और, जब जगतरानी देवी ऑर्डर दे चुकी हैं, तब आप रुपये क्यों नहीं देते हैं?'' श्यामल पत्थर जैसे कड़े शब्दों में कहता है।

मेहता साहब डर जाते हैं। श्यामल की तनी भौंहों से डर जाते हैं। एक बार एक टैक्सीवाले सरदार जी ने ऐसी ही भौंहें दिखाई थीं। शर्मिष्ठा के साथ बातें करते जा रहे थे और एम्बेसेडर चला रहे थे। नेशनल लाइब्रेरी के पास रास्ता टेढ़ा है, आगे जाती हुई टैक्सी से टक्कर हो गई। नीचे उतरकर सरदार जी को गालियाँ निकालने लगे। सरदार जी ने कहा, 'बीवी के साथ हो, वरना पता चल जाता तुम्हें, कि सियालकोट के छोकरे औरतों से ही नहीं, मौका मिलने पर मर्दों से भी मजे की बात कर लेते हैं।'

मेहता साहब ने गम्भीर होते हुए कहा, ''श्यामल जी, आप इन सेठों-सेठानियों की माया नहीं जानते हैं। आपने तीन सौ रुपयों के लिए कहा, वे मुझे बोलीं कि पचास रुपये एडवांस दे देना। बोलिए, पचास रुपयों से आपका क्या होगा!''

''पचास रुपये?'' श्यामल के होंठों से चीख निकल गई।

मेहता साहब आश्वस्त हो गए। बोले, हाँ, ''सिर्फ पचास रुपये! मैंने आपकी तरफ से बहुत वकालत की, तब सौ रुपये देने को राजी हुईं। मुझे उम्मीद है, सौ रुपयों

से आपका काम चल जाएगा। सौ रुपये कम नहीं होते हैं।''

इतनी बातों के बाद नौकर दो गिलास मुसम्मी का रस दे गया। रस पीने के बाद मेहता साहब फिर दार्शनिक हो गए। पॉकेट बुक सीरीज किताबों से उधार ली गई यह दार्शनिकता मेहता साहब का जिरह बख्तर है। कछुए की पीठ है। इस पीठ के सारे तथ्य छिपा लेना चाहते हैं। मगर, छिपा पाते नहीं हैं। कछुए की पीठ में बड़े-बड़े छेद हैं और इन छेदों से होकर अन्दर का सड़ा हुआ चमड़ा दिखता है। इन छेदों से होकर बहुत तेज बदबू निकलती रहती है। टेलीफोन-ऑपरेटर बता चुका है कि जगतरानी ने तीन सौ रुपयों के लिए कहा है। तब, मेहता साहब झूठ क्यों बोलते हैं? आखिर किस लाभ के लिए? मेहता साहब जैसे प्रतिष्ठित और उच्चवर्गीय व्यक्ति को झूठ बोलने की क्या जरूरत होती है, श्यामल समझ नहीं पाता है। झूठ तो गरीब आदमी बोलता है। रोटी के लिए, इज्जत बचाने के लिए, सच बोलकर नहीं पाई जानेवाली चीजों के लिए, साधनहीन व्यक्ति मिथ्या का आश्रय लेता है। मगर, मेहता साहब क्यों?

''मैं तो श्यामल जी, बीच का आदमी हूँ। न मुझे रुपया देना है, न मुझे रुपया लेना है। जगतरानी जी देती हैं। आप लेते हैं। मेरा क्या है? मेरा इतना ही है कि आपका लाभ हो जाए और देवी जी की हानि न हो। आप कलाकार हैं। कलाकारों के लिए मेरे दिल में सबसे ऊँची जगह है। मगर, क्या करूँ, देवी जी के विरुद्ध कुछ कह नहीं सकता हूँ। उनका आश्रित हूँ। वैसे आप लोगों के साथ उनका दुर्व्यवहार देखकर जी में आता है, कम्युनिस्ट बन जाऊँ। मगर, कम्युनिस्ट बनने से तो मैं, मेरा परिवार, मेरे बच्चे, सभी भूखों मरने लगेंगे। अब काफी उम्र हो चुकी। जीवन का रास्ता बँध गया है। वैसे, मैं मन-ही-मन नित्य भगवान से प्रार्थना करता हूँ, कि देश में जल्दी कम्युनिज्म आ जाए। हृदय से मैं इन पूँजीपतियों के विरुद्ध हूँ, शरीर से इनका नौकर हूँ। मगर, श्यामल जी, शरीर से बड़ी चीज है हृदय। बड़ी चीज है आत्मा। पूरे देश को हृदय-परिवर्तन की नितान्त आवश्यकता है। क्रान्ति की आवश्यकता नहीं है,'' मेहता साहब भाषण देने के मूड में आ गए। भाषण देना उन्हें अत्यन्त प्रिय है। अधिक अवसर नहीं मिलता है। कभी-कभी सनत कुमार को बुलाकर हृदय-परिवर्तन की फिलॉसफी समझाते हैं। और कोई उनकी बातें सुनना नहीं चाहता है। किसी को फुर्सत नहीं है।

''मेहता साहब, हृदय-परिवर्तन तो उसी का हो सकता है, जिसके पास हृदय हो। अब आदमी के पास हृदय रह ही कहाँ गया है,'' श्यामल उठता हुआ बोला और हँसने लगा।

मेहता साहब दोबारा आतंकित होने लगे। कहीं श्यामल आगे बढ़कर तमाचा मार दे तो? श्यामल की हँसी कमरे में फैलती रही, दीवारों से, फर्नीचर से, किताबों से, मेहता साहब से टकराती रही।

श्यामल ने कहा, ''मेहता साहब, आप वाकई बीच के आदमी हैं। रुपया आपकी जेब में नहीं जाता है, मगर आप सोचते हैं कि आपकी जेब से जाता है और यह सोचकर

आप खुश होते हैं। आपका मकान, आपके कपड़े, आपका चश्मा, आपका शरीर तक आपका नहीं है और हृदय तो है ही नहीं। हो सकता है, कभी रहा हो। मगर, आप आदमी नहीं हैं, बीच के आदमी हैं और बीच का आदमी आदमी तो क्या, जानवर भी नहीं होता है। अनजानी नस्ल के कुत्ते का छोटा-सा पिल्ला होता है और मालिक के पाँव के पास पड़ा ऊँघता रहता है; और बीच-बीच में भौंककर, गुर्राकर, उछलकर अपने जीवित होने का प्रमाण देता रहता है..."

अचानक मेहता साहब की आँखें बन्द हो गईं। अचानक मेहता साहब के हाथ-पाँव ढीले हो गए। अचानक मेहता साहब के कलेजे से हलकी-सी और अस्पष्ट-सी गुर्राहट निकली और वे सोफे से नीचे लुढ़ककर फर्श पर गिर पड़े और वैसे ही पड़े रहे।

श्यामल डर गया और चुपचाप कमरे से बाहर निकलकर सड़क पर चला गया। चौराहे पर आ गया। फुटपाथ पर रुककर एक आनेवाली चाय पीने लगा। सोचने लगा, मेहता साहब से झगड़ा नहीं करके, सौ रुपये ले लेने चाहिए थे। सौ रुपये कम नहीं होते। शारदा प्रतीक्षा कर रही होगी। प्रभात प्रतीक्षा कर रहा होगा। दवा चाहिए। पथ्य चाहिए। टॉनिक चाहिए। सिगरेट चाहिए। मकान का किराया चाहिए। पैसे चाहिए। सिर्फ पैसे!

और,

चायवाले को छः नए पैसे देकर, मिट्टी का प्याला सड़क पर फेंककर श्यामल सड़क के किनारे-किनारे चलने लगा। शामबाजार, अपर सर्कुलर रोड, मानिकतल्ला, राजा बाजार, सियालदह; सी.आई.टी. रोड, पार्क सर्कस, बालीगंज, पाम एवेन्यू, कड़ी धूप में पैदल चलते रहने का एक अलग आनन्द है। आदमी को लगता है, वह शहीद होने जा रहा है। लगता है, वह खुद भी एक जलता हुआ सूरज है। लगता है, रास्ते का अन्त नहीं होगा और हर कदम पर होती हुई उसकी मौत का भी अन्त नहीं होगा।

श्यामल ने टेलीफोन ऑपरेटर या बेयरों की परवाह नहीं की, सीधे ऊपर चढ़ता चला गया। दूसरी मंजिल के एक एयरकंडीशंड कमरे में श्रीमती जगतरानी देवी पलंग पर बैठी हैं और स्वेटर बुन रही हैं। श्यामल को देखकर पाँव नीचे उतार लेती हैं और कहती हैं, "बैठिए। आपके रुपये तो मिल गए?"

"जी नहीं! आपके सेक्रेटरी ने आपकी आज्ञा का पालन नहीं किया। आपने बुधवार की रात में कहा था। आज शनिवार है और दो बज चुके हैं। मेरा दोस्त हॉस्पिटल में है। बचने की उम्मीद नहीं है, क्योंकि हम कीमती दवाएँ नहीं खरीद पा रहे हैं," श्यामल हाथ पर हाथ बाँधकर पास की कुर्सी पर बैठ गया।

"मुझे बहुत दुःख है, आई एम रियली वेरी सॉरी! आपको बड़ी असुविधा हुई। आपको रुपये नहीं मिले, तो मुझे फोन से पूछ लेते। खैर, आप नीचे जाइए, मैं ऑपरेटर से कह देती हूँ। वह कैशियर से आपको तीन सौ रुपये दिलवा देगा या आपको ज्यादा रुपये चाहिए?" जगतरानी ने टेलीफोन उठाया और ऑपरेटर से कहा, "देखो सिन्हा, तुरन्त

कैशियर से चार सौ रुपये मँगवा लो। श्यामल बाबू जा रहे हैं, इन्हें दे दोगे और हाँ, जरा मेहता को मेरे पास तुरन्त भेजो। शायद अपनी पत्नी के यहाँ गया है। उसे बोलो, एटवंस मेरे पास आएगा।''

श्यामल की आँखों में कृतज्ञता के अतिरिक्त कोई भाव नहीं था। कोई शब्द नहीं। कोई अभिव्यक्ति नहीं। वह सीढ़ियाँ उतरकर नीचे चला गया। रुपये उसे तत्काल मिल गए।

दो-तीन दिन बाद, चौरंगी में एक बुक स्टॉल के पास शारदा और श्यामल की भेंट लक्ष्मीचन्द्र मेहता से हो गई। मेहता साहब जगतरानी देवी के लिए किताबें खरीदने आए थे। श्यामल को किनारे ले जाकर बोले, ''श्यामल जी, उस दिन आपके आते ही मैंने जगतरानी देवी को फोन कर दिया था। वे रुपये देने को तैयार ही नहीं होती थीं। मेरी जिम्मेदारी पर आपको रुपये दिए गए हैं। मगर क्या करूँ, मेरा हृदय ही ऐसा है। कलाकारों का दुःख मुझसे देखा नहीं जाता है। हृदय से तो मैं भी कलाकार हूँ. ..और श्यामल जी, ये महिला कौन है?...आइए न, कहीं बैठकर चाय पी जाए।''

शारदा को सारी कहानी मालूम ही थी। पास आकर हँसती हुई बोली, ''आज नहीं। फिर किसी दिन चाय पी लेंगे। अभी तो आप पक्के कलाकार भी नहीं हो पाए हैं। आप न धनपति हैं, न कलाकार, बस, बीच के आदमी हैं।''

[वासन्ती, जनवरी-फरवरी, 1962, मार्च 1962, अप्रैल 1962]

लैंडस्केप

जब सीता कुछ नहीं समझ सकी, अपने आप पर नाराज होती हुई मशीन पर आ बैठी। सिलाई की ऊषा-मशीन। मेजपोश सीने के लिए सीता अपनी पड़ोसिन के घर गई थी। पड़ोसिन अपने पति देवता से लड़ाई कर रही थी। सीता वापस चली आई और मायाकान्त से बोली, 'अपने घर में एक मशीन चाहिए।' तीसरे दिन, या शायद दूसरे ही दिन ऊषा-कम्पनी की यह मशीन आ गई थी। सबसे पहले सीता ने पुरानी साड़ियों के रेशमी किनारों का सुन्दर पैटर्न बनाकर मशीन का कवर सिया था और उसे रेशमी दुलहन बना दिया था। चमकती हुई काली दुलहन। सीता मन-ही-मन हँसने लगी थी। वसन्त बहार बनने लगी थी।

मायाकान्त अपने कमरे में फर्श पर पाँव फैलाए बैठा हुआ मकानों के नक्शे देख रहा था। दो कमरों के फ्लैट। तीन कमरों के 'एफ' टाइप क्वार्टर, 'एल' टाइप क्वार्टर। शहर के हर इलाके में मकान बन रहे हैं। सरकार बना रही है। कॉरपोरेशन बना रही है। देश-विभाजन के बाद अचानक अमीर बन गए हुए बनिए बना रहे हैं। बायरन सोडावाटर कम्पनी के मालिक ने कहा है, 'माया बाबू, यह नक्शा इंजीनियर साहब से पास करवा दो, तुम्हें खुश कर दूँगा।'

वसन्त-बहार बनी हुई सीता कमरे में आ गई, बोली, "आज दफ्तर नहीं जाओ। कोई पिक्चर देखने चलेंगे।"

मायाकान्त ने सोडावाटर कम्पनी के नक्शे से आँखें हटाते हुए पूछा, "कौन-सी फिल्म जाओगी? आज शनिवार है, दोपहर के शो की टिकटें मिल जाएँगी?"

सीता बड़े ही प्यार से अपने पति को देख रही थी। कभी किसी बात से इनकार नहीं करता है। जो माँगो, वही ला देता है। जो कहो, वही कर देता है। इस आदमी के मन में अपनी कोई इच्छा नहीं है। कोई चाह नहीं। शादी के बाद से क्या हो गया है इसे? पहले तो ऐसा नहीं था। अपनी माँ से किसी मामूली बात पर लड़कर बर्मा चला गया था, तो सीता कितना रोई थी! यह शादी से पहले की बात है। गाँव की बात है। सीता के पिता जी चल बसे थे, वह अपनी माँ के साथ ननिहाल चली आई थी। मायाकान्त की माँ अक्सर सीता के घर आती थीं और उसकी माँ से माया के गुणों का बखान किया करती थीं। माया पागल है। माया ने धतूरे के बीज खा लिए और मरने-मरने को हो गया। माया और उसके

दोस्त गुलाब-बाग के मेले से घोड़े चुरा लाए हैं। मायाकान्त पागल है। मायाकान्त एक नाटक कम्पनी शुरू कर रहा है, जिसमें कानपुर से पतुरिया बुलाई जाएगी। मायाकान्त बर्मा भाग गया है।

सीता कितना रोई थी! मायाकान्त तीन साल बाद बर्मा से लौट आया था और सत्रह-अठारह साल की सीता ने यह खबर सुनी थी, तो कितना रोई थी! औरत को रोना ही पड़ता है। कोई चला जाए, तब भी। कोई लौटकर आ जाए, तब भी। किसी बात के कारण नहीं, यों ही रोना पड़ता है। मायाकान्त शाम को सीता की माँ से मिलने आया था और दरवाजे पर ही सीता से टकरा गया था। उसे सिर से पाँव तक देखता हुआ बोला था, 'अरे तू? इत्ती बड़ी हो गई? मैं कुल तीन साल बाहर रहा और तू ऐसी बड़ी-बूढ़ी हो गई? हाय-हाय, हम बेकार बर्मा चले गए थे...।'

मगर शादी के बाद मायाकान्त अचानक बड़ा और बूढ़ा हो गया। सारा पागलपन समाप्त हो गया। गाँव छोड़कर सीता के साथ शहर चला आया। ट्यूशन करके, सिनेमाघर में टिकट बेचने की नौकरी करके घर चलाता रहा और ड्राफ्टमैनशिप पढ़ता रहा। चार साल की जी-तोड़ मेहनत और परेशानियों के बाद कॉरपोरेशन में असिस्टेंट ड्राफ्टमैन हो गया। शादी किए पूरे सात साल हो गए हैं, मगर मायाकान्त कभी सीता को कोई भली-बुरी बात नहीं कही है। कभी कुछ माँगा नहीं। सीता जो देती है, ले लेता है। जैसा भी भोजन। जैसा भी आराम।

सीता कहती है, "सिनेमा के टिकट नहीं मिलेंगे, तो सरला रानी के यहाँ मिल आएँगे। उसे मिले चार-पाँच महीने हो गए। क्या कहती होगी!...मगर, धूप इतनी तेज है। लू चलती है। ऐसा करो, आज दफ्तर नहीं जाओ। कल तुम्हारी छुट्टी है। दो दिन आराम कर लो। कई रातों से जागते रहे हो।"

"ठीक है। दफ्तर नहीं जाऊँगा। मुझे एक कप चाय बना दो, फिर नहाने जाऊँगा और देखो, जरा कृष्णा को भेज दो। वह स्कूल जाती हुई यह फाइल मेरे दफ्तर में दे आएगी। जरूरी फाइल है।" मायाकान्त इतना कहता है और अपने सामने फैले हुए नक्शों को देखने लगता है।

लोग इतने मकान क्यों बना रहे हैं? मकान के बिना क्या रहा नहीं जा सकता? लोग जैसे आदिम युगों में रहते थे? मकान की दीवारें आदमी अपनी रक्षा के लिए नहीं, अपनी सुविधा के लिए नहीं, अपने आपको दुनिया की जलती हुई निगाहों से छिपाने के लिए बनाता है। मकान और दीवारें। दस इंच मोटी दीवारें। अठारह इंच मोटी दीवारें। मायाकान्त सिर्फ इन दीवारों के ड्राफ्ट बनाता है और दफ्तर के अफसरों के सामने रखकर अपनी टेबल पर वापस चला आता है। वापस अपने घर चला आता है।

किराए का घर—दो कमरे, एक किचन, एक बरामदा, एक बाथरूम। उसकी छोटी बहन कृष्णा साथ रहती है और दसवें दर्जे में पढ़ती है। देर से पढ़ना-लिखना शुरू किया

है। दो बार फेल भी हो चुकी है। सीता की उम्र की है। बचपन में शादी कर दी गई थी। मगर पति कृष्णा को ले ही नहीं जाता। कहता है–'बदसूरत है।' कहता है–'चाल-चलन ठीक नहीं है।' मायाकान्त सोचता है, कृष्णा मैट्रिक कर जाए, तो कहीं नौकरी दिलवा देगा। टाइप-राइटिंग सीख लेगी। अपना गुजारा आप कर लेगी। कोई आदमी पसन्द आ गया, किसी आदमी को पसन्द आ गई, तो तलाक लेकर नई शादी कर लेगी। अपने जीने का अपना तरीका चुन लेगी।

वह दरवाजे के पास आकर खड़ी हो गई–चुपचाप! उदास! थकी हुई! उसकी झुकी हुई निगाहों में एक सवाल, कि उसे क्यों बुलाया गया है? मायाकान्त ने सारे नक्शों को सलीके से फाइल में बन्द करते हुए कहा, "कृष्णा, यह फाइल मेरे दफ्तर में दे आना। शर्मा साहब से कहोगी, मैं आज दफ्तर नहीं आ सका। तबीयत भारी है। वाकई मेरी तबीयत भारी है कृष्णा!...क्यों, तुझे क्या हुआ है? सीता ने कुछ कह दिया क्या?...क्या बात है?"

कृष्णा कुछ बोली नहीं। झुककर उसने फाइल उठा ली और जाने लगी। फिर रुक गई। फिर घूमकर कहने लगी, "मैं आपके दफ्तर नहीं जाऊँगी। मैं अब स्कूल भी नहीं जाऊँगी। मुझे गाँव भेज दीजिए...। मैं यहाँ नहीं रहूँगी!...मैं नहीं रहूँगी... मुझे भेज दीजिए...।" और इतना कहकर कृष्णा ने फाइल टेबल पर पटक दी और कमरे से बाहर निकल बगल के कमरे में चली गई। दरवाजे की आड़ में खड़ी होकर सिसकने लगी।

चौबीस-पच्चीस साल की यह भरी-भरी औरत, जिसे पति ने हमेशा-हमेशा के लिए त्याग दिया है। कृष्णा की सिसकियों की थरथराती हुई आवाज सुनकर मायाकान्त समझ ही नहीं सका कि वह क्या करे–उठकर बगल के कमरे में जाए या यहीं बैठा चाय का इन्तजार करता रहे? उसके दफ्तर में एक आदमी है रामजस शर्मा। पत्नी का देहान्त हो चुका है। छोटे-छोटे दो बच्चे हैं। परिवार में और कोई नहीं है। उम्र ज्यादा नहीं है, हँसमुख आदमी है, चोर-बेईमान नहीं है। वैसे, कॉरपोरेशन के दफ्तर में थोड़ा कुछ घूस कौन नहीं लेता है! मगर, कृष्णा उसके दफ्तर क्यों जाना नहीं चाहती? उसे क्या हो गया है? स्कूल नहीं जाएगी, तो क्या करेगी? रामजस शर्मा जैसे मिलनसार और शरीफ आदमी न हों, तो मायाकान्त भी दफ्तर जाना नहीं चाहेगा। आदमी मशीन नहीं है। आदमी की तरह काम कर सकता है, तो बीच-बीच में चाय के प्याले पर रुककर हँस-बोल भी सकता है। मगर, हमारी यह कृष्णा क्यों नहीं हँसती? दरवाजे की आड़ में खड़ी होकर रो रही है। रोती जाएगी...।

"तुमने उसे क्या कह दिया? अब सँभालो जाकर! सोचती थी, आज का दिन हँसी-खुशी से काट लेंगे, मगर तुमने रोना-धोना शुरू करवा दिया है," सीता ने चाय का प्याला रखते हुए कहा। फिर बाहर चली गई।

कृष्णा मायाकान्त की सगी बहन है, मगर जवान है और फटी-फटी जा रही है

और अपने आपको सँभाल नहीं पाती है और सीता नहीं चाहती कि किसी भी बात के लिए मायाकान्त उसे रुला दे। थोड़ी देर बाद जब वह बाथरूम जाने के लिए बाहर निकला, तो उसकी पत्नी ने उसे बताया कि उसकी बहन स्कूल जा रही है और उसके दफ्तर जाकर शर्मा जी को फाइल दे आएगी।

दोपहर में मुहल्ले की ढेर सारी औरतें सीता की नई मशीन देखने आ गईं। मशीन नई है और नए ढंग से बनाई गई है। कपड़ा कितना ही मोटा क्यों न हो, अन्दर डालने से नहीं फँसता है। मोटी सिलाई के लिए अलग स्क्रू है, पतली सिलाई के लिए अलग और कसीदे के रेशमी फूल बनाने का एडजस्टमेंट भी है। साथ में एक दर्जन एक्स्ट्रा सुइयाँ मिली हैं, छोटे-मोटे पुर्जे मिले हैं, मशीन खोलकर साफ करने के औजार भी साथ हैं। सीता पड़ोसिनों को मशीन दिखा रही है और बेहद खुश हो रही है। इतनी सुन्दर, इतनी कीमती सिलाई मशीन और किसके पास है! ठीक-ठीक दाम वह नहीं जानती। मगर, तीन सौ से कम क्या लगे होंगे!

मायाकान्त अपने पलंग पर अधलेटा कोई साप्ताहिक अखबार देख रहा है और सीता की बातें सुन रहा है। सीता बेहद खुश है। औरतें बैठी हैं, कोई छोटा बच्चा मशीन का हैंडिल घुमा रहा है, कोई औरत कह रही है, 'सीता को हसबैंड बहुत अच्छा मिला है!' और, कोई औरत कह रही है, 'मायाकान्त बाबू बगल के कमरे में हैं, आज दफ्तर नहीं गए!' और, औरतों की आवाजें धीमी हो जाती हैं। हलकी-हलकी हँसी। मद्धिम बातें। औरतों की बातें। हँसी-मजाक।

मायाकान्त सुनना नहीं चाहता। मगर, सुन लेता है। चन्दर बाबू की बड़ी लड़की भी उस कमरे में है। निर्मला। शादी से पहले की हमारी सीता भी निर्मला की तरह ही थी। हर वस्तु को उत्सुकता से देखती हुई। हर वस्तु में कुछ-न-कुछ सुन्दरता देखती हुई। अब जैसे सीता की सारी उत्सुकता और सारी सुन्दरता मर गई है। मायाकान्त को अच्छी नहीं लगती। कोई चीज अच्छी नहीं लगती। मगर, उपाय क्या है? निर्मला कमरे में आती है और छत की खिड़की पर घोंसला बनाने की कोशिश करती हुई छोटी-सी चिड़िया की तरह कमरे में चक्कर काटती रहती है। फिर, चली जाती है। कुछ कहती नहीं। कुछ बताती नहीं। शायद, वह कुछ जानती ही नहीं।

तब, सीता आती है। मायाकान्त पलँग के एक किनारे टिका हुआ, सिगरेट पी रहा है। सीता पास आ जाती है। आज उसने ढंग से बाल सँवारे हैं, अच्छी साड़ी पहनी है। कहती है, "देखो, मेरी ऊषा मशीन देखकर औरतें कितनी जल रही हैं! ऊपर-ऊपर तारीफ करती हैं, मन-ही-मन जल-भुन रही हैं।...निर्मला क्यों आई थी? कुछ कह रही थी? बड़ी ही ऐसी-वैसी लड़की है। मौका पाते ही कोई-न-कोई चीज उठा लेती है। उस दिन कृष्णा की एक किताब चुरा ले गई...मेरा बस चले तो उसे घर में घुसने नहीं दूँ।"

मेरा बस चले, यानी क्या सीता इस बात की ओर इशारा करना चाहती है कि मायाकान्त निर्मला का आना पसन्द करता है? मायाकान्त अखबार के पन्ने उलटता रहा। एक

विख्यात लेखक की मृत्यु पर कुछ कवियों ने श्रद्धांजलियाँ अर्पित की हैं। एक विख्यात सम्राज्ञी के प्रणय-कांडों के बारे में एक लेखक ने बड़ी ही मार्मिक कहानी लिखी है। हर लेख के अन्त में विदेशी पत्रिकाओं के हलके-फुल्के चुटकुलों के अनुवाद छापे गए हैं। कुछ बड़े आदमी विदेश-यात्रा पर गए हैं, उनकी तस्वीरें छपी हैं। कुछ बड़े आदमी विदेश-यात्रा से लौटे हैं, उनकी तस्वीरें छपी हैं। अन्त में एक विख्यात ज्योतिषी ने साप्ताहिक भविष्य-फल बताया है। सिंह राशिवालों के लिए यह सप्ताह लाभप्रद है। किसी नई मित्रता से फायदा होगा। किसी नई यात्रा पर भी जाना हो सकता है। परिवार में पुत्र जन्म भी हो सकता है। पुत्र-जन्म!

मायाकान्त ने अखबार मोड़कर रख दिया और बोला, "मुझे दफ्तर भी जाने नहीं दिया और अब पड़ोसिनों को ले बैठी हो!"

सीता शरमाने लगी। शरमाने का अभिनय करने लगी। फिर कहने लगी, "थोड़ी देर में आप-ही-आप चली जाएँगी। मैं कैसे कहूँ कि चली जाओ, अब मैं...अब हम लोग...मैं कैसे कहूँ?"

सीता के इस बेशर्मी-भरे शर्म के नाटक पर मायाकान्त को गुस्सा आने लगा। मगर, उसे गुस्सा पी जाने की आदत हो गई है। बचपन से ही घर से बाहर रहा है और अपना रास्ता आप बनाता रहा है। रास्ता बनानेवाले को चुप रहना पड़ता है। सहना पड़ता है। हर कदम सोच-विचार कर उठाना पड़ता है। सीता ने समझा, मायाकान्त के चुप हो जाने को सीता ने समझा, वह चाहता है कि पड़ोसिनें जल्दी-से-जल्दी चली जाएँ। सीता दूसरे कमरे में चली गई। निर्मला मशीन में कोई कपड़ा डालकर सिलाई करने लगी थी। मिसेज अवस्थी फर्श पर बैठी गोद के बच्चे को दूध पिला रही थीं। मिसेज अवस्थी के बड़े लड़के की पत्नी और निर्मला की भाभी एक-दूसरे के गले में बाँहें डाले, पलँग पर बैठी पाँव झुला रही थीं और बातें कर रही थीं कि इस साल भी वे दार्जिलिंग जा रही हैं। गर्मियों में इस शहर की आग में देह झुलसाना पागलपन है। सीता ने कहा, "निर्मला, मशीन एकदम नई है, कोई कलपुर्जा खराब हो गया तो कृष्णा के भाई मेरी जान ले लेंगे! जाओ भाई, अब मुझे फुर्सत दो। सारा दिन तुम्हीं लोगों में लगी रहूँगी तो पति-सेवा कब करूँगी! आज वे दफ्तर भी नहीं गए। रात में कृष्णा साथ रहती है...तुम लोग इतनी-सी बात समझ क्यों नहीं पाती हो?"

मिसेज अवस्थी की बहू और निर्मला की भाभी ठठाकर हँस पड़ीं। निर्मला शरमा गई और सुई के नीच फँसा कपड़ा उसने इतने जोर से खींचा कि सुई टूट गई। मगर, उसने सीता को बताया नहीं, चुपचाप मशीन पर ढक्कन डालकर उठ खड़ी हुई। मिसेज अवस्थी ने सीता की बात से अपने को अपमानित महसूस किया। बच्चे ने उनके दूध में दाँत गड़ा दिए थे। उसे हलका-सा चाँटा मारती हुई वे उठीं और जाती-जाती बोलीं, "दफ्तर से छुट्टी लेते रहने से नहीं सीता देवी, गोद भगवान की दया से भरती है! इतनी बेशर्म मत बनो! भगवान पर भरोसा रखो!"

मिसेज अवस्थी की बात से बगल के कमरे में पलँग पर लेटे हुए मायाकान्त को बेहद गुस्सा आया। अपने-आप पर गुस्सा आया। सीता और अपनी छोटी बहन कृष्णा पर और अपने दोस्त शर्मा और अपनी नौकरी पर और दुनिया-जहान की हर बात पर गुस्सा आया। वह चीख पड़ा, "सीता, यहाँ आओ!...उधर क्या कर रही हो? यहाँ आओ!"

मिसेज अवस्थी तेजी से पाँव बढ़ाती हुई आँगन से बाहर निकल गईं। पीछे-पीछे सिर झुकाए उनकी बहू और हँसती हुई निर्मला। निर्मला की भाभी ने आँखें फिराकर देखा, सीता अपने पति के कमरे में चली गई है और कमरे का दरवाजा आप ही आप बन्द हो गया है।

मिसेज अवस्थी ने आँगन से बाहर आकर कहा, "कितने बेशर्म लोग हैं!"

मिसेज अवस्थी की बहू ने उनचास-पचास साल की अपनी सास की ओर देखा और उसकी गोद के छोटे से बच्चे की ओर देखा और सिर झुकाकर गली पार करने लगी।

कृष्णा शाम को देर से लौटी। तब तक मायाकान्त चाय पी चुका था और सीता बाहर जाने के लिए कपड़े बदल रही थी। मायाकान्त ने कहा, "कृष्णा, हम लोग घूमने जा रहे हैं। तुम भी जल्दी से तैयार हो जाओ। इतनी देर कहाँ लगा दी? फाइल दे आई थी?"

शायद, सीता नहीं चाहती थी कि कृष्णा भी उनके साथ जाए। इसीलिए अपने कमरे से ही बोल पड़ी, "थक-थका कर आई है। क्यों उसे साथ चलने को मजबूर करते हो? इम्तिहान करीब हैं, उसे पढ़ने-लिखने भी दो!"

"मैं थकी नहीं हूँ भाभी! यहाँ से भैया के दफ्तर गई। शर्मा साहब से कहा—चलो, कहीं चलकर चाय पीते हैं। उन्हीं के साथ एक रेस्तराँ में चाय पी। फिर, उन्होंने कहा—चलो, कोई फिल्म देखते हैं। हम दोनों मैटिनी-शो में एक अंग्रेजी फिल्म देखते रहे। मैं स्कूल भी नहीं जा सकी। शर्मा साहब टैक्सी में मुझे यहाँ तक छोड़ गए। मैं जरा भी थकी नहीं हूँ। कहोगी तो साथ चलूँगी। मना करोगी तो घर में बैठी रहूँगी। मेरा क्या है।" कृष्णा ने जैसे नशे की हालत में, कृष्णा ने जैसे बेहोशी की हालत में कहा और चुप हो गई। एक-एक शब्द वह रुक-रुककर बोली थी, जैसे शब्द नहीं हों, बर्फ के छोटे-छोटे टुकड़े हों और उसके होंठों से बाहर आते ही पिघल जाते हों, हवा में गायब हो जाते हों! बड़ी ही बेजान निगाहों से अपने बड़े भाई की तरफ देखती हुई वह सीता के कमरे में चली गई।

मायाकान्त ने कृष्णा का एक-एक शब्द सुना था और उसका अर्थ भी समझा था। कृष्णा ने शर्मा जी के साथ फिल्म देखने की बात बताकर उसे चोट पहुँचाना चाहा है। मायाकान्त को चोट लगी है। मायाकान्त को चोट लगती रही है। बचपन में वह बर्मा भाग गया था, तो वहाँ रंगून में एक सिख सरदार जी के खालसा-होटल में नौकरी करता था। अक्सर उसके हाथ से प्याले गिर जाते थे। प्लेटें टूट जाती थीं। चम्मच और काँटे

खो जाते थे और हर छोटी-बड़ी गलती के लिए वह मालिक के हाथों पिटता था। घर से भागा हुआ छोटा-सा लड़का, मायाकान्त! मगर, उन दिनों पिटते रहने से भी उसे चोट नहीं लगती थी। दुख नहीं होता था। जानता था, सभी लड़के पिटते हैं। होटलों में बैरागीरी करनेवाले सभी लड़के पिटते हैं। वह चोट सह लेता था। चोट वह आज भी सह लेता है, मगर उसे दुख होता है। तकलीफ होती है। अपने-आपको वह अपमानित अनुभव करता है।

वह अपने कमरे में चला गया और थोड़ी देर तक कमरे में चक्कर काटता रहा। फिर, बरामदे में चला आया। सीता कपड़े बदल चुकी थी और तिपाई पर चढ़कर अलमारी की सबसे ऊपर की दराज से पैसे निकाल रही थी। कृष्णा पलंग पर बैठी थी। खोई हुई। खाली-खाली सी। मायाकान्त अपने कमरे में चला आया और खिड़की के पास आकर खड़ा हो गया। खिड़की से बाहर की दुनिया दिखती है। एक उदास सड़क, जिस पर लाल बजरी बिछी हुई है। सड़क के उस पार लगातार मकान, जिनकी खिड़कियाँ अब तक रोशनी से चमकने नहीं लगी हैं। शाम ढल रही है। थोड़ी ही देर में अँधेरा हो जाएगा। थोड़ी ही देर में रोशनी जलने लगेगी। दफ्तरों से लौटे हुए लोग घर आकर चाय पी रहे होंगे। अपने बच्चों से खेल रहे होंगे। अपनी पत्नी से पूछ रहे होंगे, कि बाजार से क्या-क्या ले आना है।

"कृष्णा, यहाँ आओ," मायाकान्त ने बुलाया।

कृष्णा ने फटी-फटी आँखों से अपनी भाभी को देखा, फिर मुस्कुराई। जैसे इस मुस्कुराहट में मौत के स्याह साए तड़प रहे थे!

सीता ने उसकी ओर देखते हुए बड़ी धीमी आवाज में कहा, "जाओ न, तुम्हारे भैया बुला रहे हैं!"

कृष्णा उठी और दूसरे कमरे में चली आई। मायाकान्त खिड़की के पास खड़ा रहा। बाहर की दुनिया देखता रहा। फिर बोला, "तुम्हें किस बात का दुख है कृष्णा? मैं तो तुम्हें किसी काम के लिए मजबूर नहीं करता हूँ।"

वह चुपचाप खड़ी रही। मायाकान्त की ओर और मायाकान्त के माध्यम से अपने सारे जीवन की ओर वह चुपचाप देखती रही और, जब उसकी आँखों में आँसू की बूँदें झिलमिलाने लगीं, तो उसने कहा, "तुम नहीं समझोगे भैया, मेरा दुख तुम नहीं समझ पाओगे।" और, इतना कहकर वह रोती हुई कमरे से बाहर निकल गई। बाथरूम में जाकर उसने दरवाजा अन्दर से बन्द कर लिया।

मायाकान्त कुछ समझ नहीं सका। उसी तरह खिड़की के पास बेवकूफ की तरह खड़ा रहा और दूसरों के घरों की खिड़कियाँ देखता रहा। शाम ढलती रही। धीरे-धीरे अँधेरा बढ़ने लगा।

वसन्त-बहार की तरह खिली हुई सीता अन्दर चली आई। मुस्कुराती हुई बोली, "चलो! कृष्णा नहीं जाएगी। उसे पढ़ना-लिखना है। चलो, सरला रानी को मिल आते

हैं...क्या सोच रहे हो?"

मायाकान्त ने जैसे सीता की कोई बात ही नहीं सुनी। चुपचाप उसी तरह खड़ा रहा। खोया हुआ। अपने मन की अनजान घाटियों में भटके हुए जानवर की तरह रास्ता ढूँढ़ता हुआ। रास्ता उसे नहीं मिला। सामने लाल बजरी की उदास सड़क है। लगातार मकान हैं। शहर है। नदी है। खुला हुआ आकाश है। सिनेमाघर है। अखबार हैं। खबरें हैं। नई खरीदी गई ऊषा मशीन है। पत्नी है। बहन है। दफ्तर है। दोस्त हैं। लेकिन?

लेकिन, मायाकान्त अपने कमरे की खिड़की के पास चुपचाप खड़ा है। वह बाहर जाना नहीं चाहता। वह बाहर जाना चाहता है। वह क्या चाहता है, उसे पता नहीं।

[धर्मयुग, 4 अगस्त, 1963]

गाँजा-मिलानी

1

अंग्रेज थे। अंग्रेज चले गए। कांग्रेसी आए, कांग्रेसी चले गए। बिहार से, दूसरे कई राज्यों से चले गए। गैरकांग्रेसी आए हैं। कुर्सियाँ बिलकुल वही हैं। जैसे टोपियों के सिवा कुछ नहीं बदला है। कैसे बदलेगा? जब तक पूरी व्यवस्था नहीं बदलती है, लाल फीताशाही के रिवाज नहीं बदलते। अन्न का सवाल केवल टोपियाँ बदल जाने से हल नहीं होगा। बी.डी.ओ. से लेकर अन्न-मन्त्री तक के कामों का सिलसिला बदल जाना चाहिए, जबकि यह बदलाव जोड़े बैलों के स्थान पर दीया-छाप या पेड़-छाप या साइकिल-छाप पर मुहर लगाने से सम्भव नहीं है।

क्रान्ति, अर्थात् व्यवस्था में आमूल बदलाव...!

2

गर्भवती स्त्रियाँ सामान्य-असामान्य किसी भी परिस्थिति में अ-गर्भवती स्त्रियों से अधिक कामुक और अपने प्रिय-पात्र के प्रति अधिक अनुरक्त होती हैं। अधिक सुख देना (और अधिक सुख प्राप्त करना) चाहती हैं। उनकी जीभ में और जाँघों में लालच बढ़ जाती है। स्तनों के फुदने पर खुजलाहट उभरती है। पराये नाखून या खुजलाहट, खरोचें इस लालच को आसरा दें, गर्भवती स्त्री ऐसा चाहती है।

आठवें महीने के पेट की गोलाम्बर परिधि अपने नंगेपन में बड़ी ही बीभत्स दृश्यावली होती है। भरे-पूरे डबडबाते हुए स्तन कितने निरीह। मस्त कन्धों, दोहरी-चौड़ी चूतड़, सोने के सिल जैसी पीठ, गोरी बाँहें, और गोरी पिंडलियाँ कितनी अथबल, कितनी अश्लील, लेकिन लिपट जाने के लिए आतुर, यह भूल जाने के लिए, कि बच्चा जनना एक प्रकार की निरीह विवशता और एक प्रकार का विवशतापूर्ण संयम है।

पी. (प्रभा, प्रतिमा, प्रिया, पार्वती, पारो—कोई भी एक स्त्री-नाम!) अपना हैंडबैग टेबल पर पटककर एकदम बिस्तरे में चित लेट जाती है, अपने बेहद फूले हुए पेट को हलके-हलके सहलाती हुई, लगभग हँसने लगती है। वह अब शरमाती नहीं। शर्म

उसकी टूट चुकी है। पी. कहेगी, 'भाई साहब, लेना-देना हो तो जल्दी कीजिए। मैं एकदम पसीने-पसीने हो रही हूँ।'

बिस्तरे के ऊपर दीवार पर एक इस्पात-कम्पनी का नया कैलेंडर टँगा है। हरी-भूरी आँखों वाली एक मोटी, सफेद, भारी-भरकम बिल्ली दूध के प्याले में मुँह डालकर पंजे डालकर...

3

रवीन्द्रनाथ की कहानी के चौदहसाला बच्चे फटिक चक्रवर्ती की तरह मैं हमेशा बुखार के डिलिरियम में अपने गाँव लौटना चाहता हूँ। कविता में, भोग-प्रिया स्त्री में, गाँजा-अफीम में, और दोस्तों की बातचीत में अपना गाँव, नदी, रोहू मछलियों का तालाब, आम-बगान, चम्पा-वन ...लेकिन, लौटकर मैं जहाँ भी पहुँचता हूँ, वह मेरा गाँव नहीं होता, वह जंगल होता है। चम्पा-वन नहीं; दलदल, साँप, मलेरियाई मच्छड़, और 'अन-शेव्ड' स्त्रियों की भूख, रोग, लालच, नंगेपन का जंगल। इस जंगल में रहना कठिन है।

4

अपने लिए तीसरी औरत लाने के पहले पिताजी यही कहते थे कि उनके इस बेटे से अधिक तेजस्वी, संस्कारी और प्रतिभा-सम्पन्न लड़का इलाके भर में नहीं है। मगर तीसरी औरत परिवार में आ गई और घर का समूचा नक्शा बदल गया। रँगे गए हाथ-पाँव, माथे पर मनटीका, आँखों में आलस की काजल-रेखा, और अपनी गुलाबी आभा में वह औरत (जो किसी हालत में चौदह साल से ज्यादा क्या होगी!) हमारे मकान को अपना 'खेला-घर' या खिलौना-घर बनाने में भी जी-जान से जुट गई। पिताजी मुझको अपना जैसे प्रतिद्वन्द्वी समझकर यह साबित करने लगे कि गन्दगी, मूर्खता, झूठ और चोरी में मेरा कहीं कोई मुकाबला नहीं है।

घर-परिवार का, और मेरे उस चौदह वर्षीय जीवन का समूचा नक्शा बदल गया। उस रात के बाद से मैंने कभी भी अपने आपको ईमानदार अथवा कम-से-कम, प्रतिभा-सम्पन्न साबित करने की कोशिश नहीं की।

मेरे पिता की तीसरी औरत 'तिष्यरक्षिता' नहीं थी, यह सच है। यह भी सच है कि मैं कुणाल नहीं था। इतनी आत्महीनता मुझसे सम्भव नहीं हुई।

5

अन्न और स्त्री के अभाव में यह सृष्टि कायम नहीं रह सकती है। सृष्टि को कायम रखने के लिए अनिवार्य है कि आदमी—रचना करने में समर्थ, पराक्रमी आदमी—इन दोनों वस्तुओं के प्रति आकृष्ट रहे।

6

रत्नधर की आँखों में कुछ दिनों पहले तक जैसे मशाल जलती थी अब वह मशाल धीरे-धीरे बुझ रही है। रत्नधर और उनके दोस्त नित्यानन्द, बालेश्वर, महेश वगैरह हिन्दी साहित्य सम्मेलन भवन के फुटपाथ पर चाय की दुकान शुरू करना चाहते हैं। इसलिए नहीं कि उन्हें दिमाग की रक्षा के लिए गाँजा पीने और देह की रक्षा के लिए चाय और डबलरोटी मिलती रह सके; बल्कि इसलिए कि रत्नधर के पास जीने का अब कोई सही कारण नहीं बच गया है और वे कारणों की खोज से घबड़ाने अथवा बचने लगे हैं। कारण की तलाश जरूरी है। मैं समझता हूँ, हर आदमी अलग-अलग कारणों से जीता है। रत्नधर, जमालपुर शहर के स्वामी आनन्दमूर्ति, दिल्ली की श्रीमती इन्दिरा गाँधी, पटना-जंक्शन का बूटपालिश-लड़का हबीब—सबके जीने के कारण अलग-अलग हैं। लेकिन, कारणों का ठीक-ठीक पता होना चाहिए, नहीं तो मशाल बुझ जाएगी।

राजकमलजी, आपको खुद क्या अपने जीने के कारणों का सही-सही पता मालूम है?

7

अपमान और सम्मान, दोनों ही स्थितियाँ मेरे लिए समान रूप से दुखदायी हैं। यह मैंने बार-बार अनुभव किया है। अपमानित होने पर मैं टूट जाता हूँ, अथवा गुस्से में आकर अपमान करनेवाले को तोड़ डालना चाहता हूँ, और सम्मान मुझे परतन्त्र और व्यक्तित्व- हीन बना देता है। आप मेरे प्रति आदर-भाव प्रकट करके मुझे अपनी बातें सुनने को विवश करते हैं, हो सकता है, आप मेरी सम्मानित विवशता का लाभ उठाना चाहें।

8

बीमार, जले हुए खजाने, और चनके हुए शीशे वाले पुराने लालटेन की तरह कालिख से भरी हुई, कई स्त्रियाँ—जिन्हें इसी गली में रहने का सौभाग्य प्राप्त है—मेरे कमरे के सामने गोलार्द्ध चबूतरे पर गोल बाँधकर बैठती हैं, और मेरी स्त्री या मेरे छोटे भाई की स्त्री से पूछती हैं कि मैं, यानी राजकमल चौधरी सारा दिन सारी रात अपने कमरे में पड़ा-पड़ा क्या लिखता रहता है।

इन बातूनी अर्द्ध-गँवार, मगही स्त्रियों में कुल एक स्त्री मुझे पसन्द है। क्योंकि, कभी-कभी वह मेरी सिगरेट, कभी माचिस, कभी गोंद की शीशी, कभी फाउंटेनपेन, ऐसी छोटी-छोटी चीजें चुरा ले जाती है।

उसका नाम है गुड़िया-भाभी। मुहल्ले की स्त्रियों ने यह नाम दिया है उसे। एक दिन मेरी स्त्री से वह कहने लगी, 'राजकमल बाबू की आँख का पानी उतरा नहीं है

अब तक। हम बैठी रहती हैं, वो कभी इधर को ताकते तक नहीं। हाय, हाय, मनुष्य भी कहीं इतना गऊ होता है!'

लेकिन वह जानती है कि मैं ताकता हूँ, और वह जानती है कि मैं जानता हूँ कि वह कल शाम को मेरे कमरे में आई थी, जब मैं बाथरूम में था, वह पेपरवेट उठाकर चली गई। पेपरवेट ही क्यों? टेबल पर घड़ी भी रखी थी, जिसे वह ज्यादा आसानी से चुरा सकती थी। गुड़िया-भाभी वैसे बड़ी नेक औरत है। किसी का बुरा नहीं चाहती है, किसी का कोई नुकसान भी नहीं कर पाती है।

लेकिन मेरा पेपरवेट?

पेपरवेट के बाद मैं अस्पताल चला गया। करीब दस महीने उधर ही रहना हुआ। अस्पताल के बाद यात्राएँ। यात्राओं के बाद गाँव। गाँव के बाद मैं पटना आया, तो मुझे पड़ोस के एक लड़के ने बताया, गुड़िया-भाभी का पति उसे छोड़कर गोहाटी-आसाम भाग गया है। गुड़िया-भाभी अब सात नम्बर गली में अपने बच्चों के साथ एक कमरा लेकर रहती है, और रिश्तेदारों की मदद से उसे कारपोरेशन स्कूल में नौकरी भी मिल गई है। ...सात नम्बर गली में गुड़िया-भाभी को खोजना कठिन नहीं था।

लेकिन, मुझे लगा, जैसे मैं अपने कमरे में आ गया हूँ। दीवार पर वही पुराना कैलेंडर, कोने में तिपाई पर वही जापानी फूलदान, टेबल पर वही कलम, वही ऐश ट्रे, वही पेपरवेट...

गुड़िया-भाभी ने कहा, 'तुम चाहो तो इस कमरे में भी लिखना-पढ़ना शुरू कर सकते हो!' वह चाय बनाने लगी। मैं उसका चाय बनाना देखता रहा। बिस्तरे पर उसके तीनों बच्चे सोए हुए हैं।

मैं एक-एक कर तीनों बच्चों को जगा देता हूँ। छोटी लड़की रोने लगती है। बड़ा लड़का सात बरस का होगा। मुझसे कहता है, 'चाचाजी, बेबी के लिए बिस्कुट नहीं लाए, बिस्कुट नहीं दोगे, बेबी चुप नहीं होगी। ...अठन्नी दोगे? मैं बिस्कुट ले आऊँगा।' बेबी रोती रहती है। मैं बेबी को, इस छोटे-से पराये कमरे को, और अस्पताल से साबित लौट आए हुए अपने शरीर को देखता रहता हूँ। गुड़िया-भाभी चाय के साथ कमरे में आती हुई कहती है, 'नहीं, पैसे मत दो। बच्चों की आदत बिगड़ गई है। जो कोई आता है, सबसे पैसे माँगने लगते हैं। ...मैं क्या करूँ! ...तुम पैसे मत दो।'

मैं बिस्कुट के पैसे नहीं देता हूँ।

9

पुरानी पीढ़ी के पुराने, अग्रज लेखकों ने प्रकाशकों के साथ अपने रिश्ते को न तो 'आश्रय' का सामन्ती सम्पर्क रहने दिया है, और न 'खरीद-बिक्री' का व्यावसायिक सम्पर्क। प्रकाशक न तो हमें आश्रय देता है और न उचित मूल्य पर हमारी उचित रचनाएँ खरीदता है। हिन्दी का बड़ा प्रकाशक और पुस्तक-विक्रेता हमारी किताबें बेचकर अपना मुनाफा

कमाता है, लेकिन हमें पारिश्रमिक और रायल्टी के रुपये देते समय यह साबित करना चाहता है कि वह हमारा उपकार और हमारी हिन्दी-माता की सेवा कर रहा है, और हम रुपया पाते वक्त यह महसूस करते हैं कि हमें अपने श्रम और अपनी कलात्मक अभिव्यक्ति की प्रतिभा का मूल्य नहीं मिल रहा है, हमें मिल रही है भीख!

हम श्रमजीवी लेखक हैं, इसलिए दरिद्र हैं, और इसलिए हम भीख की धनराशि (जो दरअसल रायल्टी, पारिश्रमिक अथवा 'अग्रिम' की धनराशि है) प्राप्त कर लेते हैं—सिर झुकाए हुए। पुरानी पीढ़ी की इस परम्परा को ऐसे लेखकों ने आगे बढ़ाया है, जो लोग 'शौकिया' लेखक हैं, जो लोग लेखन-कार्य को 'पार्ट-टाइम जॉब' समझते हैं, जो लोग आर्थिक धन्धे के रूप में कोई दूसरा, कोई ज्यादा मुनाफे वाला काम करते हैं, और लिखना-पढ़ना जिनके लिए जीवन का, पूरे अस्तित्व का सबसे बड़ा सवाल नहीं है—ट्यूशन करने की तरह, या दफ्तर के घंटों के बाद किसी सेठजी के यहाँ मुंशीगीरी करने की तरह चौथा या पाँचवाँ या छठा सवाल है।

ऐसे लेखक उचित श्रम के उचित मूल्य की परवाह नहीं करते, इससे ज्यादा कहानी के साथ छपी अपनी तस्वीर की, किताब के फ्लैप पर छपे अपने परिचय की, और मित्र-लेखक द्वारा लिखी गई समीक्षा-टिप्पणी की परवाह करते हैं। इसके साथ ही, ऐसे लेखकों के लिए यश-प्रतिष्ठा का मूल्य सबसे बड़ा, और लेखक का आत्म-सम्मान सबसे छोटा मूल्य होता है।

मैं, राजकमल चौधरी, प्रकाशकों की इस 'कुटिल' दया का पात्र बने रहना नहीं चाहता, अपने श्रम, अपनी अभिव्यक्ति का उचित मूल्य चाहता हूँ। लेकिन वर्तमान परिस्थिति में क्या यह सम्भव है? क्या यह सम्भव है कि मैं चाटुकार लेखक, समझौतावादी लेखक, और व्यावसायिक लेखक बने बगैर भी अपनी रचनाएँ प्रकाशकों और पत्रिकाओं में बेच सकूँ, सही कीमत पर बेच सकूँ?

कोई प्रकाशक मेरी किताब छापने और बेचने को तैयार नहीं हो, यह बात तो समझ में आती है, लेकिन यह समझ में नहीं आता है कि मेरी किताब छापकर, उसका पारिश्रमिक देते वक्त प्रकाशक यह घमंड क्यों प्रकट करे कि मेरी दरिद्रता, मेरी अकिंचनता को ध्यान में रखकर वह मुझ पर दया कर रहा है, क्योंकि मैं उसका आश्रित हूँ?

10

मिलानी—यह किसी लड़की का नाम हो सकता है, यह मिलानी से मिलने के पहले मुझे पता नहीं था। मिलानी मेरे गाँव की, दुसाध जाति की, लड़की है। कई साल पहले उसकी सगाई हुई थी। लेकिन उसके कद्दावर शरीर और उसकी दो गज लम्बी जुबान को उसका घरवाला बाँधकर नहीं रख सका। वह कई बार ससुराल भेजी गई और हर बार अपने मैके वापस भेज दी गई।

अब मिलानी हमारे गाँव में रहती है, खेतों में मजूरी करती है, एक दरजन बकरियाँ

पोसती है, और दुसाध-टोली की किसी-न-किसी बदनाम झोंपड़ी में बैठकर प्रत्येक दिन शाम के बाद गाँजे की चिलम पीती है। गाँजा पीनेवाली लड़की इससे पहले मैंने देखी नहीं थी, इसीलिए, मैं उसे कहता हूँ, गाँजा-मिलानी। गाँजे की भरी हुई चिलम पर नारियल की रस्सी का 'गुल' डालकर, वह मस्त हो जाती है। जैसे एक आदिम उल्लास में चमकने लगती हैं, उसकी जलती हुई दोनों आँखें।

तीसरी, चौथी या पाँचवीं चिलम के बाद वह मुझसे अथवा साथ बैठे हुए किसी भी आदमी से कहती है, 'बाबूजी, गाँजा नहीं पिऊँ, तो पहाड़ जैसी यह देह गलेगी कैसे? पड़ोसिन की नजर लगाने से तो गलेगी नहीं।'

पाँच चिलम गाँजा पीने के बाद उसके साथ सोना बड़ा ही जटिल काम है। तांत्रिक वामाचार-पूजा में गाँजा को पंचम स्थान दिया गया है—तीर्थ (शराब), वारुणी (ताड़ी), अरिनक (अफीम), सिद्धि (भाँग) और त्वरिता (गाँजा)। कुंडलिनी की कमलनाभि पर तेजी से ऊपर चढ़ती हुई इस 'त्वरिता' को 'पंचम' इसलिए भी कहते हैं कि इसके बाद ही स्त्री-सम्भोग की तांत्रिक विधि शुरू होती है, और तांत्रिक पूजा में सम्भोग को भी पंचम स्थान ही दिया गया है—जप, योग, पाठ, त्राटक और सम्भोग!

पंचम के पंचम पात्र के उपरान्त इस मिलानी लड़की से पंचम कार्य करना बड़ा ही जटिल होता है, क्योंकि वह भोग में रस लेती है, साधारण पारिवारिक स्त्रियों की तरह रसहीन नहीं है, और श्रम-शक्ति के अतिरिक्त बुद्धि-प्रतिभा का योग भी इस कर्म में देती है।

गाँजा पीने के बाद वह गालियाँ नहीं बकती। कोई अपशब्द नहीं, कोई अश्लील भंगिमा नहीं। मगर मिलानी गाँजा पिए नहीं हो, पूरे होश में हो, खेत से घास काटकर वापस आई हो, ढेकी में धान कूट रही हो और गाँजा खरीदने का पैसा उसके आँचल में नहीं हो, तो वह कहेगी, 'मेरा मुँह क्या जोहते हो, लालाजी? क्या कमर के नीचे में, भीतर में नहीं, मुँह में ही, हमारे मुँह में ही अपना बबुआ घुसाओगे?' इत्यादि, मिलानी के प्रिय मुहावरे हैं।

लेकिन, आठ बजे के बाद, रत्नदास दुसाध की झोंपड़ी में मिलानी के सारे मुहावरे बन्द हो जाते हैं। नाक और मुँह से धुआँ निगलकर, तृप्त होती हुई मिलानी चौड़ी होकर चटाई पर फैल जाती है। कहती है, 'आपको हमसे परिचय नहीं है, फूल बाबू! हम तो भैरवी हैं, बड़ा-बड़ा बाबाजी सबसे संगत किए हैं। संगत में गाँजा का आदत लग गया। जब तक गाँजे का चिलम गरम नहीं हो, धुआँ पेट के अन्दर नहीं जाए, तब तक पूजा-पाठ कैसे होगा? गाँजा चीज है साधु-फकीर का! हम भी एक तरह का साधुनी-फकीरनी हैं, बाबूजी! हम तो दो दिन का मेहमान, हमको दुनिया से क्या काम!'

11

आज शाम को एक पत्रिका से डेढ़ सौ रुपये का एक तार-मनीआर्डर आया था। शशि के साथ मैं बाजार करने निकला।

1 मन साधारण चावल	:	85 रुपये
33 किलो गेहूँ	:	21 रुपये 45 पैसे
नीलू की दवा	:	17 रुपये
रीगल होटल में चाय	:	1 रुपये 25 पैसे
5 किलो आलू	:	3 रुपये 50 पैसे
1 टिन लिप्टन-चाय	:	7 रुपये
मंजुश्री स्टोर्स का बाकी	:	2 रुपये 80 पैसे
शशि के लिए साड़ी	:	11 रुपये

शशि के लिए साड़ी खरीदने के बाद हमारे पास कुल एक रुपया बच गया। मैंने चाहा कि एक रुपया रिक्शावाले को देकर हम दोनों उपाध्याय के घर हो आएँ। बहुत दिनों से उसके यहाँ नहीं गए हैं, लेकिन शशि ने एतराज किया। उसने कहा, 'हम पैदल घूमते हुए जाएँगे। आप अपनी सिगरेट खरीद लीजिए।'

सिगरेट खरीदना अनाज खरीदने से कम जरूरी नहीं है, यह बात मैं उपाध्याय के यहाँ जाने की उत्सुकता में भूल गया था। मैं यह भी सोच रहा था कि सिगरेट उधार ली जा सकती है।

12

मुझे लगता है, रेणुजी पत्रकारिता, राजनीति, धर्म—एक साथ इन तीनों दल-बदल में फँस गए हैं, और 'मैला आँचल' या 'परती : परिकथा' या 'ठुमरी' की कहानियों की तैयारी के साथ साहित्य-रचना में जुट नहीं पाते हैं। रेणुजी इतने शान्त और सत्पुरुष हैं और साहित्य-चर्चा के प्रति इतने तटस्थ हैं कि उनसे यह बात कह देने का साहस नहीं होता है सोचता हूँ, वे खुद भी जरूरत समझते होंगे कि जीवन-संघर्ष से अलग हो जाने के कारण जिस आदमी का जीवन-दर्शन टूट जाता है, उसी तरह वे 'जुलूस' में, और 'कितने चौराहे' में, और 'प्रजा स्थान' सीरीज की अपनी कहानियों में टूट गए हैं।

जब तक लेखक अपने जीवन-दर्शन के अनुसार अपना जीवन जीता है और संघर्ष में शामिल रहता है, उसकी रचनाएँ नहीं टूटतीं, और वह स्वयं भी नहीं टूटता है यानी लेखक को शामिल रहना आवश्यक है और आवश्यक है कि उसके पास अपना जीवन-दर्शन भी हो।

[आमुख-3]

?

...सारे मरीजों के जाने के बाद तक इन्तजार करती रही थी, और डॉक्टर साहब को खाली पाकर बोली थी, "डॉ. चौधरी, मुझे शक है कि मैं गर्भवती हूँ!"

"बेहतर हो, आप किसी लेडी डॉक्टर के पास जाइए," उन्होंने बहुत अस्त-व्यस्त होकर कहा था, क्योंकि इस गर्भ-भय से आतंकित स्त्री के बहुत नीचे तक नंगे गले और बहुत ऊपर तक नंगी बाँहों की सफेदी और गोलाइयों पर उनकी नजरें गोंद-सी चिपक रही थीं।

"मैं गई थी। एक नहीं, तीन-चार लेडी डॉक्टरों के पास बारी-बारी से गई हूँ। सभी कहते हैं, मुझे गलत शक है। मगर, डॉ. चौधरी, मुझे पूरा शक है! आप शहर के सबसे बड़े डॉक्टर हैं..." वह मुस्कुराई, और डॉक्टर साहब ने नजरें नीचे झुका लीं।

कुछ मिनटों तक अपना मन टटोलते रहने के बाद उन्होंने पूछा, "ठीक है, आप अन्दर एक्जामिनेशन-रूम में चलिए...ज्यादा चान्स है, कोई मनोवैज्ञानिक कॉम्प्लेक्स... अच्छा, आपके पति कहाँ हैं?"

वह सन-ग्लास आँखों से उतारकर, रूमाल से शीशे पोंछने लगी। फिर मुस्कुराई। फिर हँसने लगी। फिर बड़े आलस-भरे ढंग से बोली, "यही तो मुसीबत है, डॉ. चौधरी! असली मुसीबत यही है..."

मकान के सामने छोटा-सा लॉन है। लॉन के बाद ऊँची चारदीवारी। चारदीवारी के बाहर पूरा शहर है। अन्दर श्रीमती सुशीला भारद्वाज शहर से बाहर रहती हैं। शहर में आने के लिए नई स्टैंडर्ड-टेन गाड़ी है और कलकत्ते की बड़ी दुकानों से खरीदी गई साड़ियाँ हैं, और चेहरे पर आधुनिकतम मेकअप है। मगर सुशीला जी ज्यादातर बाहर नहीं जाती हैं। पटना जैसे मामूली शहर की आबोहवा उन्हें पसन्द नहीं है। और, आदमी जाए तो कहाँ जाए?

गंगा के किनारे कॉलेज के लड़कों की भीड़ रहती है। किसी भी रेस्तराँ में कायदा-कानून जाननेवाले बैरे और रिशेप्सनिस्ट नहीं हैं। कुछ एक क्लब हैं, तो उनमें सरकारी अफसरों और वकीलों-बैरिस्टरों की सस्ती बातें चलती रहती हैं। सुशीला जी बाहर नहीं जातीं, ज्यादातर शहर ही उनकी चारदीवारी के अन्दर आ जाना चाहता है।

जैसे मैंने आ जाना चाहा, और मुझे आ जाने में बहुत ज्यादा मेहनत नहीं करनी पड़ी। लॉन में पाम-दरख्तों के बीच गोल टेबल पड़ी थी। टेबल के आसपास बेंत की चौड़ी कुर्सियाँ। एक कुर्सी पर एक स्यामीज बिल्ली बैठी-बैठी ऊँघ रही थी। दूसरी कुर्सी पर सुशीला जी मुस्कुरा रही थीं, और हाथ में कोका कोला का गिलास थामे थीं।

"मैं, साहब, कोका कोला की मरीज हूँ। गर्मियों के दिन हैं, चौबीस घंटों में लगभग चालीस गिलास पी जाती हूँ।...अच्छा जी, बताइए तो, इस हिसाब से कितने मिनट पर एक गिलास कोका कोला पीती हूँ?" श्रीमती सुशीला भारद्वाज ने टेबल पर खाली गिलास रखते हुए मुझसे पूछ दिया।

मैंने सोचा, चूक जाना उचित नहीं है। ऐसे मौके तो ऐसे लोगों पर असर जमाने के लिए होते हैं। तुरन्त जवाब दे बैठा, "हिसाब एकदम साफ है। चौबीस घंटे में चालीस गिलास, तो चौबीस घंटों के चौदह सौ चालीस मिनटों को चालीस से भाग दे दीजिए। बच गए छत्तीस मिनट यानी आप हर छत्तीस मिनट पर एक गिलास पी लेती हैं।"

"अच्छा, कुल छत्तीस मिनट में! अरे साहब, आप तो हिसाब में बड़े ही तेज हैं—वाह, यू आर ए नाइस यंग मैन! और आपके वो डॉक्टर साहब? ही इज ग्रेट। वे महान हैं! वे मेरा शक दूर नहीं करते तो मैं बड़ी मुसीबत में पड़ जाती," सुशीला जी उठीं। पाँवों के नीचे स्कर्ट ठीक किया, फिर बैठ गईं।

शाम अब होने लगी थी। धूप बहुत पीली पड़ गई थी और आधा लॉन छायादार हो चुका था। बड़ी मद्धिम हवा थी, और पाम-दरख्तों के पत्रों की सरसराहट कहीं दूर गूँजते हुए किसी पुराने गीत की तरह। मैं बेहद ताजा मूड में था। थोड़ी ही देर पहले कॉफी पी थी, और अब सुशीला जी की कीमती सिगरेट फूँक रहा था। एक के बाद एक। और, मुझे जरा भी याद नहीं रह गया था कि आज पहली बार इस बँगले पर आया हूँ, और पहली बार सुशीला जी के साथ बातें करने का मौका मिला है। सुशीला जी के पास बैठने पर कई बातें मैं भूल गया, जैसे यह कि डॉक्टर साहब ने खास ताकीद की थी, मैं यहाँ कोई ऐसी-वैसी बातें नहीं करूँ, जिनसे उनकी इज्जत पर हलका-सा भी दाग लगे। आखिर उन्होंने ही तो श्रीमती भारद्वाज से मेरा परिचय करवाया है, और डॉक्टरों की इज्जत बड़ी नाजुक होती है—जरा-सी खरोंच लगी, तो प्रैक्टिस चौपट हो सकती है।

मगर मेरा मूड बड़ा ही शानदार था, इसीलिए मैंने भी पूछ ही दिया, "इसमें मुसीबत की क्या बात है? यह तो स्वाभाविक है! और किसी औरत के लिए माँ बनना तो बड़े ही गौरव की बात है!"

"किसी भी औरत के लिए, मगर मेरे लिए नहीं, साहब! सुशीला भारद्वाज के लिए नहीं!"

"क्या? आपके पति देवता को बच्चे पसन्द नहीं हैं क्या?"

"देखिए साहब," सुशीला जी ने उँगली दिखाते हुए उत्तर दिया, "इतने सवाल

मत कीजिए। आज ही तो हमारी-आपकी मुलाकात हुई है!" मैं मुस्कुराने लगा। उनकी उँगली उठाने की अदा मुझे बहुत पसन्द आई। मैं सोचने लगा, अगर सुशीला जी फिल्मों में काम करने लगतीं तो क्या हिन्दुस्तान को एक सोफिया लोरेन नहीं मिल जाती? चेहरे पर एक अदा चढ़ती है, तो दूसरी मिठास उतरने लगती है। मिठास उतरती है, तो दूसरा गुस्सा चढ़ने लगता है। गुस्सा फीका पड़ जाता है, तो सुशीला जी कितनी मासूम लगती हैं! और कोका कोला का नीला गिलास उठाती हैं, तो उनकी आँखों में किसी जिप्सी संगीत की पागल लहरें तैरने लगती हैं। मैं सोचने लगा, और बिना सोचे हुए बोल गया, "दोस्ती में वक्त की लम्बाई बड़ी मामूली-सी चीज होती है। जैसे-जैसे वक्त बीतता जाता है, हम एक-दूसरे के पास वक्त जितना कम होता है, हम उतने ही ज्यादा पास आ जाते हैं। क्या कारण है कि हम किसी रेस्तराँ में मिल गई किसी औरत को, ट्रेन के कम्पार्टमेंट में साथ हो गए किसी मुसाफिर को अपने दिल का सारा हाल बता देते हैं, उसकी जिन्दगी की सारी कहानी सुन लेते हैं? क्या कारण है कि किसी हिल स्टेशन पर देखा गया कोई सुहाना दृश्य, किसी कला-प्रदर्शनी में देखी गई कोई तस्वीर, रेडियो पर भूल से लगे हुए किसी मीटर पर किसी अनजान भाषा के गीत की धुन, कोई अनजान चेहरा, टूटती हुई नींद में देखा गया कोई सपना हमें उम्र भर याद रह जाता है? क्या कारण है? दोस्ती के लिए वक्त कोई पैमाना नहीं है, सुशीला जी!"

"फर्क यही है कि आप सपना देखते हैं, और आपको याद रहता है, मगर मैं कोई सपना नहीं देखती, दोस्ती का सपना भी नहीं, कमल बाबू!"

"तो आप क्या देखती हैं?"

"मैं कुछ नहीं देखती। मैं अन्धी हूँ," कहती हुई सुशीला जी भी खिलखिलाकर हँसने लगीं। शाम के आसमान में एक साथ हजारों तारे उग आए—चमकते हुए सफेद तारे, और, तारों के पास बर्फ का एक गोल टुकड़ा—चाँद।

तभी दस-ग्यारह साल का एक पहाड़ी लड़का भागता हुआ आया, "माँ जी, आपका फोन है। कलकत्ते से आया..."

"आप ड्राइंगरूम में चलकर बैठिए। मैं ट्रंककॉल सुनकर वहीं आती हूँ," सुशीला जी अचानक उदास हो गईं। मगर उन्होंने मुझसे अपनी उदासी छिपा लेनी चाही, और पाँवों में सैंडिल घसीटती हुई तेजी से मकान की तरफ चली गईं। पीछे मुड़कर उन्होंने देखा तक नहीं, सीधे कमरे में घुस गईं।

मैं लड़के के पीछे-पीछे सीढ़ियाँ चढ़ता हुआ, बरामदे की बगल में, ड्राइंगरूम में आ गया। टेलीफोन ड्राइंगरूम में नहीं है। सिर्फ किताबों की अलमारियाँ और रैक हैं। टेबलों पर शीशे के फूलदान। जापानी प्रिंट के पर्दे। हर चीज करीने से सजी हुई। कार्पेट बहुत कीमती है। पाँव रखते डर लगता है। मगर दीवारों पर कोई तस्वीर नहीं है। एक कोने में ऊँची तिपाई पर एक नंगी हब्शी औरत हाथों में हाथ बाँधे, हँसती हुई खड़ी है। बेहद

काला चेहरा, बेहद पतली कमर, और बेहद लाल आँखें और लाल होंठ। काली बाँहें किसी जंगली नाच की मुद्रा में है। यह हब्शी औरत की मूर्ति नहीं, वासना की मूर्ति है, आदिम हविस है!

और यह मूर्ति कमरे की हर चीज पर हावी है–किताबों पर, फूलों पर, थरथराते हुए पर्दों पर, सोफा-सेट पर। हर चीज पर हावी है दो फीट की नंगी हब्शी औरत! लाल आँखें और बेहद लाल होंठ! अरे, दूसरे कमरे से आवाज आ रही है, 'नहीं, मैं नहीं आ सकूँगी डियर, मुझे माफ करो। मेरी तबीयत अच्छी नहीं है।...हाँ, डॉ. चौधरी से इलाज करवा रही हूँ। कहते हैं, इन्फ्लुएन्जा है, ठीक हो जाएगा।...नहीं, हफ्ते भर बाद भी नहीं आ सकूँगी। अगले महीने...हाँ, तुम मत आओ...आओगे तो मैं पागल हो जाऊँगी...नहीं, मत आओ।...हाँ, अगले महीने...ठीक है...रुपये हैं। जरूरत होगी तो ट्रंक कर लूँगी। अभी हैं।...नहीं, चिन्ता मत करो...ऑल राइट...ठीक है...बाइ-बाइ।'

लाल आँखें और लाल होंठ! श्रीमती सुशीला भारद्वाज को इन्फ्लुएन्जा नहीं है। हर छत्तीस मिनट पर कोका कोला का गिलास गले में उतारती हैं, और इस बात को सिर का एक हलका-सा झटका देकर टाल देती हैं, ''उफ! मैं तो तंग आ गई। बात-बात में ट्रंक कर देते हैं। कलकत्ते से मेरे हसबैंड का कॉल था। मेरे बिना जी नहीं लगता है उनका... सिली! ईडियट।'' सुशीला जी ड्राइंगरूम में आ गईं, और चेहरे पर बिखर आई बालों की लटें सँभालने लगीं। पूरा चेहरा पसीने से तर हो रहा था।

"आपको बहुत मानते हैं?"–मैंने जान-बूझकर एक तीर छोड़ दिया। अँधेरे में एक पतला-सा तीर! पता नहीं, निशाना कहाँ लगा।

मगर वे पंखे के ठीक नीचे आकर खड़ी हो गईं। ब्लाउज का ऊपरी हिस्सा दोनों हाथों से पकड़कर हिलाने लगीं, कि हवा अन्दर जाए, और पसीना सूखने लगे। फिर, बोलीं, ''साहब, हमारी शादी के पन्द्रह साल बीत चुके हैं। वे अब क्या मानेंगे? जो मान-दान करना था, सब कर-करा चुके।''

''पन्द्रह साल हो गए?''

''जी हाँ, आप क्या समझ रहे हैं, मैं पन्द्रह साल की कच्ची लड़की हूँ? मेरी उम्र कितनी होगी, बता सकते हैं?''

''औरतों की उम्र बताना बड़े ही खतरे का काम है। फिर भी, आपने पूछा है तो...यही छब्बीस से अट्ठाइस के बीच होगी,'' मैंने बहुत सोच-समझकर कहा। सुशीला जी ऐसी औरतों में नहीं लगती हैं, जो दूसरों के मुँह से अपनी कम उम्र सुनकर खुश होती हैं। वे हँसती-हँसती सोफे पर गिर पड़ीं। देर तक हँसती रहीं। फिर, बोलीं, ''वाह, कमल साहब, आपने भी कमाल कर दिया! साहब, उन्नीस सौ चौबीस के सात दिसम्बर को हैदराबाद में मेरा जन्म हुआ था। आप हिसाब में पक्के हैं, जोड़ लीजिए–अड़तीसवाँ चल रहा है, समझे?''

यानी मैंने पूरे दस साल का धोखा खाया था। श्रीमती भारद्वाज का शरीर किसी

को भी धोखा दे सकता है। मुस्कुराती हैं तो और भी कम उम्र लगती है। रोती भी रहे तो कोई नहीं कहेगा कि तीस पार चुकी हैं। "आप बहुत सीधे आदमी हैं, कमल साहब! आपने कभी दुनिया नहीं देखी है। सिर्फ किताबें पढ़ते रहे हैं, और अपने घर-परिवार के इर्द-गिर्द के लोगों के बारे में कहानियाँ लिखते रहे हैं। मैं सच कहती हूँ, यह दुनिया बड़ी बदसूरत है। गन्दगी से भरी हुई। पाप और अन्याय से भरी हुई! मुझे ही देखिए, मैंने कभी मीराबाई की तरह संन्यासिनी बनना चाहा था। अलमारियों में आप किताबें देख रहे हैं न, सभी धर्म की किताबें हैं। वेद-पुराण, बाइबल, कुरान–सभी कुछ। गीता प्रेस, गोरखपुर की सारी किताबें हैं। गीता की लगभग सारी टीकाएँ हैं। मैंने शादी के बाद ही तय कर लिया था, मैं मीराबाई बनूँगी।

जानते हैं, क्यों? मेरे हसबैंड के पास करोड़ों-करोड़ों रुपये हैं। एक बैंक के मालिक हैं। कई फैक्टरियों के मालिक हैं। कितनी जूट मिलें हैं। चाय के कितने बगान हैं। मगर केशवचन्द्र भारद्वाज के पास वही नहीं था, जो हर शौहर से हर बीवी चाहती है। मेरी शादी हो गई, मगर मैं कुँआरी रह गई। पता नहीं, मीराबाई ने क्यों मीराबाई बनना चाहा था, मगर मैंने इसीलिए मीराबाई बनना चाहा कि शायद, भगवान को मुझ पर दया आ जाए। शायद रेगिस्तान में खजूर का एक पेड़ उग आए।

मगर नहीं हुआ। उनका कारोबार कलकत्ते में है। मैं वहीं रहती थी। अब आपको उन दिनों की बातें क्या बताऊँ, कैसे बताऊँ! आप क्या कहेंगे, कैसी बेशर्म औरत है! मगर आपने जब साज छेड़ ही दिया है, तो सुनिए। रात में दस-ग्यारह बजे वे शराब पीकर क्लब से लौटते थे। मगर बेहोश होकर नहीं, सिर्फ नशे में होकर। उत्तेजित होकर लौटते थे। सीधे बेड-रूम में आते थे, और कहते थे, 'सुशी, आज एक नया इंजेक्शन लिया है। तुरन्त तैयार हो जाओ। एकदम जल्दी, एटवन्स!"

लड़ाई का जमाना था। ब्लैक मार्केट में रोज हजारों रुपयों की आमदनी होती थी। घी-मक्खन खाते थे। बदन में बाघ जैसी ताकत थी। भारद्वाज साहब कपड़े बदलने का भी इन्तजार नहीं करते थे। चीखते थे, 'सुशी, आज तो जैसे मुझमें जादू हो गया है! एकदम जल्दी करो! एटवन्स!'

और, मुझे बिस्तरे पर, या सोफे पर, या फर्श पर, जहाँ कहीं पटक डालते थे। नौकरों की परवाह नहीं। दरवाजा खुला है, तो खुला ही रहे। शर्म नहीं, लिहाज नहीं! मगर मैं फर्श पर चित लेटी हुई इन्तजार ही करती रह जाती थी, और मेरे ऊपर झुके हुए मेरे पतिदेवता चुपचाप उठ खड़े होते थे, और बाथरूम चले जाते थे। लौटकर चुपचाप सो रहते थे।

बरसों यही होता रहा। मैं इन्तजार करती रही, और मीराबाई के भजन गाती रही, और भगवान से प्रार्थना करती रही। मगर बरसों यही होता रहा। वे कोशिश करते-करते थक जाते थे। हाँफने लगते थे। मुँह से फेन गिरने लगता था। कोई फायदा नहीं। कभी मुझे निपट नंगी करके, दूर खड़े होकर देखते रहते थे। देखते रहते, फिर दौड़ते हुए पास आते

थे। मेरे हर अंग पर हाथ फेरते रहते। उँगलियाँ डालते रहते थे। पसीने-पसीने हो जाते थे। कोई फायदा नहीं।

और कोई फायदा नहीं होता था तो गुस्से में आकर मुझे पीटने लगते थे। पीटते-पीटते बेहोश कर देते थे। बदन जगह-जगह फट जाता था। कई दिनों तक गालों पर उनकी उँगलियों के निशान कायम रह जाते थे। मगर किसी बात से कोई फायदा नहीं।

मैं और किसी बात से नहीं डरती हूँ। कमल बाबू, मगर मैं भगवान से डरती हूँ। इसीलिए अपने पतिदेवता को छोड़कर कहीं भाग नहीं गई। तीर्थ-यात्रा की। साधु-संन्यासियों के आश्रमों में पड़ी रही। दान-पुण्य किए। बद्रीनाथ, केदारनाथ हो आई। मगर कहीं निकल नहीं गई। हाँ, जब उनकी हरकतें बर्दाश्त करना असम्भव हो गया, तो कहा, 'मुझे किसी दूसरे शहर में गंगा-किनारे मकान बनवा दो, मैं तुम्हारे साथ नहीं रहूँगी।' आखिर, मैं भी औरत ही हूँ। मुझे भी ख्वाहिश होती है। चाहे इसे भोग की चाह कह लीजिए, चाहे बच्चे की चाह, बात एक ही है। उनके साथ रहती थी तो वे मुझे पागल बना देते थे। बर्दाश्त नहीं होता था। इच्छा होती थी, कोई भी जवान मर्द आए, और मुझे चीरकर रख दे। मेरी हड्डी-हड्डी तोड़ दे...।

खैर! वे समझदार आदमी हैं। मेरे लिए यह बँगला बनवा दिया गया। पिछले पाँच बरसों से यहीं रहती हूँ। कभी-कभी वे आते हैं, तो मेरी मौत आ जाती है। कभी-कभी मुझे कलकत्ते जाना पड़ता है, तो भी मौत आ जाती है। इधर दो-तीन महीनों से मुझे हर रात सपना आता था कि मैं गर्भवती हो गई हूँ। मेरे पेट में एक खूबसूरत-सा लड़का है। रोज सपना आता था। देखती थी, मेरा पेट फूला जा रहा है। और जैसे पालने में बच्चा सोया रहता है, वैसे ही मेरे पेट में आठ-दस महीने का एक लड़का सोया हुआ है। नींद खुल जाती थी, तो भी लगता था कि मेरा पेट भारी है। और मेरा जी मिचलाने लगता था। कमजोरी बढ़ने लगी थी।

यह तो आपके डॉ. चौधरी ने मेरा शक दूर कर दिया, नहीं तो मैं पागल हो जाती...मैं खुदकुशी कर लेती, कमल साहब!''

बेहद लाल आँखें और बेहद लाल होंठ। मैं सुशीला जी की ओर नहीं, कोने में तिपाई पर खड़ी हब्शी औरत की ओर देख रहा था, और साँसें ज्यादा गर्म होने लगी थीं। नसों में तनाव बढ़ रहा था।

''अड़तीसवाँ साल चल रहा है, मगर मैं देह को सँभालकर रखना जानती हूँ, साहब! मैं कभी बीमार नहीं पड़ी। जरा भी शक होता है तो बड़े से बड़े डॉक्टर के पास चली जाती हूँ,'' सुशीला जी बोलीं, और पाँव पर पाँव चढ़ाकर बैठ गईं—स्कर्ट से झाँकती हुई उनकी रानें। सफेद पाँव। संगमर्मर की सुडौल चट्टान की तरह शरीर। मैंने पूछा, ''किस बात का शक?''

''आप हर बात में सवाल करने लगते हैं। बिना कुछ न कुछ पूछे आपको रहा नहीं जाता?''

"आपके पास बैठा हूँ, तो कुछ न कुछ बातें तो करनी होंगी! मैं चुप रहूँ, और आपको बेवकूफ निगाहों से देखता रहूँ, अच्छा लगेगा?"

"क्यों नहीं अच्छा लगेगा?" सुशीला जी पता नहीं मेरी बातों के अन्दर मेरे जीवन की कौन-सी सचाई ढूँढ़ने की कोशिश करने लगी थीं। मैंने कहा, "किसी भी औरत को अच्छा नहीं लगेगा, सुशीला जी, कोई औरत यह बेअदबी बर्दाश्त नहीं करेगी। आप कोने में तिपाई पर रखी मूरत नहीं हैं कि चुपचाप प्रणति की मुद्रा में, समर्पण की मुद्रा में खड़ी रहकर पुरुष की लालायित दृष्टियाँ सहती रहेंगी!"

"वाह, कमल साहब! आपने यह कैसे समझ लिया?"

"क्या?"

"यही कि कोने में खड़ी मूर्ति की औरत मैं नहीं हूँ?"

"क्या मतलब?"

"मैं ही वह औरत हूँ, साहब! वह मेरी ही मूर्ति है। आप मिलाकर देख लीजिए। सिर्फ इतनी बात है कि मूर्ति ब्रोंज की बनी है। वह काली दिखती है, मैं गोरी हूँ। बाकी कोई फर्क आप निकाल नहीं सकते। बाल भर फर्क नहीं। कहिए, मैं भी मूर्ति की तरह सारे कपड़े उतारकर खड़ी हो जाऊँ?" और, इतना कहकर सुशीला जी अपने कपड़े नहीं उतारने लगीं, हँसने लगीं। सोफे से उठ खड़ी हुईं और हँसने लगीं। अपनी बाँहें उन्होंने फैला दीं, और हँसने लगीं। सामने की ओर झुक गईं, और हँसने लगीं। सुशीला जी समूचे कमरे में घूमती हुई, खिड़कियों के पर्दों को छूती हुई, फूलदानों को खिसकाती हुई झूमती हुई, हँसती रहीं। ठहाके लगाती रहीं। और, वाकई मुझे लगा कि कोने में खड़ी औरत वे खुद ही हैं, और कपड़े पहने हुए भी वे नंगी हैं, और गोरी होते हुए भी वे कोयले की तरह काली हैं। मुझे ऐसा लगा, और मैंने जरा-सा आगे झुककर उनकी कलाई थाम ली, और उन्हें अपने पास खींच लिया और कहा, "इतना मत हँसिए सुशीला जी, लोग पागल कहेंगे।"

वे बड़ी आसानी से मेरी बाईं जाँघ पर बैठ गईं और अपने शरीर का सारा भार मुझ पर डालकर, हँसती रहीं। किसी तरह उनकी हँसी रुक नहीं सकी। मैंने अपना एक हाथ उनकी कमर में डाल दिया, और दूसरे हाथ से उनका चेहरा अपनी ओर घुमाने लगा, ताकि उनके लाल होंठ मैं अपने दाँतों से दबा सकूँ। बहुत तेज और बहुत गर्म सितारे की तरह उनकी हँसी फैलती रही, और वे कोने में चुपचाप खड़ी अपनी नंगी मूर्ति की ओर देखती रहीं। मैंने उनकी स्कर्ट के नीचे हाथ डाला, और महसूस किया कि वे कोई अंडरवियर नहीं पहने हैं, मैंने उन्हें महसूस किया, और पागल देह को महसूस करके पागल होने लगा।

कमरा खुला था, और बाहर की हवा से सारे पर्दे हिल रहे थे, कमरे को नंगा कर रहे थे। मैंने अपनी जीभ से उनके पसीने से तर चेहरे का नमकीन स्वाद पी लिया। मैंने अपने होंठों से उनके होंठों की भयानक ऊष्णता पी ली। मैंने कहा, "सुशी, कोई

आ तो नहीं जाएगा?''

मगर उनकी हँसी रुक गई और वे बहुत धीमे लहजे में बोलीं, ''मैं बहुत ठंडी पड़ गई हूँ। बर्फ बन गई हूँ। मुझसे यह सब नहीं होता है, कमल साहब! नहीं होता है। बहुत कोशिश करती हूँ, बहुत बार कोशिश करती हूँ, मगर नहीं होता है। बर्फ नहीं पिघलती है। नहीं पिघलती, तुम कोशिश मत करो, कमल, डोंट ट्राइ!''

सुशीला जी ने बड़े स्नेह से, बड़े प्यार से मेरी ओर देखा, और उठती हुई बोलीं, ''तुम थक गए हो कमल साहब, बेहद थक गए हो। रुको, मैं तुम्हारे लिए कॉफी बनवाती हूँ।''

और इतना कहकर वे मुस्कुराईं, जैसे कोने में खड़ी वह हब्शी औरत मुस्कुराती रही थी।

[युयुत्सा, अगस्त, 1967]

एक ही कथा के दो आरम्भ

- आदमी अब नहीं
- स्थान काल पात्र

* इस एक कथा के दो आरम्भ को इस बात से स्पष्ट करना उचित होगा कि राजकमल चौधरी इसे एक उपन्यास के रूप में पूरा करना चाहते थे, जो नहीं हो सका। पर, दो कहानियों के रूप में भी इसका प्रभाव उससे कमतर नहीं है। —*सं.*

26 जनवरी 1966

एक लम्बी बीमारी में लिखी गई
यह किताब
'मेमसाहब' और
चन्द्रमौलि उपाध्याय
के लिए

आदमी अब नहीं

अपने पेट पर गर्म पानी की बोतल रखे हुए,
छत की ओर निगाहें टिकाए, मैं सोच रहा था, कि क्या
मुझे टेसू से शिकायत करनी चाहिए?
मैं कहना चाहता था, 'ये दवाएँ नींद की गोलियाँ
नहीं हैं, लेक्सेटिव हैं।' लेकिन, मुझे हँसी आ
गई। मैं हँसने लगा। 'परित्यक्त' निश्चय ही हास्य-रस
का शब्द है। नींद लाने के लिए मैं
लेक्सेटिव दवाएँ खा रहा था।
अब मेरे अन्दर सुख नहीं है, और अ-सुख भी नहीं है।
हर चीज बीत जाती है।
यही एक बात है, जिसे मैंने तय किया है, और
जो आदमी के समाज में (जहाँ मैंने अब तक जलते हुए नरक की
जिन्दगी बिताई है।) सचाई के करीब है।
हर चीज बीत जाती है।
इस साल मैं सत्ताइस का हो गया हूँ। मेरे बाल काफी
पक गए हैं। ज्यादातर लोग मुझे देखकर कहेंगे
कि मैं चालीस से ऊपर का हो गया हूँ।

—***ओसामू दजाई*** ('निंगेन शिकाइ' की अन्तिम पंक्तियाँ)

एक

कोहरा फटने की प्रतीक्षा के सिवा मैं और कुछ नहीं कर सकता था और कुछ करने की क्षमता और इच्छा मेरे पास नहीं थी। सर्दियों की इस रात का अँधेरा इतना गहरा था। शाम की घटनाओं के बारे में सोच-विचार करने का साहस भी मुझमें नहीं है। क्षमता, इच्छा, साहस—ये सभी शब्द मेरे लिए व्यर्थ हैं। इच्छा का प्रश्न ही नहीं उठता। अपनी इच्छा से मैंने कभी कोई काम नहीं किया है, यही सच है। मेरा यह शरीर है। मेरी पशु-आवश्यकताएँ हैं। शरीर से ही मैं तय करता हूँ और काम नहीं करता हूँ।

सोचने की, इच्छा करने की, किसी भी वस्तु को अपने निर्णय से स्वीकार अथवा अस्वीकार करने की क्षमता मुझे नहीं दी गई। नहीं दिया गया इतना भी साहस। मुझसे यह कहा गया कि स्वयं किसी भी स्थिति का अनुभव मुझे नहीं करना चाहिए। मेरे

अभिभावकों और पूर्वजों के अनुभव मेरे लिए पर्याप्त हैं। इच्छाएँ सम्भवतः अनुभव से उत्पन्न होती हैं। अनुभव प्राप्त करने की कोई सुविधा मुझे अपने पारिवारिक वातावरण में नहीं थी। केवल यही था कि मैं सुबह तीन बजे उठकर गुलाम और खिलजी वंश का राजकीय इतिहास, ईसवी सन् की तारीखों के साथ दुहराया करूँ और नींद में डूबी हुई आँखों से, अब और आश्चर्य में भरकर बगल के बिस्तरे में भारी खर्राटे भरती हुई अपनी माँ को देखता रहूँ। ये दोनों अनुभव मुझे अप्रिय थे और मेरे माता-पिता के द्वारा मुझ पर जबर्दस्ती लादे जा रहे थे, जैसे किसी नए बैल पर अनाज के बोरे लादे जाते हैं, मंडी तक पहुँचाने के लिए।

पालतू जानवरों से अपनी तुलना किए जाने पर, अपने-आपको मैं बहुत ऊँची नस्ल के उस कुत्ते के ज्यादा करीब पाता हूँ, जिसे किसी असंस्कृत और अशिक्षित परिवार में जंजीर से बाँधकर रखा जाता है। कुत्ता संवेदनशील जानवर होता है। इच्छाएँ नहीं होतीं, लेकिन, उसकी अपनी आवश्यकताएँ होती हैं—जिन्हें समझना और जिनकी कद्र करना कुत्ते की आयु और उसके स्वाभिमान की रक्षा के लिए आवश्यक है। कुत्ते में स्वाभिमान नहीं हो, तो वह वाकई 'कुत्ता' बन जाता है, कुत्तों के बारे में समझदारी से लिखी गई किताबों में यह मैंने पढ़ा है।

भारतवर्ष में राजकीय इतिहास की तारीखें और ऊबड़-खाबड़ टीलों से भरी हुई बंजर जमीन के बेडौल टुकड़े की तरह पलँग पर सोई हुई एक औरत—यही दो अनुभव एक लम्बे अरसे तक ऊँची नस्ल के इस कुत्ते को दिए गए। यह औरत मेरी माँ नहीं थी। मेरी अपनी माँ की मौत के एक सौ अठासी दिन बाद, पास के ही एक पहाड़ी गाँव से मेरे पिताजी यह औरत खरीद लाए थे। कीमत आठ सौ रुपए नकद और दो हजार रुपयों के गहने और कपड़े। विवाह की बातचीत तय करने की दलाली के रूप में पलटन ठाकुर नाम के एक व्यक्ति को पूरे पचास रुपए अलग से दिये गए थे। यह पलटन ठाकुर ही पहला आदमी था, जिससे मुझे नफरत हुई। इससे पहले नफरत करने की बात मेरे मन में जगी नहीं थी।

1938 की गर्मियों के मौसम में यह आदमी पिताजी के किसी रिश्तेदार का परिचय-पत्र लेकर हमारे घर में आया था। मुझे वह दिन अच्छी तरह याद है, क्योंकि उसी दिन मैंने चलती-फिरती तस्वीरों का बाइस्कोप देखा था। प्रति व्यक्ति पाँच पैसे की दर से टिकट खरीदे गए थे। मैंने माँ की गोद में बैठकर बाइस्कोप देखा था, क्योंकि मेरे लिए टिकट नहीं लिया गया था और इसके लिए एक बन्द शामियाने में दिखाए जानेवाले इस टूरिंग-सिनेमा के मैनेजर से पिताजी की काफी देर तक झड़प हुई थी। पिताजी कहते थे, कि मेरी उम्र छह साल से कम है, इसीलिए मेरा टिकट सिनेमा के कानून के मुताबिक नहीं लगना चाहिए। मैनेजर मुझे बारह साल से कम मानने को तैयार नहीं था। अन्त में फैसला यही हुआ, कि मुझे अलग सीट नहीं दी जाएगी, गोद में बैठकर ही मुझे 'भगत पूरनमल उर्फ सच्चाई की जीत' का 'धार्मिक ड्रामा' देखना होगा।

पलटन ठाकुर आला किस्म का दरबारी आदमी था। उसकी बातचीत के ढंग से और पान का बीड़ा बनाने के सलीके से पिताजी बहुत प्रभावित हुए। वह हमारे यहाँ किसी नौकरी की तलाश में आया था। मगर, वह हमारे परिवार का एक सदस्य बन गया। नौकरी की बात पिताजी भूल गए। उसने भी फिर कभी नौकरी की चर्चा नहीं की। वह नौकरी-चाकरी के लिए पैदा भी नहीं हुआ था। वह दरबारी आदमी था, सिर्फ दरबार कर सकता था।

नफरत अपनी जगह पर है, किन्तु उसके व्यक्तित्व का अत्यधिक प्रभाव मुझ पर पड़ा था। उसकी नाक तोते की तरह लम्बी थी और जोश में आने पर उसकी आँखें शीशे के रंगीन टुकड़े की तरह चमकने लगती थीं। गाने-बजाने से लेकर पाकशास्त्र जैसे विषयों पर भी घंटों चमत्कारपूर्ण ढंग से बातचीत करता था। पिताजी को और खासकर मेरी माँ को अपनी बातों से मोह लिया था। माँ रसोई में होती थी। वह दरवाजे पर मोढ़ा डालकर उसे रोहू-मछली का बंगाली 'मुड़ी-घंटो' राँधने का तरीका सिखाता रहता था। प्रत्येक सायंकाल पलटन ठाकुर पत्थर की सिल पर भाँग रगड़ता था और बादाम-पिस्ता-केशर डालकर शरबत तैयार करता था। फिर, दोनों व्यक्ति बाजार की ओर घूमने निकल जाते थे या फिर बैठकखाने में मसनद लगाकर शतरंज खेलने बैठ जाते थे।

उसी उम्र में शतरंज के खेल ने मुझे अपनी ओर खींच लिया था। जीवन में फिर कभी कोई दूसरा 'इनडोर' या 'आउटडोर' खेल, सिर्फ एक ताश के सिवा मुझे आकर्षित नहीं कर सका। ...शतरंज की बैठक में कमलबीघा थाने के पुराने दारोगा साहब रामकृपाल सिंह, होमियोपैथिक डॉक्टर अजीज अहमद और रायसाहब अम्बिकाशरण सिन्हा भी आते थे। ये तीनों व्यक्ति पिताजी के बेहद पुराने दोस्त थे। शतरंज शुरू होते ही माँ अन्दर के कमरे में पानदान लेकर बैठ जाती थी और मैं चुपचाप पीकदान धो-पोंछकर बैठकखाने में रख आता था।

एक तरफ पिताजी बैठते थे और दूसरी तरफ डॉक्टर अहमद। अहमद साहब बहुत मोटे आदमी थे, अपनी तुर्की टोपी और हरे रंग की सूती शेरवानी में और भी मोटे दिखते थे। इन दोनों में पलटन ठाकुर सबसे तेज खिलाड़ी था। वह जिसकी ओर से भी चाल टीपने के लिए बैठ जाता था, बाजी उसी की होकर रहती थी। लेकिन, वह खुद कभी पिताजी के सामने बैठकर मन से खेलता नहीं था। हमेशा टाल जाता था, 'बाबूजी, आपके साथ शतरंज खेलना मुझे शोभा नहीं देगा। आप लोग तो राज-पुरुष हैं...आपके साथ बराबरी के आसन पर तो राजे और रईस ही बैठ सकते हैं।'

पिताजी राजपुरुष नहीं हैं। कमलबीघा से तीन मील दूर, राजगृह के जंगल और पहाड़ियों के सिलसिले में ही, हमारे पूर्वजों की जमींदारी थी। यह इलाका गया जिले के जमींदारों का, भूमिहार जमींदारों का इलाका है। जमींदारी अब नहीं रही। रईसी और मुकदमेबाजी के कारण सौ-पचास एकड़ खेत भी चले गए। अब सिर्फ जंगल का एक हिस्सा बच गया है, जिसे पिताजी 'छोटा सुन्दरवन' कहते हैं और बच गई है, एक बंजर

पहाड़ी। पेड़-पौधों से विहीन इस पहाड़ी का पत्थर बेचने का कारोबार ही पिताजी का मुख्य कारोबार है और इस कारोबार के कारण ही वे अपने गाँव में नहीं रहते, यहाँ कमलबीघा में रहते हैं। पिताजी राजपुरुष नहीं हैं, साधारण मनुष्य जैसा ही उनका व्यक्तित्व और रंग-रूप है। जब वे हँसते हैं तो उनका चेहरा गाँव के एक अनपढ़ किसान का चेहरा मालूम होता है। उनका सिर उनके चेहरे से बहुत ज्यादा बड़ा है। लगता है, किसी दूसरे आदमी का सिर काटकर उनकी गर्दन और चेहरे पर 'फिट' कर दिया गया हो।

विजयादशमी के उत्सव में वे हम सारे लोगों के साथ अपने गाँव जाते थे और ऊँचा साफा बाँधकर, चूड़ी और खालता कुर्ता पहनकर मेले में घूमने निकलते थे। साल में कुल इसी एक बार औपचारिक रूप से गाँव जाना होता था। वैसे, मुझे गाँव जाना पसन्द नहीं था। चूड़ीदार और गवैयों जैसे खालते में पिताजी किसी पुराने संस्कृत नाटक के विदूषक दिखते थे। माँ अपने सारे गहने पहनकर महारानी विक्टोरिया जैसी भारी-भरकम हो जाती थी। गाँव जाकर उसकी आदतें बदल जाती थीं। अपने हाथों से पान बनाकर खाना भी उससे नहीं होता था। वह चाहती थी, कि गाँव की औरतें उसे जमींदार की पटरानी समझें और वैसा ही आदर-मर्यादापूर्ण व्यवहार करें।

पलटन ठाकुर गर्मियों में आया और विजयादशमी का उत्सव आने तक पिताजी का सबसे खास आदमी बन गया। माँ उसकी थाली में घी-चुपड़ी रोटियाँ डालने लगी। मुझ पर उसने कभी अपना रौब डालना नहीं चाहा; बल्कि वह हमेशा मुझसे प्रेमपूर्वक व्यवहार करता रहा। लेकिन, जिस दिन वह रिश्तेदार का पत्र लेकर बैठकखाने में आया था और पिताजी के पाँव छूकर मुस्कुराता हुआ कमरे की दीवारों में लगी रासलीला की पुरानी तस्वीरों को प्रशंसापूर्ण दृष्टियों से देखता हुआ, कालीन पर एक किनारे बैठ गया था—मुझे उससे नफरत हो गई थी। बैठकखाने के इस बड़े कमरे में उसकी उपस्थिति मुझे अच्छी नहीं लगी थी। मैं पिताजी से अनुमति लेकर बाइस्कोप देखने जाना चाहता था। उन्हें खुश करने के लिए, मैं इतिहास के पन्ने पलट रहा था। पिताजी कहते थे कि भूगोल और अंकगणित से भी अधिक जरूरी विषय इतिहास ही है। जो आदमी अपने परिवार, अपने गाँव, अपने देश का इतिहास नहीं जानता है, उन महापुरुषों को नहीं जानता है, जो उसके खानदान और उसके देश में पैदा हुए—वह जीवन में कुछ कर नहीं सकता। खिलजी-वंश का बादशाह अलाउद्दीन खिलजी और तलवार से रोटियाँ काटकर खानेवाले सिपहसालार शेरशाह इतिहास में उनका सबसे प्रिय चरित्र था।

मुझे अब भी पता नहीं था कि अलाउद्दीन खिलजी से उन्हें क्या लगाव था। मगर, वे इस बात का अक्सर दुःख प्रकट करते रहते थे कि जनाना पालकियों में छिपकर राजपूतों ने बादशाह को धोखा दिया, नहीं तो वह पद्मिनी को अपनी बेगम जरूर बना लेता।... पिताजी पलटन ठाकुर के साथ बातचीत में व्यस्त हो गए। वह उन्हें कानपुर की किसी नौटंकी कम्पनी के बारे में एक किस्सा बताने लगा, कि किस तरह भागलपुर के एक

राजा साहब ने गुस्से में आकर कम्पनी के अभिनेताओं और अभिनेत्रियों को नाव पर चढ़ाकर भरी गंगा में डुबो दिया। बातचीत के बीच अवसर पाकर मैंने पिताजी से बाइस्कोप देखने का प्रस्ताव किया। मैंने यह कहा कि माँ बाइस्कोप जाना चाहती है और उसके साथ मैं भी जाना चाहता हूँ। मेरी बात अनसुनी करके, मुझे हाथों में किताब लिये देखकर उन्हें पूछा...।

(असमाप्त)

[*युयुत्सा, अगस्त, 1967*]

स्थान काल पात्र...

अपनी इच्छा से और
अत्यन्त प्रसन्नतापूर्वक
कोई भी भद्र व्यक्ति
किस विषय पर सबसे पहले
बात करना चाहेगा?
उत्तर : अपने विषय में।
अतएव,
मैं अपने विषय में बात करूँगा।

—दोस्तोवयस्की

दो

जब भी मैं किसी ऊँचे मकान की छत पर एकदम किनारे खड़ा होता हूँ, मेरे पाँव थरथराने लगते हैं। मैं सामने नीचे की दुनिया का दृश्य देख नहीं पाता। यह सच नहीं है कि बचपन में किसी छत से मैं नीचे गिर पड़ा था, या किसी परिचित व्यक्ति को मैंने नीचे गिरते हुए देखा था। कई मंजिलों के मकान में रहने का, ऊपर की किसी मंजिल में रहने का मौका मुझे अब तक नहीं मिला है। हमेशा मैं 'ग्राउंड फ्लोर' में ही रहता आया हूँ। शायद, 1955 में हम लोगों ने सूसन हवाई को सातवीं मंजिल की खिड़की से कूद जाने की कोशिश करते हुए देखा था। तोशी, गट्टू, राज (अब इनके नाम मेरे लिए क्या अर्थ रखते हैं?) सभी सिनेमाघर में चीखने लगे थे। मैं चुप था। मुझे मालूम था, सूसन हवाई नीचे नहीं आएगी। मेरी ही तरह टूट जाने के बाद भी वह जिन्दगी को अपने पाँवों में और अपनी मुट्ठियों में बाँधे रहना चाहती है।

धागे बेहद लम्बे हैं, कई मीलों और कई मकानों तक फैले हुए। हम इन्हें तोड़ना नहीं चाहते। इनसे मुक्त होना नहीं चाहते हैं। लेकिन, तोड़कर नहीं। अपनी कलाइयों में धागों को बाँधे रहकर मुक्त होना चाहते हैं। यह सम्भव नहीं है। मेरे पाँव थरथराने लगते हैं। हैप्पी-वैली, मसूरी की उस कोठी का नाम था स्टेप्लेटन-होटल। जबकि, वह कोठी ही थी, होटल नहीं था। बाकी सारे कमरे जुलाई में खाली हो गए थे। ऊपर की मंजिल से नीचे उतरते हुए कई बार मैं लड़खड़ा गया। मनोविज्ञान के लोग इसे क्या कहेंगे? यह सिर्फ अन्दर रुका हुआ कोई अनजान डर है या कोई जटिल ग्रन्थि? या, ऐसा नहीं है, कि ऊपर की मंजिल तक, या मकान की

छत तक पहुँचते ही मैं भी (सूसन हवाई की तरह) बीते हुए गोश्त का लहूलुहान टुकड़ा बन जाने के लिए, नीचे सड़क पर कूद जाना चाहता हूँ?

मुझसे नहीं हुआ। कूद जाना और हत्या कर देना मुझसे नहीं हुआ। शशि प्रत्येक शनिवार की शाम को कालीघाट जाना चाहती थी। वैसे काली-मन्दिर मुझे भी पसन्द है। अपाहिज बने हुए भिखमंगों (जिनमें ज्यादातर मेरे इलाके की बूढ़ी औरतें हैं, जो हर महीने अपने गाँव दो-एक मनीऑर्डर जरूर भेजती हैं) और अपाहिज बनी हुई अमीर स्त्रियों को नजदीक से देखने के लिए यह मन्दिर बेमिसाल है। एक बेमिसाल चीज और है—काली माता की चार इंच चौड़ी, ग्यारह या साढ़े ग्यारह इंच लम्बी, विशुद्ध चाँदी की जीभ। इस जीभ के बारे में कविवर नागार्जुन ने एक बार बड़े ही भोलेपन से पूछा था, 'कितनी चाँदी लगी होगी इसमें?' लेकिन, असली बात चाँदी की नहीं है। बात यह है कि इन दिनों मैं डॉली चक्रवर्ती के घर जाने लगा हूँ। लगभग प्रत्येक शनिवार को हम दोनों डॉली की बड़ी बहन के साथ एक रेस्तराँ जाते हैं। बड़ी बहन बैरे को बुलाकर खाने-पीने की लम्बी-लम्बी चीजों का ऑर्डर देने लगती है। उसे मुर्गा-पुलाव पसन्द है। आइस्क्रीम पसन्द है। हम दोनों दस मिनट की फुर्सत माँगकर रेस्तराँ के अन्दर का बरामदा पार करते हैं। बरामदे के बाद सीढ़ियाँ। फिर, ऊपर एक कतार में लकड़ी के बड़े बक्सों की तरह कई कमरे बने हैं। इनमें किसी भी कमरे के अन्दर से दूसरे किसी भी कमरे की बातचीत सुनी जा सकती है। बातचीत देखी भी जा सकती है। डॉली को यह देखना और यह सुनना बहुत पसन्द है। प्लाई-वुड की फाँक से वह कभी दो नम्बर केबिन और कभी चार नम्बर केबिन में झाँकती रहती है। वह बहुत छोटी-सी लड़की है, मगर, उसके स्तन फुटबॉल की तीन नम्बर साइज के हैं, उनका सिरा बेहद सुर्ख है और वह कलकत्ता शहर की सारी अश्लील बँगला- कहावतें जुबानी याद रखती है।

शशि के साथ कालीघाट जाने का सवाल ही नहीं उठता है। लेकिन मैं जाता हूँ, मन्दिर का भीतरी हिस्सा बहुत छोटा है। शनिवार की शाम को छह से आठ तक सैकड़ों-हजारों आदमी इस भीतरी हिस्से में काली मूर्ति के करीब-से-करीब आने के लिए रेल-पेल करते हैं। रोशनी इतनी कम है और भक्तों-भक्तिनों की भीड़ इतनी अधिक कि कोई भी मर्द दोनों हाथों से फूलमाला और प्रसाद के लिए दोने उठाए आगे बढ़ती शशि देवी का कोई भी अंग, सहारे के लिए पकड़ लेता है। मैं उसके पीछे-पीछे सटकर चलता हुआ, उसे अपनी बाँहों के घेरे में सँभालता रहता हूँ। सबसे बड़ी बात यहीं शुरू होती है, काली मूर्ति के ठीक सामने।

सैकड़ों जोड़े हाथ लाल रेशम में छिपे काली के पाँव और घुटने छूने की कोशिश कर रहे हैं। बंगाली पंडों की चीख...पुजारियों के शाक्त मंत्रोच्चार...शायद किसी मारवाड़ी सेठानी का नेकलेस टूटकर नीचे गिर गया है...कोई बूढ़ा आदमी फूट-फूटकर रो रहा है कि उसकी पतोहू उसे खाना नहीं देती...मेरे पाँव कुचल गए हैं...शशि

दोनों आँखें बन्द किए, अपने इष्टमंत्र का जाप कर रही है...उसकी कमर के पास नाकेबन्दी करती हुई मेरी बाँहें ऊपर सरकती हैं, उसकी बाँहों के इर्द-गिर्द। मेरे पंजे ऊपर सरकते हैं। वैसे भी, इस गर्मी और इस अन्धी भीड़ में उसका दम घुट रहा होगा। लेकिन वह रुकी हुई है, भगवती की मूर्ति से लगभग चिपकी हुई। शशि क्या चाहती है? क्या माँग रही है वह? मैं अपने पंजों की पूरी ताकत लगाकर उसका गला दबा दूँ (गले की नसों और नलियों का कायदा मैंने जंगबहादुर सिंह से सीखा था) तो वह चीख भी नहीं पाएगी और, जो वह चाहती है, उसे मिल ही जाएगा–भगवती, मूर्ति की छत्रच्छाया में इष्ट-मंत्र का जाप करते मोक्ष की प्राप्ति। इस स्त्री को और क्या चाहिए?

लेकिन मुझसे नहीं हुआ। एक सौ तीस शनिवार को वह मेरे साथ काली मन्दिर के अन्धकूप में गई, लेकिन मुझसे नहीं हुआ। मेरे पाँव थरथराने लगे। हत्या अथवा आत्महत्या; मुक्ति के इन दो राजमार्गों में किसी एक पर भी चलने के काबिल मैं नहीं हूँ। न उतनी दयनीयता मुझमें है और न उतना बलविक्रम और मेरी मुक्ति का तीसरा कोई मार्ग धर्म अथवा समाज के पास नहीं है।

चार्ल्स बोदेलेर के बारे में सार्त्र ने ठीक ही लिखा है कि वह अपने-आपको अकेला महसूस करता था, फिर भी वह अपने स्त्री-बच्चों के बगैर रह नहीं पाता था और उनके होने के बावजूद, वह अपना अकेलापन मिटाने के लिए शहर-कस्बों की गलीज-से-गलीज खानगी औरत के पास जाता रहता था। साद ने हमें बताया है कि कोई व्यक्ति कम स्वतंत्र या अधिक स्वतंत्र (यहाँ स्वतंत्र से अधिक उचित शब्द होना चाहिए–मुक्त) नहीं हो सकता। या तो वह स्वतंत्र होगा, या फिर, स्वतंत्र नहीं होगा। स्वतंत्रता (अथवा मुक्ति) को मात्राओं में बाँटा नहीं जा सकता, वह एक absolute quality है। लेकिन, साद की इस बात में मुझे यहीं तक विश्वास है। इससे आगे मैं यह मानता हूँ कि absolute होकर भी मुक्ति एक सापेक्ष गुण है। प्रश्न उठता है, मुक्ति किससे? फिर, ऐसा भी है, कि शरीर से मुक्त होने के बाद भी बुद्धि से मुक्त होना सम्भव नहीं है और हमारे यहाँ तो मृत्यु को भी मुक्ति नहीं मानते हैं। इसीलिए, बुद्ध को महानिर्वाण की कल्पना करनी पड़ी।

पुनर्जन्म के चक्र से मुक्त होने के लिए निर्वाण। अश्वघोष के 'बुद्धचरित' की वह पंक्ति मुझे जयकिशोर बाबू ने बताई थी। अम्बपाली ने बुद्ध से पूछा–'मृत्यु के उपरान्त यह आत्मा कहाँ जाती है? किस दिशा में? कहाँ विलीन हो जाती है?' नगरवधू के प्रश्न पर बुद्ध मुस्कुराए थे।...दीपक के बुझ जाने से उसकी ज्योति कहाँ जाती है? ज्योति कहीं जाती नहीं, बस, बुझ जाती है? निर्वाण प्राप्त कर लेती है ज्योति-बोधि प्राप्त आत्मा की तरह। (क्या इसी बात को ध्यान में रखकर साद ने कहा था–Stifle, extinguish Your Soul...?) अर्थात् निर्वाण से पहले नहीं। निर्वाण से पहले मुक्ति का प्रश्न एक असम्भव प्रश्न है।

यह महात्मा बुद्ध की बात हुई, मेरी नहीं। मैंने इसी जीवन में स्वतंत्र होने की चेष्टा की थी—अपने पारिवारिक संस्कारों से और सामाजिक अर्थतंत्र से, क्योंकि मुझे यह ज्ञात नहीं था, कि मैं अपने शरीर और शरीर की सीमाओं का दास हूँ। चेष्टा मैंने की थी अवश्य; क्योंकि, मेरे पिता मुझे ब्रह्म-मुहूर्त में प्रतिदिन दस हजार गायत्री-मंत्र का पाठ करने वाला ब्रह्मचारी बनाना चाहते थे और यह उस उम्र की बात है, जब मेरे क्लास के कई लड़के अपने गेम-टीचर से चॉकलेट-टॉफी पाते थे और दोपहर में हमारे घर की नौकरानी मुझसे लाज-लिहाज किए बगैर नल पर नंगे बदन नहाने लगती थी, तो मेरा चेहरा लाल हो जाता था।

शायद, सच्ची बात यही थी। नौकरानी का नाम शकुन था। जात की कहारिन होकर भी वह गोरी-चिट्टी थी। दोहरे बदन की नाटी औरत। मुझसे दस साल बड़ी होगी। उसके बाएँ गाल पर सतमी के चाँद की तरह बड़ा-सा सफेद धब्बा था। एक बार वह जलते चूल्हे पर धकेल दी गई थी। शकुन नहाती रहती थी और मैं दस हजार गायत्री-मंत्र के बारे में पिताजी के उपदेशों को सिलसिले से स्मरण करता रहता था। मुझे परिवार के ब्राह्मण संस्कारों में दीक्षित करने के लिए, पिताजी के पास कुल तीन तरीके थे—आज्ञा, उपदेश और मार-पीट। आठ साल की उम्र से सोलह की उम्र तक मैं लगभग हर रोज पिटता रहा हूँ। मेरे पिता को वह आज्ञाकारी (मूर्ख?) लड़का सबसे प्यारा था, जो अपने पिता की आज्ञा के कारण जहाज के डेक पर पत्थर की बुत की तरह अचल खड़ा रहा था और आग लगने पर जल-भुनकर खाक हो गया था। मुझे इस लड़के से बेहद दुश्मनी थी। पिताजी अपने प्रत्येक उपदेश में उसका नाम जरूर लेते थे और मैं सोचता था कि ऐसे मूर्ख लड़के को सही सजा मिली।

मैं उस लड़के से, जिसका नाम भी अब मुझे याद नहीं है, मुक्त होना चाहता था। मैं अब भी उससे मुक्त हुआ हूँ, या नहीं, मुझे पता नहीं है, लेकिन चेष्टा मैंने की है। अपनी तीसरी माँ की नई साड़ियाँ मैंने उसके ट्रंक से चुराकर शकुन को और बाद में गर्ल्स मिडिल स्कूल की मास्टरनी ऊषा देवी को दी हैं। मैं चौक और स्टेशन रोड के मुसलमान छोकरों के साथ बरसों ताड़ी पीने में, ताश खेलने में, नौटंकी-कम्पनी के लौंडों और लौंडियों के साथ 'रात भरि रइयो, सुबेरे चले जइयो जी' का हुल्लड़ करने में मशगूल रहा हूँ। अपने ही घर में आग लगाने की (यह मुहावरा नहीं है) मैंने कोशिश की है। पिताजी जब भी गुस्से में आते थे, चौक से महावीर हज्जाम को बुलवाकर मेरा सिर मुड़वा देते थे, क्योंकि मैं नौटंकी में लौंडों की तर्ज पर बड़ी-बड़ी जुल्फें रखता था। मैं घर से भाग जाता था, तीसरी माँ की खास-खास चीजें चुरा लेता था या तोड़-फोड़ देता था, घरवालों की फजीहत के लिए बुरा से बुरा काम कर बैठता था—जब भी मैं गुस्से में होता था।

मुक्ति के इस सिलसिले में सबसे शुरू की घटना मेरे साथ चार साल की उम्र

में हुई। कुछ ही दिनों पहले 1934 का प्रसिद्ध भूकम्प हुआ था। वह भूकम्प मेरे जीवन की सबसे पहली अविस्मरणीय घटना है। सोमवारी की पूजा में स्त्रियाँ एक सौ आठ दफा हाथ में सुपारी-पान लेकर सोम-देवता के चारों ओर चक्कर काटती हैं। धरती पहली बार काँपी, तो आँगन के उस पार की दीवार ढह गई। मेरी माँ एक क्षण के लिए रुकी, एक बार उसने मेरी ओर, फिर पिताजी की ओर देखा, फिर परिक्रमा के क्रम में आगे बढ़ गई। शायद, चार-छह चक्कर ही बाकी रह गए थे। उन्हें पूरा करके वह अल्पनाओं के घेरे से बाहर निकल ही रही थी कि बड़े जोरों का धड़ाका हुआ। भूकम्प का असली दौर अब शुरू हुआ था। धरती पहले बाईं ओर झुकी, फिर दाईं तरफ झुककर थरथराने लगी। अचानक आँगन में बहुत बड़ी दरार फट गई और अन्दर से मटमैले पानी के फव्वारे छूटने लगे। पिताजी चीखकर माँ की ओर लपके और माँ पिताजी से लिपट गईं।

पीली धोती और पीला कुर्ता पहने, गले में मूँगे के ताबीज और आँखों में काजल डाले, चार साल का उनका पुत्र वहीं पास ही खड़ा था और प्रलय काल आ गया था। लेकिन एक-दूसरे की सुरक्षा के लिए वे दोनों एक-दूसरे को अपनी बाँहों में छिपा लेने की चेष्टा करते रहे...प्राण-रक्षा के उस चरम क्षण में मैं हमेशा के लिए अकेला हो गया। कटकर अलग हो गया मैं, अपने और अपनी माँ के जीवन और शरीर से–फिर उनमें मैं कभी किसी वक्त जुड़ नहीं पाया।

भूकम्प के कुछ ही दिनों के बाद वह घटना हो गई।...एक बंगाली संन्यासिनी (जिसने एक युग बाद मेरे जीवन में कई विचित्र तमाशे किए) हमारे घर आई। दो-एक साल पहले वह किसी तीर्थ में माँ से मिली थी। हमारे शहर में आई, तो पता पूछते हुए हमारे घर तक चली आई। माँ को उसने रुद्राक्ष की माला और दक्षिणेश्वरी काली की एक छोटी-सी तस्वीर दी। फिर, मुझसे टूटी-फूटी हिन्दी में बातचीत करने लगी। मेरे दोनों हाथ उसने पकड़ लिये, मैं सिहर उठा। एक अजीब सी बेचैनी...एक अजीब-सा नशा मेरे मन में छाने लगा। उसने हँसते हुए मुझसे पूछा, "क्यों महाराज, हमारे साथ जाएगा?" इतना ही पूछा उसने, माँ ने कहा, "कहाँ ले जाओगी इसे? ले चलना हो तो हमें भी साथ ले चलो।" स्पष्ट है कि माँ उसे आदर भी दे रही थी और उससे भयभीत भी हो रही थी। पिताजी तांत्रिक पूजा-पद्धतियों का विधिवत् ज्ञान रखते हैं। संन्यासिनी से काफी देर तक उनकी बातचीत होती रही। इतनी देर में उसने मेरा हाथ छोड़ा नहीं था और मुझे भी उससे सटकर खड़े होने में सुख और सुरक्षा का अनुभव हो रहा था। भूकम्प के बााद मैं इतना डर गया था और इसीलिए, इतना दुस्साहसी हो गया था कि मैं अकेले बरामदे में सोता था और सारा दिन बाहर खुले मैदान में अकेला खेलता रहता था। माँ या पिताजी से अपने अनजाने में ही मोह टूट गया था। उनके पास बैठना मुझे इसलिए भी अच्छा नहीं लगता था, कि वे हमेशा भूकम्प के बारे में बातचीत करते रहते थे।.

..कहाँ कौन मर गया, अपने रिश्तेदारों में किन-किन के मकान धराशायी हो गए, गांधीजी कहाँ-कहाँ रिलीफ बाँट रहे हैं। माँ मुझे समझ गई। माँ बड़ी लम्बी-चौड़ी औरत थी और बाघिन की तरह तेज! और उसका मिजाज भी बेहद तेज और तीखा था। उसने झपट्टा मारकर मुझे पकड़ लिया और अपनी गोद में उठा लिया। मैं उसकी गिरफ्त से छूटने के लिए हाथ-पाँव पटकने लगा। संन्यासिनी ने एक बार मुड़कर मुझे देखा, मुस्कुराई और बरामदा पार करके सड़क पर चली गई। माँ को शायद इस बात का क्रोध हुआ कि मैं उसे छोड़कर एक अपरिचित औरत के साथ चला जाना चाहता था। रोने-चीखने की मुझे आदत नहीं थी। लेकिन, अपनी पूरी ताकत लगाकर माँ की बाँहों से कूदने की चेष्टा कर रहा था। पिताजी ने कहा, "अब कहाँ जाओगे? वह तो चली गई। फिर कभी आएगी तो उसी के साथ चले जाना।" लेकिन मेरा छटपटाना बन्द नहीं हुआ। अन्त में माँ मुझे खींचती हुई उस छोटे से कमरे में ले गई, जहाँ घर की फालतू चीजें रखी जाती थीं। मुझे अन्दर धकेलकर उसने बाहर की कुंडी चढ़ा दी। यह मेरे लिए कैद की पहली सजा थी।

कमरे में बन्द होने पर मुझे रुलाई आ गई। खिड़की एक भी नहीं थी, कमरे में अँधेरा था। रोते-रोते नींद आ गई। बहुत देर बाद, रात के नौ-दस बज गए होंगे, दरवाजा खोलकर माँ अन्दर आई।

पिताजी खाने पर बैठ चुके थे। मैं उनके साथ उन्हीं की थाली में खाता था। उन्होंने प्यार से मुझे पास बुलाया, लेकिन, मैं दो कमरों के बीच का गलियारा पार करके बाहर की ओर जाने लगा। पिताजी ने पूछा, "कहाँ जा रहे हो, फूल बाबू?" मैं रुका नहीं। माँ हँसने लगी। उसकी हँसी में आश्चर्य ही होगा, "चले जाने दीजिए।... चार साल का लड़का इतना शैतान...मगर जाएगा कहाँ! बरामदे से नीचे उतरने की हिम्मत नहीं होगी। आप ही लौटकर आ जाएगा।"

मैं बरामदे में नहीं रुका। सड़क पर भी नहीं। एक बार भी पीछे मुड़कर मैंने नहीं देखा कि मुझे कोई वापस ले जाने के लिए आ रहा है या नहीं। मैं सीधी सड़क पर, अँधेरे में सीधे चलता गया—जबकि मुझे यह भी सोचने-समझने की अक्ल नहीं थी, मैं किधर जा रहा हूँ, और क्यों जा रहा हूँ। इतनी देर में मैं उस संन्यासिनी को भी भूल चुका था और मैं सिर्फ इतना जानता था कि माँ ने मुझे रोका है, इसलिए मुझे जाना ही चाहिए, इस अँधेरी, काली सड़क पर चलते ही जाना चाहिए।...इसके बाद की बात मुझे याद नहीं है। कई वर्ष बाद पिताजी एक बार मेरे 'भगोड़े' चरित्र का वर्णन करते हुए कई लोगों को यह घटना सुना रहे थे। उन्होंने बताया था, कि जब मुझे गए हुए दस-बीस मिनट हो गए तो माँ की छाती काँपने लगी। वह लालटेन लेकर बाहर दौड़ी, मगर मैं बरामदे में नहीं था, सड़क पर नहीं, सामने मैदान में भी नहीं। तब घर के नौकरों और पड़ोसियों की मदद से बाकायदा मेरी खोज शुरू हुई और कई घंटों की तलाश के बाद मैं

स्टेशन रोड के सुनसान चौराहे के पास, पान की एक बन्द दुकान के सामने पड़ी बेंच पर बेखबर सोया हुआ पाया गया।

पिताजी के मुँह से एक उदाहरण के रूप में अपने बचपन की यह घटना मैं कई बार सुन चुका हूँ। हर बार मुझे यही दुख हुआ है कि संन्यासिनी उस रात मेरे लिए रुकी क्यों नहीं? उसने मुझे साथ क्यों नहीं लिया? उसने मुक्त क्यों नहीं किया मुझे?... मैंने चार साल की उम्र से अब छत्तीस साल की उम्र तक केवल मुक्त होने की ही चेष्टा की है, लेकिन न तो बुद्ध की तरह और न मार्क्विस द साद की तरह। मुक्त होने की मेरी चेष्टा मेरी अपनी सीमाओं में की गई चेष्टा है! लेकिन...तब. ..मेरी अपनी सीमा क्या है?

अपने चेहरे पर पर्याप्त गम्भीरता लाकर मैं कह सकता हूँ कि साहित्य मेरी सीमा है अर्थात् साहित्य की रचना। मैं अपनी रचनाओं में अपने को मुक्त करता हूँ...कम-से-कम मुक्त होने की चेष्टा करता हूँ। लेकिन फिर भी यह प्रश्न रह ही जाता है कि क्या वाकई मुझे रचना के बाद मुक्ति मिल ही जाती है?

राजा (हनुमान प्रसाद अग्रवाल) के यहाँ मैंने यह चित्र देखा था। उसके बैठकखाने में सामने की दीवार पर वही एक चित्र था–लम्बाई 72 इंच, चौड़ाई 48 इंच और मखमली बेलबूटोंवाला सुनहला फ्रेम। जब भी मुझे बैठकखाने में जाने का मौका होता था, मैं उस चित्र से बँध जाता था। किसी चित्र से बँधना, उस तरह शायद, फिर कभी नहीं हुआ। समूची दीवार को समूचे कमरे को अपनी शक्ति और अपनी विशालता से वह चित्र आक्रान्त कर लेता था। उपाय नहीं रह जाता था, उसके प्रभाव से निकल भागने का। ...मैं बँधा रह जाता था–मंत्रमुग्ध और कई मिनट बीत जाते थे, यानी (फिल्मी लहजे में कहें तो) कई सदियाँ बीत जाती थीं। चित्र में मनीपुरी नर्तकियों की तरह सजी हुई राधारानी थी; कुंजों में, वृक्षों के नीचे, झरने के किनारे, यहाँ-वहाँ विभिन्न लास्य मुद्राओं में गोपियाँ बिखरी हुई थीं (मैंने कई बार गिना था, कुल 84 गोपियाँ थीं) और राधा के साथ और प्रत्येक गोपी के साथ अनुकूल भाव, अनुकूल कामना में श्रीकृष्ण खड़े थे–वही मोर मुकुट, वही मुरली और वही रेशमी पीताम्बर।

रसिया श्रीकृष्ण और रासलीला–नायिकाओं का वह पवित्र(?) कामचित्र मुझे विस्मय-विमुग्ध कर देता था। किसी अपरिचित बंगाली चित्रकार ने घोर परिश्रम से बरसों में वह चित्र तैयार किया होगा। उस वक्त तक मैंने विद्यापति या सूरदास या जयदेव का नाम भी नहीं सुना था। मुझे पता नहीं था, वास्तव में रासलीला क्या होती है। कुल एक किताब, 'बालमहाभारत' में श्रीकृष्ण और राधाकृष्ण और राधा के बारे में मैंने पढ़ा था। फिर भी, मैं उस चित्र के पीछे पागल हो गया।...चौरासी गोपियाँ हैं और एक राधा रानी भी है और एक ही श्रीकृष्ण एक ही समय में सभी

के पास हैं, किसी को मनाते हुए, किसी से रूठते हुए, किसी को प्यार करते हुए. ..और, क्या मैं भी एक साथ अलग-अलग (पचासी न सही) पाँच या दस आदमी हो जा सकता हूँ? क्या यह किसी भी उपाय से सम्भव है?

मैंने उपेन्द्र काका से पूछा। उन्होंने कहा कि आदमी से क्या सम्भव नहीं है और दुनिया में क्या सम्भव नहीं है। "लेकिन तुम एक फूलबाबू नहीं रहकर दस फूलबाबू क्यों बन जाना चाहते हो?" उन्होंने पूछा। इस प्रश्न का कोई उत्तर मेरे पास नहीं था। अब भी नहीं है। लेकिन वह चित्र मुझे पागल करता रहा है।...बाद में और भी कई रईसों के यहाँ, वेश्याओं के कमरों में, मन्दिरों में और पानवालों की दुकानों पर मैंने रासलीला की उसी दृश्यावली की तस्वीरें देखी हैं। हर बार मेरे अन्दर वही छोटा-सा लड़का अपनी विस्मय-विमुग्ध आँखें फैलाए मुझसे वही प्रश्न पूछने लगा, जो मैंने कभी उपेन्द्र काकाजी से पूछा था।

मोपासाँ ने सिफलिस और विक्षिप्तता में मरने से कुछ दिनों पहले अपनी एक बीभत्स (और, असम्भव) इच्छा प्रकट की थी। वह चाहता था कि उसका अनेक सिर हो जाए, अनेक बाँहें और अनेक होंठ; और वह एक साथ कई युवतियों से प्रेम-चर्चा करता रहे। पुराणों में लिखा गया है कि किसी ऋषि के शाप से एक बार देवराज इन्द्र की जाँघों में सैकड़ों लिंग पैदा हो गए थे और पुष्करिणी में स्नान के बाद ही वह पुनः एकलिंग हो सका था। रावण दसशीश था और उसकी बीस भुजाएँ थीं। दुर्गा की दस भुजाएँ होती हैं, काली की आठ। ब्रह्मा के चार चेहरे हैं। महादेव की आँखें तीन। लेकिन मुझे इन कल्पनाओं ने कभी आकर्षित नहीं किया है। आकर्षित किया है केवल एक रासलीला के श्रीकृष्ण ने... और आसक्त किया है सम्मोहन और आत्मसमर्पण की भंगिमाओं में अंकित चित्रलिखित राधा-गोपियों ने। मनुष्य-शरीर जैसा है, उसी रूप में मुझे प्रिय है। सामने की दो आँखों के साथ ही अगर मुझे सिर के पीछे भी दो आँखें दे दी जाएँ—मैं इसे बर्दाश्त नहीं कर पाऊँगा। मनुष्य के मन से, मनुष्य का शरीर मुझे अधिक प्रिय है। क्योंकि, यह घृणित होकर भी, एक संगीत-संरचना, एक rythm में बँधा हुआ है। विद्यापति ने इस शरीर-रूप की अगाध प्रशंसा अपने पदों में की है। स्वस्थ-सुन्दर स्त्री और स्वस्थ-सुन्दर पुरुष के शरीर से अधिक आकर्षक, उत्तेजनात्मक, सौम्य और प्रीतिमय दृश्य-वस्तु प्रकृति के पास नहीं है। इसीलिए मैं मनुष्य शरीर को किसी भी विकृति अथवा अन्य रूप में स्वीकार नहीं कर सकता—न तीन आँखों में, न एक हजार बाँहों में। अंग-भंग अथवा अतिरिक्त अंग मुझे नहीं चाहिए।

कलकत्ते में कुछ दोस्त एक बार मुझे एक भारी-भरकम औरत के पास ले गए थे। उतनी स्वस्थ और काम्य औरत मैंने शायद ही फिर कहीं देखी हो। मगर विधाता की आज्ञा से धर्मप्राण हिन्दुओं ने (वह मुसलमान थी) उसका एक स्तन काट लिया था। जब हम परिचित हो गए और खाना-पीना करके मेरे दोस्त लोग अपनी-अपनी

औरतों के यहाँ चले गए—उसने प्लास्टिक का खोल हटाकर मुझे अपना स्तन दिखलाया। दायाँ स्तन नहीं था। वहाँ चमड़ी सिकुड़नों से भर गई थी और जख्म के सफेद दाग कायम थे।

मेरा जी घृणा और अपमान से भर उठा। न तो मैं उसके लिए शाब्दिक सहानुभूति ही प्रकट कर सका और न उसके पास वक्त बिताने की मुझे इच्छा ही रही। मुझे लगता है, अगर, किसी बीमारी या दुर्घटना के कारण मेरे शरीर का कोई अंग काट लिया जाए, जैसे एक पाँव या एक कान या एक हाथ (जिसके बिना भी आदमी अच्छी-भली जिन्दगी गुजार सकता है) तो मुझे हमेशा के लिए अपनी देह से नफरत हो जाएगी और हो सकता है, इस साधारण-सी बात के लिए अपने साथ कोई असाधारण बात कर लेने को तैयार हो जाऊँ!

फिर भी कलकत्ते के ग्रैंड होटल आर्केड में होकर, या कमला नेहरू पार्क (बम्बई) के सामने 'नाज' रेस्तराँ में कॉफी पीते हुए या मसूरी-हिल के माल रोड पर किसी रेलिंग के सहारे खड़े होकर अकेले सिगरेट पीते हुए, मैंने बालिग और बूढ़ा हो जाने के बाद भी, रासलीला के उस चित्र का ध्यान किया है। मुझे इच्छा हुई है कि मैं लम्बी गाड़ियों से उतरती हुई, रेस्तराँ में आइस्क्रीम और नाजकत में डूबी हुई, बड़ी दुकानों में बड़ी चीजें खरीदती हुई प्रत्येक स्त्री की बाँह या (आधुनिक प्रथा के अनुसार) कमर में हाथ डालकर अलग-अलग शरीर धारण करके घूमता रहूँ; और मुझे इच्छा हुई है कि मैं एक ही साथ 'सेराजेद' में खुली हवा के स्टेज पर और ट्रिंका के बन्द, धुँधले धुएँ और एयर-कंडीशन के कोहरे से भरे हुए स्टेज पर चा-चा-चा, या ट्विस्ट करता रहूँ; और एक ही साथ, एक ही वक्त, एक ही सपनों में डूबा हुआ, आदमी की कीमतों और मशीन की कीमतों के बारे में एक लम्बी कविता भी लिखूँ और स्टॉक-एक्सचेंज में जोकर टाटा-स्टील के सारे शेयर भी खरीद लूँ और लोकसभा की आवश्यक बैठक बुलाकर यह कानून भी मंजूर करवा लूँ कि अब इस देश में किसी आदमी या कम्पनी से कोई टैक्स (इन्कम-टैक्स तक) नहीं लिया जाएगा और मुझे इच्छा हुई है कि मैं अपनी हर शाम (यह शाम हर मौसम में सात बजे से दो बजे रात तक ही होगी) पार्क स्ट्रीट, कलकत्ते की मेहरबाई की संगति में और पटना शहर के अपने छोटे से मकान में, शशि और शशि के बच्चों की संगति में और बनारस के अपने तीनों मित्रों की संगति में दशाश्वमेध के बेहद सादे और बेहद रंगीन इलाके में, रेणुजी के साथ सेंट्रल होटल में और मी. के साथ जुहू-होटल में और सम्भव हो तो विलायत खाँ के सितार-वादन की महफिल में और सम्भव हो तो स्वामी सत्यानन्द महाराज के साथ ऋषिकेश की गंगा के किनारे-किनारे भटकते हुए गुजारता रह जाऊँ—अपनी हर शाम सारे व्यक्तियों के साथ, अलग-अलग और एक साथ।

जैसे श्रीकृष्ण को चौरासी गोपियों और एक राधारानी के साथ इच्छा हुई थी। 'लेकिन, श्रीकृष्ण और उनकी गोपियाँ तो भारतीय संस्कृतिकारों की कवि-कल्पनाएँ

हैं,' सत्यानन्द महाराज ने मुझे समझाया था। संस्कृतिकारों की अथवा भारतीय संस्कृति की कल्पना-वैष्णव धर्म में और साहित्य में...और चित्रकला में प्रत्येक गोपी के साथ एक-एक श्रीकृष्ण।

लेकिन, मुझे भी कल्पना करने से, सपना देखने से, या अन्ततः यह विश्वास ही कर लेने से क्यों रोका जाएगा कि मैं अपनी स्त्री और बच्चों को बहुत प्यार करता हूँ और उनके बिना रह नहीं सकता हूँ, कि इसके साथ ही मेहरबाई और 'सोलन' की क्वार्ट-बोतलें और महापुरुष मिश्र के तबले के साथ कत्थक के बोल और मेहर के सुडौल पाँवों की जादूगरी को मैं बहुत प्यार करता हूँ और उनके बिना रह नहीं सकता। क्या एक आदमी एक ही साथ अपने अन्दर अलग-अलग जिन्दगियाँ, अलग-अलग अस्तित्व जी नहीं सकता है? अर्थात् उसे इसका अधिकार नहीं है, या उसकी शारीरिक सीमाओं के कारण यह सम्भव ही नहीं है?...पता नहीं क्यों, मेरी हर बात एक सवाल के साथ खत्म होती है और सवाल का कोई जवाब मेरे पास नहीं होता। जवाब के लिए मैंने चार्ल्स बोदेलर और वान गॉग और शरतचन्द्र चट्टोपाध्याय और आल्बेर कामू और ऐसे और लोगों के जीवन और व्यक्तित्व को देखने-समझने की इच्छा थी...लेकिन, उनका जवाब मेरा जवाब क्यों होगा? *(असमाप्त), 1967]*

●●●